U0765393

鲁迅 著

无声的中国

林贤治 编注

南方出版传媒
花城出版社
中国·广州

图书在版编目（CIP）数据

无声的中国 / 鲁迅著 ; 林贤治编注. -- 广州 : 花城出版社, 2022.1
ISBN 978-7-5360-9313-3

Ⅰ. ①无… Ⅱ. ①鲁… ②林… Ⅲ. ①鲁迅散文—散文集 Ⅳ. ①I210.4

中国版本图书馆CIP数据核字(2021)第196031号

出 版 人：肖延兵
责任编辑：揭莉琳
技术编辑：凌春梅
封面设计：林露茜

书　　名	无声的中国 WUSHENG DE ZHONGGUO
出版发行	花城出版社 （广州市环市东路水荫路 11 号）
经　　销	全国新华书店
印　　刷	深圳市福圣印刷有限公司 （深圳市龙华区龙华街道龙苑大道联华工业区）
开　　本	880 毫米 ×1230 毫米　32 开
印　　张	14.5　2 插页
字　　数	344，000 字
版　　次	2022 年 1 月第 1 版　2022 年 1 月第 1 次印刷
定　　价	89. 80 元

如发现印装质量问题，请直接与印刷厂联系调换。
购书热线：020-37604658　37602954
花城出版社网站：http：//www.fcph.com.cn

鲁迅（1881—1936）

鲁迅断发照

鲁迅劳动节照

海婴一百天全家合影

中国民权保障同盟欢迎英国作家萧伯纳。1933年2月17日摄于上海孙中山故居。左起史沫特莱、萧伯纳、宋庆龄、蔡元培、伊罗生、林语堂、鲁迅

鲁迅与杨铨、李济之合影

鲁迅赴青年会

鲁迅在北京师范大学讲演

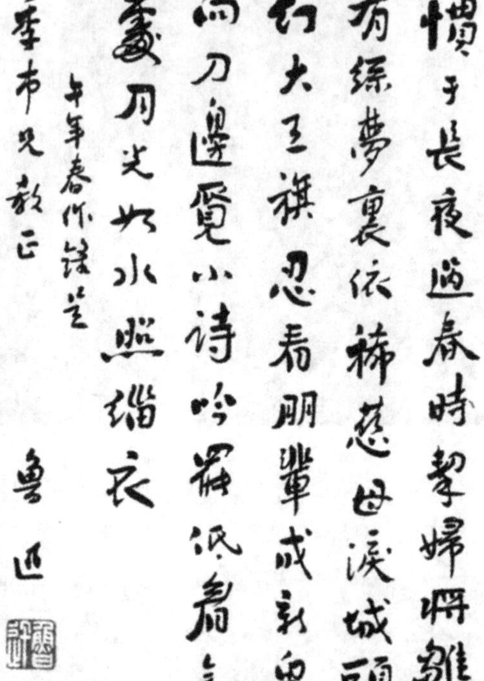
慣於長夜過春時　挈婦將雛鬢有絲
夢裏依稀慈母淚　城頭變幻大王旗
忍看朋輩成新鬼　怒向刀邊覓小詩
吟罷低眉無寫處　月光如水照緇衣
午年春作錄呈
季市兄教正　魯迅

避难诗

《野草》《彷徨》《热风》书影

序

林贤治

1927年1月，鲁迅南下广州。2月，他应邀到香港做了两次演讲：头一次名为《无声的中国》，再一次叫《老调子已经唱完》，都跟声音有关。

数年前，我为花城出版社编了一种鲁迅的散文随笔集，为方便计，就以《无声的中国》命名。书的销量尚好，编辑告诉我，拟于近期重印。我便借此机会，做了较大的修订：一是把小说和别的文类收进来，二是内容多少跟声音有关。

鲁迅（1881—1936），一生横跨两个世纪，在世却只有短短的五十五个年头。然而，他却为人类留下了一笔巨大的思想遗产。作为一个清醒的启蒙主义者，他的思想是属于底层，属于旷野，而与当时国家意识形态相对立的。他认为，"民魂"的发扬是未来的事，就是说，公民社会的许多规则并不适合二十世纪中国的现实。所以，社会改革从根本上说，首先要把奴隶变成"真的国民"，也即真正意义上的公民。

由清廷而入民国，鲁迅一直把自己视为"奴隶"。他说："我觉得革命以前，我是做奴隶；革命以后不多久，就受了奴隶的骗，变成他们的奴隶了。”去世前，说到“左联”内部，他仍然以“奴隶”自况。

何谓奴隶？鲁迅的定义有两个参照：一是主人、专制者、“奴隶总管”，奴隶是在他们的屠刀和皮鞭之下的被压迫者，他文中也称“悲愤者和劳作者”。另一个参照是奴才，论身份，一样带有依附性，但“劳作较少，并且失去了悲愤”。奴才从奴隶生活中寻出“美”来，赞叹，抚摩，陶醉，要使自己和别人安住于这生活；而奴隶不同，永远打熬着，不平着且挣扎着，力疾摆脱套在身上的镣铐。

早在留日时候，青年鲁迅便寻找并引进域外的“新声”，“使中国之人，由旧梦而入于新梦，冲决嚣叫，状犹狂醒”。在《摩罗诗力说》一文末尾，他发问道：“今索之中国，为精神界之战士者安在？有作至诚之声，致吾人于善美刚健者乎？有作温煦之声，援吾人出于荒寒者乎！”然而，他听不到有“先觉之声”“破中国人之萧条”，唯有一片沉寂。

辛亥革命的风雨过后，中华民国为北洋军阀所劫夺，北京陷入一段相当长的黑暗时期。其时，他读佛经，抄古碑，暗暗地消磨生命。《新青年》的编辑朋友前来动员他做文章，有如下著名的对话：

> “假如一间铁屋子，是绝无窗户而万难破毁的，里面有许多熟睡的人们，不久都要闷死了，然而是从昏睡入死灭，并不感到就死的悲哀。现在你大嚷起来，惊起了较为清醒的几个人，使这不幸的少数者来受无可挽救的临终的苦楚，你倒以为对得起他们么？”

“然而几个人既然起来，你不能说决没有毁坏这铁屋的希望。”

这是启蒙者的声音。

此时，鲁迅加入《新青年》团体，创作白话文学，提倡“思想革命”。“五四”过后，启蒙运动退潮，学生爱国运动及工农运动随之高涨。鲁迅在学潮的起落间度过了几年，至“三一八惨案”时，他由空洞的“救救孩子”的“呐喊”到直接为受压迫、受驱逐、受虐杀的学生代言，不惮于反抗政府，与知识界的“正人君子”者流展开私人论战。他誓言不进“艺术之宫”，这样描述他单身鏖战的境况：“站在沙漠上，看看飞沙走石，乐则大笑，悲则大叫，愤则大骂”，哪怕“被沙砾打得遍身粗糙头破血流”，却能从中享受复仇的快意。

北京政治环境恶劣，鲁迅于1927年1月来到“革命策源地”广州，任教于中山大学。不出半年，遭国民党“清党”，遂“为梦境所放逐”，年底定居上海。此间，一方面他说被杀戮吓得“目瞪口呆”，另一方面却不曾间断抗议的声音。此时，他的心又为“血腥的歌声”所充满，正如他所宣称的：

但我坦然，欣然。我将大笑，我将歌唱。（《野草》题辞）

在上海的最后十年，鲁迅曾经加入过一些团体，如中国自由运动大同盟、中国左翼作家联盟、中国民权保障同盟等。但是，实际上，他一直坚持独战。这时，国民党实行“一党专政”，对于言论出版的审查控制日益严酷。鲁迅不得不使用多个笔名，在专制独裁政体下开始“隐微写作”，创造了一种如他所说的“吞吞吐吐”“曲曲折折”的反抗的奴隶风格。对于一个知识分子作家来说，失去自由言说的权利是十分痛苦的；鲁迅却认为，这正是广大被奴役的人们所承受的命运。他控诉说：

> 人民在欺骗和压制之下，失了力量，哑了声音，至多也不过有几句民谣。“天下有道，则庶人不议。”就是秦始皇隋炀帝，他会自承无道么？百姓也就只好永远箝口结舌，相率被杀，被奴。这情形一直继续下来，谁也忘记了开口，但也许不能开口。（《田军作〈八月的乡村〉序》）

三十年代以后，鲁迅的处境愈来愈坏，甚至在“左联”内部也受到压迫，致使他不得不“横站”着作战。1933年以后，他信中常常出现“寂寞”“苦痛”“焦烦”“寒心而且灰心”一类字眼，那是搏噬之后，躲进深林里舔自己伤口的野兽的声音。

对于大时代的变动，他曾经这样述说他倾听的经验：

> 我们听到呻吟，叹息，哭泣，哀求，无须吃惊。见了酷烈的沉默，就应该留心了；见有什么像毒蛇似的在尸林中蜿蜒，怨鬼似的在黑暗中奔驰，就更应该留心了：这在豫告“真的愤怒”将要到来。

在他那里，沉默也是一种声音，没有声音的声音。

反抗黑暗的人决心与黑暗同在，这就是鲁迅说的“爱夜”。他说：“爱夜的人要有听夜的耳朵和看夜的眼睛，自在暗中，看一切暗。”他是有听夜的耳朵的。在旧体诗里，就随时记他所听见或听不见的声音："几家春袅袅，万籁静愔愔"；"鼓完瑶瑟人不闻，太平成象盈秋门"；"瑶瑟凝尘清怨绝，可怜无女耀高丘"；"须臾响急冰弦绝，但见奔星劲有声"；"竦听荒鸡偏阒寂，起看星斗正阑干"；等等。他听于无声，有一首诗，末尾说："心事浩茫连广宇，于无声处听惊雷。"他还有一个流传更广的警句，至今网上仍经常被引用：

> 不在沉默中爆发，就在沉默中灭亡！

鲁迅是善于倾听的。他不但倾听大地，倾听人民，也倾听自己。《过客》中有一个"前面的声音"，那是一个催促、叫唤，使之息不下的声音。它既是时代的声音，也是内心的声音。

这两种声音在他的著作中贯通在一起。

鲁迅的声音是丰富的，他所倾听的声音也是丰富的。这里把富于声音的文字汇集到一起，使阅读时，视觉之外，加强听觉的作用。我们可以循声寻找鲁迅，寻找鲁迅的经验，他在一个黑暗的时代里的所见、所闻，包括那众多驳杂、幽微到几乎无法识辨的声与影。

是为序。

2020年12月1日

目　录

小说

杂感

散文

散文诗

旧体诗

书信

Xiaoshuo 小说

狂人日记[1]

某君昆仲[2]，今隐其名，皆余昔日在中学时良友；分隔多年，消息渐阙。日前偶闻其一大病；适归故乡，迂道往访，则仅晤一人，言病者其弟也。劳君远道来视，然已早愈，赴某地候补[3]矣。因大笑，出示日记二册，谓可见当日病状，不妨献诸旧友。持归阅一过，知所患盖“迫害狂”之类。语颇错杂无伦次，又多荒唐之言；亦不著月日，惟墨色字体不一，知非一时所书。间亦有略具联络者，今撮录一篇，以供医家研究。记中语误，一字不易；惟人名虽皆村人，不为世间所知，无关大体，然亦悉易去。至于书名，则本人愈后所题，不复改也。七年四月二日识。

一

今天晚上，很好的月光。

我不见他，已是三十多年；今天见了，精神分外爽快。才知道以前的三十多年，全是发昏；然而须十分小心。不然，那赵家的狗，何以看我两眼呢？

我怕得有理。

二

今天全没月光，我知道不妙。早上小心出门，赵贵翁的眼色便怪：似乎怕我，似乎想害我。还有七八个人，交头接耳的议论我，张着嘴，对我笑了一笑；我便从头直冷到脚跟，晓得他们布置，都已妥当了。

我可不怕，仍旧走我的路。前面一伙小孩子，也在那里议论我；眼色也同赵贵翁一样，脸色也铁青。我想我同小孩子有什么仇，他也这样。忍不住大声说，“你告诉我！”他们可就跑了。

我想：我同赵贵翁有什么仇，同路上的人又有什么仇；只有廿年以前，把古久先生的陈年流水簿子，踹了一脚，古久先生很不高兴。赵贵翁虽然不认识他，一定也听到风声，代抱不平；约定路上的人，同我作冤对。但是小孩子呢？那时候，他们还没有出世，何以今天也睁着怪眼睛，似乎怕我，似乎想害我。这真教我怕，教我纳罕而且伤心。

我明白了。这是他们娘老子教的！

三

晚上总是睡不着。凡事须得研究，才会明白。

他们——也有给知县打枷过的，也有给绅士掌过嘴的，也有衙役占了他妻子的，也有老子娘被债主逼死的；他们那时候的脸色，全没有昨天这么怕，也没有这么凶。

最奇怪的是昨天街上的那个女人，打他儿子，嘴里说道，“老子呀！我要咬你几口才出气！”他眼睛却看着我。我出了一惊，遮掩不住；那青面獠牙的一伙人，便都哄笑起来。陈老五赶上前，硬把我拖回家中了。

拖我回家，家里的人都装作不认识我；他们的脸色，也全同别人一样。进了书房，便反扣上门，宛然是关了一只鸡鸭。这一件事，越教我猜不出底细。

前几天，狼子村的佃户来告荒，对我大哥说，他们村里的一个大恶人，给大家打死了；几个人便挖出他的心肝来，用油煎炒了吃，可以壮壮胆子。我插了一句嘴，佃户和大哥便都看我几眼。今天才晓得他们的眼光，全同外面的那伙人一模一样。

想起来，我从顶上直冷到脚跟。

他们会吃人，就未必不会吃我。

你看那女人“咬你几口”的话，和一伙青面獠牙人的笑，和前天佃户的话，明明是暗号。我看出他话中全是毒，笑中全是刀。他们的牙齿，全是白厉厉的排着，这就是吃人的家伙。

照我自己想，虽然不是恶人，自从踹了古家的簿子，可就难说了。他们似乎别有心思，我全猜不出。况且他们一翻脸，便说人是恶人。我还记得大哥教我做论，无论怎样好人，翻他几句，他便打上几个圈；原谅坏人几句，他便说“翻天妙手，与众不同”。我那里猜得到他们的心思，究竟怎样；况且是要吃的时候。

凡事总须研究，才会明白。古来时常吃人，我也还记得，可是不甚清楚。我翻开历史一查，这历史没有年代，歪歪斜斜的每叶上都写着“仁义道德”几个字。我横竖睡不着，仔细看了半夜，才从字缝里看出字来，满本都写着两个字是“吃人”！

书上写着这许多字，佃户说了这许多话，却都笑吟吟的睁着怪眼睛看我。

我也是人，他们想要吃我了！

四

早上，我静坐了一会。陈老五送进饭来，一碗菜，一碗蒸鱼；这鱼的眼睛，白而且硬，张着嘴，同那一伙想吃人的人一样。吃了几筷，滑溜溜的不知是鱼是人，便把他兜肚连肠的吐出。

我说“老五，对大哥说，我闷得慌，想到园里走走。”老五不答应，走了；停一会，可就来开了门。

我也不动，研究他们如何摆布我；知道他们一定不肯放松。果然！我大哥引了一个老头子，慢慢走来；他满眼凶光，怕我看出，只是低头向着地，从眼镜横边暗暗看我。大哥说，“今天你仿佛很好。”我说“是的。”大哥说，“今天请何先生来，给你诊一诊。”我说“可以！”其实我岂不知道这老头子是刽子手扮的！无非借了看脉这名目，揣一揣肥瘠：因这功劳，也分一片肉吃。我也不怕；虽然不吃人，胆子却比他们还壮。伸出两个拳头，看他如何下手。老头子坐着，闭了眼睛，摸了好一会，呆了好一会；便张开他鬼眼睛说，“不要乱想。静静的养几天，就好了。”

不要乱想，静静的养！养肥了，他们是自然可以多吃；我有什么好处，怎么会“好了”？他们这群人，又想吃人，又是鬼鬼祟祟，想法子遮掩，不敢直捷下手，真要令我笑死。我忍不住，便放声大笑起来，十分快活。自己晓得这笑声里面，有的是义勇和正气。老头子和大哥，都失了色，被我这勇气正气镇压住了。

但是我有勇气，他们便越想吃我，沾光一点这勇气。老头子跨出门，走不多远，便低声对大哥说道，“赶紧吃罢！”大哥点点头。原来也有你！这一件大发见，虽似意外，也在意中：合伙吃我的人，便是我的哥哥！

吃人的是我哥哥！

我是吃人的人的兄弟！

我自己被人吃了，可仍然是吃人的人的兄弟！

五

这几天是退一步想：假使那老头子不是刽子手扮的，真是医生，也仍然是吃人的人。他们的祖师李时珍做的“本草什么”上，明明写着人肉可以煎吃；他还能说自己不吃人么？

至于我家大哥，也毫不冤枉他。他对我讲书的时候，亲口说过可以“易子而食”；又一回偶然议论起一个不好的人，他便说不但该杀，还当“食肉寝皮”。我那时年纪还小，心跳了好半天。前天狼子村佃户来说吃心肝的事，他也毫不奇怪，不住的点头。可见心思是同从前一样狠。既然可以“易子而食”，便什么都易得，什么人都吃得。我从前单听他讲道理，也胡涂过去；现在晓得他讲道理的时候，不但唇边还抹着人油，而且心里满装着吃人的意思。

六

黑漆漆的，不知是日是夜。赵家的狗又叫起来了。

狮子似的凶心，兔子的怯弱，狐狸的狡猾，……

七

我晓得他们的方法，直捷杀了，是不肯的，而且也不敢，怕有祸祟。所以他们大家连络，布满了罗网，逼我自戕。试看前几天街上男女的样子，和这几天我大哥的作为，便足可悟出八九分了。最好是解下腰带，挂在梁上，自己紧紧勒死；他们没有杀人的罪名，又偿了心愿，自然都欢天喜地的发出一种呜呜咽咽的笑声。否则惊吓忧愁死了，虽则略瘦，也还可以首肯几下。

他们是只会吃死肉的！——记得什么书上说，有一种东西，叫“海乙那”④的，眼光和样子都很难看；时常吃死肉，连极大的骨头，都细细嚼烂，咽下肚子去，想起来也教人害怕。“海乙那”是狼的亲眷，狼是狗的本家。前天赵家的狗，看我几眼，可见他也同谋，早已接洽。老头子眼看着地，岂能瞒得我过。

最可怜的是我的大哥，他也是人，何以毫不害怕；而且合伙吃我呢？还是历来惯了，不以为非呢？还是丧了良心，明知故犯呢？

我诅咒吃人的人，先从他起头；要劝转吃人的人，也先从他下手。

八

其实这种道理，到了现在，他们也该早已懂得，……

忽然来了一个人；年纪不过二十左右，相貌是不很看得清楚，满面笑容，对了我点头，他的笑也不像真笑。我便问他，“吃人的事，对么？”他仍然笑着说，“不是荒年，怎么会吃人。”我立刻就晓得，他也是一伙，喜欢吃人的；便自勇气百倍，偏要问他。

“对么？”

“这等事问他什么。你真会……说笑话。……今天天气很好。”

天气是好，月色也很亮了。可是我要问你，“对么？”

他不以为然了。含含胡胡的答道，“不……”

“不对？他们何以竟吃？!”

“没有的事……”

“没有的事？狼子村现吃；还有书上都写着，通红斩新！”

他便变了脸，铁一般青。睁着眼说，“有许有的，这是从来如此……”

“从来如此，便对么？”

“我不同你讲这些道理；总之你不该说，你说便是你错！”

我直跳起来，张开眼，这人便不见了。全身出了一大片汗。他的年纪，比我大哥小得远，居然也是一伙；这一定是他娘老子先教的。还怕已经教给他儿子了；所以连小孩子，也都恶狠狠的看我。

九

自己想吃人，又怕被别人吃了，都用着疑心极深的眼光，面面相觑。……

去了这心思，放心做事走路吃饭睡觉，何等舒服。这只是一条门槛，一个关头。他们可是父子兄弟夫妇朋友师生仇敌和各不相识的人，都结成一伙，互相劝勉，互相牵掣，死也不肯跨过这一步。

十

大清早，去寻我大哥；他立在堂门外看天，我便走到他背后，拦住门，格外沉静，格外和气的对他说，

“大哥，我有话告诉你。”

“你说就是，”他赶紧回过脸来，点点头。

“我只有几句话，可是说不出来。大哥，大约当初野蛮的人，都吃过一点人。后来因为心思不同，有的不吃人了，一味要好，便变了人，变了真的人。有的却还吃，——也同虫子一样，有的变了鱼鸟猴子，一直变到人。有的不要好，至今还是虫子。这吃人的人比不吃人的人，何等惭愧。怕比虫子的惭愧猴子，还差得很远很远。

“易牙蒸了他儿子，给桀纣吃，还是一直从前的事。谁晓得从盘古开辟天地以后，一直吃到易牙的儿子；从易牙的儿子，一直吃到徐锡林；从徐锡林，又一直吃到狼子村捉住的人。去年城里杀了犯人，还有一个生痨病的人，用馒头蘸血舐。

“他们要吃我，你一个人，原也无法可想；然而又何必去入伙。吃人的人，什么事做不出；他们会吃我，也会吃你，一伙里面，也会自吃。但只要转一步，只要立刻改了，也就是人人太平。虽然从来如此，我们今天也可以格外要好，说是不能！大哥，我相信你能说，前天佃户要减租，你说过不能。”

当初，他还只是冷笑，随后眼光便凶狠起来，一到说破他们的隐情，那就满脸都变成青色了。大门外立着一伙人，赵贵翁和他的狗，也在里面，都探头探脑的挨进来。有的是看不出面貌，似乎用布蒙着；有的是仍旧青面獠牙，抿着嘴笑。我认识他们是一伙，都

是吃人的人。可是也晓得他们心思很不一样，一种是以为从来如此，应该吃的；一种是知道不该吃，可是仍然要吃，又怕别人说破他，所以听了我的话，越发气愤不过，可是抿着嘴冷笑。

这时候，大哥也忽然显出凶相，高声喝道，

“都出去！疯子有什么好看！”

这时候，我又懂得一件他们的巧妙了。他们岂但不肯改，而且早已布置；预备下一个疯子的名目罩上我。将来吃了，不但太平无事，怕还会有人见情。佃户说的大家吃了一个恶人，正是这方法。这是他们的老谱！

陈老五也气愤愤的直走进来。如何按得住我的口，我偏要对这伙人说，

“你们可以改了，从真心改起！要晓得将来容不得吃人的人，活在世上。

“你们要不改，自己也会吃尽。即使生得多，也会给真的人除灭了，同猎人打完狼子一样！——同虫子一样！”

那一伙人，都被陈老五赶走了。大哥也不知那里去了。陈老五劝我回屋子里去。屋里面全是黑沉沉的。横梁和椽子都在头上发抖；抖了一会，就大起来，堆在我身上。

万分沉重，动弹不得；他的意思是要我死。我晓得他的沉重是假的，便挣扎出来，出了一身汗。可是偏要说，

“你们立刻改了，从真心改起！你们要晓得将来是容不得吃人的人，……”

十一

太阳也不出，门也不开，日日是两顿饭。

我捏起筷子，便想起我大哥；晓得妹子死掉的缘故，也全在他。那时我妹子才五岁，可爱可怜的样子，还在眼前。母亲哭个不住，他却劝母亲不要哭；大约因为自己吃了，哭起来不免有点过意不去。如果还能过意不去，……

妹子是被大哥吃了，母亲知道没有，我可不得而知。

母亲想也知道；不过哭的时候，却并没有说明，大约也以为应当的了。记得我四五岁时，坐在堂前乘凉，大哥说爷娘生病，做儿子的须割下一片肉来，煮熟了请他吃，才算好人；母亲也没有说不行。一片吃得，整个的自然也吃得。但是那天的哭法，现在想起来，实在还教人伤心，这真是奇极的事！

十二

不能想了。

四千年来时时吃人的地方，今天才明白，我也在其中混了多年；大哥正管着家务，妹子恰恰死了，他未必不和在饭菜里，暗暗给我们吃。

我未必无意之中，不吃了我妹子的几片肉，现在也轮到我自己，……

有了四千年吃人履历的我，当初虽然不知道，现在明白，难见真的人！

十三

没有吃过人的孩子，或者还有？

救救孩子……

一九一八年四月。

评注：

①发表于1918年5月《新青年》月刊第4期第5号，并首次使用“鲁迅”的笔名。后编入小说集《呐喊》。

②昆仲，对他人兄弟的敬称。

③候补，在清代，有官衔而没有实际职务的官员，由吏部抽签，或出钱，分配到某部或某地等待委用。

④“海乙那”，英语Hyena的音译，即鬣狗，一种食肉兽，多以猛兽吃剩的残尸为食。

药[1]

一

秋天的后半夜，月亮下去了，太阳还没有出，只剩下一片乌蓝的天；除了夜游的东西，什么都睡着。华老栓忽然坐起身，擦着火柴，点上遍身油腻的灯盏，茶馆的两间屋子里，便弥满了青白的光。

“小栓的爹，你就去么？”是一个老女人的声音。里边的小屋子里，也发出一阵咳嗽。

“唔。”老栓一面听，一面应，一面扣上衣服；伸手过去说，“你给我罢。”

华大妈在枕头底下掏了半天，掏出一包洋钱，交给老栓，老栓接了，抖抖的装入衣袋，又在外面按了两下；便点上灯笼，吹熄灯盏，走向里屋子去了。那屋子里面，正在窸窸窣窣的响，接着便是一通咳嗽。老栓候他平静下去，才低低的叫道，“小栓……你不要起来。……店么？你娘会安排的。”

老栓听得儿子不再说话，料他安心睡了；便出了门，走到街上。街上黑沉沉的一无所有，只有一条灰白的路，看得分明。灯光照着他的两脚，一前一后的走。有时也遇到几只狗，可是一只也没有叫。天气比屋子里冷多了；老栓倒觉爽快，仿佛一旦变了少年，得了神通，有给人生命的本领似的，跨步格外高远。而且路也愈走愈分明，天也愈走愈亮了。

老栓正在专心走路，忽然吃了一惊，远远里看见一条丁字街，明明白白横着。他便退了几步，寻到一家关着门的铺子，蹩进檐下，靠门立住了。好一会，身上觉得有些发冷。

“哼，老头子。”

“倒高兴……”

老栓又吃一惊，睁眼看时，几个人从他面前过去了。一个还回头看他，样子不甚分明，但很像久饿的人见了食物一般，眼里闪出一种攫取的光。老栓看看灯笼，已经熄了。按一按衣袋，硬硬的还在。仰起头两面一望，只见许多古怪的人，三三两两，鬼似的在那里徘徊；定睛再看，却也看不出什么别的奇怪。

没有多久，又见几个兵，在那边走动；衣服前后的一个大白圆圈，远地里也看得清楚，走过面前的，并且看出号衣[2]上暗红的镶边。——一阵脚步声响，一眨眼，已经拥过了一大簇人。那三三两两的人，也忽然合作一堆，潮一般向前进；将到丁字街口，便突然立住，簇成一个半圆。

老栓也向那边看，却只见一堆人的后背；颈项都伸得很长，仿佛许多鸭，被无形的手捏住了的，向上提着。静了一会，似乎有点声音，便又动摇起来，轰的一声，都向后退；一直散到老栓立着的地方，几乎将他挤倒了。

“喂！一手交钱，一手交货！”一个浑身黑色的人，站在老栓面前，眼光正像两把刀，刺得老栓缩小了一半。那人一只大手，向他摊着；一只手却撮着一个鲜红的馒头，那红的还是一点一点的往下滴。

老栓慌忙摸出洋钱，抖抖的想交给他，却又不敢去接他的东西。那人便焦急起来，嚷道，“怕什么？怎的不拿！”老栓还踌躇着；黑的人便抢过灯笼，一把扯下纸罩，裹了馒头，塞与老栓；一手抓过洋钱，捏一捏，转身去了。嘴里哼着说，“这老东西……。”

“这给谁治病的呀？”老栓也似乎听得有人问他，但他并不答应；他的精神，现在只在一个包上，仿佛抱着一个十世单传的婴儿，别的事情，都已置之度外了。他现在要将这包里的新的生命，移植到他家里，收获许多幸福。太阳也出来了；在他面前，显出一条大道，直到他家中，后面也照见丁字街头破匾上“古□亭□”这四个黯淡的金字。

二

老栓走到家，店面早经收拾干净，一排一排的茶桌，滑溜溜的发光。但是没有客人；只有小栓坐在里排的桌前吃饭，大粒的汗，从额上滚下，夹袄也帖住了脊心，两块肩胛骨高高凸出，印成一个阳文[3]的“八”字。老栓见这样子，不免皱一皱展开的眉心。他的女人，从灶下急急走出，睁着眼睛，嘴唇有些发抖。

“得了么？”

“得了。”

两个人一齐走进灶下，商量了一会；华大妈便出去了，不多时，拏着一片老荷叶回来，摊在桌上。老栓也打开灯笼罩，用荷叶重新包了那红的馒头。小栓也吃完饭，他的母亲慌忙说：

“小栓——你坐着，不要到这里来。”

一面整顿了灶火，老栓便把一个碧绿的包，一个红红白白的破灯笼，一同塞在灶里；一阵红黑的火焰过去时，店屋里散满了一种奇怪的香味。

“好香！你们吃什么点心呀？”这是驼背五少爷到了。这人每天总在茶馆里过日，来得最早，去得最迟，此时恰恰蹩到临街的壁角的桌边，便坐下问话，然而没有人答应他。“炒米粥么？”仍然没有人应。老栓匆匆走出，给他泡上茶。

“小栓进来罢！”华大妈叫小栓进了里面的屋子，中间放好一条凳，小栓坐了。他的母亲端过一碟乌黑的圆东西，轻轻说：

“吃下去罢，——病便好了。”

小栓撮起这黑东西，看了一会，似乎拿着自己的性命一般，心里说不出的奇怪，十分小心的拗开了，焦皮里面窜出一道白气，白气散了，是两半个白面的馒头。——不多工夫，已经全在肚里了，却全忘了什么味；面前只剩下一张空盘。他的旁边，一面立着他的父亲，一面立着他的母亲，两人的眼光，都仿佛要在他身上注进什么又要取出什么似的；便禁不住心跳起来，按着胸膛，又是一阵咳嗽。

“睡一会罢，——便好了。”

小栓依他母亲的话，咳着睡了。华大妈候他喘气平静，才轻轻的给他盖上了满幅补钉的夹被。

三

店里坐着许多人，老栓也忙了，提着大铜壶，一趟一趟的给客人冲茶；两个眼眶，都围着一圈黑线。

“老栓，你有些不舒服么？——你生病么？”一个花白胡子的人说。

“没有。”

“没有？——我想笑嘻嘻的，原也不像……”花白胡子便取消了自己的话。

“老栓只是忙。要是他的儿子……”驼背五少爷话还未完，突然闯进了一个满脸横肉的人，披一件玄色布衫，散着纽扣，用很宽的玄色腰带，胡乱捆在腰间。刚进门，便对老栓嚷道：

“吃了么？好了么？老栓，就是运气了你！你运气，要不是我信息灵……。”

老栓一手提了茶壶，一手恭恭敬敬的垂着；笑嘻嘻的听。满座的人，也都恭恭敬敬的听。华大妈也黑着眼眶，笑嘻嘻的送出茶碗茶叶来，加上一个橄榄，老栓便去冲了水。

“这是包好！这是与众不同的。你想，趁热的拿来，趁热的吃下。”横肉的人只是嚷。

“真的呢，要没有康大叔照顾，怎么会这样……”华大妈也很感激的谢他。

“包好，包好！这样的趁热吃下。这样的人血馒头，什么痨病都包好！”

华大妈听到“痨病”这两个字，变了一点脸色，似乎有些不高兴；但又立刻堆上笑，搭讪着走开了。这康大叔却没有觉察，仍然提高了喉咙只是嚷，嚷得里面睡着的小栓也合伙咳嗽起来。

“原来你家小栓碰到了这样的好运气了。这病自然一定全好；怪不得老栓整天的笑着呢。”花白胡子一面说，一面走到康大叔面前，低声下气的问道，“康大叔——听说今天结果的一个犯人，便是夏家的孩子，那是谁的孩子？究竟是什么事？”

“谁的？不就是夏四奶奶的儿子么？那个小家伙！”康大叔见众人都耸起耳朵听他，便格外高兴，横肉块块饱绽，越发大声说，“这小东西不要命，不要就是了，我可是这一回一点没有得到好处；连剥下来的衣服，都给管牢的红眼睛阿义拿去了。——第一要算我们栓叔运气；第二是夏三爷赏了二十五两雪白的银子，独自落腰包，一文不花。”

小栓慢慢的从小屋子里走出，两手按了胸口，不住的咳嗽；走到灶下，盛出一碗冷饭，泡上热水，坐下便吃。华大妈跟着他走，轻轻的问道，“小栓，你好些么？——你仍旧只是肚饿？……”

“包好，包好！”康大叔瞥了小栓一眼，仍然回过脸，对众人说，“夏三爷真是乖角儿，要是他不先告官，连他满门抄斩。现在怎样？银子！——这小东西也真不成东西！关在牢里，还要劝牢头造反。”

“阿呀，那还了得。”坐在后排的一个二十多岁的人，很现出气愤模样。

“你要晓得红眼睛阿义是去盘盘底细的，他却和他攀谈了。他说：这大清的天下是我们大家的。你想：这是人话么？红眼睛原知道他家里只有一个老娘，可是没有料到他竟会这么穷，榨不出一点油水，已经气破肚皮了。他还要老虎头上搔痒，便给他两个嘴巴！”

“义哥是一手好拳棒，这两下，一定够他受用了。”壁角的驼背忽然高兴起来。

“他这贱骨头打不怕，还要说可怜可怜哩。”

花白胡子的人说，“打了这种东西，有什么可怜呢？”

康大叔显出看他不上的样子，冷笑着说，“你没有听清我的话；看他神气，是说阿义可怜哩！”

听着的人的眼光，忽然有些板滞；话也停顿了。小栓已经吃完饭，吃得满头流汗，头上都冒出蒸气来。

“阿义可怜——疯话，简直是发了疯了。”花白胡子恍然大悟似的说。

“发了疯了。”二十多岁的人也恍然大悟的说。

庙里的坐客，便又现出活气，谈笑起来。小栓也趁着热闹，拼命咳嗽；康大叔走上前，拍他肩膀说：

“包好！小栓——你不要这么咳。包好！”

“疯了。”驼背五少爷点着头说。

四

西关外靠着城根的地面，本是一块官地；中间歪歪斜斜一条细路，是贪走便道的人，用鞋底造成的，但却成了自然的界限。路的左边，都埋着死刑和瘐毙的人，右边是穷人的丛冢。两面都已埋到层层叠叠，宛然阔人家里祝寿时的馒头。

这一年的清明，分外寒冷；杨柳才吐出半粒米大的新芽。天明未久，华大妈已在右边的一坐新坟前面，排出四碟菜，一碗饭，哭了一场。化过纸，呆呆的坐在地上；仿佛等候什么似的，但自己也说不出等候什么。微风起来，吹动他短发，确乎比去年白得多了。小路上又来了一个女人，也是半白头发，褴褛的衣裙；提一个破旧的朱漆圆篮，外挂一串纸锭，三步一歇的走。忽然见华大妈坐在地上看他，便有些踌躇，惨白的脸上，现出些羞愧的颜色；但终于硬着头皮，走到左边的一坐坟前，放下了篮子。

那坟与小栓的坟，一字儿排着，中间只隔一条小路。华大妈看他排好四碟菜，一碗饭，立着哭了一通，化过纸锭；心里暗暗地想，“这坟里的也是儿子了。”那老女人徘徊观望了一回，忽然手脚有些发抖，跄跄踉踉退下几步，瞪着眼只是发怔。

华大妈见这样子，生怕他伤心到快要发狂了；便忍不住立起身，跨过小路，低声对他说，“你这位老奶奶不要伤心了，——我们还是回去罢。”

那人点一点头，眼睛仍然向上瞪着；也低声吃吃的说道，“你看，——看这是什么呢？”

华大妈跟了他指头看去，眼光便到了前面的坟，这坟上草根还没有全合，露出一块一块的黄土，煞是难看。再往上仔细看时，却不觉也吃一惊；——分明有一圈红白的花，围着那尖圆的坟顶。

他们的眼睛都已老花多年了，但望这红白的花，却还能明白看见。花也不很多，圆圆的排成一个圈，不很精神，倒也整齐。华大妈忙看他儿子和别人的坟，却只有不怕冷的几点青白小花，零星开着；便觉得心里忽然感到一种不足和空虚，不愿意根究。那老女人又走近几步，细看了一遍，自言自语的说，“这没有根，不像自己开的。——这地方有谁来呢？孩子不会来玩；——亲戚本家早不来了。——这是怎么一回事呢？”他想了又想，忽又流下泪来，大声说道：

“瑜儿，他们都冤枉了你，你还是忘不了，伤心不过，今天特意显点灵，要我知道么？”他四面一看，只见一只乌鸦，站在一株没有叶的树上，便接着说，“我知道了。——瑜儿，可怜他们坑了你，他们将来总有报应，天都知道；你闭了眼睛就是了。——你如果真在这里，听到我的话，——便教这乌鸦飞上你的坟顶，给我看罢。”

微风早经停息了；枯草支支直立，有如铜丝。一丝发抖的声音，在空气中愈颤愈细，细到没有，周围便都是死一般静。两人站在枯草丛里，仰面看那乌鸦；那乌鸦也在笔直的树枝间，缩着头，铁铸一般站着。

许多的工夫过去了；上坟的人渐渐增多，几个老的小的，在土坟间出没。

华大妈不知怎的，似乎卸下了一挑重担，便想到要走；一面劝着说，“我们还是回去罢。”

那老女人叹一口气，无精打采的收起饭菜；又迟疑了一刻，终于慢慢地走了。嘴里自言自语的说，“这是怎么一回事呢？……”

他们走不上二三十步远，忽听得背后“哑——”的一声大叫；两个人都悚然的回过头，只见那乌鸦张开两翅，一挫身，直向着远处的天空，箭也似的飞去了。

一九一九年四月。

评注：

①发表于1919年5月《新青年》第6卷第5号。后编入《呐喊》。

②号衣，清朝士兵的军衣。

③阳文，刻在器物上的笔画凸起的文字叫阳文，凹下的叫阴文。

长明灯①

春阴的下午，吉光屯唯一的茶馆子里的空气又有些紧张了，人们的耳朵里，仿佛还留着一种微细沉实的声息——

“熄掉他罢！”

但当然并不是全屯的人们都如此。这屯上的居民是不大出行的，动一动就须查黄历，看那上面是否写着“不宜出行”；倘没有写，出去也须先走喜神方，迎吉利。不拘禁忌地坐在茶馆里的不过几个以豁达自居的青年人，但在蛰居人的意中却以为个个都是败家子。

现在也无非就是这茶馆里的空气有些紧张。

“还是这样么？”三角脸的拿起茶碗，问。

“听说，还是这样，”方头说，“还是尽说‘熄掉他熄掉他’。眼光也越加发闪了。见鬼！这是我们屯上的一个大害，你不要看得微细。我们倒应该想个法子来除掉他！”

“除掉他，算什么一回事。他不过是一个……。什么东西！造庙的时候，他的祖宗就捐过钱，现在他却要来吹熄长明灯。这不是不肖子孙？我们上县去，送他忤逆！”阔亭捏了拳头，在桌上一击，慷慨地说。一只斜盖着的茶碗盖子也噫的一声，翻了身。

“不成。要送忤逆，须是他的父母，母舅……”方头说。

“可惜他只有一个伯父……”阔亭立刻颓唐了。

“阔亭！”方头突然叫道。“你昨天的牌风可好？”

阔亭睁着眼看了他一会，没有便答；胖脸的庄七光已经放开喉咙嚷起来了：

“吹熄了灯，我们的吉光屯还成什么吉光屯，不就完了么？老年人不都说么：这灯还是梁武帝点起的，一直传下来，没有熄过；连长毛[②]造反的时候也没有熄过……你看，啧，那火光不是绿莹莹的么？外路人经过这里的都要看一看，都称赞……啧，多么好……他现在这么胡闹，什么意思？……”

“他不是发了疯么？你还没有知道？”方头带些藐视的神气说。

“哼，你聪明！”庄七光的脸上就走了油。

“我想：还不如用老法子骗他一骗，”灰五婶，本店的主人兼工人，本来是旁听着的，看见形势有些离了她专注的本题了，便赶忙来岔开纷争，拉到正经事上去。

“什么老法子？”庄七光诧异地问。

“他不是先就发过一回疯么，和现在一模一样。那时他的父亲还在，骗了他一骗，就治好了。”

“怎么骗？我怎么不知道？”庄七光更其诧异地问。

“你怎么会知道？那时你们都还是小把戏呢，单知道喝奶拉矢。便是我，那时也不这样。你看我那时的一双手呵，真是粉嫩粉嫩……”

“你现在也还是粉嫩粉嫩……”方头说。

“放你妈的屁！”灰五婶怒目地笑了起来，“莫胡说了。我们讲正经话。他那时也还年青哩；他的老子也就有些疯的。听说：有一天他的祖父带他进社庙去，教他拜社老爷，瘟将军，王灵官[3]老爷，他就害怕了，硬不拜，跑了出来，从此便有些怪。后来就像现在一样，一见人总和他们商量吹熄正殿上的长明灯。他说熄了便再不会有蝗虫和病痛，真是像一件天大的正事似的。大约那是邪祟附了体，怕见正路神道了。要是我们，会怕见社老爷么？你们的茶不冷了么？对一点热水罢。好，他后来就自己闯进去，要去吹。他的老子又太疼爱他，不肯将他锁起来。呵，后来不是全屯动了公愤，和他老子去吵闹了么？可是，没有办法，——幸亏我家的死鬼（该屯的粗女人有时以此称自己的亡夫。——作者原注）那时还在，给想了一个法：将长明灯用厚棉被一围，漆漆黑黑地，领他去看，说是已经吹熄了。”

“唉唉，这真亏他想得出。”三角脸吐一口气，说，不胜感服之至似的。

“费什么这样的手脚，”阔亭愤愤地说，“这样的东西，打死了就完了，吓！”

“那怎么行？”她吃惊地看着他，连忙摇手道，“那怎么行！他的祖父不是捏过印靶子（做过实缺官的意思。——作者原注）的么？”

阔亭们立刻面面相觑，觉得除了“死鬼”的妙法以外，也委实无法可想了。

“后来就好了的！”她又用手背抹去一些嘴角上的白沫，更快地说，“后来全好了的！他从此也就不再走进庙门去，也不再提起什么来，许多年。不知道怎么这回看了赛会之后不多几天，又疯了起来了。哦，同先前一模一样。午后他就走过这里，一定又上庙里去了。你们和四爷商量商量去，还是再骗他一骗好。那灯不是梁五弟点起来的么？不是说，那灯一灭，这里就要变海，我们就都要变泥鳅么？你们快去和四爷商量商量罢，要不……”

“我们还是先到庙前去看一看，”方头说着，便轩昂地出了门。

阔亭和庄七光也跟着出去了。三角脸走得最后，将到门口，回过头来说道：

“这回就记了我的账！入他……。”

灰五婶答应着，走到东墙下拾起一块木炭来，就在墙上画有一个小三角形和一串短短的细线的下面，划添了两条线。

他们望见社庙的时候，果然一并看到了几个人：一个正是他，两个是闲看的，三个是孩子。

但庙门却紧紧地关着。

“好！庙门还关着。”阔亭高兴地说。

他们一走近，孩子们似乎也都胆壮，围近去了。本来对了庙门立着的他，也转过脸来对他们看。

他也还如平常一样，黄的方脸和蓝布破大衫，只在浓眉底下的大而且长的眼睛中，略带些异样的光闪，看人就许多工夫不眨眼，并且总含着悲愤疑惧的神情。短的头发上粘着两片稻草叶，那该是孩子暗暗地从背后给他放上去的，因为他们向他头上一看之后，就都缩了颈子，笑着将舌头很快地一伸。

他们站定了，各人都互看着别个的脸。

“你干什么？”但三角脸终于走上一步，诘问了。

“我叫老黑开门，”他低声，温和地说。“就因为那一盏灯必须吹熄。你看，三头六臂的蓝脸，三只眼睛，长帽，半个的头，牛头和猪牙齿，都应该吹熄……吹熄。吹熄，我们就不会有蝗虫，不会有猪嘴瘟……。”

“唏唏，胡闹！”阔亭轻蔑地笑了出来，“你吹熄了灯，蝗虫会还要多，你就要生猪嘴瘟！”

“唏唏！”庄七光也陪着笑。

一个赤膊孩子擎起他玩弄着的苇子，对他瞄准着，将樱桃似的小口一张，道：

“吧！”

“你还是回去罢！倘不，你的伯伯会打断你的骨头！灯么，我替你吹。你过几天来看就知道。”阔亭大声说。

他两眼更发出闪闪的光来，钉一般看定阔亭的眼，使阔亭的眼光赶紧辟易了。

“你吹？”他嘲笑似的微笑，但接着就坚定地说，“不能！不要你们。我自己去熄，此刻去熄！”

阔亭便立刻颓唐得酒醒之后似的无力；方头却已站上去了，慢慢地说道：

“你是一向懂事的，这一回可是太胡涂了。让我来开导你罢，你也许能够明白。就是吹熄了灯，那些东西不是还在么？不要这么傻头傻脑了，还是回去！睡觉去！”

“我知道的，熄了也还在。”他忽又现出阴鸷的笑容，但是立即收敛了，沉实地说道，“然而我只能姑且这么办。我先来这么办，容易些。我就要吹熄他，自己熄！”他说着，一面就转过身去竭力地推庙门。

“喂！”阔亭生气了，“你不是这里的人么？你一定要我们大家变泥鳅么？回去！你推不开的，你没有法子开的！吹不熄的！还是回去好！”

“我不回去！我要吹熄他！”

“不成！你没法开！”

“…………”

“你没法开！”

“那么，就用别的法子来。”他转脸向他们一瞥，沉静地说。

“哼，看你有什么别的法。”

“…………”

“看你有什么别的法！”

“我放火。”

“什么？”阔亭疑心自己没有听清楚。

“我放火！”

沉默像一声清磬，摇曳着尾声，周围的活物都在其中凝结了。但不一会，就有几个人交头接耳，不一会，又都退了开去；两三人又在略远的地方站住了。庙后门的墙外就有庄七光的声音喊道：

“老黑呀，不对了！你庙门要关得紧！老黑呀，你听清了么？关得紧！我们去想了法子就来！”

但他似乎并不留心别的事，只闪烁着狂热的眼光，在地上，在空中，在人身上，迅速地搜查，仿佛想要寻火种。

方头和阔亭在几家的大门里穿梭一般出入了一通之后，吉光屯全局顿然扰动了。许多人们的耳朵里，心里，都有了一个可怕的声音：“放火！”但自然还有多少更深的蛰居人的耳朵里心里是全没有。然而全屯的空气也就紧张起来，凡有感得这紧张的人们，都很不安，仿佛自己就要变成泥鳅，天下从此毁灭。他们自然也隐约知道毁灭的不过是吉光屯，但也觉得吉光屯似乎就是天下。

这事件的中枢，不久就凑在四爷的客厅上了。坐在首座上的是年高德韶的郭老娃，脸上已经皱得如风干的香橙，还要用手捋着下颏上的白胡须，似乎想将他们拔下。

“上半天，”他放松了胡子，慢慢地说，“西头，老富的中风，他的儿子，就说是；因为，社神不安，之故。这样一来，将来，万一有，什么，鸡犬不宁，的事，就难免要到，府上……是的，都要来到府上，麻烦。”

“是么，”四爷也捋着上唇的花白的鲇鱼须，却悠悠然，仿佛全不在意模样，说，“这也是他父亲的报应呵。他自己在世的时候，不就是不相信菩萨么？我那时就和他不合，可是一点也奈何他不得。现在，叫我还有什么法？”

“我想，只有，一个。是的，有一个。明天，捆上城去，给他在那个，那个城隍庙里，搁一夜，是的，搁一夜，赶一赶，邪祟。”

阔亭和方头以守护全屯的劳绩：不但第一次走进这一个不易瞻仰的客厅，并且还坐在老娃之下和四爷之上，而且还有茶喝。他们跟着老娃进来，报告之后，就只是喝茶，喝干之后，也不开口，但此时阔亭忽然发表意见了：

“这办法太慢！他们两个还管着呢。最要紧的是马上怎么办。如果真是烧将起来……”

郭老娃吓了一跳，下巴有些发抖。

“如果真是烧将起来……”方头抢着说。

“那么，”阔亭大声道，“就糟了！”

一个黄头发的女孩子又来冲上茶。阔亭便不再说话，立即拿起茶来喝。浑身一抖，放下了，伸出舌尖来舐了一舐上嘴唇，揭去碗盖嘘嘘地吹着。

“真是拖累煞人！”四爷将手在桌上轻轻一拍，“这种子孙，真该死呵！唉！”

“的确，该死的。”阔亭抬起头来了，“去年，连各庄就打死一个；这种子孙。大家一口咬定，说是同时同刻，大家一齐动手，分不出打第一下的是谁，后来什么事也没有。”

“那又是一回事。”方头说，“这回，他们管着呢。我们得赶紧想法子。我想……”

老娃和四爷都肃然地看着他的脸。

“我想：倒不如姑且将他关起来。”

“那倒也是一个妥当的办法。”四爷微微地点一点头。

“妥当！”阔亭说。

“那倒，确是，一个妥当的，办法。”老娃说，“我们，现在，就将他，拖到府上来。府上，就赶快，收拾出，一间屋子来。还，准备着，锁。”

“屋子？”四爷仰了脸，想了一会，说，“舍间可是没有这样的闲房。他也说不定什么时候才会好……”

“就用，他，自己的……”老娃说。

“我家的六顺，”四爷忽然严肃而且悲哀地说，声音也有些发抖了。“秋天就要娶亲……。你看，他年纪这么大了，单知道发疯，不肯成家立业。舍弟也做了一世人，虽然也不大安分，可是香火总归是绝不得的……。”

“那自然！”三个人异口同音地说。

“六顺生了儿子，我想第二个就可以过继给他。但是，——别人的儿子，可以白要的么？”

“那不能！”三个人异口同音地说。

“这一间破屋，和我是不相干；六顺也不在乎此。可是，将亲生的孩子白白给人，做母亲的怕不能就这么松爽罢？”

“那自然！”三个人异口同音地说。

四爷沉默了。三个人交互看着别人的脸。

“我是天天盼望他好起来，”四爷在暂时静穆之后，这才缓缓地说，“可是他总不好。也不是不好，是他自己不要好。无法可想，就照这一位所说似的关起来，免得害人，出他父亲的丑，也许倒反好，倒是对得起他的父亲……。”

“那自然，”阔亭感动的说，“可是，房子……”

“庙里就没有闲房？……”四爷慢腾腾地问道。

“有！”阔亭恍然道，“有！进大门的西边那一间就空着，又只有一个小方窗，粗木直栅的，决计挖不开。好极了！”

老娃和方头也顿然都显了欢喜的神色；阔亭吐一口气，尖着嘴唇就喝茶。

未到黄昏时分，天下已经泰平，或者竟是全都忘却了，人们的脸上不特已不紧张，并且早褪尽了先前的喜悦的痕迹。在庙前，人们的足迹自然比平日多，但不久也就稀少了。只因为关了几天门，孩子们不能进去玩，便觉得这一天在院子里格外玩得有趣，吃过了晚饭，还有几个跑到庙里去游戏，猜谜。

“你猜。”一个最大的说，“我再说一遍：

白篷船，红划楫，

摇到对岸歇一歇，

点心吃一些，

戏变唱一出。”

“那是什么呢？‘红划楫’的。”一个女孩说。

“我说出来罢，那是……”

“慢一慢！”生癞头疮的说，“我猜着了，航船。”

“航船。”赤膊的也道。

“哈，航船？”最大的道，“航船是摇橹的。他会唱戏文么？你们猜不着。我说出来罢……”

“慢一慢，”癞头疮还说。

“哼，你猜不着。我说出来罢，那是：鹅。”

“鹅！”女孩笑着说，“红划楫的。”

“怎么又是白篷船呢？”赤膊的问。

“我放火！”

孩子们都吃惊，立时记起他来，一齐注视西厢房，又看见一只手扳着木栅，一只手撕着木皮，其间有两只眼睛闪闪地发亮。

沉默只一瞬间，癞头疮忽而发一声喊，拔步就跑；其余的也都笑着嚷着跑出去了。赤膊的还将苇子向后一指，从喘吁吁的樱桃似的小嘴唇里吐出清脆的一声道：

“吧！”

从此完全静寂了，暮色下来，绿莹莹的长明灯更其分明地照出神殿，神龛，而且照到院子，照到木栅里的昏暗。

孩子们跑出庙外也就立定，牵着手，慢慢地向自己的家走去，都笑吟吟地，合唱着随口编派的歌：

“白篷船，对岸歇一歇。
此刻熄，自己熄。
戏文唱一出。
我放火！哈哈哈！
火火火，点心吃一些。
戏文唱一出。
……”

一九二五年三月一日[4]。

评注：

①发表于1925年3月5日至8日北京《民国日报副刊》。后编入小说集《彷徨》。

②长毛，指太平天国起义军。因对抗清政府剃发留辫的法令，统一留发不留辫，故称“长毛”。

③社老爷，瘟将军，王灵官，传说中神道的名称。社老爷，土地神；瘟将军，掌管瘟疫之神；王灵官，专司纠察的天将，在道观中多奉为镇守山门之神。

④据《鲁迅日记》，本篇当写于1925年2月28日。

兔和猫[1]

住在我们后进院子里的三太太，在夏间买了一对白兔，是给伊的孩子们看的。

这一对白兔，似乎离娘并不久，虽然是异类，也可以看出他们的天真烂熳来。但也竖直了小小的通红的长耳朵，动着鼻子，眼睛里颇现些惊疑的神色，大约究竟觉得人地生疏，没有在老家时候的安心了。这种东西，倘到庙会日期自己出去买，每个至多不过两吊钱，而三太太却花了一元，因为是叫小使上店买来的。

孩子们自然大得意了，嚷着围住了看；大人也都围着看；还有一匹小狗名叫S的也跑来，闯过去一嗅，打了一个喷嚏，退了几步。三太太吆喝道："S，听着，不准你咬他！"于是在他头上打了一拳，S便退开了，从此并不咬。

这一对兔总是关在后窗后面的小院子里的时候多，听说是因为太喜欢撕壁纸，也常常啃木器脚。这小院子里有一株野桑树，桑子落地，他们最爱吃，便连喂他们的菠菜也不吃了。乌鸦喜鹊想要下来时，他们便躬着身子用后脚在地上使劲的一弹，砉的一声直跳上来，像飞起了一团雪，鸦鹊吓得赶紧走，这样的几回，再也不敢近来了。三太太说，鸦鹊到不打紧，至多也不过抢吃一点食料，可恶的是一匹大黑猫，常在矮墙上恶狠狠的看，这却要防的，幸而S和猫是对头，或者还不至于有什么罢。

孩子们时时捉他们来玩耍；他们很和气，竖起耳朵，动着鼻子，驯良的站在小手的圈子里，但一有空，却也就溜开去了。他们夜里的卧榻是一个小木箱，里面铺些稻草，就在后窗的房檐下。

这样的几个月之后，他们忽而自己掘土了，掘得非常快，前脚一抓，后脚一踢，不到半天，已经掘成一个深洞。大家都奇怪，后来仔细看时，原来一个的肚子比别一个的大得多了。他们第二天便将干草和树叶衔进洞里去，忙了大半天。

大家都高兴，说又有小兔可看了；三太太便对孩子们下了戒严令，从此不许再去捉。我的母亲也很喜欢他们家族的繁荣，还说待生下来的离了乳，也要去讨两匹来养在自己的窗外面。

他们从此便住在自造的洞府里，有时也出来吃些食，后来不见了，可不知道他们是预先运粮存在里面呢还是竟不吃。过了十多天，三太太对我说，那两匹又出来了，大约小兔是生下来又都死掉了，因为雌的一匹的奶非常多，却并不见有进去哺养孩子的形迹。伊言语之间颇气愤，然而也没有法。

有一天，太阳很温暖，也没有风，树叶都不动，我忽听得许多人在那里笑，寻声看时，却见许多人都靠着三太太的后窗看：原来有一个小兔，在院子里跳跃了。这比他的父母买来的时候还小得远，但也已经能用后脚一弹地，迸跳起来了。孩子们争着告诉我说，还看见一个小兔到洞口来探一探头，但是即刻便缩回去了，那该是他的弟弟罢。

那小的也捡些草叶吃，然而大的似乎不许他，往往夹口的抢去了，而自己并不吃。孩子们笑得响，那小的终于吃惊了，便跳着钻进洞里去；大的也跟到洞门口，用前脚推着他的孩子的脊梁，推进之后，又爬开泥土来封了洞。

从此小院子里更热闹，窗口也时时有人窥探了。

然而竟又全不见了那小的和大的。这时是连日的阴天，三太太又虑到遭了那大黑猫的毒手的事去。我说不然，那是天气冷，当然都躲着，太阳一出，一定出来的。

太阳出来了，他们却都不见。于是大家就忘却了。

惟有三太太是常在那里喂他们菠菜的，所以常想到。伊有一回走进窗后的小院子去，忽然在墙角上发见了一个别的洞，再看旧洞口，却依稀的还见有许多爪痕。这爪痕倘说是大兔的，爪该不会有这样大，伊又疑心到那常在墙上的大黑猫去了，伊于是也就不能不定下发掘的决心了。伊终于出来取了锄子，一路掘下去，虽然疑心，却也希望着意外的见了小白兔的。但是待到底，却只见一堆烂草夹些兔毛，怕还是临蓐时候所铺的罢，此外是冷清清的，全没有什么雪白的小兔的踪迹，以及他那只一探着去出洞外的弟弟了。

气愤和失望和凄凉，使伊不能不再掘那墙角上的新洞了。一动手，那大的两匹便先窜出洞外面。伊以为他们搬了家了，很高兴，然而仍然掘，待见底，那里面也铺着草叶和兔毛，而上面却睡着七个很小的兔，遍身肉红色，细看时，眼睛全都没有开。

一切都明白了，三太太先前的预料果不错。伊为预防危险起见，便将七个小的都装在木箱中，搬进自己的房里，又将大的也捺进箱里面，勒令伊去哺乳。

三太太从此不但深恨黑猫，而且颇不以大兔为然了。据说当初那两个被害之先，死掉的该还有，因为他们生一回，决不至于只两个，但为了哺乳不匀，不能争食的就先死了。这大概也不错的，现在七个之中，就有两个很瘦弱。所以三太太一有闲空，便捉住母兔，将小兔一个一个轮流的摆在肚子上来喝奶，不准有多少。

母亲对我说，那样麻烦的养兔法，伊历来连听也未曾听到过，恐怕是可以收入《无双谱》的。

白兔的家族更繁荣；大家也又都高兴了。

但自此之后，我总觉得凄凉。夜半在灯下坐着想，那两条小性命，竟是人不知鬼不觉的早在不知什么时候丧失了，生物史上不着一些痕迹，并S也不叫一声。我于是记起旧事来，先前我住在会馆里，清早起身，只见大槐树下一片散乱的鸽子毛，这明明是膏于鹰吻的了，上午长班[②]来一打扫，便什么都不见，谁知道曾有一个生命断送在这里呢？我又曾路过西四牌楼，看见一匹小狗被马车轧得快死，待回来时，什么也不见了，搬掉了罢，过往行人憧憧的走着，谁知道曾有一个生命断送在这里呢？夏夜，窗外面，常听到苍蝇的悠长的吱吱的叫声，这一定是给蝇虎咬住了，然而我向来无所容心于其间，而别人并且不听到……

假使造物也可以责备，那么，我以为他实在将生命造得太滥了，毁得太滥了。

嗥的一声，又是两条猫在窗外打起架来。

“迅儿！你又在那里打猫了？”

“不，他们自己咬。他那里会给我打呢。”

我的母亲是素来很不以我的虐待猫为然的，现在大约疑心我要替小兔抱不平，下什么辣手，便起来探问了。而我在全家的口碑上，却的确算一个猫敌：我曾经害过猫，平时也常打猫，尤其是在他们配合的时候。但我之所以打的原因并非因为他们配合，是因为他们嚷，嚷到使我睡不着，我以为配合是不必这样大嚷而特嚷的。

况且黑猫害了小兔，我更是“师出有名”的了。我觉得母亲实在太修善，于是不由的就说出模棱的近乎不以为然的答话来。

造物太胡闹，我不能不反抗他了，虽然也许是倒是帮他的忙……

那黑猫是不能久在矮墙上高视阔步的了，我决定的想，于是又不由的一瞥那藏在书箱里的一瓶青酸钾[3]。

一九二三年十月。

评注：

①发表于1922年10月10日北京《晨报副刊》。后编入《呐喊》。

②长班，也叫“长随”，明清时官员的随身仆人，也指听差。

③青酸钾，即氰酸钾，一种剧毒的化学品。

Z a g a n 杂感

摩罗诗力说[①]（节选）

今索诸中国，为精神界之战士者安在？有作至诚之声，致吾人于善美刚健者乎？有作温煦之声，援吾人出于荒寒者乎？家国荒矣，而赋最末哀歌，以诉天下贻后人之耶利米，且未之有也。非彼不生，即生而贼于众，居其一或兼其二，则中国遂以萧条。劳劳独躯壳之事是图，而精神日就于荒落；新潮来袭，遂以不支。众皆曰维新，此即自白其历来罪恶之声也，犹云改悔焉尔。顾既维新矣，而希望亦与偕始，吾人所待，则有介绍新文化之士人。特十余年来，介绍无已，而究其所携将以来归者；乃又舍治饼饵守囹圄之术[②]而外，无他有也。则中国尔后．且永续其萧条，而第二维新之声，亦将再举，盖可准前事而无疑者矣。俄文人凯罗连珂（V. Korolenko）作《末光》[③]一书，有记老人教童子读书于鲜卑者，曰，书中述樱花黄鸟，而鲜卑冱寒，不有此也。翁则解之曰，此鸟即止于樱木，引吭为好音者耳。少年乃沉思。然夫，少年处萧条之中，即不诚闻其好音，亦当得先觉之诠解；而先觉之声，乃又不来破中国之萧条也。然则吾人，其亦沉思而已夫，其亦惟沉思而已夫！

一九〇七年作。

评注：

①发表于1908年东京《河南》月刊第2号、第3号，署名令飞。后编入《坟》。

②治饼饵守圄圄之术，指晚清中国留学生据日文译介关于家政和警察学一类的书。

③凯罗连珂（1853—1921），今译柯罗连科，俄国作家。著有小说《西伯利亚故事》《盲音乐家》等。《末光》是《西伯利亚故事》中的一篇，也译作《最后的光芒》。

无声的中国[①]

——二月十六日在香港青年会讲

以我这样没有什么可听的无聊的讲演，又在这样大雨的时候，竟还有这许多来听的诸君，我首先应当声明我的郑重的感谢。

我现在所讲的题目是：《无声的中国》。

现在，浙江，陕西，都在打仗，那里的人民哭着呢还是笑着呢，我们不知道。香港似乎很太平，住在这里的中国人，舒服呢还是不很舒服呢，别人也不知道。

发表自己的思想，感情给大家知道的是要用文章的，然而拿文章来达意，现在一般的中国人还做不到。这也怪不得我们；因为那文字，先就是我们的祖先留传给我们的可怕的遗产。人们费了多年的工夫，还是难于运用。因为难，许多人便不理它了，甚至于连自己的姓也写不清是张还是章，或者简直不会写，或者说道：Chang。虽然能说话，而只有几个人听到，远处的人们便不知道，结果也等于无声。又因为难，有些人便当作宝贝，像玩把戏似的，之乎者也，只有几个人懂，——其实是不知道可真懂，而大多数的人们却不懂得，结果也等于无声。

文明人和野蛮人的分别，其一，是文明人有文字，能够把他们的思想，感情，藉此传给大众，传给将来。中国虽然有文字，现在却已经和大家不相干，用的是难懂的古文，讲的是陈旧的古意思，所有的声音，都是过去的，都就是只等于零的。所以，大家不能互相了解，正像一大盘散沙。

将文章当作古董，以不能使人认识，使人懂得为好，也许是有趣的事罢。但是，结果怎样呢？是我们已经不能将我们想说的话说出来。我们受了损害，受了侮辱，总是不能说出些应说的话。拿最近的事情来说，如中日战争，拳匪事件，民元革命这些大事件，一直到现在，我们可有一部像样的著作？民国以来，也还是谁也不作声。反而在外国，倒常有说起中国的，但那都不是中国人自己的声音，是别人的声音。

这不能说话的毛病，在明朝是还没有这样厉害的；他们还比较地能够说些要说的话。待到满洲人以异族侵入中国，讲历史的，尤其是讲宋末的事情的人被杀害了，讲时事的自然也被杀害了。所以，到乾隆年间，人民大家便更不敢用文章来说话了。所谓读书人，便只好躲起来读经，校刊古书，做些古时的文章，和当时毫无关系的文章。有些新意，也还是不行的；不是学韩，便是学苏。韩愈苏轼他们，用他们自己的文章来说当时要说的话，那当然可以的。我们却并非唐宋时人，怎么做和我们毫无关系的时候的文章呢。即使做得像，也是唐宋时代的声音，韩愈苏轼的声音，而不是我们现代的声音。然而直到现在，中国人却还要着这样的旧戏法。人是有的，没有声音，寂寞得很。——人会没有声音的么？没有，可以说：是死了。倘要说得客气一点。那就是：已经哑了。

要恢复这多年无声的中国，是不容易的，正如命令一个死掉的人道："你活过来！"我虽然并不懂得宗教，但我以为正如想出现一个宗教上之所谓"奇迹"一样。

首先来尝试这工作的是"五四运动"前一年，胡适之先生所提倡的"文学革命"。"革命"这两个字，在这里不知道可害怕，有些地方是一听到就害怕的。但这和文学两字连起来的"革命"，却没有法国革命的"革命"那么可怕，不过是革新，改换一个字，就很平和了，我们就称为"文学革新"罢，中国文字上，这样的花样是很多的。那大意也并不可怕，不过说：我们不必再去费尽心机，学说古代的死人的话，要说现代的活人的话；不要将文章看作古董，要做容易懂得的白话的文章。然而，单是文学革新是不够的，因为腐败思想，能用古文做，也能用白话做。所以后来就有人提倡思想革新。思想革新的结果，是发生社会革新运动。这运动一发生，自然一面就发生反动，于是便酿成战斗……

但是，在中国，刚刚提起文学革新，就有反动了。不过白话文却渐渐风行起来，不大受阻碍。这是怎么一回事呢？就因为当时又有钱玄同先生提倡废止汉字，用罗马字母来替代。这本也不过是一种文字革新，很平常的，但被不喜欢改革的中国人听见，就大不得了了，于是便放过了比较的平和的文学革命，而竭力来骂钱玄同。白话乘了这一个机会，居然减去了许多敌人，反而没有阻碍，能够流行了。

中国人的性情是总喜欢调和，折中的。譬如你说，这屋子太暗，须在这里开一个窗，大家一定不允许的。但如果你主张拆掉屋顶，他们就会来调和，愿意开窗了。没有更激烈的主张，他们总连平和的改革也不肯行。那时白话文之得以通行，就因为有废掉中国字而用罗马字母的议论的缘故。

其实，文言和白话的优劣的讨论，本该早已过去了，但中国是总不肯早早解决的，到现在还有许多无谓的议论。例如，有的说：古文各省人都能懂，白话就各处不同，反而不能互相了解了。殊不知这只要教育普及和交通发达就好，那时就人人都能懂较为易解的白话文；至于古文，何尝各省人都能懂，便是一省里，也没有许多人懂得的。有的说：如果都用白话文，人们便不能看古书，中国的文化就灭亡了。其实呢，现在的人们大可以不必看古书，即使古书里真有好东西，也可以用白话来译出的，用不着那么心惊胆战。他们又有人说，外国尚且译中国书，足见其好，我们自己倒不看么？殊不知埃及的古书，外国人也译，非洲黑人的神话，外国人也译，他们别有用意，即使译出，也算不了怎样光荣的事的。

近来还有一种说法，是思想革新紧要，文字改革倒在其次，所以不如用浅显的文言来作新思想的文章，可以少招一重反对。这话似乎也有理。然而我们知道，连他长指甲都不肯剪去的人，是决不肯剪去他的辫子的。

因为我们说着古代的话，说着大家不明白，不听见的话，已经弄得像一盘散沙，痛痒不相关了。我们要活过来，首先就须由青年们不再说孔子孟子和韩愈柳宗元们的话。时代不同，情形也两样，孔子时代的香港不这样，孔子口调的“香港论”是无从做起的，“吁嗟阔哉香港也”，不过是笑话。

我们要说现代的，自己的话；用活着的白话，将自己的思想，感情直白地说出来。但是，这也要受前辈先生非笑的。他们说白话文卑鄙，没有价值；他们说年青人作品幼稚，贻笑大方。我们中国能做文言的有多少呢？其余的都只能说白话，难道这许多中国人，就都是卑鄙，没有价值的么？至于幼稚，尤其没有什么可羞，正如孩子对于老人，毫没有什么可羞一样。幼稚是会生长，会成熟的，只不要衰老，腐败，就好，倘说待到纯熟了才可以动手，那是虽是村妇也不至于这样蠢。她的孩子学走路，即使跌倒了，她决不至于叫孩子从此躺在床上，待到学会了走法再下地面来的。

青年们先可以将中国变成一个有声的中国。大胆地说话，勇敢地进行，忘掉了一切利害，推开了古人，将自己的真心的话发表出来。——真，自然是不容易的。譬如态度，就不容易真，讲演时候就不是我的真态度，因为我对朋友，孩子说话时候的态度是不这样的。——但总可以说些较真的话，发些较真的声音。只有真的声音，才能感动中国的人和世界的人；必须有了真的声音，才能和世界的人同在世界上生活。

我们试想现在没有声音的民族是那几种民族。我们可听到埃及人的声音？可听到安南，朝鲜的声音？印度除了泰戈尔，别的声音可还有？

我们此后实在只有两条路：一是抱着古文而死掉，一是舍掉古文而生存。

评注：

①最初发表于香港报纸，1927年3月23日汉口《中央日报》副刊转载。据《鲁迅日记》，讲演应作于2月18日。后编入《三闲集》。

老调子已经唱完[①]

——二月十九日在香港青年会讲

今天我所讲的题目是“老调子已经唱完”：初看似乎有些离奇，其实是并不奇怪的。

凡老的，旧的，都已经完了！这也应该如此。虽然这一句话实在对不起一般老前辈，可是我也没有别的法子。

中国人有一种矛盾思想，即是：要子孙生存，而自己也想活得很长久，永远不死；及至知道没法可想，非死不可了，却希望自己的尸身永远不腐烂。但是，想一想罢，如果从有人类以来的人们都不死，地面上早已挤得密密的，现在的我们早已无地可容了；如果从有人类以来的人们的尸身都不烂，岂不是地面上的死尸早已堆得比鱼店里的鱼还要多，连掘井，造房子的空地都没有了么？所以，我想，凡是老的，旧的，实在倒不如高高兴兴的死去的好。

在文学上，也一样，凡是老的和旧的，都已经唱完，或将要唱完。举一个最近的例来说，就是俄国。他们当俄皇专制的时代，有许多作家很同情于民众，叫出许多惨痛的声音，后来他们又看见民众有缺点，便失望起来，不很能怎样歌唱，待到革命以后，文学上便没有什么大作品了。只有几个旧文学家跑到外国去，作了几篇作品，但也不见得出色，因为他们已经失掉了先前的环境了，不再能照先前似的开口。

在这时候，他们的本国是应该有新的声音出现的，但是我们还没有很听到。我想，他们将来是一定要有声音的。因为俄国是活的，虽然暂时没有声音，但他究竟有改造环境的能力，所以将来一定也会有新的声音出现。

再说欧美的几个国度罢。他们的文艺是早有些老旧了，待到世界大战时候，才发生了一种战争文学。战争一完结，环境也改变了，老调子无从再唱，所以现在文学上也有些寂寞。将来的情形如何，我们实在不能豫测。但我相信，他们是一定也会有新的声音的。

现在来想一想我们中国是怎样。中国的文章是最没有变化的，调子是最老的，里面的思想是最旧的。但是，很奇怪，却和别国不一样。那些老调子，还是没有唱完。

这是什么缘故呢？有人说，我们中国是有一种“特别国情”。——中国人是否真是这样“特别”，我是不知道，不过我听得有人说，中国人是这样。——倘使这话是真的，那么，据我看来，这所以特别的原因，大概有两样。

第一，是因为中国人没记性，因为没记性，所以昨天听过的话，今天忘记了，明天再听到，还是觉得很新鲜。做事也是如此，昨天做坏了的事，今天忘记了，明天做起来，也还是“仍旧贯”的老调子。

第二，是个人的老调子还未唱完，国家却已经灭亡了好几次了。何以呢？我想，凡有老旧的调子，一到有一个时候，是都应该唱完的，凡是有良心，有觉悟的人，到一个时候，自然知道老调子不该再唱，将它抛弃。但是，一般以自己为中心的人们，却决不肯以民众为主体，而专图自己的便利，总是三翻四复的唱不完。于是，自己的老调子固然唱不完，而国家却已被唱完了。

宋朝的读书人讲道学，讲理学，尊孔子，千篇一律。虽然有几个革新的人们，如王安石等等，行过新法，但不得大家的赞同，失败了。从此大家又唱老调子，和社会没有关系的老调子，一直到宋朝的灭亡。

宋朝唱完了，进来做皇帝的是蒙古人——元朝。那么，宋朝的老调子也该随着宋朝完结了罢，不，元朝人起初虽然看不起中国人[②]，后来却觉得我们的老调子，倒也新奇，渐渐生了羡慕，因此元人也跟着唱起我们的调子来了，一直到灭亡。

这个时候，起来的是明太祖。元朝的老调子，到此应该唱完了罢，可是也还没有唱完。明太祖又觉得还有些意趣，就又教大家接着唱下去。什么八股咧，道学咧，和社会，百姓都不相干，就只向着那条过去的旧路走，一直到明亡。

清朝又是外国人。中国的老调子，在新来的外国主人的眼里又见得新鲜了，于是又唱下去。还是八股，考试，做古文，看古书。但是清朝完结，已经有十六年了，这是大家都知道的。他们到后来，倒也略略有些觉悟，曾经想从外国学一点新法来补救，然而已经太迟，来不及了。

老调子将中国唱完，完了好几次，而它却仍然可以唱下去。因此就发生一点小议论。有人说："可见中国的老调子实在好，正不妨唱下去。试看元朝的蒙古人，清朝的满洲人，不是都被我们同化了么？照此看来，则将来无论何国，中国都会这样地将他们同化的。”原来我们中国就如生着传染病的病人一般，自己生了病，还会将病传到别人身上去，这倒是一种特别的本领。

殊不知这种意见，在现在是非常错误的。我们为甚么能够同化蒙古人和满洲人呢？是因为他们的文化比我们的低得多。倘使别人的文化和我们的相敌或更进步，那结果便要大不相同了。他们倘比我们更聪明，这时候，我们不但不能同化他们，反要被他们利用了我们的腐败文化，来治理我们这腐败民族。他们对于中国人，是毫不爱惜的，当然任凭你腐败下去。现在听说又很有别国人在尊重中国的旧文化了，那里是真在尊重呢，不过是利用！

从前西洋有一个国度，国名忘记了，要在非洲造一条铁路。顽固的非洲土人很反对，他们便利用了他们的神话来哄骗他们道：“你们古代有一个神仙，曾从地面造一道桥到天上。现在我们所造的铁路，简直就和你们的古圣人的用意一样。”非洲人不胜佩服，高兴，铁路就造起来。——中国人是向来排斥外人的，然而现在却渐渐有人跑到他那里去唱老调子了，还说道：“孔夫子也说过，‘道不行，乘桴浮于海。’所以外人倒是好的。”外国人也说道：“你家圣人的话实在不错。”

倘照这样下去，中国的前途怎样呢？别的地方我不知道，只好用上海来类推。上海是：最有权势的是一群外国人，接近他们的是一圈中国的商人和所谓读书的人，圈子外面是许多中国的苦人，就是下等奴才。将来呢，倘使还要唱着老调子，那么，上海的情状会扩大到全国，苦人会多起来。因为现在是不像元朝清朝时候，我们可以靠着老调子将他们唱完，只好反而唱完自己了。这就因为，现在的外国人，不比蒙古人和满洲人一样，他们的文化并不在我们之下。

那么，怎么好呢？我想，唯一的方法，首先是抛弃了老调子。旧文章，旧思想，都已经和现社会毫无关系了，从前孔子周游列国的时代，所坐的是牛车。现在我们还坐牛车么？从前尧舜的时候，吃东西用泥碗，现在我们所用的是甚么？所以，生在现今的时代，捧着古书是完全没有用处的了。

但是，有些读书人说，我们看这些古东西，倒并不觉得于中国怎样有害，又何必这样决绝地抛弃呢？是的。然而古老东西的可怕就正在这里。倘使我们觉得有害，我们便能警戒了，正因为并不觉得怎样有害，我们这才总是觉不出这致死的毛病来。因为这是“软刀子”。这“软刀子”的名目，也不是我发明的，明朝有一个读书人，叫做贾凫西的，鼓词里曾经说起纣王，道：“几年家软刀子割头不觉死，只等得太白旗悬才知道命有差。”我们的老调子，也就是一把软刀子。

中国人倘被别人用钢刀来割，是觉得痛的，还有法子想；倘是软刀子，那可真是“割头不觉死”，一定要完。

我们中国被别人用兵器来打，早有过好多次了。例如，蒙古人满洲人用弓箭，还有别国人用枪炮。用枪炮来打的后几次，我已经出了世了，但是年纪青。我仿佛记得那时大家倒还觉得一点苦痛的，也曾经想有些抵抗，有些改革。用枪炮来打我们的时候，听说是因为我们野蛮；现在，倒不大遇见有枪炮来打我们了，大约是因为我们文明了罢。现在也的确常常有人说，中国的文化好得很，应该保存。那证据，是外国人也常在赞美。这就是软刀子。用钢刀，我们也许还会觉得的，于是就改用软刀子。我想：叫我们用自己的老调子唱完我们自己的时候，是已经要到了。

中国的文化，我可是实在不知道在那里。所谓文化之类，和现在的民众有甚么关系，甚么益处呢？近来外国人也时常说，中国人礼仪好，中国人肴馔好。中国人也附和着。但这些事和民众有甚么关系？车夫先就没有钱来做礼服，南北的大多数的农民最好的食物是杂粮。有什么关系？

中国的文化，都是侍奉主子的文化，是用很多的人的痛苦换来的。无论中国人，外国人，凡是称赞中国文化的，都只是以主子自居的一部分。

以前，外国人所作的书籍，多是嘲骂中国的腐败；到了现在，不大嘲骂了，或者反而称赞中国的文化了。常听到他们说："我在中国住得很舒服呵！"这就是中国人已经渐渐把自己的幸福送给外国人享受的证据。所以他们愈赞美，我们中国将来的苦痛要愈深的！

这就是说：保存旧文化，是要中国人永远做侍奉主子的材料，苦下去，苦下去。虽是现在的阔人富翁，他们的子孙也不能逃。我曾经做过一篇杂感，大意是说："凡称赞中国旧文化的，多是住在租界或安稳地方的富人，因为他们有钱，没有受到国内战争的痛苦，所以发出这样的赞赏来。殊不知将来他们的子孙，营业要比现在的苦人更其贱，去开的矿洞，也要比现在的苦人更其深。"这就是说，将来还是要穷的，不过迟一点。但是先穷的苦人，开了较浅的矿，他们的后人，却须开理深的矿了。我的话并没有人注意。他们还是唱着老调子，唱到租界去，唱到外国去。但从此以后，不能像元朝清朝一样，唱完别人了，他们是要唱完了自己。

这怎么办呢？我想，第一，是先请他们从洋楼，卧室，书房里踱出来，看一看身边怎么样，再看一看社会怎么样，世界怎么样。然后自己想一想，想得了方法，就做一点。"跨出房门，是危险的。"自然，唱老调子的先生们又要说。然而，做人是总有些危险的，如果躲在房里，就一定长寿，白胡子的老先生应该非常多；但是我们所见的有多少呢？他们也还是常常早死，虽然不危险，他们也胡涂死了。

要不危险，我倒曾经发见了一个很合式的地方。这地方，就是：牢狱。人坐在监，牢里便不至于再捣乱，犯罪了；救火机关也完全，不怕失火；也不怕盗劫，到牢狱里去抢东西的强盗是从来没有的。坐监是实在最安稳。

但是，坐监却独独缺少一件事，这就是：自由。所以，贪安稳就没有自由，要自由就总要历些危险。只有这两条路。那一条好，是明明白白的，不必待我来说了。

现在我还要谢诸位今天到来的盛意。

评注：

①最初发表于1927年广州《国民新闻》副刊《新时代》，同年5月11日汉口《中央日报》副刊转载。后编入《集外集拾遗》。

②元朝将全国人分为四等。蒙古人最贵，依次为色目人、汉人、南人。汉人，指契丹、女真、高丽和原金朝治下的北方汉人；南人指南宋遗民。

文艺与政治的歧途①

——十二月二十一日在上海暨南大学讲

我是不大出来讲演的；今天到此地来，不过因为说过了好几次，来讲一回也算了却一件事。我所以不出来讲演，一则没有什么意见可讲，二则刚才这位先生说过，在座的很多读过我的书，我更不能讲什么。书上的人大概比实物好一点，《红楼梦》里面的人物，像贾宝玉林黛玉这些人物，都使我有异样的同情；后来，考究一些当时的事实，到北京后，看看梅兰芳姜妙香扮的贾宝玉林黛玉，觉得并不怎样高明。

我没有整篇的鸿论，也没有高明的见解，只能讲讲我近来所想到的。我每每觉到文艺和政治时时在冲突之中，文艺和革命原不是相反的，两者之间，倒有不安于现状的同一。惟政治是要维持现状，自然和不安于现状的文艺处在不同的方向。不过不满意现状的文艺，直到十九世纪以后才兴起来，只有一段短短历史。政治家最不喜欢人家反抗他的意见，最不喜欢人家要想，要开口。而从前的社会也的确没有人想过什么，又没有人开过口。且看动物中的猴子，它们自有它们的首领；首领要它们怎样，它们就怎样。在部落里，他们有一个酋长，他们跟着酋长走，酋长的吩咐，就是他们的标准。酋长要他们死，也只好去死。那时没有什么文艺，即使有，也不过赞美上帝（还没有后人所谓God[②]那么玄妙）罢了！那里会有自由思想？后来，一个部落一个部落你吃我吞，渐渐扩大起来，所谓大国，就是吞吃那多多少少的小部落；一到了大国，内部情形就复杂得多，夹着许多不同的思想，许多不同的问题。这时，文艺也起来了，和政治不断地冲突；政治想维系现状使它统一，文艺催促社会进化使它渐渐分离；文艺虽使社会分裂，但是社会这样才进步起来。文艺既然是政治家的眼中钉，那就不免被挤出去。外国许多文学家，在本国站不住脚，相率亡命到别个国度去；这个方法，就是“逃”。要是逃不掉，那就被杀掉，割掉他的头；割掉头那是最好的方法，既不会开口，又不会想了。俄国许多文学家，受到这个结果，还有许多充军到冰雪的西伯利亚去。

有一派讲文艺的，主张离开人生，讲些月呀花呀鸟呀的话（在中国又不同，有国粹的道德，连花呀月呀都不许讲，当作别论），或者专讲“梦”，专讲些将来的社会，不要讲得太近。这种文学家，他们都躲在象牙之塔里面；但是“象牙之塔”毕竟不能住得很长久的呀！象牙之塔总是要安放在人间，就免不掉还要受政治的压迫。打起仗来，就不能不逃开去。北京有一班文人，顶看不起描写社会的文学家，他们想，小说里面连车夫的生活都可以写进去，岂不把小说应该写才子佳人一首诗生爱情的定律都打破了吗？现在呢，他们也不能做高尚的文学家了，还是要逃到南边来；“象牙之塔”的窗子里，到底没有一块一块面包递进来的呀！

等到这些文学家也逃出来了，其他文学家早已死的死，逃的逃了。别的文学家，对于现状早感到不满意，又不能不反对，不能不开口，“反对”“开口”就是有他们的下场。我以为文艺大概由于现在生活的感受，亲身所感到的，便影印到文艺中去。挪威有一文学家[③]，他描写肚子饿，写了一本书，这是依他所经验的写的。对于人生的经验，别的且不说，“肚子饿”这件事，要是欢喜，便可以试试看，只要两天不吃饭，饭的香味便会是一个特别的诱惑；要是走过街上饭铺子门口，更会觉得这个香味一阵阵冲到鼻子来。我们有钱的时候，用几个钱不算什么；直到没有钱，一个钱都有它的意味。那本描写肚子饿的书里，它说起那人饿得久了，看见路人个个是仇人，即是穿一件单褂子的，在他眼里也见得那是骄傲。我记起我自己曾经写过这样一个人，他身边什么都光了，时常抽开抽屉看看，看角上边上可以找到什么；路上一处一处去找，看有什么可以找得到；这个情形，我自己是体验过来的。

从生活窘迫过来的人，一到了有钱，容易变成两种情形：一种是理想世界，替处同一境遇的人着想，便成为人道主义；一种是什么都是自己挣起来，从前的遭遇，使他觉得什么都是冷酷，便流为个人主义。我们中国大概是变成个人主义者多。主张人道主义的，要想替穷人想想法子，改变改变现状，在政治家眼里，倒还不如个人主义的好；所以人道主义者和政治家就有冲突。俄国文学家托尔斯泰讲人道主义，反对战争，写过三册很厚的小说——那部《战争与和平》，他自己是个贵族，却是经过战场的生活，他感到战争是怎么一个惨痛。尤其是他一临到长官的铁板前（战场上重要军官都有铁板挡住枪弹），更有刺心的痛楚。而他又眼见他的朋友们，很多在战场上牺牲掉。战争的结果，也可以变成两种态度：一种是英雄，他见别人死的死伤的伤，只有他健存，自己就觉得怎样了不得，这么那么夸耀战场上的威雄。一种是变成反对战争的，希望世界上不要再打仗了。托尔斯泰便是后一种，主张用无抵抗主义来消灭战争。他这么主张，政府自然讨厌他；反对战争，和俄皇的侵掠欲望冲突；主张无抵抗主义，叫兵士不替皇帝打仗，警察不替皇帝执法，审判官不替皇帝裁判，大家都不去捧皇帝；皇帝是全要人捧的，没有人捧，还成什么皇帝，更和政治相冲突。这种文学家出来，对于社会现状不满意，这样批评，那样批评，弄得社会上个个都自己觉到，都不安起来，自然非杀头不可。

但是，文艺家的话其实还是社会的话，他不过感觉灵敏，早感到早说出来（有时，他说得太早，连社会也反对他，也排轧他）。譬如我们学兵式体操，行举枪礼，照规矩口令是“举……枪”这般叫，一定要等“枪”字令下，才可以举起。有些人却是一听到“举”字便举起来，叫口令的要罚他，说他做错。文艺家在社会上正是这样；他说得早一点，大家都讨厌他。政治家认定文学家是社会扰乱的煽动者，心想杀掉他，社会就可平安。殊不知杀了文学家，社会还是要革命；俄国的文学家被杀掉的充军的不在少数，革命的火焰不是到处燃着吗？文学家生前大概不能得到社会的同情，潦倒地过了一生，直到死后四五十年，才为社会所认识，大家大闹起来。政治家因此更厌恶文学家，以为文学家早就种下大祸根；政治家想不准大家思想，而那野蛮时代早已过去了。在座诸位的见解，我虽然不知道；据我推测，一定和政治家是不相同；政治家既永远怪文艺家破坏他们的统一，偏见如此，所以我从来不肯和政治家去说。

到了后来，社会终于变动了；文艺家先时讲的话，渐渐大家都记起来了，大家都赞成他，恭维他是先知先觉。虽是他活的时候，怎样受过社会的奚落。刚才我来讲演，大家一阵子拍手，这拍手就见得我并不怎样伟大；那拍手是很危险的东西，拍了手或者使我自以为伟大不再向前了，所以还是不拍手的好。上面我讲过，文学家是感觉灵敏了一点，许多观念，文学家早感到了，社会还没有感到。譬如今天××先生穿了皮袍，我还只穿棉袍；××先生对于天寒的感觉比我灵。再过一月，也许我也感到非穿皮袍不可，在天气上的感觉，相差到一个月，在思想上的感觉就得相差到三四十年。这个话，我这么讲，也有许多文学家在反对。我在广东，曾经批评一个革命文学家——现在的广东，是非革命文学不能算做文学的，是非“打打打，杀杀杀，革革革，命命命”，不能算做革命文学的——我以为革命并不能和文学连在一块儿，虽然文学中也有文学革命。但做文学的人总得闲定一点，正在革命中，那有功夫做文学。我们且想想：在生活困乏中，一面拉车，一面“之乎者也”，到底不大便当。古人虽有种田做诗的，那一定不是自己在种田；雇了几个人替他种田，他才能吟他的诗；真要种田，就没有功夫做诗。革命时候也是一样；正在革命，那有功夫做诗？我有几个学生，在打陈炯明时候，他们都在战场；我读了他们的来信，只见他们的字与词一封一封生疏下去。俄国革命以后，拿了面包票排了队一排一排去领面包；这时，国家既不管你什么文学家艺术家雕刻家；大家连想面包都来不及，那有功夫去想文学？等到有了文学，革命早成功了。革命成功以后，闲空了一点；有人恭维革命，有人颂扬革命，这已不是革命文学。他们恭维革命颂扬革命，就是颂扬有权力者，和革命有什么关系？

这时，也许有感觉灵敏的文学家，又感到现状的不满意，又要出来开口。从前文艺家的话，政治革命家原是赞同过；直到革命成功，政治家把从前所反对那些人用过的老法子重新采用起来，在文艺家仍不免于不满意，又非被排轧出去不可，或是割掉他的头。割掉他的头，前面我讲过，那是顶好的法子，——从十九世纪到现在，世界文艺的趋势，大者如此。

十九世纪以后的文艺，和十八世纪以前的文艺大不相同。十八世纪的英国小说，它的目的就在供给太太小姐们的消遣，所讲的都是愉快风趣的话。十九世纪的后半世纪，完全变成和人生问题发生密切关系。我们看了，总觉得十二分的不舒服，可是我们还得气也不透地看下去。这因为以前的文艺，好像写别一个社会，我们只要鉴赏；现在的文艺，就在写我们自己的社会，连我们自己也写进去；在小说里可以发见社会，也可以发见我们自己；以前的文艺，如隔岸观火，没有什么切身关系；现在的文艺，连自己也烧在这里面，自己一定深深感觉到；一到自己感觉到，一定要参加到社会去！

十九世纪，可以说是一个革命的时代；所谓革命，那不安于现在，不满意于现状的都是。文艺催促旧的渐渐消灭的也是革命（旧的消灭，新的才能产生），而文学家的命运并不因自己参加过革命而有一样改变，还是处处碰钉子。现在革命的势力已经到了徐州，在徐州以北文学家原站不住脚；在徐州以南，文学家还是站不住脚，即共了产，文学家还是站不住脚。革命文学家和革命家竟可说完全两件事。诋斥军阀怎样怎样不合理，是革命文学家；打倒军阀是革命家；孙传芳所以赶走，是革命家用炮轰掉的，决不是革命文艺家做了几句“孙传芳呀，我们要赶掉你呀”的文章赶掉的。在革命的时候，文学家都在做一个梦，以为革命成功将有怎样怎样一个世界；革命以后，他看看现实全不是那么一回事，于是他又要吃苦了。照他们这样叫，啼，哭都不成功；向前不成功，向后也不成功，理想和现实不一致，这是注定的运命；正如你们从《呐喊》上看出的鲁迅和讲坛上的鲁迅并不一致；或许大家以为我穿洋服头发分开，我却没有穿洋服，头发也这样短短的。所以以革命文学自命的，一定不是革命文学，世间那有满意现状的革命文学？除了吃麻醉药！苏俄革命以前，有两个文学家，叶遂宁和梭波里，他们都讴歌过革命，直到后来，他们还是碰死在自己所讴歌希望的现实碑上，那时，苏维埃是成立了！

不过，社会太寂寞了，有这样的人，才觉得有趣些。人类是欢喜看看戏的，文学家自己来做戏给人家看，或是绑出去砍头，或是在最近墙脚下枪毙，都可以热闹一下子。且如上海巡捕用棒打人，大家围着去看，他们自己虽然不愿意挨打，但看见人家挨打，倒觉得颇有趣的。文学家便是用自己的皮肉在挨打的啦！

今天所讲的，就是这么一点点，给它一个题目，叫做……《文艺与政治的歧途》。

评注：

①本篇记录稿发表于1928年1月29日、30日上海《新闻报·学海》第182、183期。后收入《集外集》。

②God，英语，上帝。

③指汉姆生（K. Hamsun，1859—1952），挪威小说家。

关于知识阶级[1]

——十月二十五日在上海劳动大学讲

我到上海约二十多天，这回来上海并无什么意义，只是跑来跑去偶然到上海就是了。

我没有什么学问和思想，可以贡献给诸君。但这次易先生[2]要我来讲几句话；因为我去年亲见易先生在北京和军阀官僚怎样奋斗，而且我也参与其间，所以他要我来，我是不得不来的。

我不会讲演，也想不出什么可讲的，讲演近于做八股，是极难的，要有讲演的天才才好，在我是不会的。终于想不出什么，只能随便一谈；刚才谈起中国情形，说到“知识阶级”四字，我想对于知识阶级发表一点个人的意见，只是我并不是站在引导者的地位，要诸君都相信我的话，我自己走路都走不清楚，如何能引导诸君？

“知识阶级”一辞是爱罗先珂（V. Eroshenko）七八年前讲演“知识阶级及其使命”时提出的，他骂俄国的知识阶级，也骂中国的知识阶级，中国人于是也骂起知识阶级来了；后来便要打倒知识阶级，再利害一点，甚至于要杀知识阶级了。知识就仿佛是罪恶，但是一方面虽有人骂知识阶级；一方面却又有人以此自豪：这种情形是中国所特有的，所谓俄国的知识阶级，其实与中国的不同，俄国当革命以前，社会上还欢迎知识阶级。为什么要欢迎呢？因为他确能替平民抱不平，把平民的苦痛告诉大众。他为什么能把平民的苦痛说出来？因为他与平民接近，或自身就是平民。几年前有一位中国大学教授[③]，他很奇怪，为什么有人要描写一个车夫的事情，这就因为大学教授一向住在高大的洋房里，不明白平民的生活。欧洲的著作家往往是平民出身，（欧洲人虽出身穷苦，而也做文章；这因为他们的文字容易写，中国的文字却不容易写了。）所以也同样的感受到平民的苦痛，当然能痛痛快快写出来为平民说话，因此平民以为知识阶级对于自身是有益的；于是赞成他，到处都欢迎他，但是他们既受此荣誉，地位就增高了，而同时却把平民忘记了，变成一种特别的阶级。那时他们自以为了不得，到阔人家里去宴会，钱也多了，房子东西都要好的，终于与平民远远的离开了。他享受了高贵的生活，就记不起从前一切的贫苦生活了。——所以请诸位不要拍手，拍了手把我的地位一提高，我就要忘记了说话的。他不但不同情于平民或许还要压迫平民，以致变成了平民的敌人，现在贵族阶级不能存在；贵族的知识阶级当然也不能站住了，这是知识阶级缺点之一。

还有知识阶级不可免避的运命，在革命时代是注重实行的，动的；思想还在其次，直白地说：或者倒有害。至少我个人的意见如此的。唐朝奸臣李林甫有一次看兵操练很勇敢，就有人对着他称赞。他说："兵好是好，可是无思想，"这话很不差。因为兵之所以勇敢，就在没有思想，要是有了思想，就会没有勇气了。现在倘叫我去当兵，要我去革命，我一定不去，因为明白了利害是非，就难于实行了。有知识的人，讲讲柏拉图（Plato）讲讲苏格拉底（Socrates）是不会有危险的。讲柏拉图可以讲一年，讲苏格拉底可以讲三年，他很可以安安稳稳的活下去，但要他去干危险的事情，那就很费踟蹰。譬如中国人，凡是做文章，总说“有利然而又有弊”，这最足以代表知识阶级的思想。其实无论什么都是有弊的，就是吃饭也是有弊的，它能滋养我们这方面是有利的；但是一方面使我们消化器官疲乏，那就不好而有弊了。假使做事要面面顾到，那就什么事都不能做了。

还有，知识阶级对于别人的行动，往往以为这样也不好，那样也不好。先前俄国皇帝杀革命党，他们反对皇帝；后来革命党杀皇族，他们也起来反对。问他怎么才好呢？他们也没办法。所以在皇帝时代他们吃苦，在革命时代他们也吃苦，这实在是他们本身的缺点。

所以我想，知识阶级能否存在还是个问题。知识和强有力是冲突的，不能并立的；强有力不许人民有自由思想，因为这能使能力分散，在动物界有很显的例；猴子的社会是最专制的，猴王说一声走，猴子都走了。在原始时代酋长的命令是不能反对的，无怀疑的，在那时酋长带领着群众并吞衰小的部落；于是部落渐渐的大了，团体也大了。一个人就不能支配了。因为各个人思想发达了，各人的思想不一，民族的思想就不能统一，于是命令不行，团体的力量减小，而渐趋灭亡。在古时野蛮民族常侵略文明很发达的民族，在历史上常见的。现在知识阶级在国内的弊病，正与古时一样。

英国罗素（Russell）法国罗曼罗兰（R. Rolland）反对欧战，大家以为他们了不起，其实幸而他们的话没有实行，否则，德国早已打进英国和法国了；因为德国如不能同时实行非战，是没有办法的。俄国托尔斯泰（Tolstoy）的无抵抗主义之所以不能实行，也是这个原因。他不主张以恶报恶的，他的意思是皇帝叫我们去当兵，我们不去当兵。叫警察去捉，他不去；叫刽子手去杀，他不去杀，大家都不听皇帝的命令，他也没有兴趣；那末做皇帝也无聊起来，天下也就太平了。然而如果一部分的人偏听皇帝的话，那就不行。

我从前也很想做皇帝，后来在北京去看到宫殿的房子都是一个刻板的格式，觉得无聊极了。所以我皇帝也不想做了。做人的趣味在和许多朋友有趣的谈天，热烈的讨论。做了皇帝，口出一声，臣民都下跪，只有不绝声的Yes[④]，Yes，那有什么趣味？但是还有人做皇帝，因为他和外界隔绝，不知外面还有世界！

总之，思想一自由，能力要减少，民族就站不住，他的自身也站不住了！现在思想自由和生存还有冲突，这是知识阶级本身的缺点。

然而知识阶级将怎么样呢？还是在指挥刀下听令行动，还是发表倾向民众的思想呢？要是发表意见，就要想到什么就说什么。真的知识阶级是不顾利害的，如想到种种利害，就是假的，冒充的知识阶级；只是假知识阶级的寿命倒比较长一点。像今天发表这个主张，明天发表那个意见的人，思想似乎天天在进步；只是真的知识阶级的进步，决不能如此快的。不过他们对于社会永不会满意的，所感觉的永远是痛苦，所看到的永远是缺点，他们预备着将来的牺牲，社会也因为有了他们而热闹，不过他的本身——心身方面总是苦痛的；因为这也是旧式社会传下来的遗物。至于诸君，是与旧的不同，是二十世纪初叶青年，如在劳动大学一方读书，一方做工，这是新的境遇；或许可以造成新的局面，但是环境是老样子，着着逼人堕落，倘不与这老社会奋斗，还是要回到老路上去的。

譬如从前我在学生时代不吸烟，不吃酒，不打牌，没有一点嗜好；后来当了教员，有人发传单说我抽鸦片。我很气，但并不辩明，为要报复他们，前年我在陕西就真的抽一回鸦片，看他们怎样？此次来上海有人在报纸上说我来开书店；又有人说我每年版税有一万多元。但是我也并不辩明；但曾经自己想，与其负空名，倒不如真的去赚这许多进款。

还有一层，最可怕的情形，就是比较新的思想运动起来时，如与社会无关，作为空谈，那是不要紧的，这也是专制时代所以能容知识阶级存在的原故。因为痛哭流泪与实际是没有关系的，只是思想运动变成实际的社会运动时，那就危险了。往往反为旧势力所扑灭。中国现在也是如此，这现象，革新的人称之为“反动”。我在文艺史上，却找到一个好名辞，就是Renaissance[5]，在意大利文艺复兴的意义，是把古时好的东西复活，将现存的坏的东西压倒，因为那时候思想太专制腐败了，在古时代确实有些比较好的；因此后来得到了社会上的信仰。现在中国顽固派的复古，把孔子礼教都拉出来了，但是他们拉出来的是好的么？如果是不好的，就是反动，倒退，以后恐怕是倒退的时代了。

还有，中国人现在胆子格外小了，这是受了共产党的影响。人一听到俄罗斯，一看见红色，就吓得一跳；一听到新思想，一看到俄国的小说，更其害怕，对于较特别的思想，较新思想尤其丧心发抖，总要仔仔细细底想，这有没有变成共产党思想的可能性?!这样的害怕，一动也不敢动，怎样能够有进步呢？这实在是没有力量的表示，比如我们吃东西，吃就吃，若是左思右想，吃牛肉怕不消化，喝茶时又要怀疑，那就不行了，——老年人才是如此；有力量，有自信力的人是不至于此的。虽是西洋文明罢，我们能吸收时，就是西洋文明也变成我们自己的了。好像吃牛肉一样，决不会吃了牛肉自己也即变成牛肉的，要是如此胆小，那真是衰弱的知识阶级了，不衰弱的知识阶级，尚且对于将来的存在不能确定；而衰弱的知识阶级是必定要灭亡的。从前或许有，将来一定不能存在的。

现在比较安全一点的，还有一条路，是不做时评而做艺术家。要为艺术而艺术。住在“象牙之塔”里，目下自然要比别处平安。就我自己来说罢，——有人说我只会讲自己，这是真的。我先前独自住在厦门大学的一所静寂的大洋房里；到了晚上，我总是孤思默想，想到一切，想到世界怎样，人类怎样，我静静地思想时，自己以为很了不得的样子；但是给蚊子一咬，跳了一跳，把世界人类的大问题全然忘了，离不开的还是我本身。

就我自己说起来，是早就有人劝我不要发议论，不要做杂感，你还是创作去吧！因为做了创作在世界史上有名字，做杂感是没有名字的。其实就是我不做杂感，世界史上，还是没有名字的，这得声明一句，是：这些劝我做创作，不要写杂感的人们之中，有几个是别有用意，是被我骂过的。所以要我不再做杂感。但是我不听他，因此在北京终于站不住了，不得不躲到厦门的图书馆上去了。

艺术家住在象牙塔中，固然比较地安全，但可惜还是安全不到底。秦始皇，汉武帝想成仙，终于没有成功而死了。危险的临头虽然可怕，但别的运命说不定，“人生必死”的运命却无法逃避，所以危险也仿佛用不着害怕似的。但我并不想劝青年得到危险，也不劝他人去做牺牲，说为社会死了名望好，高巍巍的镌起铜像来。自己活着的人没有劝别人去死的权利，假使你自己以为死是好的，那末请你自己先去死吧。诸君中恐有钱人不多罢。那末，我们穷人唯一的资本就是生命。以生命来投资，为社会做一点事，总得多赚一点利才好；以生命来做利息小的牺牲，是不值得的。所以我从来不叫人去牺牲，但也不要再爬进象牙之塔和知识阶级里去了，我以为是最稳当的一条路。

至于有一班从外国留学回来，自称知识阶级，以为中国没有他们就要灭亡的，却不在我所论之内，像这样的知识阶级，我还不知道是些什么东西?!

今天的说话很没有伦次，望诸君原谅!

评注：

①最初发表于1927年11月上海劳动大学《劳大周刊》第5期，后编入《集外集拾遗补篇》。

②易先生，即易培基（1880—1937），教育家。

③指吴宓（1894—1978），曾留学美国，1921年回国后任清华大学国学研究院主任，主编《学衡》杂志。

④Yes，英语，“是”的意思。

⑤Renaissance，英语，文艺复兴。

“圣武”①

我前回已经说过“什么主义都与中国无干”的话了；今天忽然又有些意见，便再写在下面：

我想，我们中国本不是发生新主义的地方，也没有容纳新主义的处所，即使偶然有些外来思想，也立刻变了颜色，而且许多论者反要以此自豪。我们只要留心译本上的序跋，以及各样对于外国事情的批评议论，便能发见我们和别人的思想中间，的确还隔着几重铁壁。他们是说家庭问题的，我们却以为他鼓吹打仗；他们是写社会缺点的，我们却说他讲笑话；他们以为好的，我们说来却是坏的。若再留心看看别国的国民性格，国民文学，再翻一本文人的评传，便更能明白别国著作里写出的性情，作者的思想，几乎全不是中国所有。所以不会了解，不会同情，不会感应；甚至彼我间的是非爱憎，也免不了得到一个相反的结果。

新主义宣传者是放火人么，也须别人有精神的燃料，才会着火；是弹琴人么，别人的心上也须有弦索，才会出声；是发声器么，别人也必须是发声器，才会共鸣。中国人都有些不很像，所以不会相干。

几位读者怕要生气，说，“中国时常有将性命去殉他主义的人，中华民国以来，也因为主义上死了多少烈士，你何以一笔抹杀？吓！”这话也是真的。我们从旧的外来思想说罢，六朝的确有许多焚身的和尚，唐朝也有过砍下臂膊布施无赖的和尚；从新的说罢，自然也有过几个人的。然而与中国历史，仍不相干。因为历史结账，不能像数学一般精密，写下许多小数，却只能学粗人算账的四舍五入法门，记一笔整数。

中国历史的整数里面，实在没有什么思想主义在内。这整数只是两种物质，——是刀与火，“来了”便是他的总名。

火从北来便逃向南，刀从前来便退向后，一大堆流水账簿，只有这一个模型。倘嫌“来了”的名称不很庄严，“刀与火”也触目，我们也可以别想花样，奉献一个谥法，称作“圣武”，便好看了。

古时候，秦始皇帝很阔气，刘邦和项羽都看见了；邦说，“嗟乎！大丈夫当如此也！”羽说，“彼可取而代也！”羽要“取”什么呢？便是取邦所说的“如此”。“如此”的程度，虽有不同，可是谁也想取；被取的是“彼”，取的是“丈夫”。所有“彼”与“丈夫”的心中，便都是这“圣武”的产生所，受纳所。

何谓“如此”？说起来话长；简单地说，便只是纯粹兽性方面的欲望的满足——威福，子女，玉帛，——罢了。然而在一切大小丈夫，却要算最高理想（？）了。我怕现在的人，还被这理想支配着。

大丈夫“如此”之后，欲望没有衰，身体却疲敝了；而且觉得暗中有一个黑影——死——到了身边了。于是无法，只好求神仙。

这在中国，也要算最高理想了。我怕现在的人，也还被这理想支配着。

求了一通神仙，终于没有见，忽然有些疑惑了。于是要造坟，来保存死尸，想用自己的尸体，永远占据着一块地面。这在中国，也要算一种没奈何的最高理想了。我怕现在的人，也还被这理想支配着。

现在的外来思想，无论如何，总不免有些自由平等的气息，互助共存的气息，在我们这单有“我”，单想“取彼”，单要由我喝尽了一切空间时间的酒的思想界上，实没有插足的余地。

因此，只须防那“来了”便够了。看看别国，抗拒这“来了”的便是有主义的人民。他们因为所信的主义，牺牲了别的一切，用骨肉碰钝了锋刃，血液浇灭了烟焰。在刀光火色衰微中，看出一种薄明的天色，便是新世纪的曙光。

曙光在头上，不抬起头，便永远只能看见物质的闪光。

评注：

①发表于1919年5月《新青年》第6卷第5号，署名唐俟。后编入《热风》。

暴君的臣民[①]

从前看见清朝几件重案的记载，“臣工”拟罪很严重，“圣上”常常减轻，便心里想：大约因为要博仁厚的美名，所以玩这些花样罢了。后来细想，殊不尽然。

暴君治下的臣民，大抵比暴君更暴；暴君的暴政，时常还不能餍足暴君治下的臣民的欲望。

中国不要提了罢。在外国举一个例：小事件则如Gogol[②]的剧本《按察使》，众人都禁止他，俄皇却准开演；大事件则如巡抚想放耶稣，众人却要求将他钉上十字架。

暴君的臣民，只愿暴政暴在他人的头上，他却看着高兴，拿“残酷”做娱乐，拿“他人的苦”做赏玩，做慰安。

自己的本领只是“幸免”。

从“幸免”里又选出牺牲，供给暴君治下的臣民的渴血的欲望，但谁也不明白。死的说“阿呀”，活的高兴着。

评注：

①发表于1919年11月《新青年》第6卷第6号，署名唐俟。后编入《热风》。

②Gogol，果戈理（1809—1852），俄国作家。

青年必读书①

——应《京报副刊》的征求

青年必读书	从来没有留心过，所以现在说不出。
附注	但我要趁这机会，略说自己的经验，以供若干读者的参考—— 我看中国书时，总觉得就沉静下去，与实人生离开；读外国书——但除了印度——时，往往就与人生接触，想做点事。 中国书虽有劝人入世的话，也多是僵尸的乐观；外国书即使是颓唐和厌世的，但却是活人的颓唐和厌世。 我以为要少——或者竟不——看中国书，多看外国书。 少看中国书，其结果不过不能作文而已。但现在的青年最要紧的是“行”，不是“言”。只要是活人，不能作文算什么大不了的事。 （二月十日。）

评注：

①发表于1925年2月21日《京报副刊》。后编入《华盖集》。

魏晋风度及文章与药及酒之关系[1]

——九月间在广州夏期学术演讲会讲

我今天所讲的，就是黑板上写着的这样一个题目。

中国文学史，研究起来，可真不容易。研究古的，恨材料太少，研究今的，材料又太多，所以到现在，中国较完全的文学史尚未出现。今天讲的题目是文学史上的一部分，也是材料太少，研究起来很有困难的地方。因为我们想研究某一时代的文学，至少要知道作者的环境，经历和著作。

汉末魏初这个时代是很重要的时代，在文学方面起一个重大的变化，因当时正在黄巾[2]和董卓大乱之后，而且又是党锢[3]的纠纷之后，这时曹操出来了。——不过我们讲到曹操，很容易就联想起《三国志演义》；更而想起戏台上那一位花面的奸臣，但这不是观察曹操的真正方法。现在我们再看历史，在历史上的记载和论断有时也是极靠不住的，不能相信的地方很多。因为通常我们晓得，某朝的年代长一点，其中必定好人多；某朝的年代短一点，其中差不多没有好人。为什么呢？因为年代长了，做史的是本朝人，当然恭维本朝的人物，年代短了，做史的是别朝人，便很自由地贬斥其异朝的人物，所以在秦朝，差不多在史的记载上半个好人也没有。曹操在史上年代也是颇短的，自然也逃不了被后一朝人说坏话的公例。其实，曹操是一个很有本事的人，至少是一个英雄，我虽不是曹操一党，但无论如何，总是非常佩服他。

研究那时的文学，现在较为容易了，因为已经有人做过工作：在文集一方面有清严可均辑的《全上古三代秦汉三国晋南北朝文》。其中于此有用的，是《全汉文》，《全三国文》，《全晋文》。

在诗一方面有丁福保辑的《全汉三国晋南北朝诗》。——丁福保是做医生的，现在还在。

辑录关于这时代的文学评论有刘师培编的《中国中古文学史》。这本书是北大的讲义，刘先生已死，此书由北大出版。

上面三种书对于我们的研究有很大的帮助。能使我们看出这时代的文学的确有点异彩。

我今天所讲，倘若刘先生的书里已详的，我就略一点；反之，刘先生所略的，我就较详一点。

董卓之后，曹操专权。在他的统治之下，第一个特色便是尚刑名。他的立法是很严的，因为当大乱之后，大家都想做皇帝，大家都想叛乱，故曹操不能不如此。曹操曾自己说过："倘无我，不知有多少人称王称帝！"这句话他倒并没有说谎。因此之故，影响到文章方面，成了清峻的风格。——就是文章要简约严明的意思。

此外还有一个特点，就是尚通脱[④]。他为什么要尚通脱呢？自然也与当时的风气有莫大的关系。因为在党锢之祸以前，凡党中人都自命清流，不过讲“清”讲得太过，便成固执，所以在汉末，清流的举动有时便非常可笑了。

比方有一个有名的人，普通的人去拜访他，先要说几句话，倘这几句话说得不对，往往会遭倨傲的待遇，叫他坐到屋外去，甚而至于拒绝不见。

又如有一个人，他和他的姊夫是不对的，有一回他到姊姊那里去吃饭之后，便要将饭钱算回给姊姊。她不肯要，他就于出门之后，把那些钱扔在街上，算是付过了。

个人这样闹闹脾气还不要紧，若治国平天下也这样闹起执拗的脾气来，那还成甚么话？所以深知此弊的曹操要起来反对这种习气，力倡通脱。通脱即随便之意。此种提倡影响到文坛，便产生多量想说甚么便说甚么的文章。

更因思想通脱之后，废除固执，遂能充分容纳异端和外来的思想，故孔教以外的思想源源引入。

总括起来，我们可以说汉末魏初的文章是清峻，通脱。在曹操本身，也是一个改造文章的祖师，可惜他的文章传的很少。他胆子很大，文章从通脱得力不少，做文章时又没有顾忌，想写的便写出来。

所以曹操征求人才时也是这样说，不忠不孝不要紧，只要有才便可以。这又是别人所不敢说的。曹操做诗，竟说是“郑康成行酒伏地气绝”，他引出离当时不久的事实，这也是别人所不敢用的。还有一样，比方人死时，常常写点遗令，这是名人的一件极时髦的事。当时的遗令本有一定的格式，且多言身后当葬于何处，或葬于某某名人的墓旁；操独不然，他的遗令不但没有依着格式，内容竟讲到遗下的衣服和伎女怎样处置等问题。

陆机虽然评曰“贻尘谤于后王”，然而我想他无论如何是一个精明人，他自己能做文章，又有手段，把天下的方士文士统统搜罗起来，省得他们跑在外面给他捣乱。所以他帷幄里面，方士文士就特别地多。

孝文帝曹丕，以长子而承父业，篡汉而即帝位。他也是喜欢文章的。其弟曹植，还有明帝曹叡，都是喜欢文章的。不过到那个时候，于通脱之外，更加上华丽。丕著有《典论》，现已失散无全本，那里面说："诗赋欲丽"，"文以气为主"。《典论》的零零碎碎，在唐宋类书中；一篇整的《论文》，在《文选》中可以看见。

后来有一般人很不以他的见解为然。他说诗赋不必寓教训，反对当时那些寓训勉于诗赋的见解，用近代的文学眼光看来，曹丕的一个时代可说是"文学的自觉时代"，或如近代所说是为艺术而艺术（Art for Art's Sake）的一派。所以曹丕做的诗赋很好，更因他以"气"为主，故于华丽以外，加上壮大。归纳起来，汉末，魏初的文章，可说是："清峻，通脱，华丽，壮大。"在文学的意见上，曹丕和曹植表面上似乎是不同的。曹丕说文章事可以留名声于千载；但子建却说文章小道，不足论的。据我的意见，子建大概是违心之论。这里有两个原因，第一，子建的文章做得好，一个人大概总是不满意自己所做而羡慕他人所为的，他的文章已经做得好，于是他便敢说文章是小道；第二，子建活动的目标在于政治方面，政治方面不甚得志，遂说文章是无用了。

曹操曹丕以外，还有下面的七个人：孔融，陈琳，王粲，徐干，阮瑀，应场，刘桢，都很能做文章，后来称为"建安七子"。七人的文章很少流传，现在我们很难判断；但，大概都不外是"慷慨"，"华丽"罢。华丽即曹丕所主张，慷慨就因当天下大乱之际，亲戚朋友死于乱者特多，于是为文就不免带着悲凉，激昂和

“慷慨”了。

七子之中，特别的是孔融，他专喜和曹操捣乱。曹丕《典论》里有论孔融的，因此他也被拉进“建安七子”一块儿去。其实不对，很两样的。不过在当时，他的名声可非常之大。孔融作文，喜用讥嘲的笔调，曹丕很不满意他。孔融的文章现在传的也很少，就他所有的看起来，我们可以瞧出他并不大对别人讥讽，只对曹操。比方操破袁氏兄弟，曹丕把袁熙的妻甄氏拿来，归了自己，孔融就写信给曹操，说当初武王伐纣，将妲己给了周公了。操问他的出典，他说，以今例古，大概那时也是这样的。又比方曹操要禁酒，说酒可以亡国，非禁不可，孔融又反对他，说也有以女人亡国的，何以不禁婚姻?

其实曹操也是喝酒的。我们看他的“何以解忧?惟有杜康”的诗句，就可以知道。为什么他的行为会和议论矛盾呢?此无他，因曹操是个办事人，所以不得不这样做；孔融是旁观的人，所以容易说些自由话。曹操见他屡屡反对自己，后来借故把他杀了。他杀孔融的罪状大概是不孝。因为孔融有下列的两个主张：

第一，孔融主张母亲和儿子的关系是如瓶之盛物一样，只要在瓶内把东西倒了出来，母亲和儿子的关系便算完了。第二，假使有天下饥荒的一个时候，有点食物，给父亲不给呢?孔融的答案是：倘若父亲是不好的，宁可给别人。——曹操想杀他，便不惜以这种主张为他不忠不孝的根据，把他杀了。倘若曹操在世，我们可以问他，当初求才时就说不忠不孝也不要紧，为何又以不孝之名杀人呢?然而事实上纵使曹操再生，也没人敢问他，我们倘若去问他，恐怕他把我们也杀了!

与孔融一同反对曹操的尚有一个祢衡，后来给黄祖杀掉的。祢衡的文章也不错，而且他和孔融早是“以气为主”来写文章的了。

故在此我们又可知道，汉文慢慢壮大起来，是时代使然，非专靠曹操父子之功的。但华丽好看，却是曹丕提倡的功劳。

这样下去一直到明帝的时候，文章上起了个重大的变化，因为出了一个何晏。

何晏的名声很大，位置也很高，他喜欢研究《老子》和《易经》。至于他是怎样的一个人呢？那真相现在可很难知道，很难调查。因为他是曹氏一派的人，司马氏很讨厌他，所以他们的记载对何晏大不满。因此产生许多传说，有人说何晏的脸上是搽粉的，又有人说他本来生得白，不是搽粉的。但究竟何晏搽粉不搽粉呢？我也不知道。

但何晏有两件事我们是知道的。第一，他喜欢空谈，是空谈的祖师；第二，他喜欢吃药，是吃药的祖师。

此外，他也喜欢谈名理。他身子不好，因此不能不服药。他吃的不是寻常的药，是一种名叫“五石散”的药。

“五石散”是一种毒药，是何晏吃开头的。汉时，大家还不敢吃，何晏或者将药方略加改变，便吃开头了。五石散的基本，大概是五样药：石钟乳，石硫黄，白石英，紫石英，赤石脂；另外怕还配点别样的药。但现在也不必细细研究它，我想各位都是不想吃它的。

从书上看起来，这种药是很好的，人吃了能转弱为强。因此之故，何晏有钱，他吃起来了；大家也跟着吃。那时五石散的流毒就同清末的鸦片的流毒差不多，看吃药与否以分阔气与否的。现在由隋巢元方做的《诸病源候论》的里面可以看到一些。据此书，可知吃这药是非常麻烦的，穷人不能吃，假使吃了之后，一不小心，就会毒死。先吃下去的时候，倒不怎样的，后来药的效验既显，名曰“散发”。倘若没有“散发”，就有弊而无利。因此吃了之后不能休息，非走路不可，因走路才能“散发”，所以走路名曰“行散”。比方我们看六朝人的诗，有云：“至城东行散”，就是此意。后来做诗的人不知其故，以为“行散”即步行之意，所以不服药也以“行散”二字入诗，这是很笑话的。

走了之后，全身发烧，发烧之后又发冷。普通发冷宜多穿衣，吃热的东西。但吃药后的发冷刚刚要相反：衣少，冷食，以冷水浇身。倘穿衣多而食热物，那就非死不可。因此五石散一名寒食散。只有一样不必冷吃的，就是酒。

吃了散之后，衣服要脱掉，用冷水浇身；吃冷东西；饮热酒。这样看起来，五石散吃的人多，穿厚衣的人就少；比方在广东提倡，一年以后，穿西装的人就没有了。因为皮肉发烧之故，不能穿窄衣。为豫防皮肤被衣服擦伤，就非穿宽大的衣服不可。现在有许多人以为晋人轻裘缓带，宽衣，在当时是人们高逸的表现，其实不知他们是吃药的缘故。一班名人都吃药，穿的衣都宽大，于是不吃药的也跟着名人，把衣服宽大起来了！

还有，吃药之后，因皮肤易于磨破，穿鞋也不方便，故不穿鞋袜而穿屐。所以我们看晋人的画像或那时的文章，见他衣服宽大，不鞋而屐，以为他一定是很舒服，很飘逸的了，其实他心里都是很苦的。

更因皮肤易破，不能穿新的而宜于穿旧的，衣服便不能常洗。因不洗，便多虱。所以在文章上，虱子的地位很高，“扪虱而谈”，当时竟传为美事。比方我今天在这里演讲的时候，扪起虱来，那是不大好的。但在那时不要紧，因为习惯不同之故。这正如清朝是提倡抽大烟的，我们看见两肩高耸的人，不觉得奇怪。现在就不行了，倘若多数学生，他的肩成为一字样，我们就觉得很奇怪了。

此外可见服散的情形及其他种种的书，还有葛洪的《抱朴子》。

到东晋以后，作假的人就很多，在街旁睡倒，说是“散发”以示阔气。就像清时尊读书，就有人以墨涂唇，表示他是刚才写了许多字的样子。故我想，衣大，穿屐，散发等等，后来效之，不吃也学起来，与理论的提倡实在是无关的。

又因“散发”之时，不能肚饿，所以吃冷物，而且要赶快吃，不论时候，一日数次也不可定。因此影响到晋时“居丧无礼”。——本来魏晋时，对于父母之礼是很繁多的。比方想去访一个人，那么，在未访之前，必先打听他父母及其祖父母的名字，以便避讳。否则，嘴上一说出这个字音，假如他的父母是死了的，主人便会大哭起来——他记得父母了——给你一个大大的没趣。晋礼居丧之时，也要瘦，不多吃饭，不准喝酒。但在吃药之后，为生命计，不能管得许多，只好大嚼，所以就变成“居丧无礼”了。

居丧之际，饮酒食肉，由阔人名流倡之，万民皆从之，因为这个缘故，社会上遂尊称这样的人叫作名士派。

吃散发源于何晏，和他同志的，有王弼和夏侯玄两个人，与晏同为服药的祖师。有他三人提倡，有多人跟着走。他们三人多是会做文章，除了夏侯玄的作品流传不多外，王何二人现在我们尚能看到他们的文章。他们都是生于正始的，所以又名曰“正始名士”⑤。但这种习惯的末流，是只会吃药，或竟假装吃药，而不会做文章。

东晋以后，不做文章而流为清谈，由《世说新语》一书里可以看到。此中空论多而文章少，比较他们三个差得远了。三人中王弼二十余岁便死了，夏侯何二人皆为司马懿所杀。因为他二人同曹操有关系，非死不可，犹曹操之杀孔融，也是借不孝做罪名的。

二人死后，论者多因其与魏有关而骂他，其实何晏值得骂的就是因为他是吃药的发起人。这种服散的风气，魏，晋，直到隋，唐，还存在着，因为唐时还有“解散方”，即解五石散的药方，可以证明还有人吃，不过少点罢了。唐以后就没有人吃，其原因尚未详，大概因其弊多利少，和鸦片一样罢？

晋名人皇甫谧作一书曰《高士传》，我们以为他很高超。但他是服散的，曾有一篇文章，自说吃散之苦。因为药性一发，稍不留心，即会丧命，至少也会受非常的苦痛，或要发狂；本来聪明的人，因此也会变成痴呆。所以非深知药性，会解救，而且家里的人多深知药性不可。晋朝人多是脾气很坏，高傲，发狂，性暴如火的，大约便是服药的缘故。比方有苍蝇扰他，竟至拔剑追赶；就是说话，也要胡胡涂涂地才好，有时简直是近于发疯。但在晋朝更有以痴为好的，这大概也是服药的缘故。

魏末，何晏他们以外，又有一个团体新起，叫做“竹林名士”，也是七个，所以又称“竹林七贤”[⑥]。正始名士服药，竹林名士饮酒。竹林的代表是嵇康和阮籍。但究竟竹林名士不纯粹是喝酒的，嵇康也兼服药，而阮籍则是专喝酒的代表。但嵇康也饮酒，刘伶也是这里面的一个。他们七人中差不多都是反抗旧礼教的。

这七人中，脾气各有不同。嵇阮二人的脾气都很大；阮籍老年时改得很好，嵇康就始终都是极坏的。

阮年青时，对于访他的人有加以青眼和白眼的分别。白眼大概是全然看不见眸子的，恐怕要练习很久才能够。青眼我会装，白眼我却装不好。

后来阮籍竟做到“口不臧否人物”的地步，嵇康却全不改变。结果阮得终其天年，而嵇竟丧于司马氏之手，与孔融何晏等一样，遭了不幸的杀害。这大概是因为吃药和吃酒之分的缘故：吃药可以成仙，仙是可以骄视俗人的；饮酒不会成仙，所以敷衍了事。

他们的态度，大抵是饮酒时衣服不穿，帽也不带。若在平时，有这种状态，我们就说无礼，但他们就不同。居丧时不一定按例哭泣；子之于父，是不能提父的名，但在竹林名士一流人中，子都会叫父的名号。旧传下来的礼教，竹林名士是不承认的。即如刘伶——他曾做过一篇《酒德颂》，谁都知道——他是不承认世界上从前规定的道理的，曾经有这样的事，有一次有客见他，他不穿衣服。人责问他；他答人说，天地是我的房屋，房屋就是我的衣服，你们为什么进我的裤子中来？至于阮籍，就更甚了，他连上下古今也不承认，在《大人先生传》里有说："天地解兮六合开，星辰陨兮日月颓，我腾而上将何怀？"他的意思是天地神仙，都是无意义，一切都不要，所以他觉得世上的道理不必争，神仙也不足信，既然一切都是虚无，所以他便沉湎于酒了。然而他还有一个原因，就是他的饮酒不独由于他的思想，大半倒在环境。其时司马氏已想篡位，而阮籍名声很大，所以他讲话就极难，只好多饮酒，少讲话，而且即使讲话讲错了，也可以借醉得到人的原谅。只要看有一次司马懿求和阮籍结亲，而阮籍一醉就是两个月，没有提出的机会，就可以知道了。

阮籍作文章和诗都很好，他的诗文虽然也慷慨激昂，但许多意思都是隐而不显的。宋的颜延之已经说不大能懂，我们现在自然更很难看得懂他的诗了。他诗里也说神仙，但他其实是不相信的。嵇康的论文，比阮籍更好，思想新颖，往往与古时旧说反对。孔子说："学而时习之，不亦说乎？"嵇康做的《难自然好学论》，却道，人是并不好学的，假如一个人可以不做事而又有饭吃，就随便闲游不喜欢读书了，所以现在人之好学，是由于习惯和不得已。还有管叔蔡叔，是疑心周公，率殷民叛，因而被诛，一向公认为坏人的。而嵇康做的《管蔡论》，就也反对历代传下来的意思，说这两个人是忠臣，他们的怀疑周公，是因为地方相距太远，消息不灵通。

但最引起许多人的注意，而且于生命有危险的，是《与山巨源绝交书》中的“非汤武而薄周孔”。司马懿因这篇文章，就将嵇康杀了。非薄了汤武周孔，在现时代是不要紧的，但在当时却关系非小。汤武是以武定天下的；周公是辅成王的；孔子是祖述尧舜，而尧舜是禅让天下的。嵇康都说不好，那么，教司马懿篡位的时候，怎么办才是好呢？没有办法。在这一点上，嵇康于司马氏的办事上有了直接的影响，因此就非死不可了。嵇康的见杀，是因为他的朋友吕安不孝，连及嵇康，罪案和曹操的杀孔融差不多。魏晋，是以孝治天下的，不孝，故不能不杀。为什么要以孝治天下呢？因为天位从禅让，即巧取豪夺而来，若主张以忠治天下，他们的立脚点便不稳，办事便棘手，立论也难了，所以一定要以孝治天下。但倘只是实行不孝，其实那时倒不很要紧的，嵇康的害处是在发议论；阮籍不同，不大说关于伦理上的话，所以结局也不同。

但魏晋也不全是这样的情形，宽袍大袖，大家饮酒。反对的也很多。在文章上我们还可以看见裴頠的《崇有论》，孙盛的《老子非大贤论》，这些都是反对王何们的。在史实上，则何曾劝司马懿杀阮籍有好几回，司马懿不听他的话，这是因为阮籍的饮酒，与时局的关系少些的缘故。

然而后人就将嵇康阮籍骂起来，人云亦云，一直到现在，一千六百多年。季札说：“中国之君子，明于礼义而陋于知人心。”这是确的，大凡明于礼义，就一定要陋于知人心的，所以古代有许多人受了很大的冤枉。例如嵇阮的罪名，一向说他们毁坏礼教。但据我个人的意见，这判断是错的。魏晋时代，崇奉礼教的看来似乎很不错，而实在是毁坏礼教，不信礼教的。表面上毁坏礼教者，实则倒是承认礼教，太相信礼教。因为魏晋时所谓崇奉礼教，是用以自利，那崇奉也不过偶然崇奉，如曹操杀孔融，司马懿杀嵇康，都是因为他们和不孝有关，但实在曹操司马懿何尝是著名的孝子，不过将这个名义，加罪于反对自己的人罢了。于是老实人以为如此利用，亵黩了礼教，不平之极，无计可施，激而变成不谈礼教，不信礼教，甚至于反对礼教。——但其实不过是态度，至于他们的本心，恐怕倒是相信礼教，当作宝贝，比曹操司马懿们要迂执得多。现在说一个容易明白的比喻罢，譬如有一个军阀，在北方——在广东的人所谓北方和我常说的北方的界限有些不同，我常称山东、山西、直隶、河南之类为北方——那军阀从前是压迫民党的，后来北伐军势力一大，他便挂起了青天白日旗，说自己已经信仰三民主义了，是总理的信徒。这样还不够，他还要做总理的纪念周。这时候，真的三民主义的信徒，去呢，不去呢？不去，他那里就可以说你反对三民主义，定罪，杀人。但既然在他的势力之下，没有别法，真的总理的信徒，倒会不谈三民主义，或者听人假惺惺的谈起来就皱眉，好像反对三民主义模样。所以我想，魏晋时所谓反对礼教的人，有许多大约也如此。他们倒是迂夫子，将礼教当作宝贝看待的。

还有一个实证，凡人们的言论，思想，行为，倘若自己以为不错的，就愿意天下的别人，自己的朋友都这样做。但嵇康阮籍不这样，不愿意别人来模仿他。竹林七贤中有阮咸，是阮籍的侄子，一样的饮酒。阮籍的儿子阮浑也愿加入时，阮籍却道不必加入，吾家已有阿咸在，够了。假若阮籍自以为行为是对的，就不当拒绝他的儿子，而阮籍却拒绝自己的儿子，可知阮籍并不以他自己的办法为然。至于嵇康，一看他的《绝交书》，就知道他的态度很骄傲的；有一次，他在家打铁——他的性情是很喜欢打铁的——钟会来看他了，他只打铁，不理钟会。钟会没有意味，只得走了。其时嵇康就问他："何所闻而来，何所见而去？"钟会答道："闻所闻而来，见所见而去。"这也是嵇康杀身的一条祸根。但我看他做给他的儿子看的《家诫》——当嵇康被杀时，其子方十岁，算来当他做这篇文章的时候，他的儿子是未满十岁的——就觉得宛然是两个人。他在《家诫》中教他的儿子做人要小心，还有一条一条的教训。有一条是说长官处不可常去，亦不可住宿；官长送人们出来时，你不要在后面，因为恐怕将来官长惩办坏人时，你有暗中密告的嫌疑。又有一条是说宴饮时候有人争论，你可立刻走开，免得在旁批评，因为两者之间必有对与不对，不批评则不像样，一批评就总要是甲非乙，不免受一方见怪。还有人要你饮酒，即使不愿饮也不要坚决地推辞，必须和和气气的拿着杯子。我们就此看来，实在觉得很希奇：嵇康是那样高傲的人，而他教子就要他这样庸碌。因此我们知道，嵇康自己对于他自己的举动也是不满足的。所以批评一个人的言行实在难，社会上对于儿子不像父亲，称为"不肖"，以为是坏事，殊不知世上正有不愿意他的儿子像自己的父亲哩。试看阮籍嵇康，就是如此。这是，因为他们生于乱世，不得已，才有这样的行为，并非他们的本态。但又于此可见魏晋的破坏礼教者，实在是相信礼教到固执之极的。

不过何晏王弼阮籍嵇康之流，因为他们的名位大，一般的人们就学起来，而所学的无非是表面，他们实在的内心，却不知道。因为只学他们的皮毛，于是社会上便很多了没意思的空谈和饮酒。许多人只会无端的空谈和饮酒，无力办事，也就影响到政治上，弄得玩"空城计"，毫无实际了。在文学上也这样，嵇康阮籍的纵酒，是也能做文章的，后来到东晋，空谈和饮酒的遗风还在，而万言的大文如嵇阮之作，却没有了。刘勰说："嵇康师心以遣论，阮籍使气以命诗。”这“师心”和“使气”，便是魏末晋初的文章的特色。正始名士和竹林名士的精神灭后，敢于师心使气的作家也没有了。

到东晋，风气变了。社会思想平静得多，各处都夹入了佛教的思想。再至晋末，乱也看惯了，篡也看惯了，文章便更和平。代表平和的文章的人有陶潜。他的态度是随便饮酒，乞食，高兴的时候就谈论和作文章，无尤无怨。所以现在有人称他为“田园诗人”，是个非常和平的田园诗人。他的态度是不容易学的，他非常之穷，而心里很平静。家常无米，就去向人家门口求乞。他穷到有客来见，连鞋也没有，那客人给他从家丁取鞋给他，他便伸了足穿上了。虽然如此，他却毫不为意，还是“采菊东篱下，悠然见南山”。这样的自然状态，实在不易模仿。他穷到衣服也破烂不堪，而还在东篱下采菊，偶然抬起头来，悠然的见了南山，这是何等自然。现在有钱的人住在租界里，雇花匠种数十盆菊花，便做诗，叫作“秋日赏菊效陶彭泽体”，自以为合于渊明的高致，我觉得不大像。

陶潜之在晋末，是和孔融于汉末与嵇康于魏末略同，又是将近易代的时候。但他没有什么慷慨激昂的表示，于是便博得“田园诗人”的名称。但《陶集》里有《述酒》一篇，是说当时政治的。这样看来，可见他于世事也并没有遗忘和冷淡，不过他的态度比嵇康阮籍自然得多，不至于招人注意罢了。还有一个原因，先已说过，是习惯。因为当时饮酒的风气相沿下来，人见了也不觉得奇怪，而且汉魏晋相沿，时代不远，变迁极多，既经见惯，就没有大感触，陶潜之比孔融嵇康和平，是当然的。例如看北朝的墓志，官位升进，往往详细写着，再仔细一看，他是已经经历过两三个朝代了，但当时似乎并不为奇。

据我的意思，即使是从前的人，那诗文完全超于政治的所谓“田园诗人”，“山林诗人”，是没有的。完全超出于人间世的，也是没有的。既然是超出于世，则当然连诗文也没有。诗文也是人事，既有诗，就可以知道于世事未能忘情。譬如墨子兼爱，杨子为我。墨子当然要著书；杨子就一定不著，这才是“为我”。因为若做出书来给别人看，便变成“为人”了。

由此可知陶潜总不能超于尘世，而且，于朝政还是留心，也不能忘掉“死”，这是他诗文中时时提起的。用别一种看法研究起来，恐怕也会成一个和旧说不同的人物罢。

自汉末至晋末文章的一部分的变化与药及酒之关系，据我所知的大概是这样。但我学识太少，没有详细的研究，在这样的热天和雨天费去了诸位这许多时光，是很抱歉的。现在这个题目总算是讲完了。

评注：

①记录稿最初发表于1927年8月11、12、13、15、16、17日广州《民国日报》副刊《现代青年》第173期至178期，改定稿发表于1927年11月16日《北新》半月刊第2卷第2号。后收入《而已集》。

②黄巾，指东汉末年张角领导的农民起义军。

③党锢，东汉桓帝时宦官专权，侵犯士族大地主的利益。世家大族李膺等人和太学生郭泰、贾彪等联合，共同抨击宦官集团。延熹九年（166），宦官诬告他们“诽讪朝廷”，结党为乱，便将李膺等二百多名“党人”逮捕入狱。此后，又于灵帝建宁二年（169），熹平元年（172），熹平五年（176）三次捕杀“党人”，以致连及五族。直至中平元年黄巾起义，才下诏赦免。这一事件，史称“党锢之祸”。

④尚通脱，提倡本真，自由放达。《南史·任昉传》：“性通脱，不事仪形。”

⑤“正始名士”，据《世说新语·文学》注，指夏侯玄、何晏、王弼

等人。按，正始（240—249），为魏废帝齐王曹芳的年号。

⑥“竹林七贤”，指阮籍、嵇康、山涛、向秀、阮咸、王戎、刘伶等人。《世说新语》说七人“常集于竹林之下，肆意酣畅”，故世谓“竹林七贤”。

《书斋生活与其危险》译者附记[1]

这是《思想·山水·人物》中的一篇，不写何时所作，大约是有所为而发的。作者是法学家，又喜欢谈政治，所以意见如此。

数年以前，中国的学者们[2]曾有一种运动，是教青年们躲进书斋去。我当时略有一点异议，意思也不过怕青年进了书斋之后，和实社会实生活离开，变成一个呆子，——胡涂的呆子，不是勇敢的呆子。不料至今还负着一个"思想过激"的罪名，而对于实社会实生活略有言动的青年，则竟至多遭意外的灾祸。译此篇讫，遥想日本言论之自由，真"不禁感慨系之矣"！

作者要书斋生活者和社会接近，意在使知道"世评"，改正自己一意孤行的偏宕的思想。但我以为这意思是不完全的。第一，要先看怎样的"世评"。假如是一个腐败的社会，则从他所发生的当然只有腐败的舆论，如果引以为鉴，来改正自己，则其结果，即非同流合污，也必变成圆滑。据我的意见，公正的世评使人谦逊，而不公正或流言式的世评，则使人傲慢或冷嘲，否则，他一定要愤死或被逼死的。

一九二七年六月一日，译者附记。

评注：

①本篇和《书斋生活与其危险》的译文，一同发表于1927年6月《莽原》半月刊第2卷第12期，未印入单行本。

②学者们，指胡适等人。五四新文化运动期间，胡适等人提出“科学的精神”去“做国故的研究”的主张，与此同时，过分强调整理国故的作用，大开“国学书目”，劝人“踱进研究室”，在知识界产生过一定的影响。

再论雷峰塔的倒掉[①]

从崇轩先生的通信（二月份《京报副刊》）里，知道他在轮船上听到两个旅客谈话，说是杭州雷峰塔之所以倒掉，是因为乡下人迷信那塔砖放在自己的家中，凡事都必平安，如意，逢凶化吉，于是这个也挖，那个也挖，挖之久久，便倒了。一个旅客并且再三叹息道：西湖十景这可缺了呵！

这消息，可又使我有点畅快了，虽然明知道幸灾乐祸，不像一个绅士，但本来不是绅士的，也没有法子来装潢。

我们中国的许多人，——我在此特别郑重声明：并不包括四万万同胞全部！——大抵患有一种“十景病”，至少是“八景病”，沉重起来的时候大概在清朝。凡看一部县志，这一县往往有十景或八景，如“远村明月”“萧寺清钟”“古池好水”之类。而且，“十”字形的病菌，似乎已经侵入血管，流布全身，其势力早不在“！”形惊叹亡国病菌之下了。点心有十样锦，菜有十碗，音乐有十番，阎罗有十殿，药有十全大补，猜拳有全福手福手全，连人的劣迹或罪状，宣布起来也大抵是十条，仿佛犯了九条的时候总不肯歇手。现在西湖十景可缺了呵！“凡为天下国家有九经”，九经固古已有之，而九景却颇不习见，所以正是对于十景病的一个针砭，至少也可以使患者感到一种不平常，知道自己的可爱的老病，忽而跑掉了十分之一了。

但仍有悲哀在里面。

其实，这一种势所必至的破坏，也还是徒然的。畅快不过是无聊的自欺。雅人和信士和传统大家，定要苦心孤诣巧语花言地再来补足了十景而后已。

无破坏即无新建设，大致是的；但有破坏却未必即有新建设。卢梭，斯谛纳尔，尼采，托尔斯泰，伊孛生等辈，若用勃兰兑斯的话来说，乃是“轨道破坏者”。其实他们不单是破坏，而且是扫除，是大呼猛进，将碍脚的旧轨道不论整条或碎片，一扫而空，并非想挖一块废铁古砖挟回家去，预备卖给旧货店。中国很少这一类人，即使有之，也会被大众的唾沫淹死。孔丘先生确是伟大，生在巫鬼势力如此旺盛的时代，偏不肯随俗谈鬼神；但可惜太聪明了，“祭如在祭神如神在”，只用他修《春秋》的照例手段以两个“如”字略寓“俏皮刻薄”之意，使人一时莫名其妙，看不出他肚皮里的反对来。他肯对子路赌咒，却不肯对鬼神宣战，因为一宣战就不和平，易犯骂人——虽然不过骂鬼——之罪，即不免有《衡论》（见一月份《晨报副刊》）作家TY先生似的好人，会替鬼神来奚落他道：为名乎？骂人不能得名。为利乎？骂人不能得利。想引诱女人乎？又不能将蚩尤的脸子印在文章上。何乐而为之也欤？

孔丘先生是深通世故的老先生，大约除脸子付印问题以外，还有深心，犯不上来做明目张胆的破坏者，所以只是不谈，而决不骂，于是乎俨然成为中国的圣人，道大，无所不包故也。否则，现在供在圣庙里的，也许不姓孔。

不过在戏台上罢了，悲剧将人生的有价值的东西毁灭给人看，喜剧将那无价值的撕破给人看。讥讽又不过是喜剧的变简的一支流。但悲壮滑稽，却都是十景病的仇敌，因为都有破坏性，虽然所破坏的方面各不同。中国如十景病尚存，则不但卢梭他们似的疯子决不产生，并且也决不产生一个悲剧作家或喜剧作家或讽刺诗人。所有的，只是喜剧底人物或非喜剧非悲剧底人物，在互相模造的十景中生存，一面各各带了十景病。

然而十全停滞的生活，世界上是很不多见的事，于是破坏者到了，但并非自己的先觉的破坏者，却是狂暴的强盗，或外来的蛮夷。猃狁[②]早到过中原，五胡来过了，蒙古也来过了；同胞张献忠杀人如草，而满洲兵的一箭，就钻进树丛中死掉了。有人论中国说，倘使没有带着新鲜的血液的野蛮的侵入，真不知自身会腐败到如何！这当然是极刻毒的恶谑，但我们一翻历史，怕不免要有汗流浃背的时候罢。外寇来了，暂一震动，终于请他作主子，在他的刀斧下修补老例；内寇来了，也暂一震动，终于请他做主子，或者别拜一个主子，在自己的瓦砾中修补老例。再来翻县志，就看见每一次兵燹之后，所添上的是许多烈妇烈女的氏名。看近来的兵祸，怕又要大举表扬节烈了罢。许多男人们都那里去了？

凡这一种寇盗式的破坏，结果只能留下一片瓦砾，与建设无关。

但当太平时候，就是正在修补老例，并无寇盗时候，即国中暂时没有破坏么？也不然的，其时有奴才式的破坏作用常川活动着。

雷峰塔砖的挖去，不过是极近的一条小小的例。龙门的石佛，大半肢体不全，图书馆中的书籍，插图须谨防撕去，凡公物或无主的东西，倘难于移动，能够完全的即很不多。但其毁坏的原因，则非如革除者的志在扫除，也非如寇盗的志在掠夺或单是破坏，仅因目前极小的自利，也肯对于完整的大物暗暗的加一个创伤。人数既多，创伤自然极大，而倒败之后，却难于知道加害的究竟是谁。正如雷峰塔倒掉以后，我们单知道由于乡下人的迷信。共有的塔失去了，乡下人的所得，却不过一块砖，这砖，将来又将为别一自利者所藏，终究至于灭尽。倘在民康物阜时候，因为十景病的发作，新的雷峰塔也会再造的罢。但将来的运命，不也就可以推想而知么？如果乡下人还是这样的乡下人，老例还是这样的老例。

这一种奴才式的破坏，结果也只能留下一片瓦砾，与建设无关。

岂但乡下人之于雷峰塔，日日偷挖中华民国的柱石的奴才们，现在正不知有多少！

瓦砾场上还不足悲，在瓦砾场上修补老例是可悲的。我们要革新的破坏者，因为他内心有理想的光。我们应该知道他和寇盗奴才的分别；应该留心自己堕入后两种。这区别并不烦难，只要观人，省己，凡言动中，思想中，含有借此据为己有的朕兆者是寇盗，含有借此占些目前的小便宜的朕兆者是奴才，无论在前面打着的是怎样鲜明好看的旗子。

一九二五年二月六日。

评注：

①发表于1925年2月《语丝》周刊第15期。后编入《坟》。

②猃狁，古代北方民族之一，秦汉时称匈奴。

杂忆[1]

1

有人说G. Byron[2]的诗多为青年所爱读，我觉得这话很有几分真。就自己而论，也还记得怎样读了他的诗而心神俱旺；尤其是看见他那花布裹头，去助希腊独立时候的肖像。这像，去年才从《小说月报》传入中国了。可惜我不懂英文，所看的都是译本。听近今的议论，译诗是已经不值一文钱，即使译得并不错。但那时大家的眼界还没有这样高，所以我看了译本，倒也觉得好，或者就因为不懂原文之故，于是便将臭草当作芳兰。《新罗马传奇》中的译文也曾传诵一时，虽然用的是词调，又译Sappho为“萨芷波”，证明着是根据日文译本的重译。

苏曼殊先生也译过几首，那时他还没有做诗“寄弹筝人”，因此与Byron也还有缘。但译文古奥得很，也许曾经章太炎先生的润色的罢，所以真像古诗，可是流传倒并不广。后来收入他自印的绿面金签的《文学因缘》中，现在连这《文学因缘》也少见了。

其实，那时Byron之所以比较的为中国人所知，还有别一原因，就是他的助希腊独立。时当清的末年，在一部分中国青年的心中，革命思潮正盛，凡有叫喊复仇和反抗的，便容易惹起感应。那时我所记得的人，还有波兰的复仇诗人Adam Mickiewicz[③]；匈牙利的爱国诗人Petőfi Sándor[④]；飞猎滨的文人而为西班牙政府所杀的厘沙路[⑤]，——他的祖父还是中国人，中国也曾译过他的绝命诗。Hauptmann，Sudermann，Ibsen[⑥]这些人虽然正负盛名，我们却不大注意。别有一部分人，则专意搜集明末遗民的著作，满人残暴的记录，钻在东京或其他的图书馆里，抄写出来，印了，输入中国，希望使忘却的旧恨复活，助革命成功。于是《扬州十日记》，《嘉定屠城记略》，《朱舜水集》，《张苍水集》都翻印了，还有《黄萧养回头》及其他单篇的汇集，我现在已经举不出那些名目来。别有一部分人，则改名“扑满”“打清”之类，算是英雄。这些大号，自然和实际的革命不甚相关，但也可见那时对于光复的渴望之心，是怎样的旺盛。

不独英雄式的名号而已，便是悲壮淋漓的诗文，也不过是纸片上的东西，于后来的武昌起义怕没有什么大关系。倘说影响，则别的千言万语，大概都抵不过浅近直截的“革命军马前卒邹容”所做的《革命军》。[⑦]

2

待到革命起来，就大体而言，复仇思想可是减退了。我想，这大半是因为大家已经抱着成功的希望，又服了“文明”的药，想给汉人挣一点面子，所以不再有残酷的报复。但那时的所谓文明，却确是洋文明，并不是国粹；所谓共和，也是美国法国式的共和，不是周召共和[⑧]的共和。革命党人也大概竭力想给本族增光，所以兵队倒不大抢掠。南京的土匪兵小有劫掠，黄兴[⑨]先生便勃然大怒，枪毙了许多，后来因为知道土匪是不怕枪毙而怕枭首的，就从死尸上割下头来，草绳络住了挂在树上。从此也不再有什么变故了，虽然我所住的一个机关的卫兵，当我外出时举枪立正之后，就从窗门洞爬进去取了我的衣服，但究竟手段已经平和得多，也客气得多了。

南京是革命政府所在地，当然格外文明。但我去一看先前的满人的驻在处，却是一片瓦砾；只有方孝孺血迹石[⑩]的亭子总算还在。这里本是明的故宫，我做学生时骑马经过，曾很被顽童骂詈和投石，——犹言你们不配这样，听说向来是如此的。现在却面目全非了，居民寥寥；即使偶有几间破屋，也无门窗；若有门，则是烂洋铁做的。总之，是毫无一点木料。

那么，城破之时，汉人大大的发挥了复仇手段了么？并不然。知道情形的人告诉我：战争时候自然有些损坏；革命军一进城，旗人[⑪]中间便有些人定要按古法殉难，在明的冷宫的遗址的屋子里使火药炸裂，以炸杀自己，恰巧一同炸死了几个适从近旁经过的骑兵。革命军以为埋藏地雷反抗了，便烧了一回，可是燹余的房子还不少。此后是他们自己动手，拆屋材出卖，先拆自己的，次拆较多的别人的，待到屋无尺材寸椽，这才大家流散，还给我们一片瓦砾场。——但这是我耳闻的，保不定可是真话。

看到这样的情形，即使你将《扬州十日记》挂在眼前，也不至于怎样愤怒了罢。据我感得，民国成立以后，汉满的恶感仿佛很是消除了，各省的界限也比先前更其轻淡了。然而“罪孽深重不自殒灭”的中国人，不到一年，情形便又逆转：有宗社党[12]的活动和遗老的谬举而两族的旧史又令人忆起，有袁世凯的手段而南北的交恶[13]加甚，有阴谋家的狡计而省界又被利用[14]，并且此后还要增长起来！

3

不知道我的性质特别坏，还是脱不出往昔的环境的影响之故，我总觉得复仇是不足为奇的，虽然也并不想诬无抵抗主义者为无人格。但有时也想：报复，谁来裁判，怎能公平呢？便又立刻自答：自己裁判，自己执行；既没有上帝来主持，人便不妨以目偿头，也不妨以头偿目。有时也觉得宽恕是美德，但立刻也疑心这话是怯汉所发明，固为他没有报复的勇气；或者倒是卑怯的坏人所创造，因为他贻害于人而怕人来报复，便骗以宽恕的美名。

因此我常常欣慕现在的青年，虽然生于清末，而大抵长于民国，吐纳共和的空气，该不至于再有什么异族轭下的不平之气，和被压迫民族的合辙之悲罢。果然，连大学教授[15]，也已经不解何以小说要描写下等社会的缘故了，我和现代人要相距一世纪的话，似乎有些确凿。但我也不想湔洗，——虽然很觉得惭惶。

当爱罗先珂君在日本未被驱逐之前，我并不知道他的姓名。直到已被放逐，这才看起他的作品来；所以知道那迫辱放逐的情形的，是由于登在《读卖新闻》上的一篇江口涣氏的文字。于是将这译出，还译他的童话，还译他的剧本《桃色的云》。其实，我当时的意思，不过要传播被虐待者的苦痛的呼声和激发国人对于强权者的憎恶和愤怒而已，并不是从什么“艺术之宫”里伸出手来，拔了海外的奇花瑶草，来移植在华国的艺苑。

日文的《桃色的云》出版时，江口氏的文章也在，可是已被检查机关（警察厅？）删节得很多。我的译文是完全的，但当这剧本印成本子时，却没有印上去。因为其时我又见了别一种情形，起了别一种意见，不想在中国人的愤火上，再添薪炭了。

4

孔老先生说：“毋友不如己者。”其实这样的势利眼睛，现在的世界上还多得很。我们自己看看本国的模样，就可知道不会有什么友人的了，岂但没有友人，简直大半都曾经做过仇敌。不过仇甲的时候，向乙等候公论，后来仇乙的时候，又向甲期待同情，所以片段的看起来，倒也似乎并不是全世界都是怨敌。但怨敌总常有一个，因此每一两年，爱国者总要鼓舞一番对于敌人的怨恨与愤怒。

这也是现在极普通的事情，此国将与彼国为敌的时候，总得先用了手段，煽起国民的敌忾心来，使他们一同去捍御或攻击。但有一个必要的条件，就是：国民是勇敢的。因为勇敢，这才能勇往直前，肉搏强敌，以报仇雪恨。假使是怯弱的人民，则即使如何鼓舞，也不会有面临强敌的决心；然而引起的愤火却在，仍不能不寻一个发泄的地方，这地方，就是眼见得比他们更弱的人民，无论是同胞或是异族。

我觉得中国人所蕴蓄的怨愤已经够多了，自然是受强者的蹂躏所致的。但她们却不很向强者反抗，而反在弱者身上发泄，兵和匪不相争，无枪的百姓却并受兵匪之苦，就是最近便的证据。再露骨地说，怕还可以证明这些人的卑怯，卑怯的人，即使有万丈的愤火，除弱草以外，又能烧掉甚么呢？

或者要说：我们现在所要使人愤恨的是外敌，和国人不相干，无从受害。可是这转移是极容易的，虽曰国人，要借以泄愤的时候，只要给与一种特异的名称，即可放心剚刃。先前则有异端，妖人，奸党，逆徒等类名目，现在就可用国贼，汉奸，二毛子，洋狗或洋奴。庚子年的义和团捉住路人，可以任意指为教徒，据云这铁证是他的神通眼已在那人的额上看出一个“十”字。

然而我们在“毋友不如己者”的世上，除了激发自己的国民，使他们发些火花，聊以应景之外，又有什么良法呢。可是我根据上述的理由，更进一步而希望于点火的青年的，是对于群众，在引起他们的公愤之余，还须设法注入深沉的勇气，当鼓舞他们的感情的时候，还须竭力启发明白的理性；而且还得偏重于勇气和理性，从此继续地训练许多年。这声音，自然断乎不及大叫宣战杀贼的大而闳，但我以为却是更紧要而更艰难伟大的工作。

否则，历史指示过我们，遭殃的不是什么敌手而是自己的同胞和子孙。那结果，是反为敌人先驱，而敌人就做了这一国的所谓强者的胜利者，同时也就做了弱者的恩人。因为自己先已互相残杀过了，所蕴蓄的怨愤都已消除，天下也就成为太平的盛世。

总之，我以为国民倘没有智，没有勇，而单靠一种所谓“气”，实在是非常危险的。现在，应该更进而着手于较为坚实的工作了。

一九二五年六月十六日。

评注：

①发表于1925年6月19日《莽原》周刊第9期。后编入《坟》。

②G. Byron，拜伦（1788—1824），英国诗人。因受英国政府和社会的迫害，于1816年出国。在意大利，积极参加烧炭党人的革命活动。烧炭党运动失败后，于1823年到希腊，随后即投入希腊解放运动，参加军事领导和组织工作。1824年4月，突然患病辞世。著名的作品有《恰尔德·哈罗尔德游记》《唐璜》等。

③Adam Mickiewicz，密茨凯维支（1798—1855），波兰革命家、

诗人。

④Petöfi Sándor，裴多菲（1823—1849），匈牙利诗人，革命家。投入卫国战争，后死于战场。除诗歌外，还著有小说《绞吏之绳》等。

⑤厘沙路，（J. Rizal，1861—1896），通译李萨尔，菲律宾民族独立运动领袖，作家。因从事民主解放运动和反对西班牙殖民者的斗争，后被捕遇害。著有小说《不许犯我》《起义者》等。

⑥Hauptmann，霍普德曼（1862—1946），德国作家；Sudermann，苏德曼（1857—1928），德国作家；Ibsen，易卜生（1828—1906），挪威剧作家。

⑦邹容（1885—1905），清末革命家。原名绍陶，字蔚丹，四川巴县（今重庆巴南区）人。1902年留学日本，次年返回上海，撰成下文所言的《革命军》，号召推翻清朝统治，建立中华共和国。章太炎为之作序，在《苏报》发表，称为“雷霆之声”，影响甚大。

⑧周召共和，周召共和西周厉王政权遭到颠覆后，由召公、周公二相共同执政，史称“共和”，历时十四年。

⑨黄兴（1874—1916），革命家。原名轸，字克强，湖南长沙人。1902年留学日本，组织华兴会，1905年和孙中山组织同盟会，时人以“孙黄”并称。领导武昌起义，1912年1月南京临时政府成立时，任陆军总长。

⑩方孝孺（1357—1402），浙江宁海人。明惠帝建文时召为翰林博士，任侍读学士。建文四年（1402），惠帝的叔父燕王朱棣起兵攻入南京，自立为帝（永乐帝），命起草即位诏书，坚决不从，遂遭杀害。血迹石相传是方孝孺被钩舌敲齿时血染的石块。

⑪旗人，指满族人。

⑫宗社党，清朝贵族良弼、毓朗、铁良等为保全清室政权，于1911年成立的组织。

⑬南北的交恶，指1913年7月发生的袁世凯与南方国民党讨袁军之间的战争。

⑭省界又被利用，1916年初，袁世凯称帝后，南北各省军阀利用反袁的名义宣告独立．复以自治或联合的名义，维持以省为单位的封建割据的现状。

⑮大学教授，这里指吴宓，时任东南大学教授。

一点比喻[①]

在我的故乡不大通行吃羊肉，阖城里，每天大约不过杀几匹山羊。北京真是人海，情形可大不相同了，单是羊肉铺就触目皆是。雪白的群羊也常常满街走，但都是胡羊，在我们那里称绵羊的。山羊很少见；听说这在北京却颇名贵了，因为比胡羊聪明，能够率领羊群，悉依它的进止，所以畜牧家虽然偶而养几匹，却只用作胡羊们的领导，并不杀掉它。

这样的山羊我只见过一回，确是走在一群胡羊的前面，脖子上还挂着一个小铃铎，作为智识阶级的徽章。通常，领的赶的却多是牧人，胡羊们便成了一长串，挨挨挤挤，浩浩荡荡，凝着柔顺有余的眼色，跟定他匆匆地竞奔它们的前程。我看见这种认真的忙迫的情形时，心里总想开口向它们发一句愚不可及的疑问——

“往那里去?!”

人群中也很有这样的山羊，能领了群众稳妥平静地走去，直到他们应该走到的所在。袁世凯明白一点这种事，可惜用得不大巧[2]，大概因为他是不很读书的，所以也就难于熟悉运用那些的奥妙。后来的武人可更蠢了，只会自己乱打乱割，乱得哀号之声，洋洋盈耳，结果是除了残虐百姓之外，还加上轻视学问，荒废教育的恶名。然而“经一事，长一智”，二十世纪已过了四分之一，脖子上挂着小铃铎的聪明人是总要交到红运的，虽然现在表面上还不免有些小挫折。

那时候，人们，尤其是青年，就都循规蹈矩，既不嚣张，也不浮动，一心向着“正路”前进了，只要没有人问——

“往那里去?!”

君子若曰：“羊总是羊，不成了一长串顺从地走，还有什么别的法子呢？君不见夫猪乎？拖延着，逃着，喊着，奔突着，终于也还是被捉到非去不可的地方去，那些暴动，不过是空费力气而已矣。”

这是说：虽死也应该如羊，使天下太平，彼此省力。

这计划当然是很妥帖，大可佩服的。然而，君不见夫野猪乎？它以两个牙，使老猎人也不免于退避。这牙，只要猪脱出了牧豕奴所造的猪圈，走入山野，不久就会长出来。

Schopenhauer[3]先生曾将绅士们比作豪猪，我想，这实在有些失体统。但在他，自然是并没有什么别的恶意的，不过拉扯来作一个比喻。*Parerga und Paralipomena*里有着这样意思的话：有一群豪猪，在冬天想用了大家的体温来御寒冷，紧靠起来了，但它们彼此即刻又觉得刺的疼痛，于是乎又离开。然而温暖的必要，再使它们靠近时，却又吃了照样的苦。但它们在这两种困难中，终于发见了彼此之间的适宜的间隔，以这距离，它们能够过得最平安。人们因为社交的要求，聚在一处，又因为各有可厌的许多性质和难堪的缺陷，再使他们分离。他们最后所发见的距离，——使他们得以聚在一处的中庸的距离，就是“礼让”和“上流的风习”。有不守这距离的，在英国就这样叫，“Keep your distance！”④

但即使这样叫，恐怕也只能在豪猪和豪猪之间才有效力罢，因为它们彼此的守着距离，原因是在于痛而不在于叫的。假使豪猪们中夹着一个别的，并没有刺，则无论怎么叫，它们总还是挤过来。孔子说：礼不下庶人。照现在的情形看，该是并非庶人不得接近豪猪，却是豪猪可以任意刺着庶人而取得温暖。受伤是当然要受伤的，但这也只能怪你自己独独没有刺，不足以让他守定适当的距离。孔子又说：刑不上大夫。这就又难怪人们的要做绅士。

这些豪猪们，自然也可以用牙角或棍棒来抵御的，但至少必须拼出背一条豪猪社会所制定的罪名：“下流”或“无礼”。

一月二十五日。

评注：

①发表于1926年2月《莽原》半月刊，第4期。后编入《华盖集续编》。

②袁世凯意图恢复帝制，曾指使杨度等“六君子”组织筹安会鼓吹帝制，遭到各界反对。所以，作者讽刺说“用得不大巧”。

③Schopenhauer，叔本华（1788—1860），德国哲学家，唯意志论者。下文的*Parerga und Paralipomena*（《副业和补遗》），是叔本华的一本杂文集。

④“Keep your distance”，英语，“保持你的距离”。

谈皇帝[①]

中国人的对付鬼神，凶恶的是奉承，如瘟神和火神之类，老实一点的就要欺侮，例如对于土地或灶君。待遇皇帝也有类似的意思。君民本是同一民族，乱世时“成则为王败则为贼”，平常是一个照例做皇帝，许多个照例做平民；两者之间，思想本没有什么大差别。所以皇帝和大臣有“愚民政策”，百姓们也自有其“愚君政策”。

往昔的我家，曾有一个老仆妇，告诉过我她所知道，而且相信的对付皇帝的方法。她说——

“皇带是很可怕的。他坐在龙位上，一不高兴，就要杀人；不容易对付的。所以吃的东西也不能随便给他吃，倘是不容易办到的，他吃了又要，一时办不到；——譬如他冬天想到瓜，秋天要吃桃子，办不到，他就生气，杀人了。现在是一年到头给他吃波菜，一要就有，毫不为难。但是倘说是波菜，他又要生气的，因为这是便宜货，所以大家对他就不称为波菜，另外起一个名字，叫作‘红嘴绿鹦哥’。”

在我的故乡，是通年有波菜的，根很红，正如鹦哥的嘴一样。

这样的连愚妇人看来，也是呆不可言的皇帝，似乎大可以不要了。然而并不，她以为要有的，而且应该听凭他作威作福。至于用处，仿佛在靠他来镇压比自己更强梁的别人，所以随便杀人，正是非备不可的要件。然而倘使自己遇到，且须侍奉呢？可又觉得有些危险了，因此只好又将他练成傻子，终年耐心地专吃着“红嘴绿鹦哥”。

其实利用了他的名位，“挟天子以令诸侯”的，和我那老仆妇的意思和方法都相同，不过一则又要他弱．一则又要他愚。儒家的靠了“圣君”来行道也就是这玩意，因为要“靠”，所以要他威重，位高；因为要便于操纵，所以又要他颇老实，听话。

皇帝一自觉自己的无上威权，这就难办了。既然“普天之下，莫非皇土”，他就胡闹起来，还说是“自我得之，自我失之，我又何恨”哩！于是圣人之徒也只好请他吃“红嘴绿鹦哥”了，这就是所谓“天”。据说天子的行事，是都应该体帖天意，不能胡闹的；而这“天意”也者，又偏只有儒者们知道着。

这样，就决定了：要做皇帝就非请教他们不可。

然而不安分的皇帝又胡闹起来了。你对他说“天”么，他却道，“我生不有命在天?!”岂但不仰体上天之意而已，还逆天，背天，“射天”[②]，简直将国家闹完，使靠天吃饭的圣贤君子们，哭不得，也笑不得。

于是乎他们只好去著书立说，将他骂一通，豫计百年之后，即身歿之后，大行于时，白以为这就了不得。

但那些书上，至多就止记着“愚民政策”和“愚君政策”全都不成功。

二月十七日。

评注：

①发表于1926年3月9日《国民新报副刊》。后编入《华盖集续编》。

②“射天”，见《史记·殷本纪》：“帝武乙无道，为偶人，谓之天神。与之博，令人为行。天神不胜，乃僇辱之。为革囊，盛血，卬（仰）而射之，命曰‘射天’。”

无花的蔷薇之二[①]（节选）

……

4

已不是写什么“无花的蔷薇”的时候了。

虽然写的多是刺，也还要些和平的心。

现在，听说北京城中，已经施行了大杀戮[②]了。当我写出上面这些无聊的文字的时候，正是许多青年受弹饮刃的时候。呜呼，人和人的魂灵，是不相通的。

5

中华民国十五年三月十八日，段祺瑞政府使卫兵用步枪大刀，在国务院门前包围虐杀徒手请愿，意在援助外交之青年男女，至数百人之多。还要下令，诬之曰“暴徒”！

如此残虐险狠的行为，不但在禽兽中所未曾见，便是在人类中也极少有的，除却俄皇尼古拉二世使可萨克兵击杀民众的事，仅有一点相像。

6

中国只任虎狼侵食，谁也不管。管的只有几个年青的学生，他们本应该安心读书的，而时局漂摇得他们安心不下。假如当局者稍有良心，应如何反躬自责，激发一点天良？

然而竟将他们虐杀了！

7

假如这样的青年一杀就完，要知道屠杀者也决不是胜利者。

中国要和爱国者的灭亡一同灭亡。屠杀者虽然因为积有金资，可以比较长久地养育子孙，然而必至的结果是一定要到的。“子孙绳绳”又何足喜呢？灭亡自然较迟，但他们要住最不适于居住的不毛之地，要做最深的矿洞的矿工，要操最下贱的生业……

8

如果中国还不至于灭亡，则已往的史实示教过我们，将来的事便要大出于屠杀者的意料之外——

这不是一件事的结束，是一件事的开头。

墨写的谎说，决掩不住血写的事实。

血债必须用同物偿还。拖欠得愈久，就要付更大的利息！

9

以上都是空话。笔写的，有什么相干？

实弹打出来的却是青年的血。血不但不掩于墨写的谎语，不醉于墨写的挽歌；威力也压它不住，因为它已经骗不过，打不死了。

三月十八日，民国以来最黑暗的一天，写。

评注：

①发表于1926年3月29日《语丝》周刊第72期。后编入《华盖集续编》。本书为节选。

②大杀戮，指“三一八惨案”。1926年3月，奉系军阀张作霖进兵关内，遭到国民军的痛击。日本力挺奉军，派出两艘军舰，驶入大沽口；并联合驻北京各国公使，借口维护《辛丑条约》，于3月16日向段祺瑞执政府提出最后通牒，要求中方停止军事活动，撤除津沽防务。北京各界人民为反对日本帝国主义，于3月18日在天安门前集会抗议，会后游行至执政府前请愿。段祺瑞下令开枪，死四十余人，重伤二百余人，造成一起重大的流血惨案。史称“三一八惨案”。

“死地”①

从一般人，尤其是久受异族及其奴仆鹰犬的蹂躏的中国人看来，杀人者常是胜利者，被杀者常是劣败者。而眼前的事实也确是这样。

三月十八日段政府惨杀徒手请愿的市民和学生的事，本已言语道断，只使我们觉得所住的并非人间。但北京的所谓言论界，总算还有评论，虽然纸笔喉舌，不能使洒满府前的青年的热血逆流入体，仍复苏生转来。无非空口的呼号，和被杀的事实一同逐渐冷落。

但各种评论中，我觉得有一些比刀枪更可以惊心动魄者在。这就是几个论客，以为学生们本不应当自蹈死地，前去送死的。倘以为徒手请愿是送死，本国的政府门前是死地，那就中国人真将死无葬身之所，除非是心悦诚服地充当奴子，“没齿而无怨言”。不过我还不知道中国人的大多数人的意见究竟如何。假使也这样，则岂但执政府前，便是全中国，也无一处不是死地了。

人们的苦痛是不容易相通的。因为不易相通，杀人者便以杀人为唯一要道，甚至于还当作快乐。然而也因为不容易相通，所以杀人者所显示的“死之恐怖”，仍然不能够儆戒后来，使人民永远变作牛马。历史上所记的关于改革的事，总是先仆后继者，大部分自然是由于公义，但人们的未经“死之恐怖”，即不容易为“死之恐怖”所慑，我以为也是一个很大的原因。

但我却恳切地希望：“请愿”的事，从此可以停止了。倘用了这许多血，竟换得一个这样的觉悟和决心，而且永远纪念着，则似乎还不算是很大的折本。

世界的进步，当然大抵是从流血得来。但这和血的数量，是没有关系的，因为世上也尽有流血很多，而民族反而渐就灭亡的先例。即如这一回，以这许多生命的损失，仅博得“自蹈死地”的批判，便已将一部分人心的机微示给我们，知道在中国的死地是极其广博。

现在恰有一本罗曼罗兰的*Le Jeu de L'Amour et de La Mort*②在我面前，其中说：加尔是主张人类为进步计，即不妨有少许污点，万不得已，也不妨有一点罪恶的；但他们却不愿意杀库尔跋齐，因为共和国不喜欢在臂膊上抱着他的死尸，因为这过于沉重。

会觉得死尸的沉重，不愿抱持的民族里，先烈的“死”是后人的“生”的唯一的灵药，但倘在不再觉得沉重的民族里，却不过是压得一同沦灭的东西。

中国的有志于改革的青年，是知道死尸的沉重的，所以总是“请愿”。殊不知别有不觉得死尸的沉重的人们在，而且一并屠杀了“知道死尸的沉重”的心。

死地确乎已在前面。为中国计，觉悟的青年应该不肯轻死了罢。

三月二十五日。

评注：

①发表于1926年3月30日《国民新报副刊》。后编入《华盖集续编》。

②*Le Jeu de L'Amour et de La Mort*，《爱与死的搏斗》，法国作家罗曼·罗兰的一部以法国大革命为题材的剧本。

空谈[①]

一

请愿的事，我一向就不以为然的，但并非因为怕有三月十八日那样的惨杀。那样的惨杀，我实在没有梦想到，虽然我向来常以“刀笔吏”的意思来窥测我们中国人。我只知道他们麻木，没有良心，不足与言，而况是请愿，而况又是徒手，却没有料到有这么阴毒与凶残。能逆料的，大概只有段祺瑞，贾德耀，章士钊和他们的同类罢。四十七个男女青年的生命，完全是被骗去的，简直是诱杀。

有些东西——我称之为什么呢，我想不出——说：群众领袖应负道义上的责任。这些东西仿佛就承认了对徒手群众应该开枪，执政府前原是“死地”，死者就如自投罗网一般。群众领袖本没有和段祺瑞等辈心心相印，也未曾互相钩通，怎么能够料到这阴险的辣手。这样的辣手，只要略有人气者，是万万豫想不到的。

我以为倘要锻炼②群众领袖的错处，只有两点；一是还以请愿为有用；二是将对手看得太好了。

二

但以上也仍然是事后的话。我想，当这事实没有发生以前，恐怕谁也不会料到要演这般的惨剧，至多，也不过获得照例的徒劳罢了。只有有学问的聪明人能够先料到，承认凡请愿就是送死。

陈源教授的《闲话》说："我们要是劝告女志士们，以后少加入群众运动，她们一定要说我们轻视她们，所以我们也不敢来多嘴。可是对于未成年的男女孩童，我们不能不希望他们以后不再参加任何运动。"（《现代评论》六十八）为什么呢？因为参加各种运动，是甚至于像这次一样，要"冒枪林弹雨的险，受践踏死伤之苦"的。

这次用了四十七条性命，只购得一种见识：本国的执政府前是"枪林弹雨"的地方，要去送死，应该待到成年，出于自愿的才是。

我以为"女志士"和"未成年的男女孩童"，参加学校运动会，大概倒还不至于有很大的危险的。至于"枪林弹雨"中的请愿，则虽是成年的男志士们，也应该切切记住，从此罢休！

看现在竟如何。不过多了几篇诗文，多了若干谈助。几个名人和什么当局者在接洽葬地，由大请愿改为小请愿了。埋葬自然是最妥当的收场。然而很奇怪，仿佛这四十七个死者，是因为怕老来死后无处埋葬，特来挣一点官地似的。万生园多么近，而四烈士坟前还有三块墓碑不镌一字，更何况僻远如圆明园。

死者倘不埋在活人的心中，那就真真死掉了。

三

改革自然常不免于流血，但流血非即等于改革。血的应用，正如金钱一般，吝啬固然是不行的，浪费也大大的失算。我对于这回的牺牲者，非常觉得哀伤。

但愿这样的请愿，从此停止就好。

请愿虽然是无论那一国度里常有的事，不至于死的事，但我们已经知道中国是例外，除非你能将“枪林弹雨”消除。正规的战法，也必须对手是英雄才适用。汉末总算还是人心很古的时候罢，恕我引一个小说上的典故：许褚赤体上阵，也就很中了好几箭。而金圣叹还笑他道：“谁叫你赤膊？”

至于现在似的发明了许多火器的时代，交兵就都用壕堑战。这并非吝惜生命，乃是不肯虚掷生命，因为战士的生命是宝贵的。在战士不多的地方，这生命就愈宝贵。所谓宝贵者，并非“珍藏于家”，乃是要以小本钱换得极大的利息，至少，也必须卖买相当。以血的洪流淹死一个敌人，以同胞的尸体填满一个缺陷，已经是陈腐的话了。从最新的战术的眼光看起来，这是多么大的损失。

这回死者的遗给后来的功德，是在撕去了许多东西的人相，露出那出于意料之外的阴毒的心，教给继续战斗者以别种方法的战斗。

四月二日。

评注：

①发表于1926年4月10日《国民新报副刊》。后编入《华盖集续编》。

②锻炼，罗织罪名。

论“费厄泼赖”应该缓行[①]

一　解题

《语丝》五七期上语堂[②]先生曾经讲起“费厄泼赖”[③]（fair play），以为此种精神在中国最不易得，我们只好努力鼓励；又谓不“打落水狗”，即足以补充“费厄泼赖”的意义。我不懂英文，因此也不明这字的函义究竟怎样，如果不“打落水狗”，也即这种精神之一体，则我却很想有所议论。但题目上不直书“打落水狗”者，乃为回避触目起见，即并不一定要在头上强装“义角”[④]之意。总而言之，不过说是“落水狗”未始不可打，或者简直应该打而已。

二　论“落水狗”有三种，大都在可打之列

今之论者，常将“打死老虎”与“打落水狗”相提并论，以为都近于卑怯。我以为“打死老虎”者，装怯作勇，颇含滑稽，虽然不免有卑怯之嫌，却怯得令人可爱。至于“打落水狗”则并不如此简单，当看狗之怎样，以及如何落水而定。考落水原因，大概可有三种：（1）狗自己失足落水者，（2）别人打落者，（3）亲自打落者。倘遇前二种，便即附和去打，自然过于无聊，或者竟近于卑怯；但若与狗奋战，亲手打其落水，则虽用竹竿又在水中从而痛打之，似乎也非已甚，不得与前二者同论。

听说刚勇的拳师，决不再打那已经倒地的敌手，这实足使我们奉为楷模。但我以为尚须附加一事，即敌手也须是刚勇的斗士，一败之后，或自愧自悔而不再来，或尚须堂皇地来相报复，那当然都无不可。而于狗，却不能引此为例，与对等的敌手齐观，因为无论它怎样狂嗥，其实并不解什么“道义”；况且狗是能浮水的，一定仍要爬到岸上，倘不注意，它先就耸身一摇，将水点洒得人们一身一脸，于是夹着尾巴逃走了。但后来性情还是如此。老实人将它的落水认作受洗，以为必已忏悔，不再出而咬人，实在是大错而特错的事。

总之，倘是咬人之狗，我觉得都在可打之列，无论它在岸上或在水中。

三　论叭儿狗尤非打落水里，又从而打之不可

叭儿狗一名哈吧狗，南方却称为西洋狗了，但是，听说倒是中

国的特产，在万国赛狗会里常常得到金奖牌，《大不列颠百科全书》的狗照相上，就很有几匹是咱们中国的叭儿狗。这也是一种国光。但是，狗和猫不是仇敌么？它却虽然是狗，又很像猫，折中，公允，调和，平正之状可掬，悠悠然摆出别个无不偏激，惟独自己得了“中庸之道”似的脸来。因此也就为阔人，太监，太太，小姐们所钟爱，种子绵绵不绝。它的事业，只是以伶俐的皮毛获得贵人豢养，或者中外的娘儿们上街的时候，脖子上拴了细链子跟在脚后跟。

这些就应该先行打它落水，又从而打之；如果它自坠入水，其实也不妨又从而打之，但若是自己过于要好，自然不打亦可，然而也不必为之叹息。叭儿狗如可宽容，别的狗也大可不必打了，因为它们虽然非常势利，但究竟还有些像狼，带着野性，不至于如此骑墙。

以上是顺便说及的话，似乎和本题没有大关系。

四　论不“打落水狗”是误人子弟的

总之，落水狗的是否该打，第一是在看它爬上岸了之后的态度。

狗性总不大会改变的，假使一万年之后，或者也许要和现在不同，但我现在要说的是现在。如果以为落水之后，十分可怜，则害人的动物，可怜者正多，便是霍乱病菌，虽然生殖得快，那性格却何等地老实。然而医生是决不肯放过它的。

现在的官僚和土绅士或洋绅士，只要不合自意的，便说是赤化，是共产；民国元年以前稍不同，先是说康党[5]，后是说革党，甚至于到官里去告密，一面固然在保全自己的尊荣，但也未始没有那时所谓“以人血染红顶子”[6]之意。可是革命终于起来了，一群臭架子的绅士们，便立刻皇皇然若丧家之狗，将小辫子盘在头顶上。革命党也一派新气，——绅士们先前所深恶痛绝的新气，“文明”得可以；说是“咸与维新”了，我们是不打落水狗的，听凭它们爬上来罢。于是它们爬上来了，伏到民国二年下半年，二次革命的时候，就突出来帮着袁世凯咬死了许多革命人，中国又一天一天沉入黑暗里，一直到现在，遗老不必说，连遗少也还是那么多。这就因为先烈的好心，对于鬼蜮的慈悲，使它们繁殖起来，而此后的明白青年，为反抗黑暗计，也就要花费更多更多的气力和生命。

秋瑾女士，就是死于告密的，革命后暂时称为“女侠”，现在是不大听见有人提起了。革命一起，她的故乡就到了一个都督，——等于现在之所谓督军，——也是她的同志：王金发。他捉住了杀害她的谋主，调集了告密的案卷，要为她报仇。然而终于将那谋主释放了，据说是因为已经成了民国，大家不应该再修旧怨罢。但等到二次革命失败后，王金发却被袁世凯的走狗枪决了，与有力的是他所释放的杀过秋瑾的谋主。

这人现在也已“寿终正寝”了，但在那里继续跋扈出没着的也还是这一流人，所以秋瑾的故乡也还是那样的故乡，年复一年，丝毫没有长进。从这一点看起来，生长在可为中国模范的名城[7]里的杨荫榆女士和陈西滢先生，真是洪福齐天。

五　论塌台人物不当与“落水狗”相提并论

“犯而不校”是恕道，“以眼还眼以牙还牙”是直道。中国最多的却是枉道：不打落水狗，反被狗咬了。但是，这其实是老实人自己讨苦吃。

俗语说：“忠厚是无用的别名”，也许太刻薄一点罢，但仔细想来，却也觉得并非唆人作恶之谈，乃是归纳了许多苦楚的经历之后的警句。譬如不打落水狗说，其成因大概有二：一是无力打；二是比例错。前者且勿论；后者的大错就又有二：一是误将塌台人物和落水狗齐观，二是不辨塌台人物又有好有坏，于是视同一律，结果反成为纵恶。即以现在而论，因为政局的不安定，真是此起彼伏如转轮，坏人靠着冰山，恣行无忌，一旦失足，忽而乞怜，而曾经亲见，或亲受其噬啮的老实人，乃忽以“落水狗”视之，不但不打，甚至于还有哀矜之意，自以为公理已伸，侠义这时正在我这里。殊不知它何尝真是落水，巢窟是早已造好的了，食料是早经储足的了，并且都在租界里。虽然有时似乎受伤，其实并不，至多不过是假装跛脚，聊以引起人们的恻隐之心，可以从容避匿罢了。他日复来，仍旧先咬老实人开手，“投石下井”，无所不为，寻起原因来，一部分就正因为老实人不“打落水狗”之故。所以，要是说得苛刻一点，也就是自家掘坑自家埋，怨天尤人，全是错误的。

六　论现在还不能一味“费厄”

仁人们或者要问：那么，我们竟不要“费厄泼赖”么？我可以立刻回答：当然是要的，然而尚早。这就是“请君入瓮”法。虽然仁人们未必肯用，但我还可以言之成理。土绅士或洋绅士们不是常常说，中国自有特别国情，外国的平等自由等等，不能适用么？我以为这“费厄泼赖”也是其一。否则，他对你不“费厄”，你却对他去“费厄”，结果总是自己吃亏，不但要“费厄”而不可得，并且连要不“费厄”而亦不可得。所以要“费厄”，最好是首先看清对手，倘是些不配承受“费厄”的，大可以老实不客气；待到它也“费厄”了，然后再与它讲“费厄”不迟。

这似乎很有主张二重道德之嫌，但是也出于不得已，因为倘不如此，中国将不能有较好的路。中国现在有许多二重道德，主与奴，男与女，都有不同的道德，还没有划一。要是对“落水狗”和“落水人”独独一视同仁，实在未免太偏，太早，正如绅士们之所谓自由平等并非不好，在中国却微嫌太早一样。所以倘有人要普遍施行“费厄泼赖”精神，我以为至少须俟所谓“落水狗”者带有人气之后。但现在自然也非绝不可行，就是，有如上文所说：要看清对手。而且还要有等差，即“费厄”必视对手之如何而施，无论其怎样落水，为人也则帮之，为狗也则不管之，为坏狗也则打之。一言以蔽之：“党同伐异”而已矣。

满心“婆理”而满口“公理”的绅士们的名言暂且置之不论不议之列，即使真心人所大叫的公理，在现今的中国，也还不能救助好人，甚至于反而保护坏人。因为当坏人得志，虐待好人的时候，即使有人大叫公理，他决不听从，叫喊仅止于叫喊，好人仍然受苦。然而偶有一时，好人或稍稍蹶起，则坏人本该落水了，可是，真心的公理论者又“勿报复”呀，“仁恕”呀，“勿以恶抗恶”呀……的大嚷起来。这一次却发生实效，并非空嚷了：好人正以为然，而坏人于是得救。但他得救之后，无非以为占了便宜，何尝改悔；并且因为是早已营就三窟，又善于钻谋的，所以不多时，也就依然声势赫奕，作恶又如先前一样。这时候，公理论者自然又要大叫，但这回他却不听你了。

但是，“疾恶太严”，“操之过急”，汉的清流和明的东林，却正以这一点倾败，论者也常常这样责备他们。殊不知那一面，何尝不“疾善如仇”呢？人们却不说一句话。假使此后光明和黑暗还不能作彻底的战斗，老实人误将纵恶当作宽容，一味姑息下去，则现在似的混沌状态，是可以无穷无尽的。

七　论“即以其人之道还治其人之身”

中国人或信中医或信西医，现在较大的城市中往往并有两种医，使他们各得其所。我以为这确是极好的事。倘能推而广之，怨声一定还要少得多，或者天下竟可以臻于郅治。例如民国的通礼是鞠躬，但若有人以为不对的，就独使他磕头。民国的法律是没有笞刑的，倘有人以为肉刑好，则这人犯罪时就特别打屁股。碗筷饭菜，是为今人而设的，有愿为燧人氏以前之民者，就请他吃生肉；再造几千间茅屋，将在大宅子里仰慕尧舜的高士都拉出来，给住在那里面；反对物质文明的，自然更应该不使他衔冤坐汽车。这样一办，真所谓“求仁得仁又何怨”，我们的耳根也就可以清净许多罢。

但可惜大家总不肯这样办，偏要以己律人，所以天下就多事。“费厄泼赖”尤其有流弊，甚至于可以变成弱点，反给恶势力占便宜。例如刘百昭殴曳女师大学生，《现代评论》上连屁也不放，一到女师大恢复，陈西滢鼓动女大学生占据校舍时，却道“要是她们不肯走便怎样呢？你们总不好意思用强力把她们的东西搬走了罢？”殴而且拉，而且搬，是有刘百昭的先例的，何以这一回独独“不好意思”？这就因为给他嗅到了女师大这一面有些“费厄”气味之故。但这“费厄”却又变成弱点，反而给人利用了来替章士钊的“遗泽”保镳。

八　结末

或者要疑我上文所言，会激起新旧，或什么两派之争，使恶感更深，或相持更烈罢。但我敢断言，反改革者对于改革者的毒害，向来就并未放松过，手段的厉害也已经无以复加了。只有改革者却还在睡梦里，总是吃亏，因而中国也总是没有改革，自此以后，是应该改换些态度和方法的。

一九二五年十二月二十九日。

评注：

①发表于1926年1月10日《莽原》第1期。后编入《坟》。

②语堂，即林语堂（1895—1976），作家。20世纪30年代，主编《论语》《人间世》《宇宙风》等杂志。1936年移居美国，1966年迁居台湾。

③“费厄泼赖”，英语Fair play的音译，原为体育比赛或其他竞技用语，意即公开、公正，不使用不正当手段。

④“义角”，即假角。

⑤康党，指追随康有为等发动变法维新的人。革党指参加或赞成反清革命的人。

⑥顶子，帽顶子；清朝官员以红色为标志，用红宝石或红珊瑚做帽顶子，是为一品高官。

⑦模范的名城，指无锡。陈西滢在《闲话》中有“听说无锡是中国的模范县”的句子。

扣丝杂感[①]

以下这些话，是因为见了《语丝》（一四七期）的《随感录》（二八）而写的。

这半年来，凡我所看的期刊，除《北新》外，没有一种完全的：《莽原》，《新生》，《沉钟》。甚至于日本文的《斯文》，里面所讲的都是汉学，末尾附有《西游记传奇》，我想和演义来比较一下，所以很切用，但第二本即缺少，第四本起便杳然了。至于《语丝》，我所没有收到的统共有六期，后来多从市上的书铺里补得，惟有一二六和一四三终于买不到，至今还不知道内容究竟是怎样。

这些收不到的期刊，是遗失，还是没收的呢？我以为两者都有。没收的地方，是北京，天津，还是上海，广州呢？我以为大约也各处都有。至于没收的缘故，那可是不得而知了。

我所确切知道的，有这样几件事。是《莽原》也被扣留过一期，不过这还可以说，因为里面有俄国作品的翻译。那时只要一个“俄”字，已够惊心动魄自然无暇顾及时代和内容。但韦丛芜的《君山》，也被扣留。这一本诗，不但说不到“赤”，并且也说不到“白”，正和作者的年纪一样，是“青”的，而竟被禁锢在邮局里。黎锦明先生早有来信，说送我《烈火集》，一本是托书局寄的，怕他们忘记，自己又寄了一本。但至今已将半年，一本也没有到。我想，十之九都被没收了，因为火色既“赤”，而况又“烈”乎，当然通不过的。

《语丝》一三二期寄到我这里的时候是出版后约六星期，封皮上写着两个绿色大字道：“扣留”，另外还有检查机关的印记和封条。打开看时，里面是《猓猓人的创世记》，《无题》，《寂寞札记》，《撒园荽》，《苏曼殊及其友人》，都不像会犯禁。我便看《来函照登》，是讲“情死”“情杀”的，不要紧，目下还不管这些事。只有《闲话拾遗》了。这一期特别少，共只两条。一是讲日本的，大约也还不至于犯禁。一是说来信告诉“清党”的残暴手段的，《语丝》此刻不想登。莫非因为这一条么？但不登何以又不行呢？莫明其妙。然而何以“扣留”而又放行了呢？也莫明其妙。

这莫明其妙的根源，我以为在于检查的人员。

中国近来一有事，首先就检查邮电。这检查的人员，有的是团长或区长，关于论文诗歌之类，我觉得我们不必和他多谈。但即使是读书人，其实还是一样的说不明白，尤其是在所谓革命的地方。直截痛快的革命训练弄惯了，将所有革命精神提起，如油的浮在水面一般，然而顾不及增加营养。所以，先前是刊物的封面上画一个工人，手捏铁铲或鹤嘴锹，文中有“革命！革命！”“打倒！打倒！”者，一帆风顺，算是好的。现在是要画一个少年军人拿旗骑在马上，里面“严办！严办！”这才庶几免于罪戾。至于什么“讽刺”，“幽默”，“反语”，“闲谈”等类，实在还是格不相入。从格不相入，而成为视之懵然，结果即不免有些弄得乱七八糟，谁也莫明其妙。

还有一层，是终日检查刊物，不久就会头昏眼花，于是讨厌，于是生气，于是觉得刊物大抵可恶——尤其是不容易了然的——而非严办不可。我记得书籍不切边，我也是作俑者之一，当时实在是没有什么恶意的。后来看见方传宗先生的通信（见本《丝》一二九），竟说得要毛边装订的人有如此可恶，小觉满肚子冤屈。但仔细一想，方先生似乎是图书馆员，那么，要他老是裁那并不感到兴趣的毛边书，终于不免生气而大骂毛边党，正是毫不足怪的事。检查员也同此例，久而久之，就要发火，开初或者看得详细点，但后来总不免《烈火集》也可怕，《君山》也可疑，——只剩了一条最稳当的路：扣留。

两个月前罢，看见报上记着某邮局因为扣下的刊物太多，无处存放了，一律焚毁。我那时实在感到心痛，仿佛内中很有几本是我的东西似的。呜呼哀哉！我的《烈火集》呵。我的《西游记传奇》呵。我的……。

附带还要说几句关于毛边的牢骚。我先前在北京参与印书的时候，自己暗暗地定下了三样无关紧要的小改革，来试一试。一，是首页的书名和著者的题字，打破对称式；二，是每篇的第一行之前，留下几行空白；三，就是毛边。现在的结果，第一件已经有恢复香炉烛台式的了；第二件有时无论怎样叮嘱，而临印的时候，工人终于将第一行的字移到纸边，用“迅雷不及掩耳的手段”，使你无可挽救；第三件被攻击最早，不久我便有条件的降伏了。与李老板[2]约：别的不管，只是我的译著，必须坚持毛边到底！但是，今竟如何？老板送给我的五部或十部，至今还确是毛边。不过在书铺里，我却发见了毫无“毛”气，四面光滑的《彷徨》之类。归根结蒂，他们都将彻底的胜利。所以说我想改革社会，或者和改革社会有关，那是完全冤枉的，我早已瘟头瘟脑，躺在板床上吸烟卷——彩凤牌——了。

言归正传。刊物的暂时要碰钉子，也不但遇到检查员，我恐怕便是读书的青年，也还是一样。先已说过，革命地方的文字，是要直截痛快，“革命！革命！”的，这才是“革命文学”。我曾经看见一种期刊上登载一篇文章，后有作者的附白，说这一篇没有谈及革命，对不起读者，对不起对不起。但自从“清党”以后，这“直截痛快”以外，却又增添了一种神经过敏。“命”自然还是要革的，然而又不宜太革，太革便近于过激，过激便近于共产党，变了“反革命”了。所以现在的“革命文学”，是在顽固这一种反革命和共产党这一种反革命之间。

于是又发生了问题，便是“革命文学”站在这两种危险物之间，如何保持她的纯正——正宗。这势必至于必须防止近于赤化的思想和文字，以及将来有趋于赤化之虑的思想和文字。例如，攻击礼教和白话，即有趋于赤化之忧。因为共产派无视一切旧物，而白话则始于《新青年》，而《新青年》乃独秀所办。今天看见北京教育部禁止白话的消息，我逆料《语丝》必将有几句感慨，但我实在是无动于中。我觉得连思想文字，也到处都将窒息，几句白话黑话，已经没有什么大关系了。

那么，谈谈风月，讲讲女人，怎样呢？也不行。这是“不革命”。“不革命”虽然无罪，然而是不对的！

现在在南边，只剩了一条“革命文学”的独木小桥，所以外来的许多刊物，便通不过，扑通！扑通！都掉下去了。

但这直截痛快和神经过敏的状态，其实大半也还是视指挥刀的指挥而转移的，而此时刀尖的挥动，还是横七竖八。方向有个一定之后，或者可以好些罢。然而也不过是“好些”，内中的骨子，恐怕还不外乎窒息，因为这是先天性的遗传。

先前偶然看见一种报上骂郁达夫先生，说他《洪水》上的一篇文章，是不怀好意，恭维汉口。我就去买《洪水》来看，则无非说旧式的崇拜一个英雄，已和现代潮流不合，倒也看不出什么恶意来。这就证明着眼光的钝锐，我和现在的青年文学家已很不同了。所以《语丝》的莫明其妙的失踪，大约也许只是我们自己莫明其妙，而上面的检查员云云，倒是假设的恕词。

至于一四五期以后，这里是全都收到的，大约惟在上海者被押。假如真的被押，我却以为大约也与吴老先生无关。“打倒……打倒……严办……严办……”，固然是他老先生亲笔的话，未免有些责任，但有许多动作却并非他的手脚了。在中国，凡是猛人（这是广州常用的话，其中可以包括名人，能人，阔人三种），都有这种的运命。

无论是何等样人，一成为猛人，则不问其“猛”之大小，我觉得他的身边便总有几个包围的人们，围得水泄不透。那结果，在内，是使该猛人逐渐变成昏庸，有近乎傀儡的趋势。在外，是使别人所看见的并非该猛人的本相，而是经过了包围者的曲折而显现的幻形。至于幻得怎样，则当视包围者是三棱镜呢，还是凸面或凹面而异。假如我们能有一种机会，偶然走到一个猛人的近旁，便可以看见这时包围者的脸面和言动，和对付别的人们的时候有怎样地不同。我们在外面看见一个猛人的亲信，谬妄骄恣，很容易以为该猛人所爱的是这样的人物。殊不知其实是大谬不然的。猛人所看见的他是娇嫩老实，非常可爱，简直说话会口吃，谈天要脸红，老实说一句罢，且是“世故的老人”如不佞者，有时从旁看来也觉得倒也并不坏。

但同时也就发生了胡乱的矫诏和过度的巴结，而晦气的人物呀，刊物呀，植物呀，矿物呀，则于是乎遭灾。但猛人大抵是不知道的。凡知道一点北京掌故的，该还记得袁世凯做皇帝时候的事罢。要看日报，包围者连报纸都会特印了给他看，民意全部拥戴，舆论一致赞成。直要待到蔡松坡云南起义，这才阿呀一声，连一连吃了二十多个馒头都自己不知道。但这一出戏也就闭幕，袁公的龙驭上宾于天[③]了。

包围者便离开了这一株已倒的大树，去寻求别一个新猛人。

我曾经想做过一篇《包围新论》，先述包围之方法，次论中国之所以永是走老路，原因即在包围，因为猛人虽有起仆兴亡，而包围者永是这一伙。次更论猛人倘能脱离包围，中国就有五成得救。结末是包围脱离法。——然而终于想不出好的方法来，所以这新论也还没有敢动笔。

爱国志士和革命青年幸勿以我为懒于筹画，只开目录而没有文章。我思索是也在思索的，曾经想到了两样法子，但反复一想，都无用。一，是猛人自己出去看看外面的情形，不要先“清道”[④]。然而虽不“清道”，大家一遇猛人，大抵也会先就改变了本然的情形，再也看不出真模样。二，是广接各样的人物，不为一定的若干人所包围。然而久而久之，也终于有一群制胜，而这最后胜利者的包围力则最强大，归根结蒂，也还是古已有之的运命：龙驭上宾于天。

世事也还是像螺旋。但《语丝》今年特别碰钉子于南方，仿佛得了新境遇，这又是什么缘故呢？这一点，我自以为是容易解答的。

“革命尚未成功”，是这里常见的标语。但由我看来，这仿佛已经成了一句谦虚话，在后方的一大部分的人们的心里，是“革命已经成功”或“将近成功”了。既然已经成功或将近成功，自己又是革命家，也就是中国的主人翁，则对于一切，当然有管理的权利和义务。刊物虽小事，自然也在看管之列。有近于赤化之虑者无论矣，而要说不吉利语，即可以说是颇有近于“反革命”的气息了，至少，也很令人不欢。而《语丝》，是每有不肯凑趣的坏脾气的，则其不免于有时失踪也，盖犹其小焉者耳。

九月十五日。

评注：

①发表于1927年10月22日《语丝》周刊第154期。后收入《而已集》。

②李老板，即北新书局负责人李小峰。

③龙驭上宾于天，旧称皇帝之死。

④“清道”，旧时帝王或官员出入，先命清扫道路和禁止行人，叫“清道”。

可恶罪[1]

这是一种新的“世故”。

我以为法律上的许多罪名，都是花言巧语，只消以一语包括之，曰：可恶罪。

譬如，有人觉得一个人可恶，要给他吃点苦罢，就有这样的法子。倘在广州而又是“清党”之前，则可以暗暗地宣传他是无政府主义者。那么，共产青年自然会说他“反革命”，有罪。若在“清党”之后呢，要说他是CP或CY[2]，没有证据，则可以指为“亲共派”。那么，清党委员会[3]自然会说他“反革命”，有罪。再不得已，则只好寻些别的事由，诉诸法律了。但这比较地麻烦。

我先前总以为人是有罪，所以枪毙或坐监的。现在才知道其中的许多，是先因为被人认为“可恶”，这才终于犯了罪。

许多罪人，应该称为“可恶的人”。

九，十四。

评注：

①发表于1927年10月22日《语丝》周刊第154期。后编入《而已集》。

②CP英语Communist party的缩写，即共产党。CY，英语Communist youth的缩写，即共产主义青年团。

③清党委员会，清党，国民党把1927年“四一二”及以后一段时间内清洗共产党人称为“清党”。1923年6月中国共产党第三次全国代表大会和1924年1月国民党第一次全国代表大会后，形成国共合作的局面，并于1926年7月开始北伐战争。1927年4月12日，蒋介石在上海突然对共产党人进行搜捕和杀害；接着，以“清党”为名，在他所控制的其他地方展开大规模捕杀。清党委员会，蒋介石国民党为镇压共产党及党内左派分子而设立的机构。1927年5月5日，国民党中央执行委员会常务委员会及各部长联席会议决定，指派邓泽如等七人组织中央清党委员会。5月17日，该会正式成立，各省也随之先后成立分支机构。

小杂感[1]

蜜蜂的刺，一用即丧失了它自己的生命；犬儒[2]的刺，一用则苟延了他自己的生命。

他们就是如此不同。

约翰穆勒说：专制使人们变成冷嘲。

而他竟不知道共和使人们变成沉默。

要上战场，莫如做军医；要革命，莫如走后方；要杀人，莫如做刽子手。既英雄，又稳当。

与名流学者谈，对于他之所讲，当装作偶有不懂之处。太不懂被看轻，太懂了被厌恶。偶有不懂之处，彼此最为合宜。

世间大抵只知道指挥刀所以指挥武士，而不想到也可以指挥文人。

又是演讲录，又是演讲录[3]。

但可惜都没有讲明他何以和先前大两样了；也没有讲明他演讲时，自己是否真相信自己的话。

阔的聪明人种种譬如昨日死。[4]

不阔的傻子种种实在昨日死。

曾经阔气的要复古，正在阔气的要保持现状，未曾阔气的要革新。

大抵如是。大抵！

他们之所谓复古，是回到他们所记得的若干年前，并非虞夏商周。

女人的天性中有母性，有女儿性；无妻性。

妻性是逼成的，只是母性和女儿性的混合。

防被欺。

自称盗贼的无须防，得其反倒是好人；自称正人君子的必须防，得其反则是盗贼。

楼下一个男人病得要死，那间壁的一家唱着留声机；对面是弄孩子。楼上有两人狂笑；还有打牌声。河中的船上有女人哭着她死去的母亲。

人类的悲欢并不相通，我只觉得他们吵闹。

每一个破衣服人走过，叭儿狗就叫起来，其实并非都是狗主人的意旨或使嗾。

叭儿狗往往比它的主人更严厉。

恐怕有一天总要不准穿破布衫，否则便是共产党。

革命，反革命，不革命。

革命的被杀于反革命的。反革命的被杀于革命的。不革命的或当作革命的而被杀于反革命的，或当作反革命的而被杀于革命的，或并不当作什么而被杀于革命的或反革命的。

革命，革革命，革革革命，革革……。

人感到寂寞时，会创作；一感到干净时，即无创作，他已经一无所爱。

创作总根于爱。

杨朱无书。

创作虽说抒写自己的心，但总愿意有人看。

创作是有社会性的。

但有时只要有一个人看便满足：好友，爱人。

人往往憎和尚，憎尼姑，憎回教徒，憎耶教徒，而不憎道士。

懂得此理者，懂得中国大半。

要自杀的人，也会怕大海的汪洋，怕夏天死尸的易烂。

但遇到澄静的清池，凉爽的秋夜，他往往也自杀了。

凡为当局所“诛”者皆有“罪”。

刘邦除秦苛暴，“与父老约，法三章耳。”
而后来仍有族诛，仍禁挟书，还是秦法。⑤
法三章者，话一句耳。

一见短袖子，立刻想到白臂膊，立刻想到全裸体，立刻想到生殖器，立刻想到性交，立刻想到杂交，立刻想到私生子。

中国人的想像惟在这一层能够如此跃进。

九月二十四日。

评注：

①发表于1927年12月17日《语丝》周刊第4卷第1期。后编入《而已集》。

②犬儒，指哲学史上的古希腊犬儒学派（Cynics，一译“昔尼克学派”）的哲学家。其创始人安提西尼在雅典的一个称为“快犬”的健身房中讲学，故名；还有一说，此派人生活简陋，甚至衣着肮脏，时人讥为穷犬。他们主张绝对自由，独行其是，否定社会规范和伦理道德，并常常以冷嘲热讽的态度对待。作者1928年3月8日致信章廷谦说：“犬儒=cynic，它那‘刺’便是‘冷嘲’。”

③演讲录，这里指蒋介石、汪精卫、吴稚晖、戴季陶等人的演讲集，当时不断编印出售，强化专制主义和国家恐怖主义的宣传，与“清党”前的演讲内容大相径庭。

④阔的聪明人种种譬如昨日死，清朝大臣曾国藩曾经说过：“从前种种如昨日死，以后种种如今日生。”1927年8月18日，广州《民国日报》就国民党内蒋介石和汪精卫曾经对立的两派进行政治合作发表社论时使用

了曾国藩这句话，说：“从前种种，譬如昨日死；以后种种，譬如今日生；今后所应负之责任益大且难，这真要我们真诚的不妥协的非投机的同志不念既往而真正联合。”

⑤“与父老约，法三章耳”，《史记·高祖本纪》记刘邦的话说：“与父老约，法三章耳：杀人者死，伤人及盗抵罪。余悉除去秦法。”说后来所用还是秦法者，见《汉书·刑法志》：“三章之法不足以御奸，于是相国萧何捃摭秦法，取其宜于时者，作律九章。”

太平歌诀[①]

四月六日的《申报》上有这样的一段记事：

“南京市近日忽发现一种无稽谣传，谓总理墓行将工竣，石匠有摄收幼童灵魂，以合龙口之举。市民以讹传讹，自相惊扰，因而家家幼童，左肩各悬红布一方，上书歌诀四句，借避危险。其歌诀约有三种：（一）人来叫我魂，自叫自当承。叫人叫不着，自己顶石坟。（二）石叫石和尚，自叫自承当。急早回家转，免去顶坟坛。（三）你造中山墓，与我何相干？一叫魂不去，再叫自承当。”（后略）

这三首中的无论那一首，虽只寥寥二十字，但将市民的见解：对于革命政府的关系，对于革命者的感情，都已经写得淋漓尽致。虽有善于暴露社会黑暗面的文学家，恐怕也难有做到这么简明深切的了。“叫人叫不着，自己顶石坟”，则竟包括了许多革命者的传记和一部中国革命的历史。

看看有些人们的文字，似乎硬要说现在是“黎明之前”。然而市民是这样的市民，黎明也好，黄昏也好，革命者们总不能不背着这一伙市民进行。鸡肋，弃之不甘，食之无味，就要这样地牵缠下去。五十一年后能否就有出路，是毫无把握的。

近来的革命文学家往往特别畏惧黑暗，掩藏黑暗，但市民却毫不客气，自己表现了。那小巧的机灵和这厚重的麻木相撞，便使革命文学家不敢正视社会现象，变成婆婆妈妈，欢迎喜鹊，憎厌枭鸣，只检一点吉祥之兆来陶醉自己，于是就算超出了时代。

恭喜的英雄，你前去罢，被遗弃了的现实的现代，在后面恭送你的行旌。

但其实还是同在。你不过闭了眼睛。不过眼睛一闭，“顶石坟”却可以不至于了，这就是你的“最后的胜利”。

四月十日。

评注：

①发表于1928年4月《语丝》第4卷第18期。后编入《三闲集》。

流氓的变迁[1]

孔墨都不满于现状，要加以改革，但那第一步，是在说动人主，而那用以压服人主的家伙，则都是“天”[2]。

孔子之徒为儒，墨子之徒为侠。“儒者，柔也”，当然不会危险的。惟侠老实，所以墨者的末流，至于以“死”为终极的目的。到后来，真老实的逐渐死完，止留下取巧的侠，汉的大侠，就已和公侯权贵相馈赠，以备危急时来作护符之用了。

司马迁说：“儒以文乱法，而侠以武犯禁”，“乱”之和“犯”，决不是“叛”，不过闹点小乱子而已，而况有权贵如“五侯”者在。

“侠”字渐消，强盗起了，但也是侠之流，他们的旗帜是“替天行道”。他们所反对的是奸臣，不是天子，他们所打劫的是平民，不是将相。李逵劫法场时，抡起板斧来排头砍去，而所砍的是看客。一部《水浒》，说得很分明：因为不反对天子，所以大军一到，便受招安，替国家打别的强盗——不“替天行道”的强盗去了。终于是奴才。

满洲入关，中国渐被压服了，连有“侠气”的人，也不敢再起盗心，不敢指斥奸臣，不敢直接为天子效力，于是跟一个好官员或钦差大臣，给他保镳，替他捕盗，一部《施公案》，也说得很分明，还有《彭公案》，《七侠五义》之流，至今没有穷尽。他们出身清白，连先前也并无坏处，虽在钦差之下，究居平民之上，对一方面固然必须听命，对别方面还是大可逞雄，安全之度增多了，奴性也跟着加足。

然而为盗要被官兵所打，捕盗也要被强盗所打，要十分安全的侠客，是觉得都不妥当的，于是有流氓。和尚喝酒他来打，男女通奸他来捉，私娼私贩他来凌辱，为的是维持风化；乡下人不懂租界章程他来欺侮，为的是看不起无知；剪发女人他来嘲骂，社会改革者他来憎恶，为的是宝爱秩序。但后面是传统的靠山，对手又都非浩荡的强敌，他就在其间横行过去。现在的小说，还没有写出这一种典型的书，惟《九尾龟》中的章秋谷，以为他给妓女吃苦，是因为她要敲人们竹杠，所以给以惩罚之类的叙述，约略近之。

由现状再降下去，大概这一流人将成为文艺书中的主角了，我在等候“革命文学家”。张资平“氏”的近作。

评注：

①发表于1930年1月上海《萌芽月刊》第1卷，第1期。后编入《三闲集》。

②“天”，指天帝。

言论自由的界限①

看《红楼梦》，觉得贾府上是言论颇不自由的地方。焦大以奴才的身份，仗着酒醉，从主子骂起，直到别的一切奴才，说只有两个石狮子干净。结果怎样呢？结果是主子深恶，奴才痛嫉，给他塞了一嘴马粪。

其实是，焦大的骂，并非要打倒贾府，倒是要贾府好，不过说主奴如此，贾府就要弄不下去罢了。然而得到的报酬是马粪。所以这焦大，实在是贾府的屈原，假使他能做文章，我想，恐怕也会有一篇《离骚》之类。

三年前的新月社诸君子，不幸和焦大有了相类的境遇。他们引经据典，对于党国有了一点微词，虽然引的大抵是英国经典，但何尝有丝毫不利于党国的恶意，不过说："老爷，人家的衣服多么干净，您老人家的可有些儿脏，应该洗它一洗"罢了。不料"荃不察余之中情兮"，来了一嘴的马粪：国报同声致讨，连《新月》杂志也遭殃。但新月社究竟是文人学士的团体，这时就也来了一大堆引据三民主义，辨明心迹的“离骚经”。现在好了，吐出马粪，换塞甜头，有的顾问，有的教授，有的秘书，有的大学院长，言论自由，《新月》也满是所谓“为文艺的文艺”了。

这就是文人学士究竟比不识字的奴才聪明，党国究竟比贾府高明，现在究竟比乾隆时候光明：三明主义。

然而竟还有人在嚷着要求言论自由。世界上没有这许多甜头，我想，该是明白的罢，这误解，大约是在没有悟到现在的言论自由，只以能够表示主人的宽宏大度的说些“老爷，你的衣服……”为限，而还想说开去。

这是断乎不行的。前一种，是和《新月》受难时代不同，现在好像已有的了，这《自由谈》也就是一个证据，虽然有时还有几位拿着马粪，前来探头探脑的英雄。至于想说开去，那就足以破坏言论自由的保障。要知道现在虽比先前光明，但也比先前利害，一说开去，是连性命都要送掉的。即使有了言论自由的明令，也千万大意不得。这我是亲眼见过好几回的，非“卖老”也，不自觉其做奴才之君子，幸想一想而垂鉴焉。

四月十七日。

评注：

①发表于1933年4月22日《申报·自由谈》署名何家干。后编入《伪自由书》。

《杀错了人》异议[1]

看了曹聚仁先生的一篇《杀错了人》，觉得很痛快，但往回一想，又觉得有些还不免是愤激之谈了，所以想提出几句异议——

袁世凯在辛亥革命之后，大杀党人，从袁世凯那方面看来，是一点没有杀错的，因为他正是一个假革命的反革命者。

错的是革命者受了骗，以为他真是一个筋斗，从北洋大臣变了革命家了，于是引为同调，流了大家的血，将他浮上总统的宝位去。到二次革命时，表面上好像他又是一个筋斗，从“国民公仆”变了吸血魔王似的。其实不然，他不过又显了本相。

于是杀，杀，杀。北京城里，连饭店客栈中，都满布了侦探；还有“军政执法处”，只见受了嫌疑而被捕的青年送进去，却从不见他们活着走出来；还有，《政府公报》上，是天天看见党人脱党的广告，说是先前为友人所拉，误入该党，现在自知迷谬，从此脱离，要洗心革面的做好人了。

不久就证明了袁世凯杀人的没有杀错，他要做皇帝了。

这事情，一转眼竟已经是二十年，现在二十来岁的青年，那时还在吸奶，时光是多么飞快呵。

但是，袁世凯自己要做皇帝，为什么留下他真正对头的旧皇帝呢？这无须多议论，只要看现在的军阀混战就知道。他们打得你死我活，好像不共戴天似的，但到后来，只要一个“下野”了，也就会客客气气的，然而对于革命者呢，即使没有打过仗，也决不肯放过一个。他们知道得很清楚。

所以我想，中国革命的闹成这模样，并不是因为他们“杀错了人”，倒是因为我们看错了人。

临末，对于“多杀中年以上的人”的主张，我也有一点异议，但因为自己早在“中年以上”了，为避免嫌疑起见，只将眼睛看着地面罢。

四月十日。

记得原稿在“客客气气的”之下，尚有“说不定在出洋的时候，还要大开欢送会”这类意思的句子，后被删去了。

四月十二日。

评注：

①发表于1933年4月12日《申报·自由谈》，署名何家干。后编入《伪自由书》。

论秦理斋夫人事[1]

这几年来，报章上常见有因经济的压迫，礼教的制裁而自杀的记事，但为了这些，便来开口或动笔的人是很少的。只有新近秦理斋夫人[2]及其子女一家四口的自杀，却起过不少的回声，后来还出了一个怀着这一段新闻记事的自杀者，更可见其影响之大了。我想，这是因为人数多。单独的自杀，盖已不足以招大家的青睐了。

一切回声中，对于这自杀的主谋者——秦夫人，虽然也加以恕辞；但归结却无非是诛伐。因为——评论家说——社会虽然黑暗，但人生的第一责任是生存，倘自杀，便是失职，第二责任是受苦，倘自杀，便是偷安。进步的评论家则说人生是战斗，自杀者就是逃兵，虽死也不足以蔽其罪。这自然也说得下去的，然而未免太笼统。

人间有犯罪学者，一派说，由于环境，一派说，由于个人。现在盛行的是后一说，因为倘信前一派，则消灭罪犯，便得改造环境，事情就麻烦，可怕了。而秦夫人自杀的批判者，则是大抵属于后一派。

诚然，既然自杀了，这就证明了她是一个弱者。但是，怎么会弱的呢？要紧的是我们须看看她的尊翁的信札，为了要她回去，既耸之以两家的名声，又动之以亡人的乩语。我们还得看看她的令弟的挽联："妻殉夫，子殉母……"不是大有视为千古美谈之意吗？以生长及陶冶在这样的家庭中的人，又怎么能不成为弱者？我们固然未始不可责以奋斗，但黑暗的吞噬之力，往往胜于孤军，况且自杀的批判者未必就是战斗的应援者，当他人奋斗时，挣扎时，败绩时，也许倒是鸦雀无声了。穷乡僻壤或都会中，孤儿寡妇，贫女劳人之顺命而死，或虽然抗命，而终于不得不死者何限，但曾经上谁的口，动谁的心呢？真是"自经于沟渎而莫之知也"！

人固然应该生存，但为的是进化；也不妨受苦，但为的是解除将来的一切苦；更应该战斗，但为的是改革。责别人的自杀者，一面责人，一面正也应该向驱人于自杀之途的环境挑战，进攻。倘使对于黑暗的主力，不置一辞，不发一矢，而但向"弱者"唠叨不已，则纵使他如何义形于色，我也不能不说——我真也忍不住了——他其实乃是杀人者的帮凶而已。

五月二十四日。

评注：

①发表于1934年6月1日《申报·自由谈》，署名公汗。后编入《花边文学》。

②秦理斋夫人，姓龚，名尹霞，《申报》馆英文译员秦理斋之妻。

论“人言可畏”[①]

“人言可畏”是电影明星阮玲玉[②]自杀之后，发见于她的遗书中的话。这哄动一时的事件，经过了一通空论，已经渐渐冷落了，只要《玲玉香消记》一停演，就如去年的艾霞[③]自杀事件一样，完全烟消火灭。她们的死，不过像在无边的人海里添了几粒盐，虽然使扯淡的嘴巴们觉得有些味道，但不久也还是淡，淡，淡。

这句话，开初是也曾惹起一点小风波的。有评论者，说是使她自杀之咎，可见也在日报记事对于她的诉讼事件的张扬；不久就有一位记者公开的反驳，以为现在的报纸的地位，舆论的威信，可怜极了，那里还有丝毫主宰谁的运命的力量，况且那些记载，大抵来自经官的事实，绝非捏造的谣言，旧报具在，可以复按。所以阮玲玉的死，和新闻记者是毫无关系的。

这都可以算是真实话。然而——也不尽然。

现在的报章之不能像个报章，是真的；评论的不能逞心而谈，失了威力，也是真的，明眼人决不会过分的责备新闻记者。但是，新闻的威力其实是并未全盘坠地的，它对甲无损，对乙却会有伤；对强者它是弱者，但对更弱者它却还是强者，所以有时虽然吞声忍气，有时仍可以耀武扬威。于是阮玲玉之流，就成了发扬余威的好材料了，因为她颇有名，却无力。小市民总爱听人们的丑闻，尤其是有些熟识的人的丑闻。上海的街头巷尾的老虔婆，一知道近邻的阿二嫂家有野男人出入，津津乐道，但如果对她讲甘肃的谁在偷汉，新疆的谁在再嫁，她就不要听了。阮玲玉正在现身银幕，是一个大家认识的人，因此她更是给报章凑热闹的好材料，至少也可以增加一点销场。读者看了这些，有的想："我虽然没有阮玲玉那么漂亮，却比她正经"；有的想："我虽然不及阮玲玉的有本领，却比她出身高"；连自杀了之后，也还可以给人想："我虽然没有阮玲玉的技艺，却比她有勇气，因为我没有自杀"。化几个铜元就发见了自己的优胜，那当然是很上算的。但靠演艺为生的人，一遇到公众发生了上述的前两种的感想，她就够走到末路了。所以我们且不要高谈什么连自己也并不了然的社会组织或意志强弱的滥调，先来设身处地的想一想罢，那么，大概就会知道阮玲玉的以为"人言可畏"，是真的，或人的以为她的自杀，和新闻记事有关，也是真的。

但新闻记者的辩解，以为记载大抵采自经官的事实，却也是真的。上海的有些介乎大报和小报之间的报章，那社会新闻，几乎大半是官司已经吃到公安局或工部局去了的案件。但有一点坏习气，是偏要加上些描写，对于女性，尤喜欢加上些描写；这种案件，是不会有名公巨卿在内的，因此也更不妨加上些描写。案中的男人的年纪和相貌，是大抵写得老实的，一遇到女人，可就要发挥才藻了，不是"徐娘半老，风韵犹存"，就是"豆蔻年华，玲珑可爱”。一个女孩儿跑掉了，自奔或被诱还不可知，才子就断定道，“小姑独宿，不惯无郎”，你怎么知道？一个村妇再醮了两回，原是穷乡僻壤的常事，一到才子的笔下，就又赐以大字的题目道，“奇淫不减武则天”，这程度你又怎么知道？这些轻薄句子，加之村姑，大约是并无什么影响的，她不识字，她的关系人也未必看报。但对于一个智识者，尤其是对于一个出到社会上了的女性，却足够使她受伤，更不必说故意张扬，特别渲染的文字了。然而中国的习惯，这些句子是摇笔即来，不假思索的，这时不但不会想到这也是玩弄着女性，并且也不会想到自己乃是人民的喉舌。但是，无论你怎么描写，在强者是毫不要紧的，只消一封信，就会有正误或道歉接着登出来，不过无拳无勇如阮玲玉，可就正做了吃苦的材料了，她被额外的画上一脸花，没法洗刷。叫她奋斗吗？她没有机关报，怎么奋斗；有冤无头，有怨无主，和谁奋斗呢？我们又可以设身处地的想一想，那么，大概就又知她的以为“人言可畏”，是真的，或人的以为她的自杀，和新闻记事有关，也是真的。

然而，先前已经说过，现在的报章的失了力量，却也是真的，不过我以为还没有到达如记者先生所自谦，竟至一钱不值，毫无责任的时候。因为它对于更弱者如阮玲玉一流人，也还有左右她命运的若干力量的，这也就是说，它还能为恶，自然也还能为善。“有闻必录”或“并无能力”的话，都不是向上的负责的记者所该采用的口头禅，因为在实际上，并不如此，——它是有选择的，有作用的。

至于阮玲玉的自杀，我并不想为她辩护。我是不赞成自杀，自己也不豫备自杀的。但我的不豫备自杀，不是不屑，却因为不能。凡有谁自杀了，现在是总要受一通强毅的评论家的呵斥，阮玲玉当然也不在例外。然而我想，自杀其实是不很容易，决没有我们不豫备自杀的人们所渺视的那么轻而易举的。倘有谁以为容易么，那么，你倒试试看！

自然，能试的勇者恐怕也多得很，不过他不屑，因为他有对于社会的伟大的任务。那不消说，更加是好极了，但我希望大家都有一本笔记簿，写下所尽的伟大的任务来，到得有了曾孙的时候，拿出来算一算，看看怎么样。

五月五日。

评注：

①发表于1935年5月《太白》半月刊第2卷第5期，署名赵令仪。后编入《且介亭文集二集》。

②阮玲玉（1910—1935），电影演员。

③艾霞，电影演员。

习惯与改革①

体质和精神都已硬化了的人民，对于极小的一点改革，也无不加以阻挠，表面上好像恐怕于自己不便，其实是恐怕于自己不利，但所设的口实，却往往见得极其公正而且堂皇。

今年的禁用阴历，原也是琐碎的，无关大体的事，但商家当然叫苦连天了。不特此也，连上海的无业游民，公司雇员，竟也常常慨然长叹，或者说这很不便于农家的耕种，或者说这很不便于海船的候潮。他们居然因此念起久不相干的乡下的农夫，海上的舟子来。这真像煞有些博爱。

一到阴历的十二月二十三，爆竹就到处毕毕剥剥。我问一家的店伙："今年仍可以过旧历年，明年一准过新历年么？"那回答是："明年又是明年，要明年再看了。"他并不信明年非过阳历年不可。但日历上，却诚然删掉了阴历，只存节气。然而一面在报章上，则出现了《一百二十年阴阳合历》的广告。好，他们连曾孙玄孙时代的阴历，也已经给准备妥当了，一百二十年！

梁实秋先生们虽然很讨厌多数，但多数的力量是伟大，要紧的，有志于改革者倘不深知民众的心，设法利导，改进，则无论怎样的高文宏议，浪漫古典[②]，都和他们无干，仅止于几个人在书房中互相叹赏，得些自己满足。假如竟有“好人政府”，出令改革乎，不多久，就早被他们拉回旧道上去了。

真实的革命者，自有独到的见解，例如乌略诺夫[③]先生，他是将“风俗”和“习惯”，都包括在“文化”之内的，并且以为改革这些，很为困难。我想，但倘不将这些改革，则这革命即等于无成，如沙上建塔，顷刻倒坏。中国最初的排满革命，所以易得响应者，因为口号是“光复旧物”，就是“复古”，易于取得保守的人民同意的缘故。但到后来，竟没有历史上定例的开国之初的盛世，只枉然失了一条辫子，就很为大家所不满了。

以后较新的改革，就著著失败，改革一两，反动十斤，例如上述的一年日历上不准注阴历，却来了阴阳合历一百二十年。

这种合历，欢迎的人们一定是很多的，因为这是风俗和习惯所拥护，所以也有风俗和习惯的后援。别的事也如此，倘不深入民众的大层中，于他们的风俗习惯，加以研究，解剖，分别好坏，立存废的标准，而于存于废，都慎选施行的方法，则无论怎样的改革，都将为习惯的岩石所压碎，或者只在表面上浮游一些时。

现在已不是在书斋中，捧书本高谈宗教，法律，文艺，美术……等等的时候了，即使要谈论这些，也必须先知道习惯和风俗，而且有正视这些的黑暗面的勇猛和毅力。因为倘不看清，就无从改革。仅大叫未来的光明，其实是欺骗怠慢的自己和怠慢的听众的。

评注：

①发表于1930年3月《萌芽月刊》第1卷第3期。后编入《二心集》。

②浪漫古典，梁实秋著有论文集《浪漫的与古典的》。

③乌略诺夫，通译乌里扬诺夫，即列宁。

从讽刺到幽默[1]

讽刺家，是危险的。

假使他所讽刺的是不识字者，被杀戮者，被囚禁者，被压迫者罢，那很好，正可给读他文章的所谓有教育的智识者嘻嘻一笑，更觉得自己的勇敢和高明。然而现今的讽刺家之所以为讽刺家，却正在讽刺这一流所谓有教育的智识者社会。

因为所讽刺的是这一流社会，其中的各分子便各各觉得好像刺着了自己，就一个个的暗暗的迎出来，又用了他们的讽刺，想来刺死这讽刺者。

最先是说他冷嘲，渐渐的又七嘴八舌的说他谩骂，俏皮话，刻毒，可恶，学匪，绍兴师爷，等等，等等。然而讽刺社会的讽刺，却往往仍然会"悠久得惊人"的，即使捧出了做过和尚的洋人[2]或专办了小报来打击，也还是没有效，这怎不气死人也么哥[3]呢！

枢纽是在这里：他所讽刺的是社会，社会不变，这讽刺就跟着存在，而你所刺的是他个人，他的讽刺倘存在，你的讽刺就落空了。

所以，要打倒这样的可恶的讽刺家，只好来改变社会。

然而社会讽刺家究竟是危险的，尤其是在有些“文学家”明明暗暗的成了“王之爪牙”④的时代。人们谁高兴做“文字狱”中的主角呢，但倘不死绝，肚子里总还有半口闷气，要借着笑的幌子，哈哈的吐他出来。笑笑既不至于得罪别人，现在的法律上也尚无国民必须哭丧着脸的规定，并非“非法”，盖可断言的。

我想：这便是去年以来，文字上流行了“幽默”的原因，但其中单是“为笑笑而笑笑”的自然也不少。

然而这情形恐怕是过不长久的，“幽默”既非国产，中国人也不是长于“幽默”的人民，而现在又实在是难以幽默的时候。于是虽幽默也就免不了改变样子了，非倾于对社会的讽刺，即堕入传统的“说笑话”和“讨便宜”。

三月二日。

评注：

①发表于1933年3月7日《申报·自由谈》，署名何家干。后编入《伪自由书》。

②做过和尚的洋人，或指特莱比歇·林肯（T. Lincoln，1879—1943），匈牙利出生的犹太人，当时曾在上海以和尚身份从事间谍活动，法名照空。

③也么哥，元曲中常用衬词。

④“王之爪牙”，语出《诗经·小雅·祈父》：“祈父，予王之爪牙。”

听说梦[1]

做梦，是自由的，说梦，就不自由。做梦，是做真梦的，说梦，就难免说谎。

大年初一，就得到一本《东方杂志》新年特大号，临末有“新年的梦想”，问的是“梦想中的未来中国”和“个人生活”，答的有一百四十多人。记者的苦心，我是明白的，想必以为言论不自由，不如来说梦，而且与其说所谓真话之假，不如来谈谈梦话之真，我高兴的翻了一下，知道记者先生却大大的失败了。

当我还未得到这本特大号之前，就遇到过一位投稿者，他比我先看见印本，自说他的答案已被资本家删改了，他所说的梦其实并不如此。这可见资本家虽然还没法禁止人们做梦，而说了出来，倘为权力所及，却要干涉的，决不给你自由。这一点，已是记者的大失败。

但我们且不去管这改梦案子，只来看写着的梦境罢，诚如记者所说，来答复的几乎全部是智识分子。首先，是谁也觉得生活不安定，其次，是许多人梦想着将来的好社会，“各尽所能”呀，“大同世界”呀，很有些“越轨”气息了（末三句是我添的，记者并没有说）。

但他后来就有点“痴”起来，他不知从那里拾来了一种学说，将一百多个梦分为两大类，说那些梦想好社会的都是“载道”之梦，是“异端”，正宗的梦应该是“言志”的，硬把“志”弄成一个空洞无物的东西。然而，孔子曰，“盍各言尔志”，而终于赞成曾点者，就因为其“志”合于孔子之“道”的缘故也。

其实是记者的所以为“载道”的梦，那里面少得很。文章是醒着的时候写的，问题又近于“心理测验”，遂致对答者不能不做出各各适宜于目下自己的职业，地位，身份的梦来（已被删改者自然不在此例），即使看去好像怎样“载道”，但为将来的好社会“宣传”的意思，是没有的。所以，虽然梦“大家有饭吃”者有人，梦“无阶级社会”者有人，梦“大同世界”者有人，而很少有人梦见建设这样社会以前的阶级斗争，白色恐怖，轰炸，虐杀，鼻子里灌辣椒水，电刑……倘不梦见这些，好社会是不会来的，无论怎么写得光明，终究是一个梦。空头的梦，说了出来，也无非教人都进这空头的梦境里面去。

然而要实现这“梦”境的人们是有的，他们不是说，而是做，梦着将来，而致力于达到这一种将来的现在。因为有这事实，这才使许多智识分子不能不说好像“载道”的梦，但其实“载道”，乃是给“道”载了一下，倘要简洁，应该说是“道载”的。

为什么全给“道载”呢？曰：为目前和将来的吃饭问题而已。

我们还受着旧思想的束缚，一说到吃，就觉得近乎鄙俗。但我是毫没有轻视对答者诸公的意思的。《东方杂志》记者在《读后感》里，也曾引佛洛伊特[②]的意见，以为"正宗"的梦，是"表现各人的心底的秘密而不带着社会作用的"。但佛洛伊特以被压抑为梦的根柢——人为什么被压抑的呢？这就和社会制度，习惯之类连结了起来，单是做梦不打紧，一说，一问，一分析，可就不妥当了。记者没有想到这一层，于是就一头撞在资本家的朱笔上。但引"压抑说"来释梦，我想，大家必已经不以为忤了罢。

不过，佛洛伊特恐怕是有几文钱，吃得饱饱的罢，所以没有感到吃饭之难，只注意于性欲。有许多人正和他在同一境遇上，就也轰然的拍起手来。诚然，他也告诉过我们，女儿多爱父亲，儿子多爱母亲，即因为异性的缘故。然而婴孩出生不多久，无论男女，就尖起嘴唇，将头转来转去。莫非它想和异性接吻么？不，谁都知道：是要吃东西！

食欲的根柢，实在比性欲还要深，在目下开口爱人，闭口情书，并不以为肉麻的时候，我们也大可以不必讳言要吃饭。因为是醒着做的梦，所以不免有些不真，因为题目究竟是"梦想"，而且如记者先生所说，我们是"物质的需要远过于精神的追求"了，所以乘着Censors[③]（也引用佛洛伊特语）的监护好像解除了之际，便公开了一部分。其实也是在"梦中贴标语，喊口号"，不过不是积极的罢了，而且有些也许倒和表面的"标语"正相反。

时代是这么变化，饭碗是这样艰难，想想现在和将来，有些人也只能如此说梦，同是小资产阶级（虽然也有人定我为"封建余孽"或"土著资产阶级"，但我自己姑且定为属于这阶级），很能够彼此心照，然而也无须秘而不宣的。

至于另有些梦为隐士，梦为渔樵，和本相全不相同的名人，其实也只是豫感饭碗之脆，而却想将吃饭范围扩大起来，从朝廷而至园林，由洋场及于山泽，比上面说过的那些志向要大得远，不过这里不来多说了。

一月一日。

评注：

①发表于1933年4月上海《文学杂志》第1号。后编入《南腔北调集》。

②佛洛伊特（1856—1939），通译弗洛伊德，奥地利精神病学家，精神分析学说的创立者。主要著作有《梦的解释》《精神分析引论》等。

③Censors，英语，原意为监察官，弗洛伊德用以指代“前意识”，即防止“潜意识”进入“意识”阈域的压抑力。

现代史[①]

从我有记忆的时候起，直到现在，凡我所曾经到过的地方，在空地上，常常看见有“变把戏”的，也叫作“变戏法”的。

这变戏法的，大概只有两种——

一种，是教一个猴子戴起假面，穿上衣服，耍一通刀枪；骑了羊跑几圈。还有一匹用稀粥养活，已经瘦得皮包骨头的狗熊玩一些把戏。末后是向大家要钱。

一种，是将一块石头放在空盒子里，用手巾左盖右盖，变出一只白鸽来；还有将纸塞在嘴巴里，点上火，从嘴角鼻孔里冒出烟焰。其次是向大家要钱。要了钱之后，一个人嫌少，装腔作势的不肯变了，一个人来劝他，对大家说再五个。果然有人抛钱了，于是再四个，三个……

抛足之后，戏法就又开了场。这回是将一个孩子装进小口的坛子里面去，只见一条小辫子，要他再出来，又要钱。收足之后，不知怎么一来，大人用尖刀将孩子刺死了，盖上被单，直挺挺躺着，要他活过来，又要钱。

“在家靠父母，出家靠朋友……Huazaa[②]！Huazaa！”变戏法的装出撒钱的手势，严肃而悲哀的说。

别的孩子，如果走近去想仔细的看，他是要骂的；再不听，他就会打。

果然有许多人Huazaa了。待到数目和预料的差不多，他们就捡起钱来，收拾家伙，死孩子也自己爬起来，一同走掉了。

看客们也就呆头呆脑的走散。

这空地上，暂时是沉寂了。过了些时，就又来这一套。俗语说，“戏法人人会变，各有巧妙不同。”其实是许多年间，总是这一套，也总有人看，总有人Huazaa，不过其间必须经过沉寂的几日。

我的话说完了，意思也浅得很，不过说大家Huazaa Huazaa一通之后，又要静几天了，然后再来这一套。

到这里我才记得写错了题目，这真是成了“不死不活”的东西。

评注：

①发表于1933年4月8日《申报·自由谈》，署名何家干。后编入《伪自由书》。

② Huazaa，拉丁字母拼写的象声词。译音相当于“哗嚓”，拟撒钱的声音。

华德焚书异同论[1]

德国的希特拉先生们一烧书，中国和日本的论者们都比之于秦始皇。然而秦始皇实在冤枉得很，他的吃亏是在二世而亡，一班帮闲们都替新主子去讲他的坏话了。

不错，秦始皇烧过书，烧书是为了统一思想。但他没有烧掉农书和医书；他收罗许多别国的“客卿”，并不专重“秦的思想”，倒是博采各种的思想的。秦人重小儿；始皇之母，赵女也，赵重妇人，所以我们从“剧秦”[2]的遗文中，也看不见轻贱女人的痕迹。

希特拉先生们却不同了，他所烧的首先是“非德国思想”的书，没有容纳客卿的魄力；其次是关于性的书，这就是毁灭以科学来研究性道德的解放，结果必将使妇人和小儿沉沦在往古的地位，见不到光明。而可比于秦始皇的车同轨，书同文……之类的大事业，他们一点也做不到。

阿剌伯人攻陷亚历山德府[3]的时候，就烧掉了那里的图书馆，那理论是：如果那些书籍所讲的道理，和《可兰经》[4]相同，则已有

《可兰经》，无须留了；倘使不同，则是异端，不该留了。这才是希特拉先生们的嫡派祖师——虽然阿剌伯人也是“非德国的”——和秦的烧书，是不能比较的。

但是结果往往和英雄们的豫算不同。始皇想皇帝传至万世，而偏偏二世而亡，赦免了农书和医书，而秦以前的这一类书，现在却偏偏一部也不剩。希特拉先生一上台，烧书，打犹太人，不可一世，连这里的黄脸干儿们，也听得兴高采烈，向被压迫者大加嘲笑，对讽刺文字放出讽刺的冷箭来⑤——到底还明白的冷冷的讯问道：你们究竟要自由不要？不自由，无宁死。现在你们为什么不去拼死呢？

这回是不必二世，只有半年，希特拉先生的门徒们在奥国一被禁止，连党徽也改成三色玫瑰了。最有趣的是因为不准叫口号，大家就以手遮嘴，用了“掩口式”⑥。

这真是一个大讽刺。刺的是谁，不问也罢，但可见讽刺也还不是“梦呓”，质之黄脸干儿们，不知以为何如？

六月二十八日。

评注：

①发表于1933年7月11日《申报·自由谈》，署名孺牛。后编入《准风月谈》。

②“剧秦”，短暂的秦朝。

③亚历山德府，即亚历山大港，埃及最大的港口城市。

④《可兰经》，即《古兰经》，伊斯兰教经典。

⑤对讽刺文学放出讽刺的冷箭，指1933年6月11日《大晚报·火炬》发表的法鲁的《到底要不要自由》一类文字，该文对没有写作而被迫使用“弯弯曲曲”的笔法的作者进行嘲讽。可参看《伪自由书·后记》。

⑥“掩口式”，直立举右手，以左手掩口，作为呼口号的象征表示。指德国希特勒统治时期的一种流行仪式。

“中国文坛的悲观”①

文雅书生中也真有特别善于下泪的人物，说是因为近来中国文坛的混乱，好像军阀割据，便不禁“呜呼”起来了，但尤其痛心诬陷。

其实是作文“藏之名山”的时代一去，而有一个“坛”，便不免有斗争，甚而至于谩骂，诬陷的。明末太远，不必提了；清朝的章实斋和袁子才，李莼客和赵㧑叔，就如水火之不可调和；再近些，则有《民报》和《新民丛报》之争，《新青年》派和某某派之争；也都非常猛烈。当初又何尝不使局外人摇头叹气呢，然而胜负一明，时代渐远，战血为雨露洗得干干净净，后人便以为先前的文坛是太平了。在外国也一样，我们现在大抵只知道嚣俄和霍普德曼②是卓卓的文人，但当时他们的剧本开演的时候，就在戏场里捉人，打架，较详的文学史上，还载着打架之类的图。

所以，无论中外古今，文坛上是总归有些混乱，使文雅书生看得要“悲观”的。但也总归有许多所谓文人和文章也者一定灭亡，只有配存在者终于存在，以证明文坛也总归还是干净的处所。增加混乱的倒是有些悲观论者，不施考察，不加批判，但用“彼亦一是非，此亦一是非”的论调，将一切作者，诋为“一丘之貉”。这样子，扰乱是永远不会收场的。然而世间却并不都这样，一定会有明明白白的是非之别，我们试想一想，林琴南攻击文学革命的小说，为时并不久，现在那里去了？

只有近来的诬陷，倒像是颇为出色的花样，但其实也并不比古时候更厉害，证据是清初大兴文字之狱的遗闻。况且闹这样玩意的，其实并不完全是文人，十中之九，乃是挂了招牌，而无货色，只好化为黑店，出卖人肉馒头的小盗；即使其中偶然有曾经弄过笔墨的人，然而这时却正是露出原形，在告白他自己的没落，文坛决不因此混乱，倒是反而越加清楚，越加分明起来了。

历史决不倒退，文坛是无须悲观的。悲观的由来，是在置身事外不辨是非，而偏要关心于文坛，或者竟是自己坐在没落的营盘里。

八月十日。

评注：

①发表于1933年8月14日《申报，自由谈》，原题为《悲观无用论》，署名旅隼。后编入《准风月谈》。

②嚣俄，通译雨果（Victor Huso，1802—1885），法国作家。著有长篇小说《巴黎圣母院》《悲惨世界》《九三年》等。他的剧作《欧那尼》于1830年2月25日在巴黎法兰西剧院上演时，剧场充满支持者的鼓掌声、喝彩声和反对者的嘘声、吵闹声，演出最后取得成功。霍普德曼（G. Hauptmann，1862—1946），通译霍普特曼，德国剧作家，获1912年诺贝尔文学奖。他一生写作剧本共三十余部，其中以《织工》最为著名，是德

国自然主义文学的代表性人物。1889年10月20日，他的剧作《日出之前》在柏林自由剧院首演时，拥护者和反对者发生严重对立和冲突，并由此引发关于自然主义的争论。

由聋而哑[①]

医生告诉我们：有许多哑子，是并非喉舌不能说话的，只因为从小就耳朵聋，听不见大人的言语，无可师法，就以为谁也不过张着口呜呜哑哑，他自然也只好呜呜哑哑了。所以勃兰兑斯叹丹麦文学的衰微时，曾经说：文学的创作，几乎完全死灭了。人间的或社会的无论怎样的问题，都不能提起感兴，或则除在新闻和杂志之外，绝不能惹起一点论争。我们看不见强烈的独创的创作。加以对于获得外国的精神生活的事，现在几乎绝对的不加顾及。于是精神上的“聋”，那结果，就也招致了“哑”来。（《十九世纪文学的主潮》第一卷自序）

这几句话，也可以移来批评中国的文艺界，这现象，并不能全归罪于压迫者的压迫，五四运动时代的启蒙运动者和以后的反对者，都应该分负责任的。前者急于事功，竟没有译出什么有价值的书籍来，后者则故意迁怒，至骂翻译者为媒婆[②]，有些青年更推波助澜，有一时期，还至于连人地名下注一原文，以便读者参考时，也就诋之曰“衒学”。

今竟何如？三开间店面的书铺，四马路上还不算少，但那里面满架是薄薄的小本子，倘要寻一部巨册，真如披沙拣金之难。自然，生得又高又胖并不就是伟人，做得多而且繁也决不就是名著，而况还有“剪贴”。但是，小小的一本“什么ABC”里，却也决不能包罗一切学术文艺的。一道浊流，固然不如一杯清水的干净而澄明，但蒸溜了浊流的一部分，却就有许多杯净水在。

因为多年买空卖空的结果，文界就荒凉了，文章的形式虽然比较的整齐起来，但战斗的精神却较前有退无进。文人虽因捐班或互捧，很快的成名，但为了出力的吹，壳子大了，里面反显得更加空洞。于是误认这空虚为寂寞，像煞有介事的说给读者们；其甚者还至于摆出他心的腐烂来，算是一种内面的宝贝。散文，在文苑中算是成功的，但试看今年的选本，便是前三名，也即令人有“貂不足，狗尾续”之感。用秕谷来养青年，是决不会壮大的，将来的成就，且要更渺小，那模样，可看尼采所描写的“末人”。

但绍介国外思潮，翻译世界名作，凡是运输精神的粮食的航路，现在几乎都被聋哑的制造者们堵塞了，连洋人走狗，富户赘郎，也会来哼哼的冷笑一下。他们要掩住青年的耳朵，使之由聋而哑，枯涸渺小，成为“末人”，非弄到大家只能看富家儿和小瘪三所卖的春宫，不肯罢手。甘为泥土的作者和译者的奋斗，是已经到了万不可缓的时候了，这就是竭力运输些切实的精神的粮食，放在青年们的周围，一面将那些聋哑的制造者送回黑洞和朱门里面去。

八月二十九日。

评注：

①发表于1933年9月8日《申报·自由谈》，署名洛文。后编入《准风月谈》。

②郭沫若于1921年2月在《民铎》杂志第2卷第5号发表致李石岑的信，其中说："我觉国内人士只注重媒婆，而不注重处子；只注重翻译，而不注重产生。"

同意和解释[①]

上司的行动不必征求下属的同意，这是天经地义。但是，有时候上司会对下属解释。

新进的世界闻人[②]说："原人时代就有威权，例如人对动物，一定强迫它们服从人的意志，而使它们抛弃自由生活，不必征求动物的同意。"这话说得透彻。不然，我们那里有牛肉吃，有马骑呢？人对人也是这样。

日本耶教会主教最近宣言日本是《圣经》上说的天使："上帝要用日本征服向来屠杀犹太人的白人……以武力解放犹太人，实现《旧约》上的豫言。"这也显然不征求白人的同意的，正和屠杀犹太人的白人并未征求过犹太人的同意一样。日本的大人老爷在中国制造"国难"，也没有征求中国人民的同意。——至于有些地方的绅董，却去征求日本大人的同意，请他们来维持地方治安，那却又当别论。总之，要自由自在的吃牛肉，骑马等等，就必须宣布自己是上司，别人是下属；或是把人比做动物，或是把自己作为大使。

但是，这里最要紧的还是“武力”，并非理论。不论是社会学或是基督教的理论，都不能够产生什么威权。原人对于动物的威权，是产生于弓箭等类的发明的。至于理论，那不过是随后想出来的解释。这种解释的作用，在于制造自己威权的宗教上，哲学上，科学上，世界潮流上的根据，使得奴隶和牛马恍然大悟这世界的公律，而抛弃一切翻案的梦想。

当上司对于下属解释的时候，你做下属的切不可误解这是在征求你的同意，因为即使你绝对的不同意，他还是干他的。他自有他的梦想，只要金银财宝和飞机大炮的力量还在他手里，他的梦想就会实现；而你的梦想却终于只是梦想，——万一实现了，他还说你抄袭他的动物主义的老文章呢。

据说现在的世界潮流，正是庞大权力的政府的出现，这是十九世纪人士所梦想不到的。意大利和德意志不用说了；就是英国的国民政府，“它的实权也完全属于保守党一党”。“美国新总统所取得的措置经济复兴的权力，比战争和戒严时期还要大得多”[③]。大家做动物，使上司不必征求什么同意，这正是世界的潮流。懿欤盛哉，这样的好榜样，那能不学？

不过，我这种解释还有点美中不足：中国自己的秦始皇帝焚书坑儒，中国自己的韩退之等说：“民不出米粟麻丝以事其上则诛”。这原是国货，何苦违背着民族主义，引用外国的学说和事实——长他人威风，灭自己志气呢？

九月三日。

评注：

①发表于1933年9月20日《申报·自由谈》，署名虞明。后编入《准风月谈》。

②新进的世界闻人，指希特勒。

③这里所引为国民党政府财政部长宋子文出席世界经济会议归国后，于1933年9月3日在南京的讲话。

小品文的危机[①]

仿佛记得一两月之前，曾在一种日报上见到记载着一个人的死去的文章，说他是收集"小摆设"的名人，临末还有依稀的感喟，以为此人一死，"小摆设"的收集者在中国怕要绝迹了。

但可惜我那时不很留心，竟忘记了那日报和那收集家的名字。

现在的新的青年恐怕也大抵不知道什么是"小摆设"了。但如果他出身旧家，先前曾有玩弄翰墨的人，则只要不很破落，未将觉得没用的东西卖给旧货担，就也许还能在尘封的废物之中，寻出一个小小的镜屏，玲珑剔透的石块，竹根刻成的人像，古玉雕出的动物，锈得发绿的铜铸的三脚癞虾蟆：这就是所谓"小摆设"。先前，它们陈列在书房里的时候，是各有其雅号的，譬如那三脚癞虾蟆，应该称为"蟾蜍砚滴"之类，最末的收集家一定都知道，现在呢，可要和它的光荣一同消失了。

那些物品，自然决不是穷人的东西，但也不是达官富翁家的陈设，他们所要的，是珠玉扎成的盆景，五彩绘画的磁瓶。那只是所谓士大夫的“清玩”。在外，至少必须有几十亩膏腴的田地，在家，必须有几间幽雅的书斋；就是流寓上海，也一定得生活较为安闲，在客栈里打一间长包的房子，书桌一顶，烟榻一张，瘾足心闲，摩挲赏鉴。然而这境地，现在却已经被世界的险恶的潮流冲得七颠八倒，像狂涛中的小船似的了。

然而就是在所谓“太平盛世”罢，这“小摆设”原也不是什么重要的物品。在方寸的象牙版上刻一篇《兰亭序》，至今还有“艺术品”之称，但倘将这挂在万里长城的墙头，或供在云冈的丈八佛像的足下，它就渺小得看不见了，即使热心者竭力指点，也不过令观者生一种滑稽之感。何况在风沙扑面，狼虎成群的时候，谁还有这许多闲工夫，来赏玩琥珀扇坠，翡翠戒指呢。他们即使要悦目，所要的也是耸立于风沙中的大建筑，要坚固而伟大，不必怎样精；即使要满意，所要的也是匕首和投枪，要锋利而切实，用不着什么雅。

美术上的“小摆设”的要求，这幻梦是已经破掉了，那日报上的文章的作者，就直觉地知道。然而对于文学上的“小摆设”——“小品文”的要求，却正在越加旺盛起来，要求者以为可以靠着低诉或微吟，将粗犷的人心，磨得渐渐的平滑。这就是想别人一心看着《六朝文絜》；而忘记了自己是抱在黄河决口之后，淹得仅仅露出水面的树梢头。

但这时却只用得着挣扎和战斗。

而小品文的生存，也只仗着挣扎和战斗的。晋朝的清言[2]。早和它的朝代一同消歇了。唐末诗风衰落，而小品放了光辉。但罗隐的《谗书》，几乎全部是抗争和愤激之谈；皮日休和陆龟蒙自以为隐士，别人也称之为隐士，而看他们在《皮子文薮》和《笠泽丛书》

中的小品文，并没有忘记天下，正是一榻胡涂的泥塘里的光彩和锋铓。明末的小品[③]虽然比较的颓放，却并非全是吟风弄月，其中有不平，有讽刺，有攻击，有破坏。这种作风，也触着了满洲君臣的心病，费去许多助虐的武将的刀锋，帮闲的文臣的笔锋，直到乾隆年间，这才压制下去了。以后呢，就来了“小摆设”。

“小摆设”当然不会有大发展。到五四运动的时候，才又来了一个展开，散文小品的成功，几乎在小说戏曲和诗歌之上。这之中，自然含着挣扎和战斗，但因为常常取法于英国的随笔（Essay），所以也带一点幽默和雍容；写法也有漂亮和缜密的，这是为了对于旧文学的示威，在表示旧文学之自以为特长者，白话文学也并非做不到。以后的路，本来明明是更分明的挣扎和战斗，因为这原是萌芽于“文学革命”以至“思想革命”的。但现在的趋势，却在特别提倡那和旧文章相合之点，雍容，漂亮，缜密，就是要它成为“小摆设”，供雅人的摩挲，并且想青年摩挲了这“小摆设”，由粗暴而变为风雅了。

然而现在已经更没有书桌；鸦片虽然已经公卖，烟具是禁止的，吸起来还是十分不容易。想在战地或灾区里的人们来鉴赏罢——谁都知道是更奇怪的幻梦。这种小品，上海虽正在盛行，茶话酒谈，遍满小报的摊子上，但其实是正如烟花女子，已经不能在弄堂里拉扯她的生意，只好涂脂抹粉，在夜里躄到马路上来了。

小品文就这样的走到了危机。但我所谓危机，也如医学上的所谓“极期”（Krisis）一般，是生死的分歧，能一直得到死亡，也能由此至于恢复。麻醉性的作品，是将与麻醉者和被麻醉者同归于尽的。生存的小品文，必须是匕首，是投枪，能和读者一同杀出一条生存的血路的东西；但自然，它也能给人愉快和休息，然而这并不是“小摆设”，更不是抚慰和麻痹，它给人的愉快和休息是休养，是劳作和战斗之前的准备。

八月二十七日。

评注：

①发表于1933年10月《现代》第3卷第6号。后编入《南腔北调集》。

②清言，犹“清谈”，也称“玄言”“玄谈”或“谈玄”。魏晋时期崇尚虚无、空谈名理的一种风气。

③明末的小品，指晚明公安派作家袁宏道三兄弟及竟陵派钟惺、谭元春、张岱等人的小品文。

谣言世家[①]

双十佳节[②]，有一位文学家大名汤增敭先生的，在《时事新报》上给我们讲光复时候的杭州的故事。他说那时杭州杀掉许多驻防的旗人，辨别的方法，是因为旗人叫“九”为“钩”的，所以要他说“九百九十九”，一露马脚，刀就砍下去了。

这固然是颇武勇，也颇有趣的。但是，可惜是谣言。

中国人里，杭州人是比较的义弱的人。当钱大王[③]治世的时候，人民被刮得衣裤全无，只用一片瓦掩着下部，然而还要追捐，除被打得鹿一般叫之外，并无贰话。不过这出于宋人的笔记，是谣言也说不定的。但宋明的末代皇帝，带着没落的阔人，和暮气一同滔滔的逃到杭州来，却是事实，苟延残喘，要大家有刚决的气魄，难不难。到现在，西子湖边还多是摇摇摆摆的雅人；连流氓也少有浙东似的“白刀子进红刀子出”的打架。自然，倘有军阀做着后盾，那是也会格外的撒泼的，不过当时实在并无敢于杀人的风气，也没有乐于杀人的人们。我们只要看举了老成持重的汤蛰仙先生做都督，就可以知道是不会流血的了。

不过战事是有的。革命军围住旗营，开枪打进去，里面也有时打出来。然而围得并不紧，我有一个熟人，白天在外面逛，晚上却自进旗营睡觉去了。

虽然如此，驻防军也终于被击溃，旗人降服了，房屋被充公是有的，却并没有杀戮。口粮当然取消，各人自寻生计，开初倒还好，后来就遭灾。

怎么会遭灾的呢？就是发生了谣言。

杭州的旗人一向优游于西子湖边，秀气所钟，是聪明的，他们知道没有了粮，只好做生意，于是卖糕的也有，卖小菜的也有。杭州人是客气的，并不歧视，生意也还不坏。然而祖传的谣言起来了，说是旗人所卖的东西，里面都藏着毒药。这一下子就使汉人避之惟恐不远，但倒是怕旗人来毒自己，并不是自己想去害旗人。结果是他们所卖的糕饼小菜，毫无生意，只得在路边出卖那些不能下毒的家具。家具一完，途穷路绝，就一败涂地了。这是杭州驻防旗人的收场。

笑里可以有刀，自称酷爱和平的人民，也会有杀人不见血的武器，那就是造谣言。但一面害人，一面也害己，弄得彼此懵懵懂懂。古时候无须提起了，即在近五十年来，甲午战败，就说是李鸿章害的，因为他儿子是日本的驸马，骂了他小半世；庚子拳变，又说洋鬼子是挖眼睛的，因为造药水，就乱杀了一大通。下毒学说起于辛亥光复之际的杭州，而复活于近来排日的时候。我还记得每有一回谣言，就总有谁被诬为下毒的奸细，给谁平白打死了。

谣言世家的子弟，是以谣言杀人，也以谣言被杀的。

至于用数目来辨别汉满之法，我在杭州倒听说是出于湖北的荆州的，就是要他们数一二三四，数到“六”字，读作上声，便杀却。但杭州离荆州太远了，这还是一种谣言也难说。

我有时也不大能够分清哪句是谣言，哪句是真话了。

十月十三日。

评注：

①发表于1933年11月《申报月刊》第2卷第11号，署名洛文。后编入《南腔北调集》。

②双十佳节，双十节。1911年10月10日，孙中山为首的革命党人举行武昌起义。次年9月28日，中华民国临时参议院议定10月10日为国庆日，又称“双十节”。

③钱大王，即钱镠（852—932），五代时吴越国的国王。

偶成[①]

九月二十日的《申报》上，有一则嘉善地方的新闻，摘录起来，就是——

“本县大窑乡沈和声与子林生，被著匪石塘小弟绑架而去，勒索三万元。沈姓家以中人之产，迁延未决。讵料该帮股匪乃将沈和声父子及苏境方面绑来肉票，在丁棚北，北荡滩地方，大施酷刑。法以布条遍贴背上，另用生漆涂敷，俟其稍干，将布之一端，连皮揭起，则痛彻心肺，哀号呼救，惨不忍闻。时为该处居民目睹，恻然心伤，尽将惨状报告沈姓，速即往赎，否则恐无生还。帮匪手段之酷，洵属骇闻。”

“酷刑”的记载，在各地方的报纸上是时时可以看到的，但我们只在看见时觉得“酷”，不久就忘记了，而实在也真是记不胜记。然而酷刑的方法，却决不是突然就会发明，一定都有它的师承或祖传，例如这石塘小弟所采用的，便是一个古法，见于士大夫未必肯看，而下等人却大抵知道的《说岳全传》一名《精忠传》上，是秦桧要岳飞自认“汉奸”，逼供之际所用的方法，但使用的材料，却是麻条和鱼鳔。我以为生漆之说，是未必的确的，因为这东西很不容易干燥。

“酷刑”的发明和改良者，倒是虎吏和暴君，这是他们唯一的事业，而且也有工夫来考究。这是所以威民，也所以除奸的，然而《老子》说得好，“为之斗斛以量之，则并与斗斛而窃之，……”有被刑的资格的也就来玩一个“剪窃”。张献忠的剥人皮，不是一种骇闻么？但他之前已有一位剥了“逆臣”景清的皮的永乐皇帝[②]在。

奴隶们受惯了“酷刑”的教育，他只知道对人应该用酷刑。

但是，对于酷刑的效果的意见，主人和奴隶们是不一样的。主人及其帮闲们，多是智识者，他能推测，知道酷刑施之于敌对，能够给与怎样的痛苦，所以他会精心结撰，进步起来。奴才们却一定是愚人，他不能“推己及人”，更不能推想一下，就“感同身受”。只要他有权，会采用成法自然也难说，然而他的主意，是没有智识者所测度的那么惨厉的。绥拉菲摩维支在《铁流》里，写农民杀掉了一个贵人的小女儿，那母亲哭得很凄惨，他却诧异道，哭什么呢，我们死掉多少小孩子，一点也没哭过。他不是残酷，他一向不知道人命会这么宝贵，他觉得奇怪了。

奴隶们受惯了猪狗的待遇，他只知道人们无异于猪狗。

用奴隶或半奴隶的幸福者，向来只怕“奴隶造反”，真是无怪的。

要防“奴隶造反”，就更加用“酷刑”，而“酷刑”却因此更到了末路。在现代，枪毙是早已不足为奇了，枭首陈尸，也只能博得民众暂时的鉴赏，而抢劫，绑架，作乱的还是不减少，并且连绑匪也对于别人用起酷刑来了。酷的教育，使人们见酷而不再觉其酷，例如无端杀死几个民众，先前是大家就会嚷起来的，现在却只如见了日常茶饭事。人民真被治得好像厚皮的，没有感觉的癞象一样了，但正因为成了癞皮，所以又会踏着残酷前进，这也是虎吏和暴君所不及料，而即使料及，也还是毫无办法的。

九月二十日。

评注：

①发表于1933年10月《申报月刊》第2卷第10号，署名洛文。后编入《南腔北调集》。

②永乐皇帝，即明成祖朱棣。

火[1]

普洛美修斯偷火给人类，总算是犯了天条，贬入地狱。但是，钻木取火的燧人氏却似乎没有犯窃盗罪，没有破坏神圣的私有财产——那时候，树木还是无主的公物。然而燧人氏也被忘却了，到如今只见中国人供火神菩萨，不见供燧人氏的。

火神菩萨只管放火，不管点灯。凡是火着就有他的份。因此，大家把他供养起来，希望他少作恶。然而如果他不作恶，他还受得着供养么，你想？

点灯太平凡了。从古至今，没有听到过点灯出名的名人，虽然人类从燧人氏那里学会了点火已经有五六千年的时间。放火就不然。秦始皇放了一把火——烧了书没有烧人；项羽入关又放了一把火——烧的是阿房宫不是民房（？——待考）。……罗马的一个什么皇帝却放火烧百姓[2]了；中世纪正教的僧侣就会把异教徒当柴火烧，间或还灌上油。这些都是一世之雄。现代的希特拉[3]就是活证人，如何能不供养起来。何况现今是进化时代，火神菩萨也代代跨灶[4]的。

譬如说罢，没有电灯的地方，小百姓不顾什么国货年，人人都要买点洋货的煤油，晚上就点起来：那么幽黯的黄澄澄的光线映在纸窗上，多不大方！不准，不准这么点灯！你们如果要光明的话，非得禁止这样“浪费”煤油不可。煤油应当扛到田地里去，灌进喷筒，呼啦呼啦的喷起来……一场大火，几十里路的延烧过去，稻禾，树木，房舍——尤其是草棚——一会儿都变成飞灰了。还不够，就有燃烧弹，硫磺弹，从飞机上面扔下来，像上海“一·二八”的大火似的，够烧几天几晚。那才是伟大的光明呵。

火神菩萨的威风是这样的。可是说起来，他又不承认：火神菩萨据说原是保佑小民的，至于火灾，却要怪小民自不小心，或是为非作歹，纵火抢掠。

谁知道呢？历代放火的名人总是这样说，却未必总有人信。

我们只看见点灯是平凡的，放火是雄壮的，所以点灯就被禁止，放火就受供养。你不见海京伯马戏团[5]么：宰了耕牛喂老虎，原是这年头的“时代精神”。

十一月二日。

评注：

①发表于1933年12月《申报月刊》第2卷第12号，署名洛文。后编入《南腔北调集》。

②这里指的是罗马皇帝尼禄（C. C. Nero，37—68），据说他在公元64年下令放火焚烧罗马城。

③希特拉，即希特勒。1933年1月30日，他被任命为德国总理，即于2月27日制造“国会纵火案”，焚烧国会大厦，嫁祸于德国共产党人，随

即实行全国大搜捕；5月起，又在柏林和其他城市焚烧书籍。

④跨灶，马的前蹄下空隙处称“灶门”，快马奔驰时，后蹄的蹄印反而落在前蹄的蹄印前，叫作“跨灶”。比喻儿子胜过父亲。

⑤海京伯马戏团，德国驯兽家海京伯（C. Hagenbeck，1844—1913）创办的马戏团，曾于1933年10月到我国上海表演。

捣鬼心传[1]

中国人又很有些喜欢奇形怪状、鬼鬼祟祟的脾气，爱看古树发光比大麦开花的多，其实大麦开花他向来也没有看见过。于是怪胎畸形，就成为报章的好资料，替代了生物学的常识的位置了。最近在广告上所见的，有像所谓两头蛇似的两头四手的胎儿，还有从小肚上生出一只脚来的三脚汉子。固然，人有怪胎，也有畸形，然而造化的本领是有限的，他无论怎么怪，怎么畸，总有一个限制：孪儿可以连背，连腹，连臀，连胁，或竟骈头，却不会将头生在屁股上；形可以骈拇，枝指，缺肢，多乳，却不会两脚之外添出一只脚来，好像“买两送一”的买卖。天实在不及人之能捣鬼。

但是，人的捣鬼，虽胜于天，而实际上本领也有限。因为捣鬼精义，在切忌发挥，亦即必须含蓄。盖一加发挥，能使所捣之鬼分明，同时也生限制，故不如含蓄之深远，而影响却又因而模胡了。“有一利必有一弊”，我之所谓“有限”者以此。

清朝人的笔记里，常说罗两峰的《鬼趣图》，真写得鬼气拂拂；后来那图由文明书局印出来了，却不过一个奇瘦，一个矮胖，一个臃肿的模样，并不见得怎样的出奇，还不如只看笔记有趣。小说上的描摹鬼相，虽然竭力，也都不足以惊人，我觉得最可怕的还是晋人所记的脸无五官，浑沦如鸡蛋的山中厉鬼。因为五官不过是五官，纵使苦心经营，要它凶恶，总也逃不出五官的范围，现在使它浑沦得莫名其妙，读者也就怕得莫名其妙了。然而其“弊”也，是印象的模胡。不过较之写些“青面獠牙”，“口鼻流血”的笨伯，自然聪明得远。

中华民国人的宣布罪状大抵是十条，然而结果大抵是无效。古来尽多坏人，十条不过如此，想引人的注意以至活动是决不会的。骆宾王作《讨武曌檄》，那“入宫见嫉，蛾眉不肯让人，掩袖工谗，狐媚偏能惑主”这几句，恐怕是很费点心机的了，但相传武后看到这里，不过微微一笑。是的，如此而已，又怎么样呢？声罪致讨的明文，那力量往往远不如交头接耳的密语，因为一是分明，一是莫测的。我想假使当时骆宾王站在大众之前，只是攒眉摇头，连称“坏极坏极”，却不说出其所谓坏的实例，恐怕那效力会在文章之上的罢。“狂飙文豪”高长虹攻击我时，说道劣迹多端，倘一发表，便即身败名裂，而终于并不发表，是深得捣鬼正脉的；但也竟无大效者，则与广泛俱来的“模胡”之弊为之也。

明白了这两例，便知道治国平天下之法，在告诉大家以有法，而不可明白切实的说出何法来。因为一说出，即有言，一有言，便可与行相对照，所以不如示之以不测。不测的威棱使人萎伤，不测的妙法使人希望——饥荒时生病，打仗时做诗，虽若与治国平天下不相干，但在莫明其妙中，却能令人疑为跟着自有治国平天下的妙法在——然而其“弊”也，却还是照例的也能在模胡中疑心到所谓妙法，其实不过是毫无方法而已。

捣鬼有术，也有效，然而有限。所以以此成大事者，古来无有。

十一月二十二日。

评注：

①发表于1934年1月《申报月刊》第3卷第1号，署名罗怃。后编入《南腔北调集》。

过年[①]

今年上海的过旧年，比去年热闹。

文字上和口头上的称呼，往往有些不同：或者谓之“废历”[②]，轻之也；或者谓之“古历”，爱之也。但对于这“历”的待遇是一样的：结账，祀神，祭祖，放鞭炮，打马将，拜年，“恭喜发财”！

虽过年而不停刊的报章上，也已经有了感慨；但是，感慨而已，到底胜不过事实。有些英雄的作家，也曾经叫人终年奋发，悲愤，纪念。但是，叫而已矣，到底也胜不过事实。中国的可哀的纪念太多了，这照例至少应该沉默；可喜的纪念也不算少，然而又怕有“反动分子乘机捣乱”，所以大家的高兴也不能发扬。几经防遏，几经淘汰，什么佳节都被绞死，于是就觉得只有这仅存残喘的“废历”或“古历”还是自家的东西，更加可爱了。那就格外的庆贺——这是不能以“封建的余意”一句话，轻轻了事的。

叫人整年的悲愤，劳作的英雄们，一定是自己毫不知道悲愤，劳作的人物。在实际上，悲愤者和劳作者，是时时需要休息和高兴的。古埃及的奴隶们，有时也会冷然一笑。这是蔑视一切的笑。不懂得这笑的意义者，只有主子和自安于奴才生活，而劳作较少，并且失了悲愤的奴才。

我不过旧历年已经二十三年了，这回却连放了三夜的花爆，使隔壁的外国人也“嘘”了起来：这却和花爆都成了我一年中仅有的高兴。

二月十五日

评注：

①发表于1934年2月17日《申报·自由谈》，署名张承禄。后编入《花边文学》。

②“废历”，指阴历（或称夏历，农历）。1912年1月2日，中华民国临时政府通令各省废除阴历，改用阳历。

拿来主义[①]

中国一向是所谓“闭关主义”，自己不去，别人也不许来。自从给枪炮打破了大门之后，又碰了一串钉子，到现在，成了什么都是“送去主义”了。别的且不说罢，单是学艺上的东西，近来就先送一批古董到巴黎去展览，但终“不知后事如何”；还有几位“大师”们捧着几张古画和新画，在欧洲各国一路的挂过去，叫作“发扬国光”。听说不远还要送梅兰芳博士到苏联去，以催进“象征主义”，此后是顺便到欧洲传道。我在这里不想讨论梅博士演艺和象征主义的关系，总之，活人替代了古董，我敢说，也可以算得显出一点进步了。

但我们没有人根据了“礼尚往来”的仪节，说道：拿来！

当然，能够只是送出去，也不算坏事情，一者见得丰富，二者见得大度。尼采就自诩过他是太阳，光热无穷，只是给与，不想取得。然而尼采究竟不是太阳，他发了疯。中国也不是，虽然有人说，掘起地下的煤来，就足够全世界几百年之用。但是，几百年之后呢？几百年之后，我们当然是化为魂灵，或上天堂，或落了地狱，但我们的子孙是在的，所以还应该给他们留下一点礼品。要不然，则当佳节大典之际，他们拿不出东西来，只好磕头贺喜，讨一点残羹冷炙做奖赏。

这种奖赏，不要误解为"抛来"的东西，这是"抛给"的，说得冠冕些，可以称之为"送来"，我在这里不想举出实例。

我在这里也并不想对于"送去"再说什么，否则太不"摩登"了。我只想鼓吹我们再吝啬一点，"送去"之外，还得"拿来"，是为"拿来主义"。

但我们被"送来"的东西吓怕了。先有英国的鸦片，德国的废枪炮，后有法国的香粉，美国的电影，日本的印着"完全国货"的各种小东西。于是连清醒的青年们，也对于洋货发生了恐怖。其实，这正是因为那是"送来"的，而不是"拿来"的缘故。

所以我们要运用脑髓，放出眼光，自己来拿！

譬如罢，我们之中的一个穷青年，因为祖上的阴功（姑且让我这么说说罢），得了一所大宅子，且不问他是骗来的，抢来的，或合法继承的，或是做了女婿换来的。那么，怎么办呢？我想，首先是不管三七二十一，"拿来"！但是，如果反对这宅子的旧主人，怕给他的东西染污了，徘徊不敢走进门，是孱头；勃然大怒，放一把火烧光，算是保存自己的清白，则是昏蛋。不过因为原是羡慕这宅子的旧主人的，而这回接受一切，欣欣然的蹩进卧室，大吸剩下的鸦片，那当然更是废物。"拿来主义"者是全不这样的。

他占有，挑选。看见鱼翅，并不就抛在路上以显其"平民化"，只要有养料，也和朋友们像萝卜白菜一样的吃掉，只不用它来宴大宾；看见鸦片，也不当众摔在毛厕里，以见其彻底革命，只送到药房里去，以供治病之用，却不弄“出售存膏，售完即止”的玄虚。只有烟枪和烟灯，虽然形式和印度，波斯，阿剌伯的烟具都不同，确可以算是一种国粹，倘使背着周游世界，一定会有人看，但我想，除了送一点进博物馆之外，其余的是大可以毁掉的了。还有一群姨太太，也大以请她们各自走散为是，要不然，“拿来主义”怕未免有些危机。

总之，我们要拿来。我们要或使用，或存放，或毁灭。那么，主人是新主人，宅子也就会成为新宅子。然而首先要这人沉着，勇猛，有辨别，不自私。没有拿来的，人不能自成为新人，没有拿来的，文艺不能自成为新文艺。

六月四日。

评注：

①发表于1934年6月7日《中华日报·动向》，署名霍冲。后编入《且介亭杂文》。

中国人失掉自信力了吗[①]

从公开的文字上看起来：两年以前，我们总自夸着“地大物博”，是事实；不久就不再自夸了，只希望着国联[②]，也是事实；现在是既不夸自己，也不信国联，改为一味求神拜佛，怀古伤今了——却也是事实。

于是有人慨叹曰：中国人失掉自信力了。

如果单据这一点现象而论，自信其实是早就失掉了的。先前信“地”，信“物”，后来信“国联”，都没有相信过“自己”。假使这也算一种“信”，那也只能说中国人曾经有过“他信力”，自从对国联失望之后，便把这他信力都失掉了。

失掉了他信力，就会疑，一个转身，也许能够只相信了自己，倒是一条新生路，但不幸的是逐渐玄虚起来了。信“地”和“物”，还是切实的东西，国联就渺茫，不过这还可以令人不久就省悟到依赖它的不可靠。一到求神拜佛，可就玄虚之至了，有益或是有害，一时就找不出分明的结果来，它可以令人更长久的麻醉着自己。

中国人现在是在发展着“自欺力”。

“自欺”也并非现在的新东西，现在只不过日见其明显，笼罩了一切罢了。然而，在这笼罩之下，我们有并不失掉自信力的中国人在。

我们从古以来，就有埋头苦干的人，有拼命硬干的人，有为民请命的人，有舍身求法的人，……虽是等于为帝王将相作家谱的所谓“正史”，也往往掩不住他们的光耀，这就是中国的脊梁。

这一类的人们，就是现在也何尝少呢？他们有确信，不自欺；他们在前仆后继的战斗，不过一面总在被摧残，被抹杀，消灭于黑暗中，不能为大家所知道罢了。说中国人失掉了自信力，用以指一部分人则可，倘若加于全体，那简直是诬蔑。

要论中国人，必须不被搽在表面的自欺欺人的脂粉所诓骗，却看看他的筋骨和脊梁。自信力的有无，状元宰相的文章是不足为据的，要自己去看地底下。

九月二十五日。

评注：

①发表于1934年10月《太白》半月刊第1卷第3期，署名公汗。后编入《且介亭杂文》。

②国联，“国际联盟”的简称，第一次世界大战后，于1920年成立的国际政府间组织，1946年4月正式宣告解散。

田军作《八月的乡村》序[①]

爱伦堡（Ilia Ehrenburg）论法国的上流社会文学家之后，他说，此外也还有一些不同的人们："教授们无声无息地在他们的书房里工作着，实验X光线疗法的医生死在他们的职务上，奋身去救自己的伙伴的渔夫悄然沉没在大洋里面。……一方面是庄严的工作，另一方面却是荒淫与无耻。"

这末两句，真也好像说着现在的中国。然而中国是还有更其甚的呢。手头没有书，说不清见于那里的了，也许是已经汉译了的日本箭内亘氏的著作罢，他曾经一一记述了宋代的人民怎样为蒙古人所淫杀，俘获，践踏和奴使。然而南宋的小朝廷却仍旧向残山剩水间的黎民施威，在残山剩水间行乐；逃到那里，气焰和奢华就跟到那里，颓靡和贪婪也跟到那里。"若要官，杀人放火受招安；若要富，跟着行在卖酒醋。"这是当时的百姓提取了朝政的精华的结语。

人民在欺骗和压制之下，失了力量，哑了声音，至多也不过有几句民谣。“天下有道，则庶人不议。”就是秦始皇隋炀帝，他会自承无道么？百姓就只好永远箝口结舌，相率被杀，被奴。这情形一直继续下来，谁也忘记了开口，但也许不能开口。即以前清末年而论，大事件不可谓不多了。鸦片战争，中法战争，中日战争，戊戌政变，义和拳变，八国联军，以至民元革命。然而我们没有一部像样的历史的著作，更不必说文学作品了。“莫谈国事”，是我们做小民的本分。

我们的学者[②]也曾说过：要征服中国，必须征服中国民族的心。其实，中国民族的心，有些是早给我们的圣君贤相武将帮闲之辈征服了的。近如东三省被占之后，听说北平富户，就不愿意关外的难民来租房子，因为怕他们付不出房租。在南方呢，恐怕义军的消息，未必能及鞭毙土匪，蒸骨验尸，阮玲玉自杀，姚锦屏化男[③]的能够耸动大家的耳目罢？“一方面是庄严的工作，另一方面却是荒淫与无耻。”

但是，不知道是人民进步了，还是时代太近，还未湮没的缘故，我却见过几种说述关于东三省被占的事情的小说。这《八月的乡村》，即是很好的一部，虽然有些近乎短篇的连续，结构和描写人物的手段，也不能比法捷耶夫的《毁灭》，然而严肃，紧张，作者的心血和失去的天空，土地，受难的人民，以至失去的茂草，高粱，蝈蝈，蚊子，搅成一团，鲜红的在读者眼前展开，显示着中国的一份和全部，现在和未来，死路与活路；凡有人心的读者，是看得完的，而且有所得的。

“要征服中国民族，必须征服中国民族的心！”但这书却于“心的征服”有碍。心的征服，先要中国人自己代办。宋曾以道学替金元治心，明曾以党狱替满清箝口。这书当然不容于满洲帝国，但我看也因此当然不容于中华民国。这事情很快的就会得到实证。如果事实证明了我的推测并没有错，那也就证明了这是一部很好的书。

好书为什么倒会不容于中华民国呢？那当然，上面已经说过几回了——

“一方面是庄严的工作，另一方面却是荒淫与无耻！”

这不像序。但我知道，作者和读者是决不和我计较这些的。

一九三五年三月二十八日之夜，鲁迅读毕记。

评注：

①本篇在印入《八月的乡村》一书前，未曾单独发表过。后编入《且介亭杂文二集》。田军，即萧军（1907—1988），小说家。

②学者，指胡适。

③姚锦屏化男，1935年3月间，报载一个东北女子姚锦屏自称化为男身，后经医师检验，结果还是女性。

春末闲谈[①]

北京正是春末，也许我过于性急之故罢，觉着夏意了，于是突然记起故乡的细腰蜂。那时候大约是盛夏，青蝇密集在凉棚索子上，铁黑色的细腰蜂就在桑树间或墙角的蛛网左近往来飞行，有时衔一支小青虫去了，有时拉一个蜘蛛。青虫或蜘蛛先是抵抗着不肯去，但终于乏力，被衔着腾空而去了，坐了飞机似的。

老前辈们开导我，那细腰蜂就是书上所说的果蠃，纯雌无雄，必须捉螟蛉去做继子的。她将小青虫封在窠里，自己在外面日日夜夜敲打着，祝道“像我像我”，经过若干日，——我记不清了，大约七七四十九日罢，——那青虫也就成了细腰蜂了，所以《诗经》里说：“螟蛉有子，果蠃负之。”螟蛉就是桑上小青虫。蜘蛛呢？他们没有提。我记得有几个考据家曾经立过异说，以为她其实自能生卵；其捉青虫，乃是填在窠里，给孵化出来的幼蜂做食料的。但我所遇见的前辈们都不采用此说，还道是拉去做女儿。我们为存留天地间的美谈起见，倒不如这样好。当长夏无事，遣暑林阴，瞥见二虫一拉一拒的时候，便如睹慈母教女，满怀好意，而青虫的宛转抗拒，则活像一人不识好歹的毛鸦头。

但究竟是夷人可恶，偏要讲什么科学。科学虽然给我们许多惊奇，但也搅坏了我们许多好梦。自从法国的昆虫学大家发勒耳（Fabre）[②]仔细观察之后，给幼蜂做食料的事可就证实了。而且，这细腰蜂不但是普通的凶手，还是一种很残忍的凶手，又是一个学识技术都极高明的解剖学家。她知道青虫的神经构造和作用，用了神奇的毒针，向那运动神经球上只一螫，它便麻痹为不死不活状态，这才在它身上生下蜂卵，封入窠中。青虫因为不死不活，所以不动，但也因为不活不死，所以不烂，直到她的子女孵化出来的时候，这食料还和被捕当日一样的新鲜。

三年前，我遇见神经过敏的俄国的E君[③]，有一天他忽然发愁道，不知道将来的科学家，是否不至于发明一种奇妙的药品，将这注射在谁的身上，则这人即甘心永远去做服役和战争的机器了？那时我也就皱眉叹息，装作一齐发愁的模样，以示“所见略同”之至意，殊不知我国的圣君，贤臣，圣贤，圣贤之徒，却早已有过这一种黄金世界的理想了。不是“唯辟作福，唯辟作威，唯辟玉食”么？不是“君子劳心，小人劳力”么？不是“治于人者食（去声）人，治人者食于人”么？可惜理论虽已卓然，而终于没有发明十全的好方法。要服从作威就须不活，要贡献玉食就须不死；要被治就须不活，要供养治人者又须不死。人类升为万物之灵，自然是可贺的，但没有了细腰蜂的毒针，却很使圣君，贤臣，圣贤，圣贤之徒，以至现在的阔人，学者，教育家觉得棘手。将来未可知，若已往，则治人者虽然尽力施行过各种麻痹术，也还不能十分奏效，与果蠃并驱争先。即以皇帝一伦而言，便难免时常改姓易代，终没有

“万年有道之长”；“二十四史”而多至二十四，就是可悲的铁证。现在又似乎有些别开生面了，世上挺生了一种所谓“特殊知识阶级”的留学生，在研究室中研究之结果，说医学不发达是有益于人种改良的，中国妇女的境遇是极其平等的，一切道理都已不错，一切状态都已够好。E君的发愁，或者也不为无因罢，然而俄国是不要紧的，因为他们不像我们中国，有所谓“特别国情”，还有所谓“特殊知识阶级”。

但这种工作，也怕终于像古人那样，不能十分奏效的罢，因为这实在比细腰蜂所做的要难得多。她于青虫，只须不动，所以仅在运动神经球上一螫，即告成功。而我们的工作，却求其能运动，无知觉，该在知觉神经中枢，加以完全的麻醉的。但知觉一失，运动也就随之失却主宰，不能贡献玉食，恭请上自“极峰”下至“特殊知识阶级”的赏收享用了。就现在而言，窃以为除了遗老的圣经贤传法，学者的进研究室主义，文学家和茶摊老板的莫谈国事律，教育家的勿视勿听勿言勿动论之外，委实还没有更好，更完全，更无流弊的方法。便是留学生的特别发见，其实也并未轶出了前贤的范围。

那么，又要“礼失而求诸野”了。夷人，现在因为想去取法，姑且称之为外国，他那里，可有较好的法子么？可惜，也没有。所有者，仍不外乎不准集会，不许开口之类，和我们中华并没有什么很不同。然亦可见至道嘉猷，人同此心，心同此理，固无华夷之限也。猛兽是单独的，牛羊则结队；野牛的大队，就会排角成城以御强敌了，但拉开一匹，定只能牟牟地叫。人民与牛马同流，——此就中国而言，夷人别有分类法云，——治之之道，自然应该禁止集合：这方法是对的。其次要防说话。人能说话，已经是祸胎了，而况有时还要做文章。所以苍颉造字，夜有鬼哭。鬼且反对，而况于官？猴子不会说话，猴界即向无风潮，——可是猴界中也没有官，但这又作别论，——确应该虚心取法，反朴归真，则口且不开，文章自灭：这方法也是对的。然而上文也不过就理论而言，至于实效，却依然是难说。最显著的例，是连那么专制的俄国，而尼古拉二世“龙御上宾”之后，罗马诺夫氏竟已“覆宗绝祀”了。要而言之，那大缺点就在虽有二大良法，而还缺其一，便是：无法禁止人们的思想。

于是我们的造物主——假如天空真有这样的一位“主子”——就可恨了：一恨其没有永远分清“治者”与“被治者”；二恨其不给治者生一枝细腰蜂那样的毒针；三恨其不将被治者造得即使砍去了藏着的思想中枢的脑袋而还能动作——服役。三者得一，阔人的地位即永久稳固，统御也永久省了气力，而天下于是乎太平。今也不然，所以即使单想高高在上，暂时维持阔气，也还得日施手段，夜费心机，实在不胜其委屈劳神之至……

假使没有了头颅，却还能做服役和战争的机械，世上的情形就何等地醒目呵！这时再不必用什么制帽勋章来表明阔人和窄人了，只要一看头之有无，便知道主奴，官民，上下，贵贱的区别。并且也不至于再闹什么革命，共和，会议等等的乱子了，单是电报，就要省下许多许多来。古人毕竟聪明，仿佛早想到过这样的东西，《山海经》上就记载着一种名叫“刑天”的怪物。他没有了能想的头，却还活着，“以乳为目，以脐为口”，——这一点想得很周到，否则他怎么看，怎么吃呢，——实在是很值得奉为师法的。假使我们的国民都能这样，阔人又何等安全快乐？但他又“执干戚而舞”，则似乎还是死也不肯安分，和我那专为阔人图便利而设的理想底好国民又不同。陶潜先生又有诗道：“刑天舞干戚，猛志固常在。”连这位貌似旷达的老隐士也这么说，可见无头也会仍有猛志，阔人的天下一时总怕难得太平的了。但有了太多的“特殊知识阶级”的国民，也许有特在例外的希望；况且精神文明太高了之后，精神的头就会提前飞去，区区物质的头的有无也算不得什么难问题。

一九二五年四月二十二日。

评注：

①发表于1925年4月北京《莽原》周刊第1期，署名冥昭。后编入《坟》。

②发勃耳，通译法布尔（1823—1915），法国昆虫学家，著有《昆虫记》。

③E君，爱罗先珂。

灯下漫笔[1]

一

有一时，就是民国二三年时候，北京的几个国家银行的钞票，信用日见其好了，真所谓蒸蒸日上。听说连一向执迷于现银的乡下人，也知道这既便当，又可靠，很乐意收受，行使了。至于稍明事理的人，则不必是“特殊知识阶级”，也早不将沉重累坠的银元装在怀中，来自讨无谓的苦吃。想来，除了多少对于银子有特别嗜好和爱情的人物之外，所有的怕大都是钞票了罢，而且多是本国的。但可惜后来忽然受了一个不小的打击。

就是袁世凯想做皇帝的那一年，蔡松坡先生溜出北京，到云南去起义。这边所受的影响之一，是中国和交通银行的停止兑现。虽然停止兑现，政府勒令商民照旧行用的威力却还有的；商民也自有商民的老本领，不说不要，却道找不出零钱。假如拿几十几百的钞票去买东西，我不知道怎样，但倘使只要买一枝笔，一盒烟卷呢，难道就付给一元钞票么？不但不甘心，也没有这许多票。那么，换铜元，少换几个罢，又都说没有铜元。那么，到亲戚朋友那里借现钱去罢，怎么会有？于是降格以求，不讲爱国了，要外国银行的钞票。但外国银行的钞票这时就等于现银，他如果借给你这钞票，也就借给你真的银元了。

我还记得那时我怀中还有三四十元的中交票[2]，可是忽而变了一个穷人，几乎要绝食，很有些恐慌。俄国革命以后的藏着纸卢布的富翁的心情，恐怕也就这样的罢；至多，不过更深更大罢了。我只得探听，钞票可能折价换到现银呢？说是没有行市。幸而终于，暗暗地有了行市了：六折几。我非常高兴，赶紧去卖了一半。后来又涨到七折了，我更非常高兴，全去换了现银，沉垫垫地坠在怀中，似乎这就是我的性命的斤两。倘在平时，钱铺子如果少给我一个铜元，我是决不答应的。

但我当一包现银塞在怀中，沉垫垫地觉得安心，喜欢的时候，却突然起了另一思想，就是：我们极容易变成奴隶，而且变了之后，还万分喜欢。

假如有一种暴力，“将人不当人”，不但不当人，还不及牛马，不算什么东西；待到人们羡慕牛马，发生“乱离人，不及太平犬”的叹息的时候，然后给与他略等于牛马的价格，有如元朝定律，打死别人的奴隶，赔一头牛，则人们便要心悦诚服，恭颂太平的盛世。为什么呢？因为他虽不算人，究竟已等于牛马了。

我们不必恭读《钦定二十四史》，或者入研究室，审察精神文明的高超。只要一翻孩子所读的《鉴略》，——还嫌烦重，则看《历代纪元编》，就知道“三千余年古国古”的中华，历来所闹的就不过是这一个小玩艺。但在新近编纂的所谓“历史教科书”一流东西里，却不大看得明白了，只仿佛说：咱们向来就很好的。

但实际上，中国人向来就没有争到过“人”的价格，至多不过是奴隶，到现在还如此，然而下于奴隶的时候，却是数见不鲜的。中国的百姓是中立的，战时连自己也不知道属于那一面，但又属于无论那一面。强盗来了，就属于官，当然该被杀掠；官兵既到，该是自家人了罢，但仍然要被杀掠，仿佛又属于强盗似的。这时候，百姓就希望有一个一定的主子，拿他们去做百姓，——不敢，是拿他们去做牛马，情愿自己寻草吃，只求他决定他们怎样跑。

假使真有谁能够替他们决定，定下什么奴隶规则来，自然就“皇恩浩荡”了。可惜的是往往暂时没有谁能定。举其大者，则如五胡十六国的时候，黄巢的时候，五代时候，宋末元末时候，除了老例的服役纳粮以外，都还要受意外的灾殃。张献忠的脾气更古怪了，不服役纳粮的要杀，服役纳粮的也要杀，敌他的要杀，降他的也要杀：将奴隶规则毁得粉碎。这时候，百姓就希望来一个另外的主子，较为顾及他们的奴隶规则的，无论仍旧，或者新颁，总之是有一种规则，使他们可上奴隶的轨道。

“时日曷丧，予及汝偕亡！”愤言而已，决心实行的不多见。实际上大概是群盗如麻，纷乱至极之后，就有一个较强，或较聪明，或较狡滑，或是外族的人物出来，较有秩序地收拾了天下。厘定规则：怎样服役，怎样纳粮，怎样磕头，怎样颂圣。而且这规则是不像现在那样朝三暮四的。于是便“万姓胪欢”了；用成语来说，就叫作“天下太平”。

任凭你爱排场的学者们怎样铺张，修史时候设些什么“汉族发祥时代”“汉族发达时代”“汉族中兴时代”的好题目，好意诚然是可感的，但措辞太绕湾子了。有更其直捷了当的说法在这里——

一，想做奴隶而不得的时代；

二，暂时做稳了奴隶的时代。

这一种循环，也就是“先儒”之所谓“一治一乱”；那些作乱人物，从后日的“臣民”看来，是给“主子”清道辟路的，所以说：“为圣天子驱除云尔。”

现在入了那一时代，我也不了然。但看国学家的崇奉国粹，文学家的赞叹固有文明，道学家的热心复古，可见于现状都已不满了。然而我们究竟正向着那一条路走呢？百姓是一遇到莫名其妙的战争，稍富的迁进租界，妇孺则避入教堂里去了，因为那些地方都比较的“稳”，暂不至于想做奴隶而不得。总而言之，复古的，避难的，无智愚贤不肖，似乎都已神往于三百年前的太平盛世，就是“暂时做稳了奴隶的时代”了。

但我们也就都像古人一样，永久满足于“古已有之”的时代么？都像复古家一样，不满于现在，就神往于三百年前的太平盛世么？

自然，也不满于现在的，但是，无须反顾，因为前面还有道路在。而创造这中国历史上未曾有过的第三样时代，则是现在的青年的使命！

二

但是赞颂中国固有文明的人们多起来了，加之以外国人。我常常想，凡有来到中国的，倘能疾首蹙额而憎恶中国，我敢诚意地捧献我的感谢，因为他一定是不愿意吃中国人的肉的！

鹤见祐辅氏在《北京的魅力》中，记一个白人将到中国，预定的暂住时候是一年，但五年之后，还在北京，而且不想回去了，有一天，他们两人一同吃晚饭——

> 在圆的桃花心木的食桌前坐定，川流不息地献着山海的珍味，谈话就从古董，画，政治这些开头。电灯上罩着支那式的灯罩，淡淡的光洋溢于古物罗列的屋子中。什么无产阶级呀，Proletariat[③]呀那些事，就像不过在什么地方刮风。
>
> 我一面陶醉在支那生活的空气中，一面深思着对于外人有着“魅力”的这东西。元人也曾征服支那，而被征服于汉人种的生活美了；满人也征服支那，而被征服于汉人种的生活美了。现在西洋人也一样，嘴里虽然说着Democracy[④]呀，什么什么呀，而却被魅于支那人费六千年而建筑起来的生活的美。一经住过北京，就忘不掉那生活的味道。大风时候的万丈的沙尘，每三月一回的督军们的开战游戏，都不能抹去这支那生活的魅力。

这些话我现在还无力否认他。我们的古圣先贤既给与我们保古守旧的格言，但同时也排好了用子女玉帛所做的奉献于征服者的大宴。中国人的耐劳，中国人的多子，都就是办酒的材料，到现在还为我们的爱国者所自诩的。西洋人初入中国时，被称为蛮夷，自不免个个蹙额，但是，现在则时机已至，到了我们将曾经献于北魏，献于金，献于元，献于清的盛宴，来献给他们的时候了。出则汽车，行则保护：虽遇清道，然而通行自由的；虽或被劫，然而必得赔偿的；孙美瑶掳去他们站在军前，还使官兵不敢开火。何况在华屋中享用盛宴呢？待到享受盛宴的时候，自然也就是赞颂中国固有文明的时候；但是我们的有些乐观的爱国者，也许反而欣然色喜，以为他们将要开始被中国同化了罢。古人曾以女人作苟安的城堡，美其名以自欺曰“和亲”，今人还用子女玉帛为作奴的贽敬，又美其名曰“同化”。所以倘有外国的谁，到了已有赴宴的资格的现在，而还替我们诅咒中国的现状者，这才是真有良心的真可佩服的人！

但我们自己是早已布置妥帖了，有贵贱，有大小，有上下。自己被人凌虐，但也可以凌虐别人；自己被人吃，但也可以吃别人。一级一级的制驭着，不能动弹，也不想动弹了。因为倘一动弹，虽或有利，然而也有弊。我们且看古人的良法美意罢——

> 天有十日，人有十等。下所以事上，上所以共神也。故王臣公。公臣大夫，大夫臣士，士臣皂，皂臣舆，舆臣隶，隶臣僚，僚臣仆，仆臣台。（《左传》昭公七年）

但是“台”没有臣，不是太苦了么？无须担心的，有比他更卑的妻，更弱的子在。而且其子也很有希望，他日长大，升而为“台”，便又有更卑更弱的妻子，供他驱使了。如此连环，各得其所，有敢非议者，其罪名曰不安分！

虽然那是古事，昭公七年离现在也太辽远了，但“复古家”尽可不必悲观的。太平的景象还在：常有兵燹，常有水旱，可有谁听到大叫唤么？打的打，革的革，可有处士来横议么？对国民如何专横，向外人如何柔媚，不犹是差等的遗风么？中国固有的精神文明，其实并未为共和二字所埋没，只有满人已经退席，和先前稍不同。

因此我们在目前，还可以亲见各式各样的筵宴，有烧烤，有翅席，有便饭，有西餐。但茅檐下也有淡饭，路傍也有残羹，野上也有饿莩；有吃烧烤的身价不资的阔人，也有饿得垂死的每斤八文的孩子（见《现代评论》二十一期）。所谓中国的文明者，其实不过是安排给阔人享用的人肉的筵宴。所谓中国者，其实不过是安排这人肉的筵宴的厨房。不知道而赞颂者是可恕的，否则，此辈当得永远的诅咒！

外国人中，不知道而赞颂者，是可恕的；占了高位，养尊处优，因此受了蛊惑，昧却灵性而赞叹者，也还可恕的。可是还有两种，其一是以中国人为劣种，只配悉照原来模样，因而故意称赞中国的旧物。其一是愿世间人各不相同以增自己旅行的兴趣，到中国看辫子，到日本看木屐，到高丽看笠子，倘若服饰一样，便索然无味了，因而来反对亚洲的欧化。这些都可憎恶。至于罗素在西湖见轿夫含笑，便赞美中国人，则也许别有意思罢。但是，轿夫如果能对坐轿的人不含笑，中国也早不是现在似的中国了。

这文明，不但使外国人陶醉，也早使中国一切人们无不陶醉而且至于含笑。因为古代传来而至今还在的许多差别，使人们各各分离，遂不能再感到别人的痛苦；并且因为自己各有奴使别人，吃掉别人的希望，便也就忘却自己同有被奴使被吃掉的将来。于是大小无数的人肉的筵宴，即从有文明以来一直排到现在，人们就在这会场中吃人，被吃，以凶人的愚妄的欢呼，将悲惨的弱者的呼号遮掩，更不消说女人和小儿。

这人肉的筵宴现在还排着，有许多人还想一直排下去。扫荡这些食人者，掀掉这筵席，毁坏这厨房，则是现在的青年的使命！

一九二五年四月二十九日。

评注：

①本文分两次先后发表于1925年5月1日、22日《莽原》周刊第2期和

第5期。后编入《坟》。

②中交票，中国银行和交通银行发行的纸币。

③Proletariat，英语，无产阶级。

④Democracy，英语，民主政体。

这个与那个[1]

一　读经与读史

一个阔人[2]说要读经，嗡的一阵一群狭人也说要读经。岂但“读”而已矣哉，据说还可以“救国”哩。“学而时习之，不亦说乎？”那也许是确凿的罢，然而甲午战败了，——为什么独独要说“甲午”呢，是因为其时还在开学校，废读经以前。

我以为伏案还未功深的朋友，现在正不必埋头来哼线装书。倘其咿唔日久，对于旧书有些上瘾了，那么，倒不如去读史，尤其是宋朝明朝史，而且尤须是野史；或者看杂说。

现在中西的学者们，几乎一听到《钦定四库全书》这名目就魂不附体，膝弯总要软下来似的。其实呢，书的原式是改变了，错字是加添了，甚至于连文章都删改了，最便当的是《琳琅秘室丛书》

中的两种《茅亭客话》，一是宋本，一是四库本，一比较就知道。“官修”而加以“钦定”的正史也一样，不但本纪咧，列传咧，要摆“史架子”；里面也不敢说什么。据说，字里行间是也含着什么褒贬的，但谁有这么多的心眼儿来猜闷壶卢。至今还道“将平生事迹宣付国史馆立传”，还是算了罢。

野史和杂说自然也免不了有讹传，挟恩怨，但看往事却可以较分明，因为它究竟不像正史那样地装腔作势。看宋事，《三朝北盟汇编》已经变成古董，太贵了，新排印的《宋人说部丛书》却还便宜。明事呢，《野获编》原也好，但也化为古董了，每部数十元；易于入手的是《明季南北略》，《明季稗史汇编》，以及新近集印的《痛史》。

史书本来是过去的陈账簿，和急进的猛士不相干。但先前说过，倘若还不能忘情于咿唔，倒也可以翻翻，知道我们现在的情形，和那时的何其神似，而现在的昏妄举动，胡涂思想，那时也早已有过，并且都闹糟了。

试到中央公园去，大概总可以遇见祖母带着她孙女儿在玩的。这位祖母的模样，就预示着那娃儿的将来。所以倘有谁要预知令夫人后日的丰姿，也只要看丈母。不同是当然要有些不同的，但总归相去不远。我们查账的用处就在此。

但我并不说古来如此，现在遂无可为，劝人们对于“过去”生敬畏心，以为它已经铸定了我们的运命。Le Bon[③]先生说，死人之力比生人大，诚然也有一理的，然而人类究竟进化着。又据章士钊总长说，则美国的什么地方已在禁讲进化论了，这实在是吓死我也，然而禁只管禁，进却总要进的。

总之：读史，就愈可以觉悟中国改革之不可缓了。虽是国民性，要改革也得改革，否则，杂史杂说上所写的就是前车。一改革，就无须怕孙女儿总要像点祖母那些事，譬如祖母的脚是三角形，步履维艰的，小姑娘的却是天足，能飞跑；丈母老太太出过天花，脸上有些缺点的，令夫人却种的是牛痘，所以细皮白肉：这也就大差其远了。

十二月八日。

二 捧与挖

中国的人们，遇见带有会使自己不安的朕兆的人物，向来就用两样法：将他压下去，或者将他捧起来。

压下去就用旧习惯和旧道德，或者凭官力，所以孤独的精神的战士，虽然为民众战斗，却往往反为这"所为"而灭亡。到这样，他们这才安心了。压不下时，则于是乎捧，以为抬之使高，餍之使足，便可以于己稍稍无害，得以安心。

伶俐的人们，自然也有谋利而捧的，如捧阔老，捧戏子，捧总长之类；但在一般粗人，——就是未尝"读经"的，则凡有捧的行为的"动机"，大概是不过想免害。即以所奉祀的神道而论，也大抵是凶恶的，火神瘟神不待言，连财神也是蛇呀刺猬呀似的骇人的畜类；观音菩萨倒还可爱，然而那是从印度输入的，并非我们的"国粹"。要而言之：凡有被捧者，十之九不是好东西。

既然十之九不是好东西，则被捧而后，那结果便自然和捧者的希望适得其反了。不但能使不安，还能使他们很不安，因为人心本来不易餍足。然而人们终于至今没有悟，还以捧为苟安之一道。

记得有一部讲笑话的书，名目忘记了，也许是《笑林广记》罢，说，当一个知县的寿辰，因为他是子年生，属鼠的，属员们便集资铸了一个金老鼠去作贺礼。知县收受之后，另寻了机会对大众说道：明年又恰巧是贱内的整寿；她比我小一岁，是属牛的。其实，如果大家先不送金老鼠，他决不敢想金牛。一送开手，可就难于收拾了，无论金牛无力致送，即使送了，怕他的姨太太也会属象。象不在十二生肖之内，似乎不近情理罢，但这是我替他设想的法子罢了，知县当然别有我们所莫测高深的妙法在。

民元革命时候，我在S城，来了一个都督[4]。他虽然也出身绿林大学，未尝“读经”（？），但倒是还算顾大局，听舆论的，可是自绅士以至于庶民，又用了祖传的捧法群起而捧之了。这个拜会，那个恭维，今天送衣料，明天送翅席，捧得他连自己也忘其所以，结果是渐渐变成老官僚一样，动手刮地皮。

最奇怪的是北几省的河道，竟捧得河身比屋顶高得多了。当初自然是防其溃决，所以壅上一点土；殊不料愈壅愈高，一旦溃决，那祸害就更大。于是就“抢堤”咧，“护堤”咧，“严防决堤”咧，花色繁多，大家吃苦。如果当初见河水泛滥，不去增堤，却去挖底，我以为决不至于这样。

有贪图金牛者，不但金老鼠，便是死老鼠也不给。那么，此辈也就连生日都未必做了。单是省却拜寿，已经是一件大快事。

中国人的自讨苦吃的根苗在于捧，“自求多福”之道却在于挖。其实，劳力之量是差不多的，但从惰性太多的人们看来，却以为还是捧省力。

十二月十日。

三　最先与最后

《韩非子》说赛马的妙法，在于“不为最先，不耻最后”。这虽是从我们这样外行的人看起来，也觉得很有理。因为假若一开首便拼命奔驰，则马力易竭。但那第一句是只适用于赛马的，不幸中国人却奉为人的处世金针了。

中国人不但“不为戎首”，“不为祸始”，甚至于“不为福先”。所以凡事都不容易有改革；前驱和闯将，大抵是谁也怕得做。然而人性岂真能如道家所说的那样恬淡；欲得的却多。既然不敢径取，就只好用阴谋和手段。以此，人们也就日见其卑怯了，既是“不为最先”，自然也不敢“不耻最后”所以虽是一大堆群众，略见危机，便“纷纷作鸟兽散”了。如果偶有几个不肯退转，因而受害的，公论家便异口同声，称之曰傻子。对于“锲而不舍”的人们也一样。

我有时也偶尔去看看学校的运动会。这种竞争，本来不像两敌国的开战，挟有仇隙的，然而也会因了竞争而骂，或者竟打起来。但这些事又作别论。竞走的时候，大抵是最快的三四个人一到决胜点，其余的便松懈了，有几个还至于失了跑完豫定的圈数的勇气，中途挤入看客的群集中；或者佯为跌倒，使红十字队用担架将他抬走。假若偶有虽然落后，却尽跑，尽跑的人，大家就嗤笑他。大概是因为他太不聪明，“不耻最后”的缘故罢。

所以中国一向就少有失败的英雄，少有韧性的反抗，少有敢单身鏖战的武人，少有敢抚哭叛徒的吊客，见胜兆则纷纷聚集，见败兆则纷纷逃亡。战具比我们精利的欧美人，战具未必比我们精利的匈奴蒙古满洲人，都如入无人之境。“土崩瓦解”这四个字，真是形容得有自知之明。

多有“不耻最后”的人的民族，无论什么事，怕总不会一下子就“土崩瓦解”的，我每看运动会时，常常这样想：优胜者固然可敬，但那虽然落后而仍非跑至终点不止的竞技者，和见了这样竞技者而肃然不笑的看客，乃正是中国将来的脊梁。

四 流产与断种

近来对于青年的创作，忽然降下一个“流产”的恶谥，哄然应和的就有一大群。我现在相信，发明这话的是没有什么恶意的，不过偶尔说一说；应和的也是情有可原的，因为世事本来大概就这样。

我独不解中国人何以于旧状况那么心平气和，于较新的机运就这么疾首蹙额；于已成之局那么委曲求全，于初兴之事就这么求全责备？

智识高超而眼光远大的先生们开导我们：生下来的倘不是圣贤，豪杰，天才，就不要生；写出来的倘不是不朽之作，就不要写；改革的事倘不是一下子就变成极乐世界，或者，至少能给我（！）有更多的好处，就万万不要动！……

那么，他是保守派么？据说：并不然的。他正是革命家。惟独他有公平，正当，稳健，圆满，平和，毫无流弊的改革法；现下正在研究室里研究着哩，——只是还没有研究好。

什么时候研究好呢？答曰：没有准儿。

孩子初学步的第一步，在成人看来，的确是幼稚，危险，不成样子，或者简直是可笑的。但无论怎样的愚妇人，却总以恳切的希望的心，看他跨出这第一步去，决不会因为他的走法幼稚，怕要阻碍阔人的路线而"逼死"他；也决不至于将他禁在床上，使他躺着研究到能够飞跑时再下地。因为她知道：假如这么办，即使长到一百岁也还是不会走路的。

古来就这样，所谓读书人，对于后起者却反而专用彰明较著的或改头换面的禁锢。近来自然客气些，有谁出来，大抵会遇见学士文人们挡驾：且住，请坐。接着是谈道理了：调查，研究，推敲，修养，……结果是老死在原地方。否则，便得到"捣乱"的称号。我也曾有如现在的青年一样，向已死和未死的导师们问过应走的路。他们都说：不可向东，或西，或南，或北。但不说应该向东，或西，或南，或北。我终于发见他们心底里的蕴蓄了：不过是一个"不走"而已。

坐着而等待平安，等待前进，倘能，那自然是很好的，但可虑的是老死而所等待的却终于不至；不生育，不流产而等待一个英伟的宁馨儿，那自然也很可喜的，但可虑的是终于什么也没有。

倘以为与其所得的不是出类拔萃的婴儿，不如断种，那就后话可说。但如果我们永远要听见人类的足音，则我以为流产究竟比不生产还有望，因为这已经明明白白地证明着能够生产的了。

十二月二十日。

评注：

①本文分三次发表于1925年12月10日、12日、22日北京《国民新报副刊》。后编入《华盖集》。

②一个阔人，指章士钊。

③Le Bon，勒庞。

④民元革命，即辛亥革命。S城，指绍兴。都督，指李金发。

忽然想到[①]

一

做《内经》的不知道究竟是谁。对于人的肌肉，他确是看过，但似乎单是剥了皮略略一观，没有细考校，所以乱成一片，说是凡有肌肉都发源于手指和足趾。宋的《洗冤录》说人骨，竟至于谓男女骨数不同；老仵作[②]之谈，也有不少胡说。然而直到现在，前者还是医家的宝典，后者还是检验的南针：这可以算得天下奇事之一。

牙痛在中国不知发端于何人？相传古人壮健，尧舜时代盖未必有；现在假定为起于二千年前罢。我幼时曾经牙痛，历试诸方，只有用细辛者稍有效，但也不过麻痹片刻，不是对症药。至于拔牙的所谓“离骨散”，乃是理想之谈，实际上并没有。西法的牙医一到，这才根本解决了；但在中国人手里一再传，又每每只学得镶补而忘了去腐杀菌，仍复渐渐地靠不住起来。牙痛了二千年，敷敷衍衍的不想一个好方法，别人想出来了，却又不肯好好地学：这大约也可以算得天下奇事之二罢。

康圣人[3]主张跪拜，以为“否则要此膝何用”。走时的腿的动作，固然不易于看得分明，但忘记了坐在椅上时候的膝的曲直，则不可谓非圣人之疏于格物也。身中间脖颈最细，古人则于此斫之，臀肉最肥，古人则于此打之，其格物都比康圣人精到，后人之爱不忍释，实非无因。所以僻县尚打小板子，去年北京戒严时亦尝恢复杀头，虽延国粹于一脉乎，而亦不可谓非天下奇事之三也！

一月十五日。

三

我想，我的神经也许有些瞀乱了。否则，那就可怕。

我觉得仿佛久没有所谓中华民国。

我觉得革命以前，我是做奴隶；革命以后不多久，就受了奴隶的骗，变成他们的奴隶了。

我觉得有许多民国国民而是民国的敌人。

我觉得有许多民国国民很像住在德法等国里的犹太人，他们的意中别有一个国度。

我觉得许多烈士的血都被人们踏灭了，然而又不是故意的。

我觉得什么都要从新做过。

退一万步说罢，我希望有人好好地做一部民国的建国史给少年看，因为我觉得民国的来源，实在已经失传了，虽然还只有十四年！

二月十二日。

四

先前，听到二十四史不过是“相斫书”，是“独夫的家谱”一类的话，便以为诚然。后来自己看起来，明白了：何尝如此。

历史上都写着中国的灵魂，指示着将来的命运，只因为涂饰太厚，废话太多，所以很不容易察出底细来。正如通过密叶投射在莓苔上面的月光，只看见点点的碎影。但如看野史和杂记，可更容易了然了，因为他们究竟不必太摆史官的架子。

秦汉远了，和现在的情形相差已多，且不道。元人著作寥寥。至于唐宋明的杂史之类，则现在多有。试将记五代，南宋，明末的事情的，和现今的状况一比较，就当惊心动魄于何其相似之甚，仿佛时间的流驶，独与我们中国无关。现在的中华民国也还是五代，是宋末，是明季。

以明末例现在，则中国的情形还可以更腐败，更破烂，更凶酷，更残虐，现在还不算达到极点。但明末的腐败破烂也还未达到极点，因为李自成，张献忠闹起来了。而张李的凶酷残虐也还未达到极点，因为满洲兵进来了。

难道所谓国民性者，真是这样地难于改变的么？倘如此，将来的命运便大略可想了，也还是一句烂熟的话：古已有之。

伶俐人实在伶俐，所以，决不攻难古人，摇动古例的。古人做过的事，无论什么，今人也都会做出来。而辩护古人，也就是辩护自己。况且我们是神州华胄，敢不“绳其祖武”么？

幸而谁也不敢十分决定说：国民性是决不会改变的。在这“不可知”中，虽可有破例——即其情形为从来所未有——的灭亡的恐怖，也可以有破例的复生的希望，这或者可作改革者的一点慰藉罢。

但这一点慰藉，也会勾消在许多自诩古文明者流的笔上，淹死在许多诬告新文明者流的嘴上，扑灭在许多假冒新文明者流的言动上，因为相似的老例，也是“古已有之”的。

其实这些人是一类，都是伶俐人，也都明白，中国虽完，自己的精神是不会苦的——因为都能变出合式的态度来。倘有不信，请看清朝的汉人所做的颂扬武功的文章去，开口“大兵”，闭口“我军”，你能料得到被这“大兵”“我军”所败的就是汉人的么？你将以为汉人带了兵将别的一种什么野蛮腐败民族歼灭了。

然而这一流人是永远胜利的，大约也将永久存在。在中国，惟他们最适于生存；而他们生存着的时候，中国便永远免不掉反复着先前的运命。

“地大物博，人口众多”，用了这许多好材料，难道竟不过老是演一出轮回把戏而已么？

二月十六日。

五

我生得太早一点，连康有为们“公车上书”的时候，已经颇有些年纪了。政变之后，有族中的所谓长辈也者教诲我，说：康有为是想篡位，所以他的名字叫有为；有者，“富有天下”，为者，“贵为天子”也。非图谋不轨而何？我想：诚然。可恶得很！

长辈的训诲于我是这样的有力，所以我也很遵从读书人家的家教。屏息低头，毫不敢轻举妄动。两眼下视黄泉，看天就是傲慢，满脸装出死相，说笑就是放肆。我自然以为极应该的，但有时心里也发生一点反抗。心的反抗，那时还不算什么犯罪，似乎诛心之律，倒不及现在之严。

但这心的反抗，也还是大人们引坏的，因为他们自己就常常随便大说大笑，而单是禁止孩子。黔首们看见秦始皇那么阔气，捣乱的项羽道："彼可取而代也！"没出息的刘邦却说："大丈夫不当如是耶？"我是没出息的一流，因为羡慕他们的随意说笑，就很希望赶忙变成大人，——虽然此外也还有别种的原因。

大丈夫不当如是耶，在我，无非只想不再装死而已，欲望也并不甚奢。

现在，可喜我已经大了，这大概是谁也不能否认的罢，无论用了怎样古怪的"逻辑"。

我于是就抛了死相，放心说笑起来，而不意立刻又碰了正经人的钉子：说是使他们"失望"了。我自然是知道的，先前是老人们的世界，现在是少年们的世界了；但竟不料治世的人们虽异，而其禁止说笑也则同。那么，我的死相也还得装下去，装下去，"死而后已"，岂不痛哉！

我于是又恨我生得太迟一点。何不早二十年，赶上那大人还准说笑的时候？真是"我生不辰"，正当可诅咒的时候，活在可诅咒的地方了。

约翰弥耳[④]说：专制使人们变成冷嘲。我们却天下太平，连冷嘲也没有。我想：暴君的专制使人们变成冷嘲，愚民的专制使人们变成死相。大家渐渐死下去，而自己反以为卫道有效，这才渐近于正经的活人。

世人如果还有真要活下去的人们，就先该敢说，敢笑，敢哭，敢怒，敢骂，敢打，在这可诅咒的地方击退了可诅咒的时代！

四月十四日。

六

外国的考古学者们联翩而至了。

久矣夫，中国的学者们也早已口口声声的叫着“保古！保古！保古！……”

但是不能革新的人种，也不能保古的。

所以，外国的考古学者们便联翩而至了。

长城久成废物，弱水也似乎不过是理想上的东西。老大的国民尽钻在僵硬的传统里，不肯变革，衰朽到毫无精力了，还要自相残杀。于是外面的生力军很容易地进来了，真是“匪今斯今，振古如兹”。至于他们的历史，那自然都没我们的那么古。

可是我们的古也就难保，因为土地先已危险而不安全。土地给了别人，则“国宝”虽多，我觉得实在也无处陈列。

但保古家还在痛骂革新，力保旧物地干：用玻璃板印些木版书，每部定价几十几百元；“涅槃！涅槃！涅槃！”佛自汉时已入中国，其古色古香为何如哉！买集些旧书和金石，是劬古[⑤]爱国之士，略作考证，赶印目录，就升为学者或高人。而外国人所得的古董，却每从高人的高尚的袖底里共清风一同流出。即不然，归安陆氏的皕宋[⑥]，潍县陈氏的十钟[⑦]，其子孙尚能世守否？

现在，外国的考古学者们便联翩而至了。

他们活有余力，则以考古，但考古尚可，帮同保古就更可怕了。有些外人，很希望中国永是一个大古董以供他们的赏鉴，这虽然可恶，却还不奇，因为他们究竟是外人。而中国竟也有自己还不够，并且要率领了少年，赤子，共成一个大古董以供他们的赏鉴者，则真不知是生着怎样的心肝。

中国废止读经了，教会学校不是还请腐儒做先生，教学生读“四书”么？民国废去跪拜了，犹太学校不是偏请遗老做先生，要学生磕头拜寿么？外国人办给中国人看的报纸，不是最反对五四以来的小改革么？而外国总主笔治下的中国小主笔，则倒是崇拜道学，保存国粹的！

但是，无论如何，不革新，是生存也为难的，而况保古。现状就是铁证，比保古家的万言书有力得多。

我们目下的当务之急，是：一要生存，二要温饱，三要发展。苟有阻碍这前途者，无论是古是今，是人是鬼，是《三坟》《五典》[8]，百宋千元[9]，天球河图[10]，金人玉佛，祖传丸散，秘制膏丹，全都踏倒他。

保古家大概总读过古书，“林回弃千金之璧，负赤子而趋”，该不能说是禽兽行为罢。那么，弃赤子而抱千金之璧的是什么？

四月十八日。

七

大约是送报人忙不过来了，昨天不见报，今天才给补到，但是奇怪，正张上已经剪去了两小块：幸而副刊是完全的。那上面有一篇武者君的《温良》，又使我记起往事，我记得确曾用了这样一个糖衣的毒刺赠送过我的同学们。现在武者君也在大道上发见了两样东西了：凶兽和羊。但我以为这不过发见了一部分，因为大道上的东西还没有这样简单，还得附加一句，是：凶兽样的羊，羊样的凶兽。

他们是羊，同时也是凶兽；但遇见比他更凶的凶兽时便现羊样，遇见比他更弱的羊时便现凶兽样，因此，武者君误认为两样东西了。

我还记得第一次五四以后，军警们很客气地只用枪托，乱打那手无寸铁的教员和学生，威武到很像一队铁骑在苗田上驰骋；学生们则惊叫奔避，正如遇见虎狼的羊群。但是，当学生们成了大群，袭击他们的敌人时，不是遇见孩子也要推他摔几个斤斗么？在学校里，不是还唾骂敌人的儿子，使他非逃回家去不可么？这和古代暴君的灭族的意见，有什么区分！

我还记得中国的女人是怎样被压制，有时简直并羊而不如。现在托了洋鬼子学说的福，似乎有些解放了。但她一得到可以逞威的地位如校长之类，不就雇用了"掠袖擦掌"的打手似的男人，来威吓毫无武力的同性的学生们么？不是利用了外面正有别的学潮的时候，和一些狐群狗党趁势来开除她私意所不喜的学生们么？而几个在"男尊女卑"的社会生长的男人们，此时却在异性的饭碗化身的面前摇尾，简直并羊而不如。羊，诚然是弱的，但还不至于如此，我敢给我所敬爱的羊们保证！

但是，在黄金世界还未到来之前，人们恐怕总不免同时含有这两种性质，只看发现时候的情形怎样，就显出勇敢和卑怯的大区别来。可惜中国人但对于羊显凶兽相，而对于凶兽则显羊相，所以即使显着凶兽相，也还是卑怯的国民。这样下去，一定要完结的。

我想，要中国得救，也不必添什么东西进去，只要青年们将这两种性质的古传用法，反过来一用就够了：对手如凶兽时就如凶兽，对手如羊时就如羊！

那么，无论什么魔鬼，就都只能回到他自己的地狱里去。

五月十日。

评注：

①本篇每节依次发表于1925年1月17日、2月14日、2月20日、4月18日、4月22日、5月12日《京报副刊》。后编入《华盖集》。题内原有第二、第八、第九三篇，本书未选入。

②仵作，旧时官府中检验命案死尸的人。

③康圣人，指康有为。

④约翰弥耳，通译约翰·密尔（1806—1873），英国哲学家、经济学家，著有《论自由》《功利主义》等。

⑤劬古，研究古代文化。劬，勤劳。

⑥归安陆氏，指陆心源（1834—1894），浙江归安（今吴兴）人，清末藏书家，其藏书处取名皕宋楼。

⑦潍县陈氏，指陈介祺（1813—1884），山东潍县人，清代古文物收藏家，其书斋取名十钟山房。

⑧《三坟》《五典》，指上古时的典籍。《尚书·序》："伏羲、神农、黄帝之书，谓之'三坟'，言大道也；少昊、颛顼、高辛、唐虞之书，谓之'五典'，言常道也。"

⑨百宋千元，指清代乾隆、嘉庆时的藏书家黄丕烈和吴骞的藏书。黄藏宋版书一百余部，书室名为"百宋一廛"；吴藏元版书一千部，书室名为"千元十驾"。

⑩天球河图，天球，相传为古雍州（今陕甘一带）所产的美玉；河图，相传为伏羲时龙马从黄河负出的图。

论睁了眼看[①]

虚生[②]先生所做的时事短评中，曾有一个这样的题目：《我们应该有正眼看各方面的勇气》（《猛进》十九期）。诚然，必须敢于正视，这才可望敢想，敢说，敢作，敢当。倘使并正视而不敢，此外还能成什么气候。然而，不幸这一种勇气，是我们中国人最所缺乏的。

但现在我所想到的是别一方面——

中国的文人，对于人生，——至少是对于社会现象，向来就多没有正视的勇气。我们的圣贤，本来早已教人"非礼勿视"的了；而这"礼"又非常之严，不但"正视"，连"平视""斜视"也不许。现在青年的精神未可知，在体质，却大半还是弯腰曲背，低眉顺眼，表示着老牌的老成的子弟，驯良的百姓。——至于说对外却有大力量，乃是近一月来的新说。还不知道究竟是如何。

再回到"正视"问题去：先既不敢，后便不能，再后，就自然不视，不见了。一辆汽车坏了，停在马路上，一群人围着呆看，所得的结果是一团乌油油的东西。然而，由本身的矛盾或社会的缺陷所生的苦痛，虽不正视，却要身受的。文人究竟是敏感人物，从他们的作品上看来，有些人确也早已感到不满，可是一到快要显露缺陷的危机一发之际，他们总即刻连说“并无其事”，同时便闭上了眼睛。这闭着的眼睛便看见一切圆满，当前的苦痛不过是“天之将降大任于是人也，必先苦其心志，劳其筋骨，饿其体肤，空乏其身，行拂乱其所为。”于是无问题，无缺陷，无不平，也就无解决，无改革，无反抗。因为凡事总要“团圆”，正无须我们焦躁；放心喝茶，睡觉大吉。再说费话，就有“不合时宜”之咎，免不了要受大学教授的纠正了。呸！

我并未实验过，但有时候想：倘将一位久蛰洞房的老太爷抛在夏天正午的烈日底下，或将不出闺门的千金小姐拖到旷野的黑夜里，大概只好闭了眼睛，暂续他们残存的旧梦，总算并没有遇到暗或光，虽然已经是绝不相同的现实。中国的文人也一样，万事闭眼睛，聊以自欺，而且欺人，那方法是：瞒和骗。

中国婚姻方法的缺陷，才子佳人小说作家早就感到了，他于是使一个才子在壁上题诗，一个佳人便来和，由倾慕——现在就得称恋爱——而至于有“终身之约”。但约定之后，也就有了难关。我们都知道，“私订终身”在诗和戏曲或小说上尚不失为美谈（自然只以与终于中状元的男人私订为限），实际却不容于天下的，仍然免不了要离异。明末的作家便闭上眼睛，并这一层也加以补救了，说是：才子及第，奉旨成婚。“父母之命媒妁之言”经这大帽子来一压，便成了半个铅钱也不值，问题也一点没有了。假使有之，也只在才子的能否中状元，而决不在婚姻制度的良否。

（近来有人以为新诗人的做诗发表，是在出风头，引异性；且迁怒于报章杂志之滥登。殊不知即使无报，墙壁实“古已有之”，早做过发表机关了；据《封神演义》，纣王已曾在女娲庙壁上题诗，那起源实在非常之早。报章可以不取白话，或排斥小诗，墙壁却拆不完，管不及的；倘一律刷成黑色，也还有破磁可划，粉笔可书，真是穷于应付。做诗不刻木板，去藏之名山，却要随时发表，虽然很有流弊，但大概是难以杜绝的罢。）

《红楼梦》中的小悲剧，是社会上常有的事，作者又是比较的敢于实写的，而那结果也并不坏。无论贾氏家业再振，兰桂齐芳，即宝玉自己也成了个披大红猩猩毡斗篷的和尚。和尚多矣，但披这样阔斗篷的能有几个，已经是“入圣超凡”无疑了。至于别的人们，则早在册子里一一注定，末路不过是一个归结：是问题的结束，不是问题的开头。读者即小有不安，也终于奈何不得。然而后或续或改，非借尸还魂，即冥中另配，必令“生旦当场团圆”，才肯放手者，乃是自欺欺人的瘾太大，所以看了小小骗局，还不甘心，定须闭眼胡说一通而后快。赫克尔（E. Haeckel）[③]说过：人和人之差，有时比类人猿和原人之差还远。我们将《红楼梦》的续作者和原作者一比较，就会承认这话大概是确实的。

“作善降祥”的古训，六朝人本已有些怀疑了，他们作墓志，竟会说“积善不报，终自欺人”的话；但后来的昏人，却又瞒起来。元刘信将三岁痴儿抛入醮纸火盆，妄希福祐，是见于《元典章》的；剧本《小张屠焚儿救母》却道是为母延命，命得延，儿亦不死了。一女愿侍痼疾之夫，《醒世恒言》中还说终于一同自杀的；后来改作的却道是有蛇坠入药罐里，丈夫服后便全愈了。凡有缺陷，一经作者粉饰，后半便大抵改观，使读者落诬妄中，以为世间委实尽够光明，谁有不幸，便是自作，自受。

有时遇到彰明的史实，瞒不下，如关羽岳飞的被杀，便只好别设骗局了。一是前世已造夙因，如岳飞；一是死后使他成神，如关羽。定命不可逃，成神的善报更满人意。所以，杀人者不足责，被杀者也不足悲，冥冥中自有安排，使他们各得其所，正不必别人来费力了。

中国人的不敢正视各方面，用瞒和骗，造出奇妙的逃路来，而自以为正路。在这路上，就证明着国民性的怯弱，懒惰，而又巧滑。一天一天的满足着，即一天一天的堕落着，但却又觉得日见其光荣。在事实上，亡国一次，即添加几个殉难的忠臣，后来每不想光复旧物，而只去赞美那几个忠臣；遭劫一次，即造成一群不辱的烈女，事过之后，也每每不思惩凶，自卫，却只顾歌咏那一群烈女。仿佛亡国遭劫的事，反而给中国人发挥"两间正气"的机会，增高价值，即在此一举，应该一任其至，不足忧悲似的。自然，此上也无可为，因为我们已经借死人获得最上的光荣了。沪汉烈士的追悼会中，活的人们在一块很可景仰的高大的木主下互相打骂，也就是和我们的先辈走着同一的路。

文艺是国民精神所发的火光，同时也是引导国民精神的前途的灯火。这是互为因果的，正如麻油从芝麻榨出，但以浸芝麻，就使它更油。倘以油为上，就不必说；否则，当参入别的东西，或水或硷去。中国人向来因为不敢正视人生，只好瞒和骗，由此也生出瞒和骗的文艺来，由这文艺，更令中国人更深地陷入瞒和骗的大泽中，甚而至于已经自己不觉得。世界日日改变，我们的作家取下假面，真诚地，深入地，大胆地看取人生，并且写出他的血和肉来的时候早到了；早就应该有一片崭新的文场，早就应该有几个凶，猛的闯将！

现在，气象似乎一变，到处听不见歌吟花月的声音了，代之而起的是铁和血的赞颂。然而倘以欺瞒的心，用欺瞒的嘴，则无论说

A和O，或Y和Z，一样是虚假的；只可以吓哑了先前鄙薄花月的所谓批评家的嘴，满足地以为中国就要中兴。可怜他在“爱国”大帽子底下又闭上了眼睛了——或者本来就闭着。

没有冲破一切传统思想和手法的闯将，中国是不会有真的新文艺的。

一九二五年七月二十二日。

评注：

①发表于1925年8月3日《语丝》周刊第38期。后编入《坟》。

②虚生，《猛进》周刊主编徐炳昶的笔名。

③赫克尔（Ernst Heinrich Haeckel，1834—1919），通译海克尔，德国博物学家。并有《宇宙之谜》《人类发展史》等。

病后杂谈①

一

生一点病，的确也是一种福气。不过这里有两个必要条件：一要病是小病，并非什么霍乱吐泻，黑死病，或脑膜炎之类；二要至少手头有一点现款，不至于躺一天，就饿一天。这二者缺一，便是俗人，不足与言生病之雅趣的。

我曾经爱管闲事，知道过许多人，这些人物，都怀着一个大愿。大愿，原是每个人都有的，不过有些人却模模胡胡，自己抓不住，说不出。他们中最特别的有两位：一位是愿天下的人都死掉，只剩下他自己和一个好看的姑娘，还有一个卖大饼的；另一位是愿秋天薄暮，吐半口血，两个侍儿扶着，恹恹的到阶前去看秋海棠。这种志向，一看好像离奇，其实却照顾得很周到。第一位姑且不谈他罢，第二位的“吐半口血”，就有很大的道理。才子本来多病，但要“多”，就不能重，假使一吐就是一碗或几升，一个人的血，能有几回好吐呢？过不几天，就雅不下去了。

我一向很少生病，上月却生了一点点。开初是每晚发热，没有力，不想吃东西，一礼拜不肯好，只得看医生。医生说是流行性感冒。好罢，就是流行性感冒。但过了流行性感冒一定退热的时期，我的热却还不退。医生从他那大皮包里取出玻璃管来，要取我的血液，我知道他在疑心我生伤寒病了，自己也有些发愁。然而他第二天对我说，血里没有一粒伤寒菌；于是注意的听肺，平常；听心，上等。这似乎很使他为难。我说，也许是疲劳罢；他也不甚反对，只是沉吟着说，但是疲劳的发热，还应该低一点。……

好几回检查了全体，没有死症，不至于呜呼哀哉是明明白白的，不过是每晚发热，没有力，不想吃东西而已，这真无异于“吐半口血”，大可享生病之福了。因为既不必写遗嘱，又没有大痛苦，然而可以不看正经书，不管柴米账，玩他几天，名称又好听，叫作“养病”。从这一天起，我就自己觉得好像有点儿“雅”了；那一位愿吐半口血的才子，也就是那时躺着无事，忽然记了起来的。

光是胡思乱想也不是事，不如看点不劳精神的书，要不然，也不成其为“养病”。像这样的时候，我赞成中国纸的线装书，这也就是有点儿“雅”起来了的证据。洋装书便于插架，便于保存，现在不但有洋装二十五六史，连《四部备要》也硬领而皮靴了，——原是不为无见的。但看洋装书要年富力强，正襟危坐，有严肃的态度。假使你躺着看，那就好像两只手捧着一块大砖头，不多工夫，就两臂酸麻，只好叹一口气，将它放下。所以，我在叹气之后，就去寻线装书。

一寻，寻到了久不见面的《世说新语》之类一大堆，躺着来看，轻飘飘的毫不费力了，魏晋人的豪放潇洒的风姿，也仿佛在眼前浮动。由此想到阮嗣宗的听到步兵厨善于酿酒，就求为步兵校尉；陶渊明的做了彭泽令，就教官田都种秫，以便做酒，因了太太的抗议，这才种了一点秔。这真是天趣盎然，决非现在的“站在云端里呐喊”[②]者们所能望其项背。但是，“雅”要想到适可而止，再想便不行。例如阮嗣宗可以求做步兵校尉，陶渊明补了彭泽令，他们的地位，就不是一个平常人，要“雅”，也还是要地位。“采菊东篱下，悠然见南山”是渊明的好句，但我们在上海学起来可就难了。没有南山，我们还可以改作“悠然见洋房”或“悠然见烟囱”的，然而要租一所院子里有点竹篱，可以种菊的房子，租钱就每月总得一百两，水电在外；巡捕捐按房租百分之十四，每月十四两。单是这两项，每月就是一百十四两，每两作一元四角算，等于一百五十九元六。近来的文稿又不值钱，每千字最低的只有四五角，因为是学陶渊明的雅人的稿子，现在算他每千字三大元罢，但标点，洋文，空白除外。那么，单单为了采菊，他就得每月译作净五万三千二百字。吃饭呢？要另外想法子生发，否则，他只好“饥来驱我去，不知竟何之”了。

“雅”要地位，也要钱，古今并不两样的，但古代的买雅，自然比现在便宜；办法也并不两样，书要摆在书架上，或者抛几本在地板上，酒杯要摆在桌子上，但算盘却要收在抽屉里，或者最好是在肚子里。

此之谓“空灵”。

二

为了“雅”，本来不想说这些话的。后来一想，这于“雅”并无伤，不过是在证明我自己的“俗”。王夷甫口不言钱，还是一个不干不净人物，雅人打算盘，当然也无损其为雅人。不过他应该有时收起算盘，或者最妙是暂时忘却算盘，那么，那时的一言一笑，就都是灵机天成的一言一笑，如果念念不忘世间的利害，那可就成为“杭育杭育派”[③]了。这关键，只在一者能够忽而放开，一者却是永远执着，因此也就大有了雅俗和高下之分。我想，这和时而“敦伦”[④]者不失为圣贤，连白天也在想女人的就要被称为“登徒子”[⑤]的道理，大概是一样的。

所以我恐怕只好自己承认“俗”，因为随手翻了一通《世说新语》，看过“娵隅跃清池”的时候，千不该万不该的竟从“养病”想到“养病费”上去了，于是一骨碌爬起来，写信讨版税，催稿费。写完之后，觉得和魏晋人有点隔膜，自己想，假使此刻有阮嗣宗或陶渊明在面前出现，我们也一定谈不来的。于是另换了几本书，大抵是明末清初的野史，时代较近，看起来也许较有趣味。第一本拿在手里的是《蜀碧》。

这是蜀宾[⑥]从成都带来送我的，还有一部《蜀龟鉴》，都是讲张献忠祸蜀的书，其实是不但四川人，而是凡有中国人都该翻一下的著作，可惜刻的太坏，错字颇不少。翻了一遍，在卷三里看见了这样的一条——“又，剥皮者，从头至尻，一缕裂之，张于前，如鸟展翅，率逾日始绝。有即毙者，行刑之人坐死。”

也还是为了自己生病的缘故罢，这时就想到了人体解剖。医术和虐刑，是都要生理学和解剖学智识的。中国却怪得很，固有的医书上的人身五脏图，真是草率错误到见不得人，但虐刑的方法，则往往好像古人早懂得了现代的科学。例如罢，谁都知道从周到汉，有一种施于男子的“宫刑”，也叫“腐刑”，次于“大辟”一等。对于女性就叫“幽闭”，向来不大有人提起那方法，但总之，是决非将她关起来，或者将它缝起来。近时好像被我查出一点大概来了，那办法的凶恶，妥当，而又合乎解剖学，真使我不得不吃惊。但妇科的医书呢？几乎都不明白女性下半身的解剖学的构造，他们只将肚子看作一个大口袋，里面装着莫名其妙的东西。

单说剥皮法，中国就有种种。上面所抄的是张献忠式；还有孙可望式，见于屈大均的《安龙逸史》，也是这回在病中翻到的。其时是永历六年，即清顺治九年，永历帝已经躲在安隆（那时改为安龙），秦王孙可望杀了陈邦传父子，御史李如月就弹劾他“擅杀勋将，无人臣礼”，皇帝反打了如月四十板。可是事情还不能完，又给孙党张应科知道了，就去报告了孙可望。

> 可望得应科报，即令应科杀如月，剥皮示众。俄缚如月至朝门，有负石灰一筐，稻草一捆，置于其前。如月问，“如何用此？”其人曰，“是揎你的草！”如月叱曰，“瞎奴！此株株是文章，节节是忠肠也！”既而应科立右角门阶，捧可望令旨，喝如月跪。如月叱曰，“我是朝廷命官，岂跪贼令！？”乃步至中门，向阙再拜。……应科促令仆地，剖脊，及臀，如月大呼曰：“死得快活，浑身清凉！”又呼可望名，大骂不绝。及断至手足，转前胸，犹微声恨骂；至颈绝而死。随以灰渍之，纫以线，后乃入草，移北城门通衢阁上，悬之。……

张献忠的自然是“流贼”式；孙可望虽然也是流贼出身，但这时已是保明拒清的柱石，封为秦王，后来降了满洲，还是封为义王，所以他所用的其实是官式。明初，永乐皇帝剥那忠于建文帝的景清的皮，也就是用这方法的。大明一朝，以剥皮始，以剥皮终，可谓始终不变；至今在绍兴戏文里和乡下人的嘴上，还偶然可以听到“剥皮揎草”的话，那皇泽之长也就可想而知了。

真也无怪有些慈悲心肠人不愿意看野史，听故事；有些事情，真也不像人世，要令人毛骨悚然，心里受伤，永不全愈的。残酷的事实尽有，最好莫如不闻，这才可以保全性灵，也是“是以君子远庖厨也”的意思。比灭亡略早的晚明名家的潇洒小品在现在的盛行，实在也不能说是无缘无故。不过这一种心地晶莹的雅致，又必须有一种好境遇，李如月仆地“剖脊”，脸孔向下，原是一个看书的好姿势[7]，但如果这时给他看袁中郎的《广庄》，我想他是一定不要看的。这时他的性灵有些儿不对，不懂得真文艺了。

然而，中国的士大夫是到底有点雅气的，例如李如月说的“株株是文章，节节是忠肠”，就很富于诗趣。临死做诗的，古今来也不知道有多少。直到近代，谭嗣同在临刑之前就做一绝“闭门投辖思张俭”，秋瑾女士也有一句“秋雨秋风愁杀人”，然而还雅得不够格，所以各种诗选里都不载，也不能卖钱。

三

清朝有灭族，有凌迟，却没有剥皮之刑，这是汉人应该惭愧的，但后来脍炙人口的虐政是文字狱。虽说文字狱，其实还含着许多复杂的原因，在这里不能细说；我们现在还直接受到流毒的，是他删改了许多古人的著作的字句，禁了许多明清人的书。

《安龙逸史》大约也是一种禁书，我所得的是吴兴刘氏嘉业堂[8]

的新刻本。他刻的前清禁书还不止这一种，屈大均的又有《翁山文外》；还有蔡显的《闲渔闲闲录》，是作者因此“斩立决”，还累及门生的，但我细看了一遍，却又寻不出什么忌讳。对于这种刻书家，我是很感激的，因为他传授给我许多知识——虽然从雅人看来，只是些庸俗不堪的知识。但是到嘉业堂去买书，可真难。我还记得，今年春天的一个下午，好容易在爱文义路找着了，两扇大铁门，叩了几下，门上开了一个小方洞，里面有中国门房，中国巡捕，白俄镖师各一位。巡捕问我来干什么的。我说买书。他说账房出去了，没有人管，明天再来罢。我告诉他我住得远，可能给我等一会呢？他说，不成！同时也堵住了那个小方洞。过了两天，我又去了，改作上午，以为此时账房也许不至于出去。但这回所得回答却更其绝望，巡捕曰：“书都没有了！卖完了！不卖了！”

我就没有第三次再去买，因为实在回复的斩钉截铁。现在所有的几种，是托朋友去辗转买来的，好像必须是熟人或走熟的书店，这才买得到。

每种书的末尾，都有嘉业堂主人刘承干先生的跋文，他对于明季的遗老很有同情，对于清初的文祸也颇不满。但奇怪的是他自己的文章却满是前清遗老的口风；书是民国刻的，“儀”字还缺着末笔。我想，试看明朝遗老的著作，反抗清朝的主旨，是在异族的入主中夏的，改换朝代，倒还在其次。所以要顶礼明末的遗民，必须接受他的民族思想，这才可以心心相印。现在以明遗老之仇的满清的遗老自居，却又引明遗老为同调，只着重在“遗老”两个字，而毫不问遗于何族，遗在何时，这真可以说是“为遗老而遗老”，和现在文坛上的“为艺术而艺术”，成为一副绝好的对子了。

倘以为这是因为“食古不化”的缘故，那可也并不然。中国的士大夫，该化的时候，就未必决不化。就如上面说过的《蜀龟鉴》，原是一部笔法都仿《春秋》的书，但写到“圣祖仁皇帝康熙元年春正月”，就有“赞”道：“……明季之乱甚矣！风终豳，雅终《召旻》，托乱极思治之隐忧而无其实事，孰若臣祖亲见之，臣身亲被之乎？是编以元年正月终者，非徒谓体元表正，蔑以加兹；生逢盛世，荡荡难名，一以寄没世不忘之恩，一以见太平之业所由始耳！”

《春秋》上是没有这种笔法的。满洲的肃王的一箭，不但射死了张献忠，也感化了许多读书人，而且改变了“春秋笔法”了。

四

病中来看这些书，归根结蒂，也还是令人气闷。但又开始知道了有些聪明的士大夫，依然会从血泊里寻出闲适来。例如《蜀碧》，总可以说是够惨的书了，然而序文后面却刻着一位乐斋先生的批语道：“古穆有魏晋间人笔意。”

这真是天大的本领！那死似的镇静，又将我的气闷打破了。

我放下书，合了眼睛，躺着想想学这本领的方法，以为这和“君子远庖厨也”的法子是大两样的，因为这时是君子自己也亲到了庖厨里。瞑想的结果，拟定了两手太极拳。一，是对于世事要“浮光掠影”，随时忘却，不甚了然，仿佛有些关心，却又并不恳切；二，是对于现实要“蔽聪塞明”，麻木冷静，不受感触，先由努力，后成自然。第一种的名称不大好听，第二种却也是却病延年的要诀，连古之儒者也并不讳言的。这都是大道。还有一种轻捷的小道，是：彼此说谎，自欺欺人。

有些事情，换一句话说就不大合式，所以君子憎恶俗人的“道破”。其实，“君子远庖厨也”就是自欺欺人的办法：君子非吃牛肉不可，然而他慈悲，不忍见牛的临死的觳觫，于是走开，等到烧成牛排，然后慢慢的来咀嚼。牛排是决不会“觳觫”的了，也就和慈悲不再有冲突，于是他心安理得，天趣盎然，剔剔牙齿，摸摸肚子，“万物皆备于我矣”了。彼此说谎也决不是伤雅的事情，东坡先生在黄州，有客来，就要客谈鬼，客说没有，东坡道：“姑妄言之！”至今还算是一件韵事。

撒一点小谎，可以解无聊，也可以消闷气；到后来，忘却了真，相信了谎。也就心安理得，天趣盎然了起来。永乐的硬做皇帝，一部分士大夫是颇以为不大好的。尤其是对于他的惨杀建文的忠臣。和景清一同被杀的还有铁铉，景清剥皮，铁铉油炸，他的两个女儿则发付了教坊，叫她们做婊子。这更使士大夫不舒服，但有人说，后来二女献诗于原问官，被永乐所知，赦出，嫁给士人了。

这真是“曲终奏雅”，令人如释重负，觉得天皇毕竟圣明，好人也终于得救。她虽然做过官妓，然而究竟是一位能诗的才女，她父亲又是大忠臣，为夫的士人，当然也不算辱没。但是，必须“浮光掠影”到这里为止，想不得下去。一想，就要想到永乐的上谕，有些是凶残猥亵，将张献忠祭梓潼神的“咱老子姓张，你也姓张，咱老子和你联了宗罢。尚飨！”的名文，和他的比起来，真是高华典雅，配登西洋的上等杂志，那就会觉得永乐皇帝决不像一位爱才怜弱的明君。况且那时的教坊是怎样的处所？罪人的妻女在那里是并非静候嫖客的，据永乐定法，还要她们“转营”，这就是每座兵营里都去几天，目的是在使她们为多数男性所凌辱，生出“小龟子”和“淫贱材儿”来！所以，现在成了问题的“守节”，在那时，其实是只准“良民”专利的特典。在这样的治下，这样的地狱里，做一首诗就能超生的么？

我这回从杭世骏的《订讹类编》（续补卷上）里，这才确切的知道了这佳话的欺骗。他说：

……考铁长女诗，乃吴人范昌期《题老妓卷》作也。诗云："教坊落籍洗铅华，一片春心对落花。旧曲听来空有恨，故园归去却无家。云鬟半軃临青镜，雨泪频弹湿绛纱。安得江州司马在，尊前重为赋琵琶。"昌期，字鸣凤；诗见张士瀹《国朝文纂》。同时杜琼用嘉亦有次韵诗，题曰《无题》，则其非铁氏作明矣。次女诗所谓"春来雨露深如海，嫁得刘郎胜阮郎"，其论尤为不伦。宗正睦㰘论革除事，谓建文流落西南诸诗，皆好事伪作，则铁女之诗可知……

《国朝文纂》我没有见过，铁氏次女的诗，杭世骏也并未寻出根底，但我以为他的话是可信的，——虽然他败坏了口口相传的韵事。况且一则他也是一个认真的考证学者，二则我觉得凡是得到大杀风景的结果的考证，往往比表面说得好听，玩得有趣的东西近真。

首先将范昌期的诗嫁给铁氏长女，聊以自欺欺人的是谁呢？我也不知道。但"浮光掠影"的一看，倒也罢了，一经杭世骏道破，再去看时，就很明白的知道了确是咏老妓之作，那第一句就不像现任官妓的口吻。不过中国的有一些士大夫，总爱无中生有，移花接木的造出故事来，他们不但歌颂升平，还粉饰黑暗。关于铁氏二女的撒谎，尚其小焉者耳，大至胡元杀掠，满清焚屠之际，也还会有人单单捧出什么烈女绝命，难妇题壁的诗词来，这个艳传，那个步韵，比对于华屋丘墟，生民涂炭之惨的大事情还起劲。到底是刻了一本集，连自己们都附进去，而韵事也就完结了。

我在写着这些的时候，病是要算已经好了的了，用不着写遗书。但我想在这里趁便拜托我的相识的朋友，将来我死掉之后，即使在中国还有追悼的可能，也千万不要给我开追悼会或者出什么记念册。因为这不过是活人的讲演或挽联的斗法场，为了造语惊人，对仗工稳起见，有些文豪们是简直不恤于胡说八道的。结果至多也不过印成一本书，即使有谁看了，于我死人，于读者活人，都无益处，就是对于作者，其实也并无益处，挽联做得好，也不过挽联做得好而已。

现在的意见，我以为倘有购买那些纸墨白布的闲钱，还不如选几部明人，清人或今人的野史或笔记来印印，倒是于大家很有益处的。但是要认真，用点工夫，标点不要错。

十二月十一日。

评注：

①本文第一节最初发表于1935年2月《文学》月刊第4卷第2号，其余三节均被检查官司删去。后编入《且介亭杂文》。

②“站在云端里呐喊”，语出林语堂1934年10月5日在《人间世》第13期发表的《怎样洗炼白话入文》：“今日既无人能用一二十字说明大众语是何物，又无人能写一二百字模范大众语，给我们见识见识，只管在云端呐喊，宜乎其大众之谜也。”有讽刺之意。

③“杭育杭育派”，林语堂1934年4月在《申报·自由谈》连载《福气研究》一文，内有“杭育杭育文学”“杭育杭育派”的说法。原指大众文学，这里泛指鄙俗的大众。

④“敦伦”，指夫妻间的性生活。

⑤“登徒子”，宋玉曾作《登徒子好色赋》，后指好色的人为登徒子。

⑥蜀宾，作家许钦文的笔名。

⑦看书的好姿势，1933年11月1日《论语》第28期载有黄嘉音作的组画，题为《介绍几个读〈论语〉的好姿势》。这里含有对《论语》的讽刺。

⑧吴兴刘氏嘉业堂，私人藏书楼。创办人刘承干（1882—1951），浙江吴兴人。

病后杂谈之余[①]

——关于"舒愤懑"

一

我常说明朝永乐皇帝的凶残，远在张献忠之上，是受了宋端仪的《立斋闲录》的影响的。那时我还是满洲治下的一个拖着辫子的十四五岁的少年，但已经看过记载张献忠怎样屠杀蜀人的《蜀碧》，痛恨着这"流贼"的凶残。后来又偶然在破书堆里发见了一本不全的《立斋闲录》，还是明抄本，我就在那书上看见了永乐的上谕，于是我的憎恨就移到永乐身上去了。

那时我毫无什么历史知识，这憎恨转移的原因是极简单的，只以为流贼尚可，皇帝却不该，还是"礼不下庶人"的传统思想。至于《立斋闲录》，好像是一部少见的书，作者是明人，而明朝已有抄本，那刻本之少就可想。记得《汇刻书目》说是在明代的一部什么丛书中，但这丛书我至今没有见；清《四库全书总目提要》将它放在“存目”里，那么，《四库全书》里也是没有的，我家并不是藏书家，我真不解怎么会有这明抄本。这书我一直保存着，直到十多年前，因为肚子饿得慌了，才和别的两本明抄和一部明刻的《宫闺秘典》去卖给以藏书家和学者出名的傅某[②]，他使我跑了三四趟之后，才说一总给我八块钱，我赌气不卖，抱回来了，又藏在北平的寓里；但久已没有人照管，不知道现在究竟怎样了。

那一本书，还是四十年前看的，对于永乐的憎恨虽然还在，书的内容却早已模模胡胡，所以在前几天写《病后杂谈》时，举不出一句永乐上谕的实例。我也很想看一看《永乐实录》，但在上海又如何能够；来青阁有残本在寄售，十本，实价却是一百六十元，也决不是我辈书架上的书。又是一个偶然：昨天在《安徽丛书》第三集中看见了清俞正燮（1775—1840）《癸巳类稿》的改定本，那《除乐户丐户籍及女乐考附古事》里，却引有永乐皇帝的上谕，是根据王世贞《弇州史料》中的《南京法司所记》的，虽然不多，又未必是精粹，但也足够“略见一斑”，和献忠流贼的作品相比较了。摘录于下——

永乐十一年正月十一日，教坊司于右顺门口奏：齐泰姊及外甥媳妇，又黄子澄妹四个妇人，每一日一夜，二十余条汉子看守着，年少的都有身孕，除生子令做小龟子，又有三岁女子，奏请圣旨。奉钦依：由他。不的到长大便是个淫贱材儿？

铁铉妻杨氏年三十五，送教坊司；茅大芳妻张氏年五十六，送教坊司。张氏病故，教坊司安政于奉天门奏。奉圣旨：分付上元县抬出门去，着狗吃了！钦此！

君臣之间的问答，竟是这等口吻，不见旧记，恐怕是万想不到的罢。但其实，这也仅仅是一时的一例。自有历史以来，中国人是一向被同族和异族屠戮，奴隶，敲掠，刑辱，压迫下来的，非人类所能忍受的楚毒，也都身受过，每一考查，真教人觉得不像活在人间。俞正燮看过野史，正是一个因此觉得义愤填膺的人，所以他在记载清朝的解放惰民丐户，罢教坊，停女乐的故事之后，作一结语道——

> 自三代至明，惟宇文周武帝，唐高祖，后晋高祖，金，元，及明景帝，于法宽假之，而尚存其旧。余皆视为固然。本朝尽去其籍，而天地为之廓清矣。汉儒歌颂朝廷功德，自云“舒愤懑”，除乐户之事，诚可云舒愤懑者：故列古语琐事之实，有关因革者如此。

这一段结语，有两事使我吃惊。第一事，是宽假奴隶的皇帝中，汉人居很少数。但我疑心俞正燮还是考之未详，例如金元，是并非厚待奴隶的，只因那时连中国的蓄奴的主人也成了奴隶，从征服者看来，并无高下，即所谓“一视同仁”，于是就好像对于先前的奴隶加以宽假了。第二事，就是这自有历史以来的虐政，竟必待满洲的清才来廓清，使考史的儒生，为之拍案称快，自比于汉儒的“舒愤懑”——就是明末清初的才子们之所谓“不亦快哉！”然而解放乐户却是真的，但又并未“廓清”，例如绍兴的惰民，直到民国革命之初，他们还是不与良民通婚，去给大户服役，不过已有报酬，这一点，恐怕是和解放之前大不相同的了。革命之后，我久不回到绍兴去了，不知道他们怎样，推想起来，大约和三十年前是不会有什么两样的。

二

但俞正燮的歌颂清朝功德，却不能不说是当然的事。他生于乾隆四十年，到他壮年以至晚年的时候，文字狱的血迹已经消失，满洲人的凶焰已经缓和，愚民政策早已集了大成，剩下的就只有“功德”了。那时的禁书，我想他都未必看见。现在不说别的，单看雍正乾隆两朝的对于中国人著作的手段，就足够令人惊心动魄。全毁，抽毁，剜去之类也且不说，最阴险的是删改了古书的内容。乾隆朝的纂修《四库全书》，是许多人颂为一代之盛业的，但他们却不但捣乱了古书的格式，还修改了古人的文章；不但藏之内廷，还颁之文风较盛之处，使天下士子阅读，永不会觉得我们中国的作者里面，也曾经有过很有些骨气的人。（这两句，奉官命改为“永远看不出底细来”。）

嘉庆道光以来，珍重宋元版本的风气逐渐旺盛，也没有悟出乾隆皇帝的“圣虑”，影宋元本或校宋元本的书籍很有些出版了，这就使那时的阴谋露了马脚。最初启示了我的是《琳琅秘室丛书》里的两部《茅亭客话》，一是校宋本，一是四库本，同是一种书，而两本的文章却常有不同，而且一定是关于“华夷”的处所。这一定是四库本删改了的；现在连影宋本的《茅亭客话》也已出版，更足据为铁证，不过倘不和四库本对读，也无从知道那时的阴谋。《琳琅秘室丛书》我是在图书馆里看的，自己没有，现在去买起来又嫌太贵，因此也举不出实例来。但还有比较容易的法子在。

新近陆续出版的《四部丛刊续编》自然应该说是一部新的古董

书，但其中却保存着满清暗杀中国著作的案卷。例如宋洪迈的《容斋随笔》至《五笔》是影宋刊本和明活字本，据张元济跋，其中有三条就为清代刻本中所没有。所删的是怎样内容的文章呢？为惜纸墨计，现在只摘录一条《容斋三笔》卷三里的《北狄俘虏之苦》在这里——

> 元魏破江陵，尽以所俘士民为奴，无分贵贱，盖北方夷俗皆然也。自靖康之后，陷于金虏者，帝子王孙，官门仕族之家，尽没为奴婢，使供作务。每人一月支稗子五斗，令自舂为米，得一斗八升，用为糇粮；岁支麻五把，令缉为裘。此外更无一钱一帛之入。男子不能缉者，则终岁裸体。虏或哀之，则使执爨，虽时负火得暖气，然才出外取柴归，再坐火边，皮肉即脱落，不日辄死。惟喜有手艺，如医人绣工之类，寻常只团坐地上，以败席或芦藉衬之，遇客至开筵，引能乐者使奏技，酒阑客散，各复其初，依旧环坐刺绣：任其生死，视如草芥。……

清朝不惟自掩其凶残，还要替金人来掩饰他们的凶残。据此一条，可见俞正燮入金朝于仁君之列，是不确的了，他们不过是一扫宋朝的主奴之分，一律都作为奴隶，而自己则是主子。但是，这校勘，是用清朝的书坊刻本的，不知道四库本是否也如此。要更确凿，还有一部也是《四部丛刊续编》里的影旧抄本宋晁说之《嵩山文集》在这里，卷末就有单将《负薪对》一篇和四库本相对比，以见一斑的实证，现在摘录几条在下面，大抵非删则改，语意全非，仿佛宋臣晁说之，已在对金人战栗，嗫嚅不吐，深怕得罪似的了——

旧抄本	四库本
金贼以我疆埸之臣无状，斥堠不明，遂豕突河北，蛇结河东。	金人扰我疆埸之地，边城斥堠不明，遂长驱河北，盘结河东。
犯孔子春秋之大禁，	为上下臣民之大耻，
以百骑却虏枭将，	以百骑却辽枭将，
彼金贼虽非人类，而犬豕亦有掉瓦怖恐之号，顾弗之惧哉！	彼金人虽甚强盛，而赫然示之以威令之森严，顾弗之惧哉！
我取而歼焉可也。	我因而取之可也。
太宗时，女真困于契丹之三栅，控告乞援，亦卑恭甚矣。不谓敢眦睨中国之地于今日也。	太宗时，女真困于契丹之三栅，控告乞援，亦和好甚矣。不谓竟酿患滋祸一至于今日也。
忍弃上皇之子于胡虏乎？	忍弃上皇之子于异地乎？
何则：夷狄喜相吞并斗争，是其犬羊狺吠咋啮之性也。唯其富者最先亡。古今夷狄族帐，大小见于史册者百十，今其存者一二，皆以其财富而自底灭亡者也。今此小丑不指日而灭亡，是无天道也。	（无）
褫中国之衣冠，复夷狄之态度。	遂其报复之心，肆其凌侮之意。

取故相家孙女姊妹，缚马上而去，执侍帐中，远近胆落，不暇寒心。	故相家皆携老襁幼，弃其籍而去，焚掠之余，远近胆落，不暇寒心。

即此数条，已可见“贼”“虏”“犬羊”是讳的；说金人的淫掠是讳的；“夷狄”当然要讳，但也不许看见“中国”两个字，因为这是和“夷狄”对立的字眼，很容易引起种族思想来的。但是，这《嵩山文集》的抄者不自改，读者不自改，尚存旧文，使我们至今能够看见晁氏的真面目，在现在说起来，也可以算是令人大“舒愤懑”的了。

清朝的考据家有人说过，“明人好刻古书而古书亡”，因为他们妄行校改。我以为这之后，则清人纂修《四库全书》而古书亡，因为他们变乱旧式，删改原文；今人标点古书而古书亡，因为他们乱点一通，佛头着粪：这是古书的水火兵虫以外的三大厄。

三

对于清朝的愤懑的从新发作，大约始于光绪中，但在文学界上，我没有查过以谁为“祸首”。太炎先生是以文章排满的骁将著名的，然而在他那《訄书》的未改订本中，还承认满人可以主中国，称为“客帝”，比于嬴秦的“客卿”。但是，总之，到光绪末年，翻印的不利于清朝的古书，可是陆续出现了；太炎先生也自己改正了“客帝”说，在再版的《訄书》里，“删而存此篇”；后来这书又改名为《检论》，我却不知道是否还是这办法。留学日本的学生们中的有些人，也在图书馆里搜寻可以鼓吹革命的明末清初的文献。那时印成一大本的有《汉声》，是《湖北学生界》的增刊，面子上题着四句集《文选》句："抒怀旧之积念，发思古之幽情"，第三句想不起来了，第四句是"振大汉之天声"。无古无今，这种文献，倒是总要在外国的图书馆里抄得的。

我生长在偏僻之区，毫不知道什么是满汉，只在饭店的招牌上看见过"满汉酒席"字样，也从不引起什么疑问来。听人讲"本朝"的故事是常有的，文字狱的事情却一向没有听到过，乾隆皇帝南巡的盛事也很少有人讲述了，最多的是"打长毛"。我家里有一个年老的女工，她说长毛时候，她已经十多岁，长毛故事要算她对我讲得最多，但她并无邪正之分，只说最可怕的东西有三种，一种自然是"长毛"，一种是"短毛"，还有一种是"花绿头"[3]。到得后来，我才明白后两种其实是官兵，但在愚民的经验上，是和长毛并无区别的。给我指明长毛之可恶的倒是几位读书人；我家里有几部县志，偶然翻开来看，那时殉难的烈士烈女的名册就有一两卷，同族里的人也有几个被杀掉的，后来封了"世袭云骑尉"，我于是确切的认定了长毛之可恶。然而，真所谓"心事如波涛"罢，久而久之，由于自己的阅历，证以女工的讲述，我竟决不定那些烈士烈女的凶手，究竟是长毛呢，还是"短毛"和"花绿头"了。我真很羡慕"四十而不惑"的圣人的幸福。

对我最初提醒了满汉的界限的不是书，是辫子。这辫子，是砍了我们古人的许多头，这才种定了的，到得我有知识的时候，大家早忘却了血史，反以为全留乃是长毛，全剃好像和尚，必须剃一点，留一点，才可以算是一个正经人了。而且还要从辫子上玩出花样来：小丑挽一个结，插上一朵纸花打诨；开口跳[4]将小辫子挂在铁杆上，慢慢的吸烟献本领；变把戏的不必动手，只消将头一摇，劈拍一声，辫子便自会跳起来盘在头顶上，他于是要起关王刀来了。而且还切于实用：打架的时候可以拔住，挣脱极难；捉人的时候可以拉着，省得绳索，要是被捉的人多呢，只要捏住辫梢头，一个人就可以牵一大串。吴友如画的《申江胜景图》里，有一幅会审公堂，就有一个巡捕拉着犯人的辫子的形象，但是，这是已经算作“胜景”了。

住在偏僻之区还好，一到上海，可就不免有时会听到一句洋话：Pig-tail——猪尾巴。这一句话，现在是早不听见了，那意思，似乎也不过说人头上生着猪尾巴，和今日之上海，中国人自己一斗嘴，便彼此互骂为“猪猡”的，还要客气得远。不过那时的青年，好像涵养工夫没有现在的深，也还未懂得“幽默”，所以听起来实在觉得刺耳。而且对于拥有二百余年历史的辫子的模样，也渐渐的觉得并不雅观，既不全留，又不全剃，剃去一圈，留下一撮，又打起来拖在背后，真好像做着好给别人来拔着牵着的柄子。对于它终于怀了恶感，我看也正是人情之常，不必指为拿了什么地方的东西，迷了什么斯基的理论的。⑤（这两句，奉官谕改为“不足怪的”。）

我的辫子留在日本，一半送给客店里的一位使女做了假发，一半给了理发匠，人是在宣统初年回到故乡来了。一到上海，首先得装假辫子。这时上海有一个专装假辫子的专家，定价每条大洋四元，不折不扣，他的大名，大约那时的留学生都知道。做也真做得巧妙，只要别人不留心，是很可以不出岔子的，但如果人知道你原是留学生，留心研究起来，那就漏洞百出。夏天不能戴帽，也不大行；人堆里要防挤掉或挤歪，也不行。装了一个多月，我想，如果在路上掉了下来或者被人拉下来，不是比原没有辫子更不好看么？索性不装了，贤人说过的：一个人做人要真实。

但这真实的代价真也不便宜，走出去时，在路上所受的待遇完全和先前两样了。我从前是只以为访友作客，才有待遇的，这时才明白路上也一样的一路有待遇。最好的是呆看，但大抵是冷笑，恶骂。小则说是偷了人家的女人，因为那时捉住奸夫，总是首先剪去他辫子的，我至今还不明白为什么；大则指为“里通外国”，就是现在之所谓“汉奸”。我想，如果一个没有鼻子的人在街上走，他还未必至于这么受苦，假使没有了影子，那么，他恐怕也要这样的受社会的责罚了。

我回中国的第一年在杭州做教员，还可以穿了洋服算是洋鬼子；第二年回到故乡绍兴中学去做学监，却连洋服也不行了，因为有许多人是认识我的，所以不管如何装束，总不失为“里通外国”的人，于是我所受的无辫之灾，以在故乡为第一。尤其应该小心的是满洲人的绍兴知府的眼睛，他每到学校来，总喜欢注视我的短头发，和我多说话。

学生们里面，忽然起了剪辫风潮了，很有许多人要剪掉。我连忙禁止。他们就举出代表来诘问道：究竟有辫子好呢，还是没有辫子好呢？我的不假思索的答复是：没有辫子好，然而我劝你们不要剪。学生是向来没有一个说我“里通外国”的，但从这时起，却给了我一个“言行不一致”的结语，看不起了。“言行一致”[6]，当然是很有价值的，现在之所谓文学家里，也还有人以这一点自豪，但他们却不知道他们一剪辫子，价值就会集中在脑袋上。轩亭口离绍兴中学并不远，就是秋瑾小姐就义之处，他们常走，然而忘却了。

“不亦快哉！”——到了一千九百十一年的双十，后来绍兴也挂起白旗来，算是革命了，我觉得革命给我的好处，最大，最不能忘的是我从此可以昂头露顶，慢慢的在街上走，再不听到什么嘲骂。几个也是没有辫子的老朋友从乡下来，一见面就摩着自己的光头，从心底里笑了出来道：哈哈，终于也有这一天了。

假如有人要我颂革命功德，以“舒愤懑”，那么，我首先要说的就是剪辫子。

四

然而辫子还有一场小风波，那就是张勋的“复辟”，一不小心，辫子是又可以种起来的，我曾见他的辫子兵在北京城外布防，对于没辫子的人们真是气焰万丈。幸而不几天就失败了，使我们至今还可以剪短，分开，披落，烫卷……

张勋的姓名已经暗淡，“复辟”的事件也逐渐遗忘，我曾在《风波》里提到它，别的作品上却似乎没有见，可见早就不受人注意。现在是，连辫子也日见稀少，将与周鼎商彝同列，渐有卖给外国人的资格了。

我也爱看绘画，尤其是人物。国画呢，方巾长袍，或短褐椎结，从没有见过一条我所记得的辫子；洋画呢，歪脸汉子，肥腿女人，也从没有见过一条我所记得的辫子。这回见了几幅钢笔画和木刻的阿Q像，这才算遇到了在艺术上的辫子，然而是没有一条生得合式的。想起来也难怪，现在的二十岁上下的青年，他生下来已是民国，就是三十岁的，在辫子时代也不过四五岁，当然不会深知道辫子的底细的了。

那么，我的“舒愤懑”，恐怕也很难传给别人，令人一样的愤激，感慨，欢喜，忧愁的罢。

十二月十七日。

一星期前，我在《病后杂谈》里说到铁氏二女的诗。据杭世骏说，钱谦益编的《列朝诗集》里是有的，但我没有这书，所以只引了《订讹类编》完事。今天《四部丛刊续编》的明遗民彭孙贻《茗斋集》出版了，后附《明诗钞》，却有铁氏长女诗在里面。现在就照抄在这里，并将范昌期原作，与所谓铁女诗不同之处，用括弧附注在下面，以便比较。照此看来，作伪者实不过改了一句，并每句各改易一二字而已——

教坊献诗

教坊脂粉（落籍）洗铅华，一片闲（春）心对落花。旧曲听来犹（空）有恨，故园归去已（却）无家。云鬟半挽（亸）临妆（青）镜，雨泪空流（频弹）湿绛纱。今日相逢白司马（安得江州司马在），尊前重与诉（为赋）琵琶。

但俞正燮《癸巳类稿》又据茅大芳《希董集》，言“铁公妻女以死殉”；并记或一说云，“铁二子，无女。”那么，连铁铉有无女儿，也都成为疑案了。两个近视眼论扁额上字，辩论一通，其实连扁额也没有挂，原也是能有的事实。不过铁妻死殉之说，我以为是粉饰的。《弇州史料》所记，奏文与上谕具存，王世贞明人，决不敢捏造。

倘使铁铉真的并无女儿，或有而实已自杀，则由这虚构的故事，也可以窥见社会心理之一斑。就是：在受难者家族中，无女不如其有之有趣，自杀又不如其落教坊之有趣；但铁铉究竟是忠臣，使其女永沦教坊，终觉于心不安，所以还是和寻常女子不同，因献诗而配了士子。这和小生落难，下狱挨打，到底中了状元的公式，完全是一致的。

二十三日之夜，附记。

评注：

①发表于1935年3月《文字》月刊第4卷第3号，发表时题目改作《病后余谈》，副题亦被删去，后编入《且介亭杂文》。

②傅某，指傅增湘（1872—1949），四川江安人，时任北洋政府教育总长。

③“长毛”，指太平天国军队。“短毛”，指清朝官兵。“花绿头”指英法帝国主义军队。法国军队用花布裹头，英国军队则用绿布，故称“花头”“绿头”等。

④开口跳，传统戏曲中武丑的俗称。

⑤拿了什么地方的东西，迷了什么斯基的理论，当时有人攻击进步人士（包括作者）拿卢布，或说青年追随俄国人的学说。

⑥“言行一致”，施蛰存1934年9月在《现代》月刊发表《我与文言文》一文，说：“我自有生以来三十年，除幼稚无知的时代外，自信思想及言行都是一贯的。”这里含有讽刺之意。

买《小学大全》记[1]

线装书真是买不起了。乾隆时候的刻本的价钱，几乎等于那时的宋本。明版小说，是五四运动以后飞涨的；从今年起，洪运怕要轮到小品文身上去了。至于清朝禁书，则民元革命后就是宝贝，即使并无足观的著作，也常要百余元至数十元。我向来也走走旧书坊，但对于这类宝书，却从不敢作非分之想。端午节前，在四马路一带闲逛，竟无意之间买到了一种，曰《小学大全》，共五本，价七角，看这名目，是不大有人会欢迎的，然而，却是清朝的禁书。

这书的编纂者尹嘉铨，博野人；他父亲尹会一，是有名的孝子，乾隆皇帝曾经给过褒扬的诗。他本身也是孝子，又是道学家，官又做到大理寺卿稽察觉罗学[2]。还请令旗籍子弟也讲读朱子的《小学》，而"荷蒙朱批：所奏是。钦此。"这部书便成于两年之后的，加疏的《小学》六卷，《考证》和《释文》，《或问》各一卷，《后编》二卷，合成一函，是为《大全》。也曾进呈，终于在乾隆四十二年九月十七日奉旨："好！知道了。钦此。"那明明是得了皇帝的嘉许的。

到乾隆四十六年，他已经致仕回家了，但真所谓"及其老也，戒之在得"罢，虽然欲得的乃是"名"，也还是一样的招了大祸。这年三月，乾隆行经保定，尹嘉铨便使儿子送了一本奏章，为他的父亲请谥，朱批是"与谥乃国家定典，岂可妄求。此奏本当交部治罪，念汝为父私情，姑免之。若再不安分家居，汝罪不可逭矣！钦此。"不过他豫先料不到会碰这样的大钉子，所以接着还有一本，是请许"我朝"名臣汤斌范文程李光地顾八代张伯行等从祀孔庙，"至于臣父尹会一，既蒙御制诗章褒嘉称孝，已在德行之科，自可从祀，非臣所敢请也。"这回可真出了大岔子，三月十八日的朱批是："竟大肆狂吠，不可恕矣！钦此。"

乾隆时代的一定办法，是凡以文字获罪者，一面拿办，一面就查抄，这并非着重他的家产，乃在查看藏书和另外的文字，如果别有"狂吠"，便可以一并治罪。因为乾隆的意见，是以为既敢"狂吠"，必不止于一两声，非彻底根究不可的。尹嘉铨当然逃不出例外，和自己的被捕同时，他那博野的老家和北京的寓所，都被查抄了。藏书和别项著作，实在不少，但其实也并无什么干碍之作。不过那时是决不能这样就算的，经大学士三宝等再三审讯之后，定为"相应请旨将尹嘉铨照大逆律凌迟处死"，幸而结果很宽大："尹嘉铨著加恩免其凌迟之罪，改为处绞立决，其家属一并加恩免其缘坐"就完结了。

这也还是名儒兼孝子的尹嘉铨所不及料的。

这一回的文字狱，只绞杀了一个人，比起别的案子来，决不能算是大狱，但乾隆皇帝却颇费心机，发表了几篇文字。从这些文字和奏章（均见《清代文字狱档》第六辑）看来，这回的祸机虽然发于他的“不安分”，但大原因，却在既以名儒自居，又请将名臣从祀：这都是大“不可恕”的地方。清朝虽然尊崇朱子，但止于“尊崇”，却不许“学样”，因为一学样，就要讲学，于是而有学说，于是而有门徒，于是而有门户，于是而有门户之争，这就足为“太平盛世”之累。况且以这样的“名儒”而做官，便不免以“名臣”自居，“妄自尊大”。乾隆是不承认清朝会有“名臣”的，他自己是“英主”，是“明君”，所以在他的统治之下，不能有奸臣，既没有特别坏的奸臣，也就没有特别好的名臣，一律都是不好不坏，无所谓好坏的奴子。

特别攻击道学先生，所以是那时的一种潮流，也就是“圣意”。我们所常见的，是纪昀总纂的《四库全书总目提要》和自著的《阅微草堂笔记》里的时时的排击。这就是迎合着这种潮流的，倘以为他秉性平易近人，所以憎恨了道学先生的谿刻，那是一种误解。大学士三宝们也很明白这潮流，当会审尹嘉铨时，曾奏道：“查该犯如此狂悖不法，若即行定罪正法，尚不足以泄公愤而快人心。该犯曾任三品大员，相应遵例奏明，将该犯严加夹讯，多受刑法，问其究属何心，录取供词，具奏，再请旨立正典刑，方足以昭炯戒。”后来究竟用了夹棍没有，未曾查考，但看所录供词，却于用他的“丑行”来打倒他的道学的策略，是做得非常起劲的。现在抄三条在下面——

问：尹嘉铨！你所书李孝女暮年不字事一篇，说“年逾五十，依然待字，吾妻李恭人闻而贤之，欲求淑女以相助，仲女固辞不就”等语。这处女既立志不嫁，已年过五旬，你为何叫你女人遣媒说合，要他做妾？这样没廉耻的事，难道是讲正经人干的么？据供：我说的李孝女年逾五十，依然待字，原因素日间知道雄县有个姓李的女子，守贞不字。吾女人要聘他为妾，我那时在京候补，并不知道；后来我女人告诉我，才知道的，所以替他做了这篇文字，要表扬他，实在我并没有见过他的面。但他年过五十，我还将要他做妾的话，做在文字内，这就是我廉耻丧尽，还有何辩。

问：你当时在皇上跟前讨赏翎子，说是没有翎子，就回去见不得你妻小。你这假道学怕老婆，到底皇上没有给你翎子，你如何回去的呢？据供：我当初在家时，曾向我妻子说过，要见皇上讨翎子，所以我彼时不辞冒昧，就妄求恩典，原想得了翎子回家，可以夸耀。后来皇上没有赏我，我回到家里，实在觉得害羞，难见妻子。这都是我假道学，怕老婆，是实。

问：你女人平日妒悍，所以替你娶妾，也要娶这五十岁女人给你，知道这女人断不肯嫁，他又得了不妒之名。总是你这假道学居常做惯这欺世盗名之事，你女人也学了你欺世盗名。你难道不知道么？供：我女人要替我讨妾，这五十岁李氏女子既已立志不嫁，断不肯做我的妾，我女人是明知的，所以借此要得不妒之名。总是我平日所做的事，俱系欺世盗名，所以我女人也学做此欺世盗名之事，难逃皇上洞鉴。

还有一件要紧事是销毁和他有关的书。他的著述也真太多，计应“销毁”者有书籍八十六种，石刻七种，都是著作；应“撤毁”者有书籍六种，都是古书，而有他的序跋。《小学大全》虽不过“疏辑”，然而是在“销毁”之列的。

但我所得的《小学大全》，却是光绪二十二年开雕，二十五年刊竣，而“宣统丁巳”（实是中华民国六年）重校的遗老本，有张锡恭跋云：“世风不古若矣，愿读是书者，有以转移之。……”又有刘安涛跋云：“晚近凌夷，益加甚焉，异言喧豗，显与是书相悖，一唱百和，……驯致家与国均蒙其害，唐虞三代以来先圣先贤蒙以养正之遗意，扫地尽矣。剥极必复，天地之心见焉。……”为了文字狱，使士子不敢治史，尤不敢言近代事，但一面却也使昧于掌故，乾隆朝所竭力“销毁”的书，虽遗老也不复明白，不到一百三十年，又从新奉为宝典了。这莫非也是“剥极必复”么？恐怕是遗老们的乾隆皇帝所不及料的罢。

但是，清的康熙，雍正和乾隆三个，尤其是后两个皇帝，对于“文艺政策”或说得较大一点的“文化统制”，却真尽了很大的努力的。文字狱不过是消极的一方面，积极的一面，则如《钦定四库全书》，于汉人的著作，无不加以取舍，所取的书，凡有涉及金元之处者，又大抵加以修改，作为定本。此外，对于“七经”，“二十四史”，《通鉴》，文士的诗文，和尚的语录，也都不肯放过，不是鉴定，便是评选，文苑中实在没有不被蹂躏的处所了。而且他们是深通汉文的异族的君主，以胜者的看法，来批评被征服的汉族的文化和人情，也鄙夷，但也恐惧，有苛论，但也有确评，文字狱只是由此而来的辣手的一种，那成果，由满洲这方面言，是的确不能说它没有效的。

现在这影响好像是淡下去了，遗老们的重刻《小学大全》，就是一个证据，但也可见被愚弄了的性灵，又终于并不清醒过来。近来明人小品，清代禁书，市价之高，决非穷读书人所敢窥，但《东华录》，《御批通鉴辑览》，《上谕八旗》，《雍正朱批谕旨》……等，却好像无人过问，其低廉为别的一切大部书所不及。倘有有心人加以收集，一一钩稽，将其中的关于驾御汉人，批评文化，利用文艺之处，分别排比，辑成一书，我想，我们不但可以看见那策略的博大和恶辣，并且还能够明白我们怎样受异族主子的驯扰，以及遗留至今的奴性的由来的罢。

自然，这决不及赏玩性灵文字的有趣，然而借此知道一点演成了现在的所谓性灵的历史，却也十分有益的。

七月十日。

评注：

①发表于1934年8月《新语林》半月刊第3期，署名杜德机。后编入《且介亭杂文》。

②大理寺卿，中央审判机关的主管长官。稽察觉罗学清朝皇族旁支子弟学校的主管。

在现代中国的孔夫子[①]

新近的上海的报纸，报告着因为日本的汤岛[②]，孔子的圣庙落成了，湖南省主席何键将军就寄赠了一幅向来珍藏的孔子的画像。老实说，中国的一般的人民，关于孔子是怎样的相貌，倒几乎是毫无所知的。自古以来，虽然每一县一定有圣庙，即文庙，但那里面大抵并没有圣像。凡是绘画，或者雕塑应该崇敬的人物时，一般是以大于常人为原则的，但一到最应崇敬的人物，例如孔夫子那样的圣人，却好像连形象也成为亵渎，反不如没有的好。这也不是没有道理的。孔夫子没有留下照相来，自然不能明白真正的相貌，文献中虽然偶有记载，但是胡说白道也说不定。若是从新雕塑的话，则除了任凭雕塑者的空想而外，毫无办法，更加放心不下。于是儒者们也终于只好采取"全部，或全无"的勃兰特[③]式的态度了。

然而倘是画像，却也会间或遇见的。我曾经见过三次：一次是《孔子家语》里的插画；一次是梁启超氏亡命日本时，作为横滨出版的《清议报》上的卷头画，从日本倒输入中国来的；还有一次是刻在汉朝墓石上的孔子见老子的画像。说起从这些图画上所得的孔夫子的模样的印象来，则这位先生是一位很瘦的老头子，身穿大袖口的长袍子，腰带上插着一把剑，或者腋下挟着一枝杖，然而从来不笑，非常威风凛凛的。假使在他的旁边侍坐，那就一定得把腰骨挺的笔直，经过两三点钟，就骨节酸痛，倘是平常人，大约总不免急于逃走的了。

后来我曾到山东旅行。在为道路的不平所苦的时候，忽然想到了我们的孔夫子。一想起那具有俨然道貌的圣人，先前便是坐着简陋的车子，颠颠簸簸，在这些地方奔忙的事来，颇有滑稽之感。这种感想，自然是不好的，要而言之，颇近于不敬，倘是孔子之徒，恐怕是决不应该发生的。但在那时候，怀着我似的不规矩的心情的青年，可是多得很。

我出世的时候是清朝的末年，孔夫子已经有了“大成至圣文宣王”这一个阔得可怕的头衔，不消说，正是圣道支配了全国的时代。政府对于读书的人们，使读一定的书，即四书和五经；使遵守一定的注释；使写一定的文章，即所谓“八股文”；并且使发一定的议论。然而这些千篇一律的儒者们，倘是四方的大地，那是很知道的，但一到圆形的地球，却什么也不知道，于是和四书上并无记载的法兰西和英吉利打仗而失败了。不知道为了觉得与其拜着孔夫子而死，倒不如保存自己们之为得计呢，还是为了什么。总而言之，这回是拼命尊孔的政府和官僚先就动摇起来，用官帑大翻起洋鬼子的书籍来了。属于科学上的古典之作的，则有侯失勒的《谈天》，雷侠儿的《地学浅释》，代那的《金石识别》[④]，到现在也还作为那时的遗物，间或躺在旧书铺子里。

然而一定有反动。清末之所谓儒者的结晶，也是代表的大学士徐桐氏出现了。他不但连算学也斥为洋鬼子的学问；他虽然承认世界上有法兰西和英吉利这些国度，但西班牙和葡萄牙的存在，是决不相信的，他主张这是法国和英国常常来讨利益，连自己也不好意思了，所以随便胡诌出来的国名。他又是一九〇〇年的有名的义和团的幕后的发动者，也是指挥者。但是义和团完全失败，徐桐氏也自杀了。政府就又以为外国的政治法律和学问技术颇有可取之处了。我的渴望到日本去留学，也就在那时候。达了目的，入学的地方，是嘉纳先生所设立的东京的弘文学院；在这里，三泽力太郎先生教我水是养气和轻气所合成，山内繁雄先生教我贝壳里的什么地方其名为“外套”。这是有一天的事情。学监大久保先生集合起大家来，说：因为你们都是孔子之徒，今天到御茶之水[5]的孔庙里去行礼罢！我大吃了一惊。现在还记得那时心里想，正因为绝望于孔夫子和他的之徒，所以到日本来的，然而又是拜么？一时觉得很奇怪。而且发生这样感觉的，我想决不止我一个人。

但是，孔夫子在本国的不遇，也并不是始于二十世纪的。孟子批评他为“圣之时者也”，倘翻成现代语，除了“摩登圣人”实在也没有别的法。为他自己计，这固然是没有危险的尊号，但也不是十分值得欢迎的头衔。不过在实际上，却也许并不这样子。孔夫子的做定了“摩登圣人”是死了以后的事，活着的时候却是颇吃苦头的。跑来跑去，虽然曾经贵为鲁国的警视总监[6]，而又立刻下野，失业了；并且为权臣所轻蔑，为野人所嘲弄，甚至于为暴民所包围，饿扁了肚子。弟子虽然收了三千名，中用的却只有七十二，然而真可以相信的又只有一个人。有一天，孔夫子愤慨道：“道不行，乘桴浮于海，从我者，其由与？”从这消极的打算上，就可以窥见那消息。然而连这一位由[7]，后来也因为和敌人战斗，被击断了冠缨，但真不愧为由呀，到这时候也还不忘记从夫子听来的教训，说道

“君子死，冠不免”，一面系着冠缨，一面被人砍成肉酱了。连唯一可信的弟子也已经失掉，孔子自然是非常悲痛的，据说他一听到这信息，就吩咐去倒掉厨房里的肉酱云。

孔夫子到死了以后，我以为可以说是运气比较的好一点。因为他不会噜苏了，种种的权势者便用种种的白粉给他来化妆，一直抬到吓人的高度。但比起后来输入的释迦牟尼来，却实在可怜得很。诚然，每一县固然都有圣庙即文庙，可是一副寂寞的冷落的样子，一般的庶民，是决不去参拜的，要去，则是佛寺，或者是神庙。若向老百姓们问孔夫子是什么人，他们自然回答是圣人，然而这不过是权势者的留声机。他们也敬惜字纸，然而这是因为倘不敬惜字纸，会遭雷殛的迷信的缘故；南京的夫子庙固然是热闹的地方，然而这是因为另有各种玩耍和茶店的缘故。虽说孔子作《春秋》而乱臣贼子惧，然而现在的人们，却几乎谁也不知道一个笔伐了的乱臣贼子的名字。说到乱臣贼子，大概以为是曹操，但那并非圣人所教，却是写了小说和剧本的无名作家所教的。

总而言之，孔夫子之在中国，是权势者们捧起来的，是那些权势者或想做权势者们的圣人，和一般的民众并无什么关系。然而对于圣庙，那些权势者也不过一时的热心。因为尊孔的时候已经怀着别样的目的，所以目的一达，这器具就无用，如果不达呢，那可更加无用了。在三四十年以前，凡有企图获得权势的人，就是希望做官的人，都是读“四书”和“五经”，做“八股”，别一些人就将这些书籍和文章，统名之为“敲门砖”。这就是说，文官考试一及第，这些东西也就同时被忘却，恰如敲门时所用的砖头一样，门一开，这砖头也就被抛掉了。孔子这人，其实是自从死了以后，也总是当着“敲门砖”的差使的。

一看最近的例子，就更加明白。从二十世纪的开始以来，孔夫子的运气是很坏的，但到袁世凯时代，却又被从新记得，不但恢复了祭典，还新做了古怪的祭服，使奉祀的人们穿起来。跟着这事而出现的便是帝制。然而那一道门终于没有敲开，袁氏在门外死掉了。余剩的是北洋军阀，当觉得渐近末路时，也用它来敲过另外的幸福之门。盘据着江苏和浙江，在路上随便砍杀百姓的孙传芳将军，一面复兴了投壶之礼；钻进山东，连自己也数不清金钱和兵丁和姨太太的数目了的张宗昌将军，则重刻了《十三经》，而且把圣道看作可以由肉体关系来传染的花柳病一样的东西，拿一个孔子后裔的谁来做了自己的女婿。然而幸福之门，却仍然对谁也没有开。

这三个人，都把孔夫子当作砖头用，但是时代不同了，所以都明明白白的失败了。岂但自己失败而已呢，还带累孔子也更加陷入了悲境。他们都是连字也不大认识的人物，然而偏要大谈什么《十三经》之类，所以使人们觉得滑稽；言行也太不一致了，就更加令人讨厌。既已厌恶和尚，恨及袈裟，而孔夫子之被利用为或一目的的器具，也从新看得格外清楚起来，于是要打倒他的欲望，也就越加旺盛。所以把孔子装饰得十分尊严时，就一定有找他缺点的论文和作品出现。即使是孔夫子，缺点总也有的，在平时谁也不理会，因为圣人也是人，本是可以原谅的。然而如果圣人之徒出来胡说一通，以为圣人是这样，是那样，所以你也非这样不可的话，人们可就禁不住要笑起来了。五六年前，曾经因为公演了《子见南子》[8]这剧本，引起过问题，在那个剧本里，有孔夫子登场，以圣人而论，固然不免略有欠稳重和呆头呆脑的地方，然而作为一个人，倒是可爱的好人物。但是圣裔们非常愤慨，把问题一直闹到官厅里去了。因为公演的地点，恰巧是孔夫子的故乡，在那地方，圣裔们繁殖得非常多，成着使释迦牟尼和苏格拉第都自愧弗如的特权阶级。然而，那也许又正是使那里的非圣裔的青年们，不禁特地要演

《子见南子》的原因罢。

中国的一般的民众，尤其是所谓愚民，虽称孔子为圣人，却不觉得他是圣人；对于他，是恭谨的，却不亲密。但我想，能像中国的愚民那样，懂得孔夫子的，恐怕世界上是再也没有的了。不错，孔夫子曾经计划过出色的治国的方法，但那都是为了治民众者，即权势者设想的方法，为民众本身的，却一点也没有。这就是“礼不下庶人”。成为权势者们的圣人，终于变了“敲门砖”，实在也叫不得冤枉。和民众并无关系，是不能说的，但倘说毫无亲密之处，我以为怕要算是非常客气的说法了。不去亲近那毫不亲密的圣人，正是当然的事，什么时候都可以，试去穿了破衣，赤着脚，走上大成殿去看看罢，恐怕会像误进上海的上等影戏院或者头等电车一样，立刻要受斥逐的。谁都知道这是大人老爷们的物事，虽是“愚民”，却还没有愚到这步田地的。

四月二十九日。

评注：

①本篇最初用日文写成，发表于1935年6月日本《改造》月刊；中译文发表于同年7月在东京出版的《杂文》月刊第2号，题为《孔夫子在现代中国》。后编入《且介亭杂文二集》。

②汤岛，东京的街名，建有日本最大的孔庙“汤岛圣堂”。

③勃兰特，易卜生剧本《勃兰特》的主人公。“全部，或全无”，是勃兰特信奉的哲学。

④侯失勒（F. W. Herchel，1792—1871），通译赫歇尔，英国天文学家、物理学家。其名著《谈天》今译《天文学纲要》。雷侠儿（C. Lyell，1797—1875），通译赖尔，英国地质学家，所著《地学浅释》今译《地质学基础》。代那（J. D. Dana，1813—1895），通译达纳，美国

地质学家、矿物学家。

⑤御茶之水，日本东京地名。

⑥警视总监，日本负责管理警察工作的最高长官。孔子曾一度任鲁国的司寇，掌管刑狱，故有此称。

⑦由，孔子的弟子仲由，即子路。

⑧《子见南子》，独幕剧，林语堂作，发表于1928年11月《奔流》第1卷第6期。“子见南子”，事见《论语·雍也》。

女吊[1]

大概是明末的王思任说的罢："会稽乃报仇雪耻之乡，非藏垢纳污之地！"这对于我们绍兴人很有光彩，我也很喜欢听到，或引用这两句话。但其实，是并不的确的；这地方，无论为那一样都可以用。

不过一般的绍兴人，并不像上海的"前进作家"那样憎恶报复，却也是事实。单就文艺而言，他们就在戏剧上创造了一个带复仇性的，比别的一切鬼魂更美，更强的鬼魂。这就是"女吊"。我以为绍兴有两种特色的鬼，一种是表现对于死的无可奈何，而且随随便便的"无常"[2]，我已经在《朝华夕拾》里得了绍介给全国读者的光荣了，这回就轮到别一种。

"女吊"也许是方言，翻成普通的白话，只好说是"女性的吊死鬼"。其实，在平时，说起"吊死鬼"，就已经含有"女性的"的意思的，因为投缳而死者，向来以妇人女子为最多。有一种蜘蛛，用一枝丝挂下自己的身体，悬在空中，《尔雅》上已谓之“蚬，缢女”，可见在周朝或汉朝，自经的已经大抵是女性了，所以那时不称它为男性的“缢夫”或中性的“缢者”。不过一到做“大戏”或“目连戏”[③]的时候，我们便能在看客的嘴里听到“女吊”的称呼。也叫作“吊神”。横死的鬼魂而得到“神”的尊号的，我还没有发见过第二位，则其受民众之爱戴也可想。但为什么这时独要称她“女吊”，呢？很容易解：因为在戏台上，也要有“男吊”出现了。

我所知道的是四十年前的绍兴，那时没有达官显宦，所以未闻有专门为人（堂会？）的演剧。凡做戏，总带着一点社戏性，供着神位，是看戏的主体，人们去看，不过叨光。但“大戏”或“目连戏”多所邀请的看客，范围可较广了，自然请神，而又请鬼，尤其是横死的怨鬼。所以仪式就更紧张，更严肃。一请怨鬼，仪式就格外紧张严肃，我觉得这道理是很有趣的。

也许我在别处已经写过。“大戏”和“目连”，虽然同是演给神，人，鬼看的戏文，但两者又很不同。不同之点：一在演员，前者是专门的戏子，后者则是临时集合的Amateur[④]——农民和工人；一在剧本，前者有许多种，后者却好歹总只演一本《目连救母记》。然而开场的“起殇”，中间的鬼魂时时出现，收场的好人升天，恶人落地狱，是两者都一样的。

当没有开场之前，就可看出这并非普通的社戏，为的是台两旁早已挂满了纸帽，就是高长虹之所谓“纸糊的假冠”，是给神道和鬼魂戴的。所以凡内行人，缓缓的吃过夜饭，喝过茶，闲闲而去，只要看挂着的帽子，就能知道什么鬼神已经出现。因为这戏开场较早，“起殇”在太阳落尽时候，所以饭后去看，一定是做了好一会了，但都不是精彩的部分。“起殇”者，绍兴人现已大抵误解为

“起丧”，以为就是召鬼，其实是专限于横死者的。《九歌》中的《国殇》云：“身既死兮神以灵，魂魄毅兮为鬼雄”，当然连战死者在内。明社垂绝，越人起义而死者不少，至清被称为叛贼，我们就这样的一同招待他们的英灵。在薄暮中，十几匹马，站在台下了；戏子扮好一个鬼王，蓝面鳞纹，手执钢叉，还得有十几名鬼卒，则普通的孩子都可以应募。我在十余岁时候，就曾经充过这样的义勇鬼，爬上台去，说明志愿，他们就给在脸上涂上几笔彩色，交付一柄钢叉。待到有十多人了，即一拥上马，疾驰到野外的许多无主孤坟之处，环绕三匝，下马大叫，将钢叉用力的连连刺在坟墓上，然后拔叉驰回，上了前台，一同大叫一声，将钢叉一掷，钉在台板上。我们的责任，这就算完结，洗脸下台，可以回家了，但倘被父母所知，往往不免挨一顿竹篠（这是绍兴打孩子的最普通的东西），一以罚其带着鬼气，二以贺其没有跌死，但我却幸而从来没有被觉察，也许是因为得了恶鬼保佑的缘故罢。

这一种仪式，就是说，种种孤魂厉鬼，已经跟着鬼王和鬼卒，前来和我们一同看戏了，但人们用不着担心，他们深知道理，这一夜决不丝毫作怪。于是戏文也接着开场，徐徐进行，人事之中，夹以出鬼：火烧鬼，淹死鬼，科场鬼（死在考场里的），虎伤鬼……孩子们也可以自由去扮，但这种没出息鬼，愿意去扮的并不多，看客也不将它当作一回事。一到“跳吊”时分——“跳”是动词，意义和“跳加官”[⑤]之“跳”同——情形的松紧可就大不相同了。台上吹起悲凉的喇叭来，中央的横梁上，原有一团布，也在这时放下，长约戏台高度的五分之二。看客们都屏着气，台上就闯出一个不穿衣裤，只有一条犊鼻裈，面施几笔粉墨的男人，他就是“男吊”。一登台，径奔悬布，像蜘蛛的死守着蛛丝，也如结网，在这上面钻，挂。他用布吊着各处：腰，胁，胯下，肘弯，腿弯，后项窝……一共七七四十九处。最后才是脖子，但是并不真套进去的，两手扳着布，将颈子一伸，就跳下，走掉了。这“男吊”最不易跳，演目连戏时，独有这一个脚色须特请专门的戏子。那时的老年人告诉我，这也是最危险的时候，因为也许会招出真的“男吊”来。所以后台上一定要扮一个王灵官，一手捏诀，一手执鞭，目不转睛的看着一面照见前台的镜子。倘镜中见有两个，那么，一个就是真鬼了，他得立刻跳出去，用鞭将假鬼打落台下。假鬼一落台，就该跑到河边，洗去粉墨，挤在人丛中看戏，然后慢慢的回家。倘打得慢，他就会在戏台上吊死；洗得慢，真鬼也还会认识，跟住他。这挤在人丛中看自己们所做的戏，就如要人下野而念佛，或出洋游历一样，也正是一种缺少不得的过渡仪式。

这之后，就是“跳女吊”。自然先有悲凉的喇叭；少顷，门幕一掀，她出场了。大红衫子，黑色长背心，长发蓬松，颈挂两条纸锭，垂头，垂手，弯弯曲曲的走一个全台，内行人说：这是走了一个“心”字。为什么要走“心”字呢？我不明白。我只知道她何以要穿红衫。看王充的《论衡》，知道汉朝的鬼的颜色是红的，但再看后来的文字和图画，却又并无一定颜色，而在戏文里，穿红的则只有这“吊神”。意思是很容易了然的；因为她投缳之际，准备作厉鬼以复仇，红色较有阳气，易于和生人相接近，……绍兴的妇女，至今还偶有搽粉穿红之后，这才上吊的，自然，自杀是卑怯的行为，鬼魂报仇更不合于科学，但那些都是愚妇人，连字也不认识，敢请“前进”的文学家和“战斗”的勇士们不要十分生气罢。我真怕你们要变呆鸟。

她将披着的头发向后一抖，人这才看清了脸孔：石灰一样白的圆脸，漆黑的浓眉，乌黑的眼眶，猩红的嘴唇。听说浙东的有几府的戏文里，吊神又拖着几寸长的假舌头，但在绍兴没有。不是我祖护故乡，我以为还是没有好；那么，比起现在将眼眶染成淡灰色的时式打扮来，可以说是更彻底，更可爱。不过下嘴角应该略略向上，使嘴巴成为三角形：这也不是丑模样。假使半夜之后，在薄暗中，远处隐约着一位这样的粉面朱唇，就是现在的我，也许会跑过去看看的，但自然，却未必就被诱惑得上吊。她两肩微耸，四顾，倾听，似惊，似喜，似怒，终于发出悲哀的声音，慢慢地唱道：

“奴奴本是杨家女[6]，

呵呀，苦呀，天哪！……”

下文我不知道了。就是这一句，也还是刚从克士[7]那里听来的。但那大略，是说后来去做童养媳，备受虐待，终于弄到投缳。唱完就听到远处的哭声，这也是一个女人，在衔冤悲泣，准备自杀。她万分惊喜，要去“讨替代”了，却不料突然跳出“男吊”来，主张应该他去讨。他们由争论而至动武，女的当然不敌，幸而王灵官虽然脸相并不漂亮，却是热烈的女权拥护家，就在危急之际出现，一鞭把男吊打死，放女的独去活动了。老年人告诉我说：古时候，是男女一样的要上吊的，自从王灵官打死了男吊神，才少有男人上吊；而且古时候，是身上有七七四十九处，都可以吊死的，自从王灵官打死了男吊神，致命处才只在脖子上。中国的鬼有些奇怪，好像是做鬼之后，也还是要死的，那时的名称，绍兴叫作“鬼里鬼”。但男吊既然早被王灵官打死，为什么现在“跳吊”，还会引出真的来呢？我不懂这道理，问问老年人，他们也讲说不明白。

而且中国的鬼还有一种坏脾气，就是“讨替代”，这才完全是利己主义：倘不然，是可以十分坦然的和他们相处的。习俗相沿，虽女吊不免，她有时也单是“讨替代”，忘记了复仇。绍兴煮饭，多用铁锅，烧的是柴或草，烟煤一厚，火力就不灵了，因此我们就带在地上看见刮下的锅煤。但一定是散乱的，凡村姑乡妇，谁也决不肯省些力，把锅子伏在地面上，团团一刮，使烟煤落成一个黑圈子。这是因为吊神诱人的圈套，就用煤圈炼成的缘故。散掉烟煤，正是消极的抵制，不过为的是反对“讨替代”，并非因为怕她去报仇。被压迫者即使没有报复的毒心，也决无被报复的恐惧，只有明明暗暗，吸血吃肉的凶手或其帮闲们，这才赠人以“犯而勿校”或“勿念旧恶”的格言，——我到今年，也愈加看透了这些人面东西的秘密。

九月十九—二十日。

评注：

①发表于1936年10月5日《中流》半月刊第1卷第3期。后编入《且介亭杂文末编》。

②“无常”，佛家语。这里借用民间传说，指的是“勾魂使者”。

③“大戏”和“目连戏”，均为绍兴的地方戏。

④Amateur，英语（源出拉丁语）中“业余”的意思，这里指业余演员或群众演员。

⑤“跳加官”，旧时戏曲演出中，当节日或喜庆时，外加一种单人或多人表演。表演者戴笑容面具（多为“加官脸”），穿红袍，手持写有“天官赐福”一类吉利话的条幅，边跳边向观众展示，称“跳加官”。

⑥杨家女，应为“良家女”。

⑦克士，周建人的笔名。周建人（1888—1984），字乔峰，作者的三弟。生物学家，社会活动家。

关于中国的两三件事[①]

一　关于中国的火

希腊人所用的火，听说是在一直先前，普洛美修斯从天上偷来的，但中国的却和它不同，是燧人氏自家所发见——或者该说是发明罢。因为并非偷儿，所以拴在山上，给老雕去啄的灾难是免掉了，然而也没有普洛美修斯那样的被传扬，被崇拜。

中国也有火神的。但那可不是燧人氏，而是随意放火的莫名其妙的东西。

自从燧人氏发见，或者发明了火以来，能够很有味的吃火锅，点起灯来，夜里也可以工作了，但是，真如先哲之所谓“有一利必有一弊”罢，同时也开始了火灾，故意点上火，烧掉那有巢氏所发明的巢的了不起的人物也出现了。

和善的燧人氏是该被忘却的。即使伤了食，这回是属于神农氏的领域了，所以那神农氏，至今还被人们所记得。至于火灾，虽然不知道那发明家究竟是什么人，但祖师总归是有的，于是没有法，只好漫称之曰火神，而献以敬畏。看他的画像，是红面孔，红胡须，不过祭祀的时候，却须避去一切红色的东西，而代之以绿色。他大约像西班牙的牛一样，一看见红色，便会亢奋起来，做出一种可怕的行动的。

他因此受着崇祀。在中国，这样的恶神还很多。

然而，在人世间，倒似乎因了他们而热闹。赛会也只有火神的，燧人氏的却没有。倘有火灾，则被灾的和邻近的没有被灾的人们，都要祭火神，以表感谢之意。被了灾还要来表感谢之意，虽然未免有些出于意外，但若不祭，据说是第二回还会烧，所以还是感谢了的安全。而且也不但对于火神，就是对于人，有时也一样的这么办，我想，大约也是礼仪的一种罢。

其实，放火，是很可怕的，然而比起烧饭来，却也许更有趣。外国的事情我不知道，若在中国，则无论查检怎样的历史，总寻不出烧饭和点灯的人们的列传来。在社会上，即使怎样的善于烧饭，善于点灯，也毫没有成为名人的希望。然而秦始皇一烧书，至今还俨然做着名人，至于引为希特拉烧书事件的先例。假使希特拉太太善于开电灯，烤面包罢，那么，要在历史上寻一点先例，恐怕可就难了。但是，幸而那样的事，是不会哄动一世的。

烧掉房子的事，据宋人的笔记说，是开始于蒙古人的。因为他们住着帐篷，不知道住房子，所以就一路的放火。然而，这是诳话。蒙古人中，懂得汉文的很少，所以不来更正的。其实，秦的末年就有着放火的名人项羽在，一烧阿房宫，便天下闻名，至今还会在戏台上出现，连在日本也很有名。然而，在未烧以前的阿房宫里每天点灯的人们，又有谁知道他们的名姓呢？

现在是爆裂弹呀，烧夷弹呀之类的东西已经做出，加以飞机也很进步，如果要做名人，就更加容易了。而且如果放火比先前放得大，那么，那人就也更加受尊敬，从远处看去，恰如救世主一样，而那火光，便令人以为是光明。

二　关于中国的王道

在前年，曾经拜读过中里介山[②]氏的大作《给支那及支那国民的信》。只记得那里面说，周汉都有着侵略者的资质。而支那人都讴歌他，欢迎他了。连对于朔北的元和清，也加以讴歌了。只要那侵略，有着安定国家之力，保护民生之实，那便是支那人民所渴望的王道，于是对于支那人的执迷不悟之点，愤慨得非常。

那“信”，在满洲出版的杂志上，是被译载了的，但因为未曾输入中国，所以像是回信的东西，至今一篇也没有见。只在去年的上海报上所载的胡适博士的谈话里，有的说，“只有一个方法可以征服中国，即彻底停止侵略，反过来征服中国民族的心”。不消说，那不过是偶然的，但也有些令人觉得好像是对于那信的答复。

征服中国民族的心，这是胡适博士给中国之所谓王道所下的定义，然而我想，他自己恐怕也未必相信自己的话的罢。在中国，其实是彻底的未曾有过王道，“有历史癖和考据癖”的胡博士，该是不至于不知道的。

不错，中国也有过讴歌了元和清的人们，但那是感谢火神之类，并非连心也全被征服了的证据。如果给与一个暗示，说是倘不讴歌，便将更加虐待，那么，即使加以或一程度的虐待也还可以使人们来讴歌。四五年前，我曾经加盟于一个要求自由的团体[3]，而那时的上海教育局长陈德征氏勃然大怒道，在三民主义的统治之下，还觉得不满么？那可连现在所给与着的一点自由也要收起了。而且，真的是收起了的。每当感到比先前更不自由的时候，我一面佩服着陈氏的精通王道的学识，一面有时也不免想，真该是讴歌三民主义的。然而，现在是已经太晚了。

在中国的王道，看去虽然好像是和霸道对立的东西，其实却是兄弟，这之前和之后，一定要有霸道跑来的。人民之所讴歌，就为了希望霸道的减轻，或者不更加重的缘故。

汉的高祖，据历史家说，是龙种，但其实是无赖出身，说是侵略者，恐怕有些不对的。至于周的武王，则以征伐之名入中国，加以和殷似乎连民族也不同，用现代的话来说，那可是侵略者。然而那时的民众的声音，现在已经没有留存了。孔子和孟子确曾大大的宣传过那王道，但先生们不但是周朝的臣民而已，并且周游历国，有所活动，所以恐怕是为了想做官也难说。说得好看一点，就是因为要“行道”，倘做了官，于行道就较为便当，而要做官，则不如称赞周朝之为便当的。然而，看起别的记载来，却虽是那王道的祖师而且专家的周朝，当讨伐之初，也有伯夷和叔齐扣马而谏，非拖开不可；纣的军队也加反抗，非使他们的血流到漂杵不可。接着是殷民又造了反，虽然特别称之曰“顽民”，从王道天下的人民中除开，但总之，似乎究竟有了一种什么破绽似的。好个王道，只消一个顽民，便将它弄得毫无根据了。

儒士和方士，是中国特产的名物。方士的最高理想是仙道，儒士的便是王道。但可惜的是这两件在中国终于都没有。据长久的历史上的事实所证明，则倘说先前曾有真的王道者是妄言，说现在还有者，是新药。孟子生于周季，所以以谈霸道为羞，倘使生于今日，则跟着人类的智识范围的展开，怕要羞谈王道的罢。

三　关于中国的监狱

我想，人们是的确由事实而从新省悟，而事情又由此发生变化的。从宋朝到清朝的末年，许多年间，专以代圣贤立言的“制艺”[4]这一种烦难的文章取士，到得和法国打了败仗[5]，这才省悟了这方法的错误。于是派留学生到西洋，开设兵器制造局，作为那改正的手段。省悟到这还不够，是在和日本打了败仗[6]之后，这回是竭力开起学校来。于是学生们年年大闹了。从清朝倒掉，国民党掌握政权的时候起，才又省悟了这错误，作为那改正的手段的，是除了大造监狱之外，什么也没有了。

在中国，国粹式的监狱，是早已各处都有的，到清末，就也造了一点西洋式，即所谓文明式的监狱。那是为了示给旅行到此的外国人而建造，应该与为了和外国人好互相应酬，特地派出去，学些文明人的礼节的留学生，属于同一种类的。托了这福，犯人的待遇也还好，给洗澡，也给一定分量的饭吃，所以倒是颇为幸福的地方。但是，就在两三礼拜前，政府因为要行仁政了，还发过一个不准克扣囚粮的命令。从此以后，可更加幸福了。

至于旧式的监狱，则因为好像是取法于佛教的地狱的，所以不但禁锢犯人，此外还有给他吃苦的职掌。挤取金钱，使犯人的家属穷到透顶的职掌，有时也会兼带的。但大家都以为应该。如果有谁反对罢，那就等于替犯人说话，便要受恶党的嫌疑。然而文明是出奇的进步了，所以去年也有了提倡每年该放犯人回家一趟，给以解决性欲的机会的，颇是人道主义气味之说的官吏[7]。其实，他也并非对于犯人的性欲，特别表着同情，不过因为总不愁竟会实行的，所以也就高声嚷一下，以见自己的作为官吏的存在。然而舆论颇为沸腾了。有一位批评家，还以为这么一来，大家便要不怕牢监，高高兴兴的进去了，很为世道人心愤慨了一下[⑧]。受了所谓圣贤之教那么久，竟还没有那位官吏的圆滑，固然也令人觉得诚实可靠，然而他的意见，是以为对于犯人，非加虐待不可，却也因此可见了。

从别一条路想，监狱确也并非没有不像以“安全第一”为标语的人们的理想乡的地方。火灾极少，偷儿不来，土匪也一定不来抢。即使打仗，也决没有以监狱为目标，施行轰炸的傻子；即使革命，有释放囚犯的例，而加以屠戮的是没有的。当福建独立之初，虽有说是释放犯人，而一到外面，和他们自己意见不同的人们倒反而失踪了的谣言，然而这样的例子，以前是未曾有过的。总而言之，似乎也并非很坏的处所。只要准带家眷，则即使不是现在似的大水，饥荒，战争，恐怖的时候，请求搬进去住的人们，也未必一定没有的。于是虐待就成为必不可少了。

牛兰夫妇[⑨]，作为赤化宣传者而关在南京的监狱里，也绝食了三四回了，可是什么效力也没有。这是因为他不知道中国的监狱的精神的缘故。有一位官员诧异的说过：他自己不吃，和别人有什么关系呢？岂但和仁政并无关系而已呢，省些食料，倒是于监狱有益的。甘地[⑩]的把戏，倘不挑选兴行场[⑪]，就毫无成效了。

然而，在这样的近于完美的监狱里，却还剩着一种缺点。至今为止，对于思想上的事，都没有很留心。为要弥补这缺点，是在近来新发明的叫作“反省院”的特种监狱里，施着教育。我还没有到那里面去反省过，所以并不知道详情，但要而言之，好像是将三民主义时时讲给犯人听，使他反省着自己的错误。听人说，此外还得做排击共产主义的论文。如果不肯做，或者不能做，那自然，非终身反省不可了，而做得不够格，也还是非反省到死则不可。现在是进去的也有，出来的也有，因为听说还得添造反省院，可见还是进去的多了。考完放出的良民，偶尔也可以遇见，但仿佛大抵是萎靡不振，恐怕是在反省和毕业论文上，将力气使尽了罢。那前途，是在没有希望这一面的。

评注：

①本篇原用日文写作，最初发表于1934年3月号东京《改造》月刊。后由作者译为中文，编入《且介亭杂文》。

②中里介山（1885—1944），日本通俗小说家。

③要求自由的团体，指中国自由运动大同盟。1930年2月成立于上海，鲁迅、郁达夫等列名为发起人。

④“制艺”，也称制义。科举考试制度所规定的文体，所谓应制文章。在明清两代，一般指八股文。

⑤和法国打了败仗，指1884年至1885年的中法战争。

⑥和日本打了败仗，指1894年至1895年的中日战争（甲午战争）。

⑦1933年4月4日《申报》“南京专电”：“司法界等要人谈……壮年犯之性欲问题，依照理论，人民犯罪，失去自由，而性欲不在剥夺之列，欧美文明国家，定有犯人假期……每年得请假返家五天或七天，解决其性欲。”

⑧1933年8月20日《十日谈》第2期全载郭明（邵洵美）的《自由监狱》一文，其中说：“最近司法当局复有关于囚犯性欲问题之讨论……本来，囚禁制度……是国家给予犯罪者一个自首而改过的机会……监狱痛苦尽人皆知，不法犯罪，乃自讨苦吃，百姓既有戒心，或者可以不敢犯法；对付小人，此亦天机一条也。”

⑨牛兰（1894—1963），本名雅科夫·马特维耶维奇·卢民克，牛兰是他在中国所用的化名之一。生于乌克兰，苏联契卡（克格勃的前身）工作人员。1927年11月受共产国际派遣来华从事秘密活动。1931年6月15日，牛兰夫妇在上海被捕，8月押至南京，次年7月以“危害民国”罪受审。宋庆龄、杨杏佛、沈钧儒等曾组织“牛兰夫妇营救委员会”进行营

救，未果，直至1937年8月日军占领南京前不久出狱。

⑩甘地（1869—1948），印度民族独立运动领袖，被尊为圣雄。主张“非暴力抵抗”，倡导对英国殖民政府的“不合作运动。”1948年为印度极右分子刺死。

⑪兴行场，日语，即戏场。

《呐喊》自序①

我在年青时候也曾经做过许多梦，后来大半忘却了，但自己也并不以为可惜。所谓回忆者，虽说可以使人欢欣，有时也不免使人寂寞，使精神的丝缕还牵着已逝的寂寞的时光，又有什么意味呢，而我偏苦于不能全忘却，这不能全忘的一部分，到现在便成了《呐喊》的来由。

我有四年多，曾经常常，——几乎是每天，出入于质铺和药店里，年纪可是忘却了，总之是药店的柜台正和我一样高，质铺的是比我高一倍，我从一倍高的柜台外送上衣服或首饰去，在侮蔑里接了钱，再到一样高的柜台上给我久病的父亲去买药。回家之后，又须忙别的事了，因为开方的医生是最有名的，以此所用的药引也奇特：冬天的芦根，经霜三年的甘蔗，蟋蟀要原对的，结子的平地木，……多不是容易办到的东西。然而我的父亲终于日重一日的亡故了。

有谁从小康人家而坠入困顿的么，我以为在这途路中，大概可以看见世人的真面目；我要到N进K学堂去了，仿佛是想走异路，逃异地，去寻求别样的人们。我的母亲没有法，办了八元的川资，说是由我的自便；然而伊[②]哭了，这正是情理中的事，因为那时读书应试是正路，所谓学洋务[③]，社会上便以为是一种走投无路的人，只得将灵魂卖给鬼子，要加倍的奚落而且排斥的，而况伊又看不见自己的儿子了。然而我也顾不得这些事，终于到N去进了K学堂了，在这学堂里，我才知道世上还有所谓格致[④]，算学，地理，历史，绘图和体操。生理学并不教，但我们却看到些木版的《全体新论》和《化学卫生沦》之类了。我还记得先前的医生的议论和方药，和现在所知道的比较起来，便渐渐的悟得中医不过是一种有意的或无意的骗子，同时又很起了对于被骗的病人和他的家族的同情；而且从译出的历史上，又知道了日本维新是大半发端于西方医学的事实。

因为这些幼稚的知识，后来便使我的学籍列在日本一个乡间的医学专门学校里了。我的梦很美满，预备卒业回来，救治像我父亲似的被误的病人的疾苦，战争时候便去当军医，一面又促进了国人对于维新的信仰。我已不知道教授微生物学的方法，现在又有了怎样的进步了，总之那时是用了电影，来显示微生物的形状的，因此有时讲义的一段落已完，而时间还没有到，教师便映些风景或时事的画片给学生看，以用去这多余的光阴。其时正当日俄战争的时候，关于战事的画片自然也就比较的多了，我在这一个讲堂中，便须常常随喜我那同学们的拍手和喝彩。有一回，我竟在画片上忽然会见我久违的许多中国人了，一个绑在中间，许多站在左右，一样是强壮的体格，而显出麻木的神情。据解说，则绑着的是替俄国做了军事上的侦探，正要被日军砍下头颅来示众，而围着的便是来赏鉴这示众的盛举的人们。

这一学年没有完毕，我已经到了东京了，因为从那一回以后，我便觉得医学并非一件紧要事，凡是愚弱的国民，即使体格如何健全，如何茁壮，也只能做毫无意义的示众的材料和看客，病死多少是不必以为不幸的。所以我们的第一要著，是在改变他们的精神，而善于改变精神的是，我那时以为当然要推文艺，于是想提倡文艺运动了。在东京的留学生很有学法政理化以至警察工业的，但没有人治文学和美术；可是在冷淡的空气中，也幸而寻到几个同志了，此外又邀集了必须的几个人，商量之后，第一步当然是出杂志，名目是取“新的生命”的意思，因为我们那时大抵带些复古的倾向，所以只谓之《新生》。

《新生》的出版之期接近了，但最先就隐去了若干担当文字的人，接着又逃走了资本，结果只剩下不名一钱的三个人。创始时候既已背时，失败时候当然无可告语，而其后却连这三个人也都为各自的命运所驱策，不能在一处纵谈将来的好梦了，这就是我们的并未产生的《新生》的结局。

我感到未尝经验的无聊，是自此以后的事。我当初是不知其所以然的；后来想，凡有一人的主张，得了赞和，是促其前进的，得了反对，是促其奋斗的，独有叫喊于生人中，而生人并无反应，既非赞同，也无反对，如置身毫无边际的荒原，无可措手的了，这是怎样的悲哀呵，我于是以我所感到者为寂寞。

这寂寞又一天一天的长大起来，如大毒蛇，缠住了我的灵魂了。

然而我虽然自有无端的悲哀，却也并不愤懑，因为这经验使我反省，看见自己了：就是我决不是一个振臂一呼应者云集的英雄。

只是我自己的寂寞是不可不驱除的，因为这于我太痛苦。我于是用了种种法，来麻醉自己的灵魂，使我沉入于国民中，使我回到古代去，后来也亲历或旁观过几样更寂寞更悲哀的事，都为我所不愿追怀，甘心使他们和我的脑一同消灭在泥土里的，但我的麻醉法却也似乎已经奏了功，再没有青年时候的慷慨激昂的意思了。

S会馆里有三间屋，相传是往昔曾在院子里的槐树上缢死过一个女人的，现在槐树已经高不可攀了，而这屋还没有人住；许多年，我便寓在这屋里钞古碑。客中少有人来，古碑中也遇不到什么问题和主义，而我的生命却居然暗暗的消去了，这也就是我惟一的愿望。夏夜，蚊子多了，便摇着蒲扇坐在槐树下，从密叶缝里看那一点一点的青天，晚出的槐蚕又每每冰冷的落在头颈上。

那时偶或来谈的是一个老朋友金心异[5]，将手提的大皮夹放在破桌上，脱下长衫，对面坐下了，因为怕狗，似乎心房还在怦怦的跳动。

“你钞了这些有什么用？”有一夜，他翻着我那古碑的钞本，发了研究的质问了。

“没有什么用。”

“那么，你钞他是什么意思呢？”

“没有什么意思。”

“我想，你可以做点文章……”

我懂得他的意思了，他们正办《新青年》，然而那时仿佛不特没有人来赞同，并且也还没有人来反对，我想，他们许是感到寂寞了，但是说：

“假如一间铁屋子，是绝无窗户而万难破毁的，里面有许多熟睡的人们，不久都要闷死了，然而是从昏睡入死灭，并不感到就死的悲哀。现在你大嚷起来，惊起了较为清醒的几个人，使这不幸的少数者来受无可挽救的临终的苦楚，你倒以为对得起他们么？”

“然而几个人既然起来，你不能说决没有毁坏这铁屋的希望。”

是的，我虽然自有我的确信，然而说到希望，却是不能抹杀的，因为希望是在于将来，决不能以我之必无的证明，来折服了他之所谓可有，于是我终于答应他也做文章了，这便是最初的一篇《狂人日记》。从此以后，便一发而不可收，每写些小说模样的文章，以敷衍朋友们的嘱托，积久就有了十余篇。

在我自己，本以为现在是已经并非一个切迫而不能已于言的人了，但或者也还未能忘怀于当日自己的寂寞的悲哀罢，所以有时候仍不免呐喊几声，聊以慰藉那在寂寞里奔驰的猛士，使他不惮于前驱。至于我的喊声是勇猛或是悲哀，是可憎或是可笑，那倒是不暇顾及的；但既然是呐喊，则当然须听将令的了，所以我往往不恤用了曲笔，在《药》的瑜儿的坟上平空添上一个花环，在《明天》里也不叙单四嫂子竟没有做到看见儿子的梦，因为那时的主将是不主张消极的。至于自己，却也并不愿将自以为苦的寂寞，再来传染给也如我那年青时候似的正做着好梦的青年。

这样说来，我的小说和艺术的距离之远，也就可想而知了，然而到今日还能蒙着小说的名，甚而至于且有成集的机会，无论如何总不能不说是一件侥幸的事，但侥幸虽使我不安于心，而悬揣人间暂时还有读者，则究竟也仍然是高兴的。

所以我竟将我的短篇小说结集起来，而且付印了，又因为上面所说的缘由，便称之为《呐喊》。

一九二二年十二月三日，鲁迅记于北京。

评注：

①本篇在编集前，曾发表于1923年8月21日北京《晨报·文学旬刊》。

②伊，女性第三人称，即她。

③学洋务，清朝末年，当权派李鸿章、张之洞等人推行“洋务运动”，设立学堂，教习相关文化知识。在这类学堂里，学习“西学”，即所谓“学洋务”。

④格致，格（推究）物致知的简称。清末以格致统称物理、化学等学科。

⑤金心异，指钱玄同（1887—1939），学者，浙江吴兴人。五四时参加新文化运动，是《新青年》编者之一。

写在《坟》后面[①]

在听到我的杂文已经印成一半的消息的时候，我曾经写了几行题记，寄往北京去。当时想到便写，写完便寄，到现在还不满二十天，早已记不清说了些什么了。今夜周围是这么寂静，屋后面的山脚下腾起野烧的微光；南普陀寺还在做牵丝傀儡戏，时时传来锣鼓声，每一间隔中，就更加显得寂静。电灯自然是辉煌着，但不知怎地忽有淡淡的哀愁来袭击我的心，我似乎有些后悔印行我的杂文了。我很奇怪我的后悔；这在我是不大遇到的，到如今，我还没有深知道所谓悔者究竟是怎么一回事。但这心情也随即逝去，杂文当然仍在印行，只为想驱逐自己目下的哀愁，我还要说几句话。

记得先已说过：这不过是我的生活中的一点陈迹。如果我的过往，也可以算作生活，那么，也就可以说，我也曾工作过了。但我并无喷泉一般的思想，伟大华美的文章，既没有主义要宣传，也不想发起一种什么运动。不过我曾经尝得，失望无论大小，是一种苦味，所以几年以来，有人希望我动动笔的，只要意见不很相反，我的力量能够支撑，就总要勉力写几句东西，给来者一些极微末的欢喜。人生多苦辛，而人们有时却极容易得到安慰，又何必惜一点笔墨，给多尝些孤独的悲哀呢？于是除小说杂感之外，逐渐又有了长长短短的杂文十多篇。其间自然也有为卖钱而作的，这回就都混在一处。我的生命的一部分，就这样地用去了，也就是做了这样的工作。然而我至今终于不明白我一向是在做什么。比方做土工的罢，做着做着，而不明白是在筑台呢还在掘坑。所知道的是即使是筑台，也无非要将自己从那上面跌下来或者显示老死；倘是掘坑，那就当然不过是埋掉自己。总之：逝去，逝去，一切一切，和光阴一同早逝去，在逝去，要逝去了。——不过如此，但也为我所十分甘愿的。

然而这大约也不过是一句话。当呼吸还在时，只要是自己的，我有时却也喜欢将陈迹收存起来，明知不值一文，总不能绝无眷恋，集杂文而名之曰《坟》，究竟还是一种取巧的掩饰。刘伶喝得酒气熏天，使人荷锸跟在后面，道：死便埋我。虽然自以为放达，其实是只能骗骗极端老实人的。

所以这书的印行，在自己就是这么一回事。至于对别人，记得在先也已说过，还有愿使偏爱我的文字的主顾得到一点喜欢；憎恶我的文字的东西得到一点呕吐，——我自己知道，我并不大度，那些东西因我的文字而呕吐，我也很高兴的。别的就什么意思也没有了。倘若硬要说出好处来，那么，其中所介绍的几个诗人的事，或者还不妨一看；最末的论“费厄泼赖”这一篇，也许可供参考罢，因为这虽然不是我的血所写，却是见了我的同辈和比我年幼的青年们的血而写的。

偏爱我的作品的读者，有时批评说，我的文字是说真话的。这其实是过誉，那原因就因为他偏爱。我自然不想太欺骗人，但也未尝将心里的话照样说尽，大约只要看得可以交卷就算完。我的确时时解剖别人，然而更多的是更无情面地解剖我自己，发表一点，酷爱温暖的人物已经觉得冷酷了，如果全露出我的血肉来，末路正不知要到怎样。我有时也想就此驱除旁人，到那时还不唾弃我的，即使是枭蛇鬼怪，也是我的朋友，这才真是我的朋友。倘使并这个也没有，则就是我一个人也行。但现在我并不。因为，我还没有这样勇敢，那原因就是我还想生活，在这社会里。还有一种小缘故，先前也曾屡次声明就是偏要使所谓正人君子也者之流多不舒服几天，所以自己便特地留几片铁甲在身上，站着，给他们的世界上多有一点缺陷，到我自己厌倦了，要脱掉了的时候为止。

倘说为别人引路，那就更不容易了，因为连我自己还不明白应当怎么走。中国大概很有些青年的“前辈”和“导师”罢，但那不是我，我也不相信他们。我只很确切地知道一个终点，就是：坟。然而这是大家都知道的，无须谁指引。问题是在从此到那的道路。那当然不只一条，我可正不知那一条好，虽然至今有时也还在寻求。在寻求中，我就怕我未熟的果实偏偏毒死了偏爱我的果实的人，而憎恨我的东西如所谓正人君子也者偏偏都矍铄，所以我说话常不免含胡，中止，心里想：对于偏爱我的读者的赠献，或者最好倒不如是一个“无所有”。我的译著的印本，最初，印一次是一千，后来加五百，近时是二千至四千，每一增加，我自然是愿意的，因为能赚钱，但也伴着哀愁，怕于读者有害，因此作文就时常更谨慎，更踌躇。有人以为我信笔写来，直抒胸臆，其实是不尽然的，我的顾忌并不少。我自己早知道毕竟不是什么战士了，而且也不能算前驱，就有这么多的顾忌和回忆。还记得三四年前，有一个学生来买我的书，从衣袋里掏出钱来放在我手里，那钱上还带着体温。这体温便烙印了我的心，至今要写文字时，还常使我怕毒害了这类的青年，迟疑不敢下笔。我毫无顾忌地说话的日子，恐怕要未必有了罢。但也偶尔想，其实倒还是毫无顾忌地说话，对得起这样的青年。但至今也还没有决心这样做。

今天所要说的话也不过是这些，然而比较的却可以算得真实。此外，还有一点余文。

记得初提倡白话的时候，是得到各方面剧烈的攻击的。后来白话渐渐通行了，势不可遏，有些人便一转而引为自己之功，美其名曰“新文化运动”。又有些人便主张白话不妨作通俗之用；又有些人却道白话要做得好，仍须看古书。前一类早已二次转舵，又反过来嘲骂“新文化”了；后二类是不得已的调和派，只希图多留几天僵尸，到现在还不少。我曾在杂感上掊击过的。

新近看见一种上海出版的期刊，也说起要做好白话须读好古文，而举例为证的人名中，其一却是我。这实在使我打了一个寒噤。别人我不论，若是自己，则曾经看过许多旧书，是的确的，为了教书，至今也还在看。因此耳濡目染，影响到所做的白话上，常不免流露出它的字句，体格来。但自己却正苦于背了这些古老的鬼魂，摆脱不开，时常感到一种使人气闷的沉重。就是思想上，也何尝不中些庄周韩非的毒，时而很随便，时而很峻急。孔孟的书我读得最早，最熟，然而倒似乎和我不相干。大半也因为懒惰罢，往往自己宽解，以为一切事物，在转变中，是总有多少中间物的。动植之间，无脊椎和脊椎动物之间，都有中间物；或者简直可以说，在进化的链子上，一切都是中间物。当开首改革文章的时候，有几个不三不四的作者，是当然的，只能这样，也需要这样。他的任务，是在有些警觉之后，喊出一种新声；又因为从旧垒中来，情形看得较为分明，反戈一击，易制强敌的死命。但仍应该和光阴偕逝，逐渐消亡，至多不过是桥梁中的一木一石，并非什么前途的目标，范本。跟着起来便该不同了，倘非天纵之圣，积习当然也不能顿然荡除，但总得更有新气象。以文字论，就不必更在旧书里讨生活，却将活人的唇舌作为源泉，使文章更加接近语言，更加有生气。至于对于现在人民的语言的穷乏欠缺，如何救济，使他丰富起来，那也是一个很大的问题，或者也须在旧文中取得若干资料，以供使役，但这并不在我现在所要说的范围以内，姑且不论。

我以为我倘十分努力，大概也还能够博采口语，来改革我的文章。但因为懒而且忙，至今没有做。我常疑心这和读了古书很有些关系，因为我觉得古人写在书上的可恶思想，我的心里也常有，能否忽而奋勉，是毫无把握的。我常常诅咒我的这思想，也希望不再见于后来的青年。去年我主张青年少读，或者简直不读中国书，乃是用许多苦痛换来的真话，决不是聊且快意，或什么玩笑，愤激之辞。古人说，不读书便成愚人，那自然也不错的。然而世界却正由愚人造成，聪明人决不能支持世界，尤其是中国的聪明人。现在呢，思想上且不说，便是文辞，许多青年作者又在古文，诗词中摘些好看而难懂的字面，作为变戏法的手巾，来装潢自己的作品了。我不知这和劝读古文说可有相关，但正在复古，也就是新文艺的试行自杀，是显而易见的。

不幸我的古文和白话合成的杂集，又恰在此时出版了，也许又要给读者若干毒害。只是在自己，却还不能毅然决然将他毁灭，还想借此暂时看看逝去的生活的余痕。惟愿偏爱我的作品的读者也不过将这当作一种纪念，知道这小小的丘陇中，无非埋着曾经活过的躯壳。待再经若干岁月，又当化为烟埃，并纪念也从人间消去，而我的事也就完毕了。上午也正在看古文，记起了几句陆士衡的吊曹孟德文，便拉来给我的这一篇作结——

既晞古以遗累，信简礼而薄葬。

彼裘绂于何有，贻尘谤于后王。

嗟大恋之所存，故虽哲而不忘。

览遗籍以慷慨，献兹文而凄伤！

一千九百二十六，一一，一一，夜。鲁迅。

评注：

①编集前，本篇未曾单独发表过。

答有恒先生[1]

有恒[2]先生：

你的许多话，今天在《北新》上看见了。我感谢你对于我的希望和好意，这是我看得出来的。现在我想简略地奉答几句，并以寄和你意见相仿的诸位。

我很闲，决不至于连写字工夫都没有。但我的不发议论，是很久了，还是去年夏天决定的，我豫定的沉默期间是两年。我看得时光不大重要，有时往往将它当作儿戏。

但现在沉默的原因，却不是先前决定的原因，因为我离开厦门的时候，思想已经有些改变。这种变迁的径路，说起来太烦，姑且略掉罢，我希望自己将来或者会发表。单就近时而言，则大原因之一，是：我恐怖了。而且这种恐怖，我觉得从来没有经验过。

我至今还没有将这“恐怖”仔细分析。姑且说一两种我自己已经诊察明白的，则：

一，我的一种妄想破灭了。我至今为止，时时有一种乐观，以为压迫，杀戮青年的，大概是老人。这种老人渐渐死去，中国总可比较地有生气。现在我知道不然了，杀戮青年的，似乎倒大概是青年，而且对于别个的不能再造的生命和青春，更无顾惜。如果对于动物，也要算“暴殄天物”。我尤其怕看的是胜利者的得意之笔：“用斧劈死”呀，……“乱枪刺死”呀……。我其实并不是急进的改革论者，我没有反对过死刑。但对于凌迟和灭族，我曾表示过十分的憎恶和悲痛，我以为二十世纪的人群中是不应该有的。斧劈枪刺，自然不说是凌迟，但我们不能用一粒子弹打在他后脑上么？结果是一样的，对方的死亡。但事实是事实，血的游戏已经开头，而角色又是青年，并且有得意之色。我现在已经看不见这出戏的收场。

二，我发见了我自己是一个……。是什么呢？我一时定不出名目来。我曾经说过：中国历来是排着吃人的筵宴，有吃的，有被吃的。被吃的也曾吃人，正吃的也会被吃。但我现在发见了，我自己也帮助着排筵宴。先生，你是看我的作品的，我现在发一个问题：看了之后，使你麻木，还是使你清楚；使你昏沉，还是使你活泼？倘所觉的是后者，那我的自己裁判，便证实大半了。中国的筵席上有一种“醉虾[3]”，虾越鲜活，吃的人便越高兴，越畅快。我就是做这醉虾的帮手，弄清了老实而不幸的青年的脑子和弄敏了他的感觉，使他万一遭灾时来尝加倍的苦痛，同时给憎恶他的人们赏玩这较灵的苦痛，得到格外的享乐。我有一种设想，以为无论讨赤军，讨革军，倘捕到敌党的有智识的如学生之类，一定特别加刑，甚于劝工人或其他无智识者。为什么呢，因为他可以看见更锐敏微细的痛苦的表情，得到特别的愉快。倘我的假设是不错的，那么，我的自己裁判，便完全证实了。

所以，我终于觉得无话可说。

倘若再和陈源教授之流开玩笑罢，那是容易的，我昨天就写了一点。然而无聊，我觉得他们不成什么问题。他们其实至多也不过吃半只虾或呷几口醉虾的醋。况且听说他们已经别离了最佩服的“孤桐先生”[4]，而到青天白日旗下来革命了。我想，只要青天白日旗插远去，恐怕“孤桐先生”也会来革命的。不成问题了，都革命了，浩浩荡荡。

问题倒在我自己的落伍。还有一点小事情。就是，我先前的弄“刀笔”的罚，现在似乎降下来了。种牡丹者得花，种蒺藜者得刺，这是应该的，我毫无怨恨。但不平的是这罚仿佛太重一点，还有悲哀的是带累了几个同事和学生。

他们什么罪孽呢，就因为常常和我往来，并不说我坏。凡如此的，现在就要被称为“鲁迅党”或“语丝派”，这是“研究系”和“现代派”宣传的一个大成功。所以近一年来，鲁迅已以被“投诸四裔”为原则了。不说不知道，我在厦门的时候，后来是被搬在一所四无邻居的大洋楼上了，陪我的都是书，深夜还听到楼下野兽“唔唔”地叫。但我是不怕冷静的，况且还有学生来谈谈。然而来了第二下的打击：三个椅子要搬去两个，说是什么先生的少爷已到，要去用了。这时我实在很气愤，便问他：倘若他的孙少爷也到，我就得坐在楼板上么？不行！没有搬去，然而来了第三下的打击，一个教授[5]微笑道：又发名士脾气了。厦门的天条，似乎是名士才能有多于一个的椅子的。“又”者，所以形容我常发名士脾气也，《春秋》笔法[6]，先生，你大概明白的罢。还有第四下的打击，那是我临走的时候了，有人说我之所以走，一因为没有酒喝，二因为看见别人的家眷来了，心里不舒服。这还是根据那一次的“名士脾气”的。

这不过随便想到一件小事。但，即此一端，你也就可以原谅我吓得不敢开口之情有可原了罢。我知道你是不希望我做醉虾的。我再斗下去，也许会“身心交病”。然而。“身心交病”，又会被人嘲笑的。自然，这些都不要紧。但我何苦呢，做醉虾？

不过我这回最侥幸的是终于没有被做成为共产党。曾经有一位青年，想以独秀办《新青年》，而我在那里做过文章这一件事，来证成我是共产党。但即被别一位青年推翻了，他知道那时连独秀也还未讲共产。退一步，“亲共派”罢，终于也没有弄成功。倘我一出中山大学即离广州，我想，是要被排进去的；但我不走，所以报上“逃走了”“到汉口去了”的闹了一通之后，倒也没有事了。天下究竟还有光明，没有人说我有“分身法”。现在是，似乎没有什么头衔了，但据“现代派”说，我是“语丝派的首领”。这和生命大约并无什么直接关系，或者倒不大要紧的，只要他们没有第二下。倘如“主角”唐有壬似的又说什么“墨斯科的命令”，那可就又有些不妙了。

笔一滑，话说远了，赶紧回到“落伍”问题去。我想，先生，你大约看见的，我曾经叹息中国没有敢“抚哭叛徒的吊客”[⑦]。而今何如？你也看见，在这半年中，我何尝说过一句话？虽然我曾在讲堂上公表过我的意思，虽然我的文章那时也无处发表，虽然我是早已不说话，但这都不足以作我的辩解。总而言之，现在倘再发那些四平八稳的“救救孩子”似的议论，连我自己听去，也觉得空空洞洞了。

还有，我先前的攻击社会，其实也是无聊的。社会没有知道我在攻击，倘一知道，我早已死无葬身之所了。试一攻击社会的一分子的陈源之类，看如何？而况四万万也哉？我之得以偷生者，因为他们大多数不识字，不知道，并且我的话也无效力，如一箭之入大海。否则，几条杂感，就可以送命的。民众的罚恶之心，并不下于学者和军阀。近来我悟到凡带一点改革性的主张，倘于社会无涉，才可以作为“废话”而存留，万一见效，提倡者即大概不免吃苦或杀身之祸。古今中外，其揆一也。即如目前的事，吴稚晖先生不也有一种主义的么？而他不但不被普天同愤，且可以大呼“打倒……严办”者，即因为赤党要实行共产主义于二十年之后，而他的主义却须数百年之后或者才行，由此观之，近于废话故也。人那有遥管十余代以后的灰孙子时代的世界的闲情别致也哉？

话已经说得不少，我想收梢了。我感于先生的毫无冷笑和恶意的态度，所以也诚实的奉答，自然，一半也借此发些牢骚。但我要声明，上面的说话中，我并不含有谦虚，我知道我自己，我解剖自己并不比解剖别人留情面。好几个满肚子恶意的所谓批评家，竭力搜索，都寻不出我的真症候。所以我这回自己说一点，当然不过一部分，有许多还是隐藏着的。

我觉得我也许从此不再有什么话要说，恐怖一去，来的是什么呢，我还不得而知，恐怕不见得是好东西罢。但我也在救助我自己，还是老法子：一是麻痹，二是忘却。一面挣扎着，还想从以后淡下去的“淡淡的血痕中”看见一点东西，誊在纸片上。

鲁迅。九，四。

评注：

①发表于1927年10月1日上海《北新》周刊。后编入《而已集》。

②有恒，时有恒，江苏徐州人。他在1927年8月16日《北新》周刊发表题作《这时节》的文章，其中写道：“久不见鲁迅先生等的对盲目的思想行为下攻击的文字了”，“在现在的国民革命正沸腾的时候……我们恳

切地祈望鲁迅先生出马……”。

③醉虾，江浙等地把活虾放进酒、醋、酱油等拌成的配料里生吃，谓之醉虾。

④“孤桐先生”，即章士钊。

⑤一个教授，指顾颉刚。

⑥《春秋》笔法，《春秋》是春秋时鲁国史书，相传为孔子编修。古代学者评论说“以一字为褒贬”，含有“微言大义”。后人因称文笔曲折而意含褒贬的文字为“春秋笔法”。

⑦“抚哭叛徒的吊客”，“叛徒”，这里指现社会的叛逆者。

《华盖集》题记[①]

在一年的尽头的深夜中，整理了这一年所写的杂感，竟比收在《热风》里的整四年中所写的还要多。意见大部分还是那样，而态度却没有那么质直了，措辞也时常弯弯曲曲，议论又往往执滞在几件小事情上，很足以贻笑于大方之家。然而那又有什么法子呢。我今年偏遇到这些小事情，而偏有执滞于小事情的脾气。

我知道伟大的人物[②]能洞见三世[③]，观照一切，历大苦恼，尝大欢喜，发大慈悲。但我又知道这必须深入山林，坐古树下，静观默想，得天眼通[④]，离人间愈远遥，而知人间也愈深，愈广；于是凡有言说，也愈高，愈大；于是而为天人师[⑤]。我幼时虽曾梦想飞空，但至今还在地上，救小创伤尚且来不及，那有余暇使心开意豁，立论都公允妥洽，平正通达，像“正人君子”[⑥]一般；正如沾水小蜂，只在泥土上爬来爬去，万不敢比附洋楼中的通人，但也自有悲苦愤激，决非洋楼中的通人[⑦]所能领会。

这病痛的根柢就在我活在人间，又是一个常人，能够交着“华盖运”。

我平生没有学过算命，不过听老年人说，人是有时要交“华盖运”的。这“华盖”在他们口头上大概已经讹作“镬盖”了，现在加以订正。所以，这运，在和尚是好运：顶有华盖，自然是成佛作祖之兆。但俗人可不行，华盖在上，就要给罩住了，只好碰钉子。我今年开手作杂感时，就碰了两个大钉子：一是为了《咬文嚼字》，一是为了《青年必读书》。署名和匿名的豪杰之士的骂信，收了一大捆，至今还塞在书架下。此后又突然遇见了一些所谓学者，文士，正人，君子等等，据说都是讲公话，谈公理，而且深不以“党同伐异”为然的。可惜我和他们太不同了，所以也就被他们伐了几下，——但这自然是为“公理”之故，和我的“党同伐异”不同。这样，一直到现下还没有完结，只好“以待来年”。

也有人劝我不要做这样的短评。那好意，我是很感激的，而且也并非不知道创作之可贵。然而要做这样的东西的时候，恐怕也还要做这样的东西，我以为如果艺术之宫里有这么麻烦的禁令，倒不如不进去；还是站在沙漠上，看看飞沙走石，乐则大笑，悲则大叫，愤则大骂，即使被沙砾打得遍身粗糙，头破血流，而时时抚摩自己的凝血，觉得若有花纹，也未必不及跟着中国的文士们去陪莎士比亚[8]吃黄油面包之有趣。

然而只恨我的眼界小，单是中国，这一年的大事件也可以算是很多的了，我竟往往没有论及，似乎无所感触。我早就很希望中国的青年站出来，对于中国的社会，文明，都毫无忌惮地加以批评，因此曾编印《莽原周刊》，作为发言之地，可惜来说话的竟很少。在别的刊物上，倒大抵是对于反抗者的打击，这实在是使我怕敢想下去的。

现在是一年的尽头的深夜，深得这夜将尽了，我的生命，至少是一部分的生命，已经耗费在写这些无聊的东西中，而我所获得的，乃是我自己的灵魂的荒凉和粗糙。但是我并不惧惮这些，也不想遮盖这些，而且实在有些爱他们了，因为这是我转辗而生活于风沙中的瘢痕。凡有自己也觉得在风沙中转辗而生活着的，会知道这意思。

我编《热风》时，除遗漏的之外，又删去了好几篇。这一回却小有不同了，一时的杂感一类的东西，几乎都在这里面。

一九二五年十二月三十一日之夜，记于绿林书屋[9]东壁下。

评注：

①本篇在收入《华盖集》前，未曾单独发表过。

②伟大的人物，这里指佛教创始人释迦牟尼。

③三世，佛家语，指过去、现在、未来。

④天眼通，佛家语，即所谓“六通”之一，能透视常人目力所不能见的一切。

⑤天人师，佛的称号。

⑥“正人君子”，这里讽指现代评论派的陈西滢等人。

⑦通人，学识渊博、贯通古今的人。这里用作对陈西滢一类留学欧美的学者的讽刺。

⑧陪莎士比亚，徐志摩在1925年10月26日《晨报副刊》发表《汉姆雷德与留学生》一文，说：“我们是去过大英国，莎士比亚是英国人，他写英文的，我们懂英文的，在学堂里研究过他的戏……英国留学生难得高兴时讲他的莎士比亚，多体面多够根儿的事情，你们没到过外国看不完全原文的当然不配插嘴，你们就配偏着耳朵悉心的听。”陈西滢同月21日发且《听琴》一文，也说“不爱莎士比亚你就是傻子”。这里说的“中国的文士们”，当指徐志摩、陈西滢等人。

⑨绿林书屋，北洋政府教育部专门教育司司长刘百昭和现代评论派的

一些人曾写鲁迅及其他反对教育总长章士钊、支持女师大学潮的教员为“土匪”“学匪”。作者因借“绿林”这一对匪类的旧称，为自己的书室命名。

《准风月谈》前记[①]

自从中华民国建国二十有二年五月二十五日《自由谈》的编者刊出了“吁请海内文豪，从兹多谈风月”的启事以来，很使老牌风月文豪摇头晃脑的高兴了一大阵，讲冷话的也有，说俏皮话的也有，连只会做“文探”的叭儿们也翘起了它尊贵的尾巴。但有趣的是谈风云的人，风月也谈得，谈风月就谈风月罢，虽然仍旧不能正如尊意。

想从一个题目限制了作家，其实是不能够的。假如出一个“学而时习之”的试题，叫遗少和车夫来做八股，那做法就决定不一样。自然，车夫做的文章可以说是不通，是胡说，但这不通或胡说，就打破了遗少们的一统天下。古话里也有过：柳下惠看见糖水，说“可以养老”，盗跖见了，却道可以粘门闩。他们是弟兄，所见的又是同一的东西，想到的用法却有这么天差地远。“月白风清，如此良夜何？”好的，风雅之至，举手赞成。但同是涉及风月的“月黑杀人夜，风高放火天”呢，这不明明是一联古诗么？

我的谈风月也终于谈出了乱子来，不过也并非为了主张“杀人放火”。其实，以为“多谈风月”，就是“莫谈国事”的意思，是误解的。“漫谈国事”倒并不要紧，只是要“漫”，发出去的箭石，不要正中了有些人物的鼻梁，因为这是他的武器，也是他的幌子。

从六月起的投稿，我就用种种的笔名了，一面固然为了省事，一面也省得有人骂读者们不管文字，只看作者的署名。然而这么一来，却又使一些看文字不用视觉，专靠嗅觉的“文学家”疑神疑鬼，而他们的嗅觉又没有和全体一同进化，至于看见一个新的作家的名字，就疑心是我的化名，对我呜呜不已，有时简直连读者都被他们闹得莫名其妙了。现在就将当时所用的笔名，仍旧留在每篇之下，算是负着应负的责任。

还有一点和先前的编法不同的，是将刊登时被删改的文字大概补上去了，而且旁加黑点，以清眉目。这删改，是出于编辑或总编辑，还是出于官派的检查员的呢，现在已经无从辨别，但推想起来，改点句子，去些讳忌，文章却还能连接的处所，大约是出于编辑的，而胡乱删削，不管文气的接不接，语意的完不完的，便是钦定的文章。

日本的刊物，也有禁忌，但被删之处，是留着空白，或加虚线，使读者能够知道的。中国的检查官却不许留空白，必须接起来，于是读者就看不见检查删削的痕迹，一切含胡和恍忽之点，都归在作者身上了。这一种办法，是比日本大有进步的，我现在提出来，以存中国文学史上极有价值的故实。

去年的整半年中，随时写一点，居然在不知不觉中又成一本了。当然，这不过是一些拉杂的文章，为“文学家”所不屑道。然而这样的文字，现在却也并不多，而且“拾荒”的人们，也还能从中检出东西来，我因此相信这书的暂时的生存，并且作为集印的缘故。

一九三四年三月十日，于上海记。

评注：

①自1932年12月由黎烈文主编时起，《申报》副刊《自由谈》实行改革，开始出现较为激进的倾向，引起文化界的广泛注意。但因此，也就不断遭到来自官方和文人势力的压迫。为此，编者于1933年5月25日发表启事，说：“吁请海内文豪，从兹多谈风月，少发牢骚，庶作者编者，两蒙其休。”启事刊出后，鲁迅仍用多种笔名撰文，借谈“风月”而谈“风云”。鲁迅为革新后的《自由谈》撰稿，时间达一年零八个月，共使用五十多个笔名，发表杂感一百五十余篇。这些杂文先后收入《伪自由书》《准风月谈》和《花边文学》中。

《准风月谈》内收1933年6月至11月间所作杂文六十四篇，1934年3月编定，12月由上海联华书局以“兴中书局”名义出版。

《花边文学》序言[1]

我的常常写些短评，确是从投稿于《申报》的《自由谈》上开头的；集一九三三年之所作，就有了《伪自由书》和《准风月谈》两本。后来编辑者黎烈文先生真被挤轧得苦，到第二年，终于被挤出了，我本也可以就此搁笔，但为了赌气，却还是改些作法，换些笔名，托人抄写了去投稿，新任者不能细辨，依然常常登了出来。一面又扩大了范围，给《中华日报》的副刊《动向》，小品文半月刊《太白》之类，也间或写几篇同样的文字。聚起一九三四年所写的这些东西来，就是这一本《花边文学》。

这一个名称，是和我在同一营垒里的青年战友[2]，换掉姓名挂在暗箭上射给我的。那立意非常巧妙：一，因为这类短评，在报上登出来的时候往往围绕一圈花边以示重要，使我的战友看得头疼；二，因为"花边"[3]也是银元的别名，以见我的这些文章是为了稿费，其实并无足取。至于我们的意见不同之处，是我以为我们无须希望外国人待我们比鸡鸭优，他却以为应该待我们比鸡鸭优，我在替西洋人辩护，所以是“买办”。那文章就附在《倒提》之下，这里不必多说。此外，倒也并无什么可记之事。只为了一篇《玩笑只当它玩笑》，又曾引出过一封文公直[④]先生的来信，笔伐的更严重了，说我是“汉奸”，现在和我的复信都附在本文的下面。其余的一些鬼鬼祟祟，躲躲闪闪的攻击，离上举的两位还差得很远，这里都不转载了。

“花边文学”可也真不行。一九三四年不同一九三五年，今年是为了《闲话皇帝》事件[⑤]，官家的书报检查处[⑥]忽然不知所往，还革掉七位检查官，日报上被删之处，也好像可以留着空白（术语谓之“开天窗”）了。但那时可真厉害，这么说不可以，那么说又不成功，而且删掉的地方，还不许留下空隙，要接起来，使作者自己来负吞吞吐吐，不知所云的责任。在这种明诛暗杀之下，能够苟延残喘，和读者相见的，那么，非奴隶文章是什么呢？

我曾经和几个朋友闲谈。一个朋友说：现在的文章，是不会有骨气的了，譬如向一种日报上的副刊去投稿罢，副刊编辑先抽去几根骨头，总编辑又抽去几根骨头，检查官又抽去几根骨头，剩下来还有什么呢？我说：我是自己先抽去了几根骨头的，否则，连“剩下来”的也不剩。所以，那时发表出来的文字，有被抽四次的可能，——现在有些人不在拼命表彰文天祥方孝孺么，幸而他们是宋明人，如果活在现在，他们的言行是谁也无从知道的。

因此除了官准的有骨气的文章之外，读者也只能看看没有骨气的文章。我生于清朝，原是奴隶出身，不同二十五岁以内的青年，一生下来就是中华民国的主子，然而他们不经世故，偶尔“忘其所以”也就大碰其钉子。我的投稿，目的是在发表的，当然不给它见得有骨气，所以被“花边”所装饰者，大约也确比青年作家的作品多，而且奇怪，被删掉的地方倒很少。一年之中，只有三篇，现在补全，仍用黑点为记。我看《论秦理斋夫人事》的末尾，是申报馆的总编辑删的，别的两篇，却是检查官删的：这里都显着他们不同的心思。

今年一年中，我所投稿的《自由谈》和《动向》，都停刊了；《太白》也不出了。我曾经想过：凡是我寄文稿的，只寄开初的一两期还不妨，假使接连不断，它就总归活不久。于是从今年起，我就不大做这样的短文，因为对于同人，是回避他背后的闷棍，对于自己，是不愿做开路的呆子，对于刊物，是希望它尽可能的长生。所以有人要我投稿，我特别敷延推宕，非"摆架子"也，是带些好意——然而有时也是恶意——的"世故"：这是要请索稿者原谅的。

一直到了今年下半年，这才看见了新闻记者的"保护正当舆论"的请愿和智识阶级的言论自由的要求[7]。要过年了，我不知道结果怎么样。然而，即使从此文章都成了民众的喉舌，那代价也可谓大极了：是北五省的自治[8]。这恰如先前的不敢恳请"保护正当舆论"和要求言论自由的代价之大一样：是东三省的沦亡。不过这一次，换来的东西是光明的。然而，倘使万一不幸，后来又复换回了我做"花边文学"一样的时代，大家试来猜一猜那代价该是什么罢……

一九三五年十二月二十九之夜，鲁迅记。

评注：

①在编集前，本篇未曾单独发表过。

②青年战友，指廖沫沙。

③“花边”，旧时银圆边缘铸有花纹，因此有“花边”的俗称。

④文公直，江西萍乡人，当时是国民党政府立法院编译处股长。

⑤《闲话皇帝》事件，又称“《新生》事件”。1935年5月，上海《新生》周刊发表易水（艾寒松）的《闲话皇帝》一文。因文中涉及日本天皇，当时日本驻上海总领事即以“侮辱天皇，妨害邦交”为名提出抗议。为此，国民党政府便将《新生》周刊查封，并由法院判决该刊主编杜重远一年二个月徒刑。

⑥书报检查处，即“国民党中央宣传委员会图书杂志审查委员会”，1934年5月25日在上海设立。“《新生》事件”发生后，国民党当局将该会七名检查撤职，委员会也随之撤销。

⑦新闻记者的“保护正当舆论”的请愿，1935年底，北平、天津、南京、上海等地新闻界致电国民党中央，要求“开放舆论”，“凡不以武力或暴力为背景之言论，政府必当予以保障”。同年12月，国民党五届一中全会通过关于“请政府通令全国切实保障正当舆论”的决议。智识阶级的言论自由的要求，1935年底，北平、上海等地的文化教育界人士为开展抗日救国运动，纷纷举行集会，发表宣言，提出“保障集会、结社、言论、出版的绝对自由”的要求。

⑧北五省的自治，指发生于1935年11月，由日本侵略者策动汉奸进行的“华北五省自治运动”。北五省，指当时的河北、山东、山西、察哈尔、绥远五省。

Sanwen 散文

范爱农[1]

在东京的客店里，我们大抵一起来就看报。学生所看的多是《朝日新闻》和《读卖新闻》，专爱打听社会上琐事的就看《二六新闻》。一天早晨，辟头就看见一条从中国来的电报，大概是

"安徽巡抚恩铭被Jo Shiki Rin刺杀，刺客就擒。"

大家一怔之后，便容光焕发地互相告语，并且研究这刺客是谁，汉字是怎样三个字。但只要是绍兴人，又不专看教科书的，却早已明白了。这是徐锡麟，他留学回国之后，在做安徽候补道，办着巡警事务，正合于刺杀巡抚的地位。

大家接着就预测他将被极刑，家族将被连累。不久，秋瑾姑娘在绍兴被杀的消息也传来了，徐锡麟是被挖了心，给恩铭的亲兵炒食净尽。人心很愤怒。有几个人便秘密地开一个会，筹集川资；这时用得着日本浪人[2]了，撕乌贼鱼下酒，慷慨一通之后，他便登程去接徐伯荪的家属去。

照例还有一个同乡会，吊烈士，骂满洲；此后便有人主张打电报到北京，痛斥满政府的无人道。会众即刻分成两派：一派要发电，一派不要发。我是主张发电的，但当我说出之后，即有一种钝滞的声音跟着起来：

“杀的杀掉了，死的死掉了，还发什么屁电报呢。”

这是一个高大身材，长头发，眼球白多黑少的人，看人总像在渺视。他蹲在席子上，我发言大抵就反对；我早觉得奇怪，注意着他的了，到这时才打听别人：说这话的是谁呢，有那么冷？认识的人告诉我说：他叫范爱农，是徐伯荪的学生。

我非常愤怒了，觉得他简直不是人，自己的先生被杀了，连打一个电报还害怕，于是便坚执地主张要发电，同他争起来，结果是主张发电的居多数，他屈服了。其次要推出人来拟电稿。

“何必推举呢？自然是主张发电的人啰。”他说。

我觉得他的话又在针对我，无理倒也并非无理的。但我便主张这一篇悲壮的文章必须深知烈士生平的人做，因为他比别人关系更密切，心里更悲愤，做出来就一定更动人。于是又争起来。结果是他不做，我也不做，不知谁承认做去了；其次是大家走散，只留下一个拟稿的和一两个干事，等候做好之后去拍发。

从此我总觉得这范爱农离奇，而且很可恶。天下可恶的人，当初以为是满人，这时才知道还在其次；第一倒是范爱农。中国不革命则已，要革命，首先就必须将范爱农除去。

然而这意见后来似乎逐渐淡薄，到底忘却了，我们从此也没有再见面。直到革命的前一年，我在故乡做教员，大概是春末时候罢，忽然在熟人的客座上看见了一个人，互相熟视了不过两三秒钟，我们便同时说：

“哦哦，你是范爱农！”

“哦哦，你是鲁迅！”

不知怎地我们便都笑了起来，是互相的嘲笑和悲哀。他眼睛还是那样，然而奇怪，只这几年，头上却有了白发了，但也许本来就有，我先前没有留心到。他穿着很旧的布马褂，破布鞋，显得很寒素。谈起自己的经历来，他说他后来没有了学费，不能再留学，便回来了。回到故乡之后，又受着轻蔑，排斥，迫害，几乎无地可容。现在是躲在乡下，教着几个小学生糊口。但因为有时觉得很气闷，所以也趁了航船进城来。

他又告诉我现在爱喝酒，于是我们便喝酒。从此他每一进城，必定来访我，非常相熟了。我们醉后常谈些愚不可及的疯话，连母亲偶然听到了也发笑。一天我忽而记起在东京开同乡会时的旧事，便问他：

“那一天你专门反对我，而且故意似的，究竟是什么缘故呢？”

“你还不知道？我一向就讨厌你的，——不但我，我们。”

“你那时之前，早知道我是谁么？”

“怎么不知道。我们到横滨，来接的不就是子英[3]和你么？你看不起我们，摇摇头，你自己还记得么？”

我略略一想，记得的，虽然是七八年前的事。那时是子英来约我的，说到横滨去接新来留学的同乡。汽船一到，看见一大堆，大概一共有十多人，一上岸便将行李放到税关上去候查检，关吏在衣箱中翻来翻去，忽然翻出一双绣花的弓鞋来，便放下公事，拿着子细地看。我很不满，心里想，这些鸟男人，怎么带这东西来呢。自己不注意，那时也许就摇了摇头。检验完毕，在客店小坐之后，即须上火车。不料这一群读书人又在客车上让起坐位来了，甲要乙坐在这位上，乙要丙去坐，揖让未终，火车已开，车身一摇，即刻跌倒了三四个。我那时也很不满，暗地里想：连火车上的坐位，他们也要分出尊卑来……。自己不注意，也许又摇了摇头。然而那群雍容揖让的人物中就有范爱农，却直到这一天才想到。岂但他呢，说起来也惭愧，这一群里，还有后来在安徽战死的陈伯平烈士，被害的马宗汉烈士；被囚在黑狱里，到革命后才见天日而身上永带着匪刑的伤痕的也还有一两人。而我都茫无所知，摇着头将他们一并运上东京了。徐伯荪虽然和他们同船来，却不在这车上，因为他在神户就和他的夫人坐车走了陆路了。

我想我那时摇头大约有两回，他们看见的不知道是那一回。让坐时喧闹，检查时幽静，一定是在税关上的那一回了，试问爱农，果然是的。

“我真不懂你们带这东西做什么？是谁的？”

“还不是我们师母的？”他瞪着他多白的眼。

“到东京就要假装大脚，又何必带这东西呢？”

“谁知道呢？你问她去。”

到冬初，我们的景况更拮据了，然而还喝酒，讲笑话。忽然是武昌起义，接着是绍兴光复。第二天爱农就上城来，戴着农夫常用的毡帽，那笑容是从来没有见过的。

“老迅，我们今天不喝酒了。我要去看看光复的绍兴。我们同去。”

我们便到街上去走了一通，满眼是白旗。然而貌虽如此，内骨子是依旧的，因为还是几个旧乡绅所组织的军政府，什么铁路股东是行政司长，钱店掌柜是军械司长……。这军政府也到底不长久，几个少年一嚷，王金发带兵从杭州进来了，但即使不嚷或者也会来。他进来以后，也就被许多闲汉和新进的革命党所包围，大做王都督。在衙门里的人物，穿布衣来的，不上十天也大概换上皮袍子了，天气还并不冷。

我被摆在师范学校校长的饭碗旁边，王都督给了我校款二百元。爱农做监学，还是那件布袍子，但不大喝酒了，也很少有工夫谈闲天。他办事，兼教书，实在勤快得可以。

“情形还是不行，王金发他们。”一个去年听过我的讲义的少年来访问我，慷慨地说，“我们要办一种报[4]来监督他们。不过发起人要借用先生的名字。还有一个是子英先生，一个是德清[5]先生。为社会，我们知道你决不推却的。”

我答应他了。两天后便看见出报的传单，发起人诚然是三个。五天后便见报，开首便骂军政府和那里面的人员：此后是骂都督，都督的亲戚，同乡，姨太太……。

这样地骂了十多天，就有一种消息传到我的家里来，说都督因为你们诈取了他的钱，还骂他，要派人用手枪来打死你们了。

别人倒还不打紧，第一个着急的是我的母亲，叮嘱我不要再出去。但我还是照常走，并且说明，王金发是不来打死我们的，他虽然绿林大学[6]出身，而杀人却不很轻易。况且我拿的是校款，这一点他还能明白的，不过说说罢了。

果然没有来杀。写信去要经费，又取了二百元。但仿佛有些怒意，同时传令道：再来要，没有了！

不过爱农得到了一种新消息，却使我很为难。原来所谓“诈取”者，并非指学校经费而言，是指另有送给报馆的一笔款。报纸上骂了几天之后，王金发便叫人送去了五百元。于是乎我们的少年们便开起会议来，第一个问题是：收不收？决议曰：收。第二个问题是：收了之后骂不骂？决议曰：骂。理由是：收钱之后，他是股东；股东不好，自然要骂。

我即刻到报馆去问这事的真假。都是真的。略说了几句不该收他钱的话，一个名为会计的便不高兴了，质问我道：

“报馆为什么不收股本？”

“这不是股本……。”

“不是股本是什么？”

我就不再说下去了，这一点世故是早已知道的，倘我再说出连累我们的话来，他就会面斥我太爱惜不值钱的生命，不肯为社会牺牲，或者明天在报上就可以看见我怎样怕死发抖的记载。

然而事情很凑巧，季茀[7]写信来催我往南京了。爱农也很赞成，但颇凄凉，说：——

“这里又是那样，住不得。你快去罢……”

我懂得他无声的话，决计往南京。先到都督府去辞职，自然照准，派来了一个拖鼻涕的接收员，我交出账目和余款一角又两铜元，不是校长了。后任是孔教会会长傅力臣。

报馆案[8]是我到南京后两三个星期了结的，被一群兵们捣毁。子英在乡下，没有事；德清适值在城里，大腿上被刺了一尖刀。他大怒了。自然，这是很有些痛的，怪他不得。他大怒之后，脱下衣服，照了一张照片，以显示一寸来宽的刀伤，并且做一篇文章叙述情形，向各处分送，宣传军政府的横暴。我想，这种照片现在是大约未必还有人收藏着了，尺寸太小，刀伤缩小到几乎等于无，如果不加说明，看见的人一定以为是带些疯气的风流人物的裸体照片，倘遇见孙传芳大帅，还怕要被禁止的。

我从南京移到北京的时候，爱农的学监也被孔教会会长的校长设法去掉了。他又成了革命前的爱农。我想为他在北京寻一点小事做，这是他非常希望的，然而没有机会。他后来便到一个熟人的家里去寄食，也时时给我信，景况愈困穷，言辞也愈凄苦。终于又非走出这熟人的家不可，便在各处飘浮。不久，忽然从同乡那里得到一个消息，说他已经掉在水里，淹死了。

我疑心他是自杀。因为他是浮水的好手，不容易淹死的。

夜间独坐在会馆里，十分悲凉，又疑心这消息并不确，但无端又觉得这是极其可靠的，虽然并无证据。一点法子都没有，只做了四首诗[9]，后来曾在一种日报上发表，现在是将要忘记完了。只记得一首里的六句，起首四句是："把酒论天下，先生小酒人。大圜犹酩酊，微醉合沉沦。"中间忘掉两句，末了是"旧朋云散尽，余亦等轻尘。"

后来我回故乡去，才知道一些较为详细的事。爱农先是什么事也没得做，因为大家讨厌他。他很困难，但还喝酒，是朋友请他的。他已经很少和人们来往，常见的只剩下几个后来认识的较为年青的人了，然而他们似乎也不愿意多听他的牢骚，以为不如讲笑话有趣。

"也许明天就收到一个电报，拆开来一看，是鲁迅来叫我的。"他时常这样说。

一天，几个新的朋友约他坐船去看戏，回来已过夜半，又是大风雨，他醉着，却偏要到船舷上去小解。大家劝阻他，也不听，自己说是不会掉下去的。但他掉下去了，虽然能浮水，却从此不起来。

第二天打捞尸体，是在菱荡里找到的，直立着。

我至今不明白他究竟是失足还是自杀。

他死后一无所有，遗下一个幼女和他的夫人。有几个人想集一点钱作他女孩将来的学费的基金，因为一经提议，即有族人来争这笔款的保管权，——其实还没有这笔款，大家觉得无聊，便无形消散了。

现在不知他唯一的女儿景况如何？倘在上学，中学已该毕业了罢。

十一月十八日。

评注：

①发表于1926年12月《莽原》半月刊第1卷第24期。后编入《朝花夕拾》。

②日本浪人，日本幕府时代失去禄位、四处流浪的武士。他们常受雇于人，从事各种冒险性活动。

③子英，姓陈，名睿（1882—1950），浙江绍兴人。鲁迅留日时的朋友。

④一种报，指《越铎日报》，1912年1月3日创刊。鲁迅是该报发起人之一，并撰写《〈越铎〉出世辞》。

⑤德清，孙德卿（1868—1932），浙江绍兴人。开明绅士，曾参加反清革命运动。

⑥绿林大学，新莽末年，王匡、王凤等聚众起义，占据绿林山（今湖北大洪山），号称“绿林兵”。后称侠盗土匪为“绿林”，即起源于此。王金发曾为浙东洪门会党平阳党首领，号称万人，故作者有此戏称。

⑦季茀，许寿裳（1882—1948），教育家。字季黻，又作季茀、季市，号上遂，浙江绍兴人。作者留日时同学，后又在教育部及多所大学同事，两人交谊甚笃。1946年夏赴台湾，任编译馆馆长、台湾大学中文系主任。1948年2月18日，被刺杀于台北寓所。著有《亡友鲁迅印象记》和《我所认识的鲁迅》。

⑧报馆案，指王金发所部士兵捣毁《越铎日报》报馆一案。

⑨作者悼范爱农诗共三首。这里说“四首”，当是误记。

记念刘和珍君[①]

一

中华民国十五年三月二十五日，就是国立北京女子师范大学为十八日在段祺瑞执政府前遇害的刘和珍[②]杨德群[③]两君开追悼会的那一天，我独在礼堂外徘徊，遇见程君[④]，前来问我道，“先生可曾为刘和珍写了一点什么没有？”我说“没有”。她就正告我，“先生还是写一点罢；刘和珍生前就很爱看先生的文章。”

这是我知道的，凡我所编辑的期刊，大概是因为往往有始无终之故罢，销行一向就甚为寥落，然而在这样的生活艰难中，毅然预定了《莽原》[⑤]全年的就有她。我也早觉得有写一点东西的必要了，这虽然于死者毫不相干，但在生者，却大抵只能如此而已。倘使我能够相信真有所谓“在天之灵”，那自然可以得到更大的安慰，——但是，现在，却只能如此而已。

可是我实在无话可说。我只觉得所住的并非人间。四十多个青年的血，洋溢在我的周围，使我艰于呼吸视听，那里还能有什么言语？长歌当哭，是必须在痛定之后的。而此后几个所谓学者文人的阴险的论调，尤使我觉得悲哀。我已经出离愤怒了。我将深味这非人间的浓黑的悲凉；以我的最大哀痛显示于非人间，使它们快意于我的苦痛，就将这作为后死者的菲薄的祭品，奉献于逝者的灵前。

二

真的猛士，敢于直面惨淡的人生，敢于正视淋漓的鲜血。这是怎样的哀痛者和幸福者？然而造化又常常为庸人设计，以时间的流驶，来洗涤旧迹，仅使留下淡红的血色和微漠的悲哀。在这淡红的血色和微漠的悲哀中，又给人暂得偷生，维持着这似人非人的世界。我不知道这样的世界何时是一个尽头！

我们还在这样的世上活着；我也早觉得有写一点东西的必要了。离三月十八日也已有两星期，忘却的救主快要降临了罢，我正有写一点东西的必要了。

三

在四十余被害的青年之中，刘和珍君是我的学生。学生云者，我向来这样想，这样说，现在却觉得有些踌躇了，我应该对她奉献我的悲哀与尊敬。她不是“苟活到现在的我”的学生，是为了中国而死的中国的青年。

她的姓名第一次为我所见，是在去年夏初杨荫榆女士做女子师范大学校长，开除校中六个学生自治会职员的时候。其中的一个就是她；但是我不认识。直到后来，也许已经是刘百昭率领男女武将，强拖出校之后了，才有人指着一个学生告诉我，说：这就是刘和珍。其时我才能将姓名和实体联合起来，心中却暗自诧异。我平素想，能够不为势利所屈，反抗一广有羽翼的校长的学生，无论如何，总该是有些桀骜锋利的，但她却常常微笑着，态度很温和。待到偏安于宗帽胡同[⑥]，赁屋授课之后，她才始来听我的讲义，于是见面的回数就较多了，也还是始终微笑着，态度很温和。待到学校恢复旧观，往日的教职员以为责任已尽，准备陆续引退的时候，我才见她虑及母校前途，黯然至于泣下。此后似乎就不相见。总之，在我的记忆上，那一次就是永别了。

四

我在十八日早晨，才知道上午有群众向执政府请愿的事；下午便得到噩耗，说卫队居然开枪，死伤至数百人，而刘和珍君即在遇害者之列。但我对于这些传说，竟至于颇为怀疑。我向来是不惮以最坏的恶意，来推测中国人的，然而我还不料，也不信竟会下劣凶残到这地步。况且始终微笑着的和蔼的刘和珍君，更何至于无端在府门前喋血呢？

然而即日证明是事实了，作证的便是她自己的尸骸。还有一具，是杨德群君的。而且又证明着这不但是杀害，简直是虐杀，因为身体上还有棍棒的伤痕。

但段政府就有令，说他们是“暴徒”！

但接着就有流言，说她们是受人利用的。

惨象，已使我目不忍视了；流言，尤使我耳不忍闻。我还有什么话可说呢？我懂得衰亡民族之所以默无声息的缘由了。沉默呵，沉默呵！不在沉默中爆发，就在沉默中灭亡。

五

但是，我还有要说的话。

我没有亲见；听说，她，刘和珍君，那时是欣然前往的。自然，请愿而已，稍有人心者，谁也不会料到有这样的罗网。但竟在执政府前中弹了，从背部入，斜穿心肺，已是致命的创伤，只是没有便死。同去的张静淑君想扶起她，中了四弹，其一是手枪，立仆；同去的杨德群君又想去扶起她，也被击，弹从左肩入，穿胸偏右出，也立仆。但她还能坐起来，一个兵在她头部及胸部猛击两棍，于是死掉了。

始终微笑的和蔼的刘和珍君确是死掉了，这是真的，有她自己的尸骸为证；沉勇而友爱的杨德群君也死掉了，有她自己的尸骸为证；只有一样沉勇而友爱的张静淑[7]君还在医院里呻吟。当三个女子从容地转辗于文明人所发明的枪弹的攒射中的时候，这是怎样的一个惊心动魄的伟大呵！中国军人的屠戮妇婴的伟绩，八国联军的惩创学生的武功，不幸全被这几缕血痕抹杀了。

但是中外的杀人者却居然昂起头来，不知道个个脸上有着血污……。

六

时间永是流驶，街市依旧太平，有限的几个生命，在中国是不算什么的，至多，不过供无恶意的闲人以饭后的谈资，或者给有恶意的闲人作“流言”的种子。至于此外的深的意义，我总觉得很寥寥，因为这实在不过是徒手的请愿。人类的血战前行的历史，正如煤的形成，当时用大量的木材，结果却只是一小块，但请愿是不在其中的，更何况是徒手。

然而既然有了血痕了，当然不觉要扩大。至少，也当浸渍了亲族，师友，爱人的心，纵使时光流驶，洗成绯红，也会在微漠的悲哀中永存微笑的和蔼的旧影。陶潜说过，“亲戚或余悲，他人亦已歌，死去何所道，托体同山阿。”倘能如此，这也就够了。

七

我已经说过：我向来是不惮以最坏的恶意来推测中国人的。但这回却很有几点出于我的意外。一是当局者竟会这样地凶残，一是流言家竟至如此之下劣，一是中国的女性临难竟能如是之从容。

我目睹中国女子的办事，是始于去年的，虽然是少数，但看那干练坚决，百折不回的气概，曾经屡次为之感叹。至于这一回在弹雨中互相救助，虽殒身不恤的事实，则更足为中国女子的勇毅，虽遭阴谋秘计，压抑至数千年，而终于没有消亡的明证了。倘要寻求这一次死伤者对于将来的意义，意义就在此罢。

苟活者在淡红的血色中，会依稀看见微茫的希望；真的猛士，将更奋然而前行。

呜呼，我说不出话，但以此记念刘和珍君！

四月一日。

评注：

①发表于1926年4月12日《语丝》周刊第74期。后编入《华盖集续编》。

②刘和珍（1904—1926），江西南昌人，北京女子师范大学英文系学生。

③杨德群（1902—1926），湖南湘阴人，北京女子师范大学国文系预科学生。

④程君，程毅志，湖北孝感人，北京女子师范大学教育系学生。

⑤《莽原》，文艺刊物，1925年4月创刊，鲁迅编辑。

⑥偏安于宗帽胡同，反对校长杨荫榆的女师大学生被赶出学校，在西城宗帽胡同租屋作为临时校舍，继续上课。

⑦张静淑（1902—1978），湖南长沙人，北京女子师范大学教育系学生。1957年划为右派，1978年右派改正前去世。

为了忘却的记念[①]

一

我早已想写一点文字，来记念几个青年的作家。这并非为了别的，只因为两年以来，悲愤总时时来袭击我的心，至今没有停止，我很想借此算是竦身一摇，将悲哀摆脱，给自己轻松一下，照直说，就是我倒要将他们忘却了。

两年前的此时，即一九三一年的二月七日夜或八日晨，是我们的五个青年作家[②]同时遇害的时候。当时上海的报章都不敢载这件事，或者也许是不愿，或不屑载这件事，只在《文艺新闻》上有一点隐约其辞的文章。那第十一期（五月二十五日）里，有一篇林莽先生作的《白莽印象记》，中间说：

> 他做了好些诗，又译过匈牙利诗人彼得斐[3]的几首诗，当时的《奔流》的编辑者鲁迅接到了他的投稿，便来信要和他会面，但他却是不愿见名人的人，结果是鲁迅自己跑来找他，竭力鼓励他作文学的工作，但他终于不能坐在亭子间里写，又去跑他的路了。不久，他又一次的被了捕。……

这里所说的我们的事情其实是不确的。白莽并没有这么高慢，他曾经到过我的寓所来，但也不是因为我要求和他会面；我也没有这么高慢，对于一位素不相识的投稿者，会轻率的写信去叫他。我们相见的原因很平常，那时他所投的是从德文译出的《彼得斐传》，我就发信去讨原文，原文是载在诗集前面的，邮寄不便，他就亲自送来了。看去是一个二十多岁的青年，面貌很端正，颜色是黑黑的，当时的谈话我已经忘却，只记得他自说姓徐，象山人；我问他为什么代你收信的女士是这么一个怪名字（怎么怪法，现在也忘却了），他说她就喜欢起得这么怪，罗曼谛克，自己也有些和她不大对劲了。就只剩了这一点。

夜里，我将译文和原文粗粗的对了一遍，知道除几处误译之外，还有一个故意的曲译。他像是不喜欢“国民诗人”这个字的，都改成“民众诗人”了。第二天又接到他一封来信，说很悔和我相见，他的话多，我的话少，又冷，好像受了一种威压似的。我便写一封回信去解释，说初次相会，说话不多，也是人之常情，并且告诉他不应该由自己的爱憎，将原文改变。因为他的原书留在我这里了，就将我所藏的两本集子送给他，问他可能再译几首诗，以供读者的参看。他果然译了几首，自己拿来了，我们就谈得比第一回多一些。这传和诗，后来就都登在《奔流》第二卷第五本，即最末的一本里。

我们第三次相见，我记得是在一个热天。有人打门了，我去开门时，来的就是白莽，却穿着一件厚棉袍，汗流满面，彼此都不禁失笑。这时他才告诉我他是一个革命者，刚由被捕而释出，衣服和书籍全被没收了，连我送他的那两本；身上的袍子是从朋友那里借来的，没有夹衫，而必须穿长衣，所以只好这么出汗。我想，这大约就是林莽先生说的“又一次的被了捕”的那一次了。

我很欣幸他的得释，就赶紧付给稿费，使他可以买一件夹衫，但一面又很为我的那两本书痛惜：落在捕房的手里，真是明珠投暗了。那两本书，原是极平常的，一本散文，一本诗集，据德文译者说，这是他搜集起来的，虽在匈牙利本国，也还没有这么完全的本子，然而印在《莱克朗氏万有文库》（*Reclam's Universal-Bibliothek*）中，倘在德国，就随处可得，也值不到一元钱。不过在我是一种宝贝，因为这是三十年前，正当我热爱彼得斐的时候，特地托丸善书店从德国去买来的，那时还恐怕因为书极便宜，店员不肯经手，开口时非常惴惴。后来大抵带在身边，只是情随事迁，已没有翻译的意思了，这回便决计送给这也如我的那时一样，热爱彼得斐的诗的青年，算是给它寻得了一个好着落。所以还郑重其事，托柔石亲自送去的。谁料竟会落在“三道头”[④]之类的手里的呢，这岂不冤枉！

二

我的决不邀投稿者相见，其实也并不完全因为谦虚，其中含着省事的分子也不少。由于历来的经验，我知道青年们，尤其是文学青年们，十之九是感觉很敏，自尊心也很旺盛的，一不小心，极容易得到误解，所以倒是故意回避的时候多。见面尚且怕，更不必说敢有托付了。但那时我在上海，也有一个惟一的不但敢于随便谈笑，而且还敢于托他办点私事的人，那就是送书去给白莽的柔石。

我和柔石最初的相见，不知道是何时，在那里。他仿佛说过，曾在北京听过我的讲义，那么，当在八九年之前了。我也忘记了在上海怎么来往起来，总之，他那时住在景云里，离我的寓所不过四五家门面，不知怎么一来，就来往起来了。大约最初的一回他就告诉我是姓赵，名平复。但他又曾谈起他家乡的豪绅的气焰之盛，说是有一个绅士，以为他的名字好，要给儿子用，叫他不要用这名字了。所以我疑心他的原名是“平福”，平稳而有福，才正中乡绅的意，对于“复”字却未必有这么热心。他的家乡，是台州的宁海，这只要一看他那台州式的硬气就知道，而且颇有点迂，有时会令我忽而想到方孝孺，觉得好像也有些这模样的。

他躲在寓里弄文学，也创作，也翻译，我们往来了许多日，说得投合起来了，于是另外约定了几个同意的青年，设立朝华社。目的是在绍介东欧和北欧的文学，输入外国的版画，因为我们都以为应该来扶植一点刚健质朴的文艺。接着就印《朝花旬刊》，印《近代世界短篇小说集》，印《艺苑朝华》，算都在循着这条线，只有其中的一本《拾谷虹儿画选》，是为了扫荡上海滩上的“艺术家”，即戳穿叶灵凤这纸老虎而印的。

然而柔石自己没有钱，他借了二百多块钱来做印本。除买纸之外，大部分的稿子和杂务都是归他做，如跑印刷局，制图，校字之类。可是往往不如意，说起来皱着眉头。看他旧作品，都很有悲观的气息，但实际上并不然，他相信人们是好的。我有时谈到人会怎样的骗人，怎样的卖友，怎样的吮血，他就前额亮晶晶的，惊疑地圆睁了近视的眼睛，抗议道，“会这样的么？——不至于此罢？……”

不过朝花社不久就倒闭了，我也不想说清其中的原因，总之是柔石的理想的头，先碰了一个大钉子，力气固然白化，此外还得去借一百块钱来付纸账。后来他对于我那“人心惟危”说的怀疑减少了，有时也叹息道，“真会这样的么？……”但是，他仍然相信人们是好的。

他于是一面将自己所应得的朝花社的残书送到明日书店和光华书局去，希望还能够收回几文钱，一面就拼命的译书，准备还借款，这就是卖给商务印书馆的《丹麦短篇小说集》和戈理基作的长篇小说《阿尔泰莫诺夫之事业》。但我想，这些译稿，也许去年已被兵火烧掉了。

他的迂渐渐的改变起来，终于也敢和女性的同乡或朋友一同去走路了，但那距离，却至少总有三四尺的。这方法很不好，有时我在路上遇见他，只要在相距三四尺前后或左右有一个年青漂亮的女人，我便会疑心就是他的朋友。但他和我一同走路的时候，可就走得近了，简直是扶住我，因为怕我被汽车或电车撞死；我这面也为他近视而又要照顾别人担心，大家都苍皇失措的愁一路，所以倘不是万不得已，我是不大和他一同出去的，我实在看得他吃力，因而自己也吃力。

无论从旧道德，从新道德，只要是损己利人的，他就挑选上，自己背起来。

他终于决定地改变了，有一回，曾经明白的告诉我，此后应该转换作品的内容和形式。我说：这怕难罢，譬如使惯了刀的，这回要他耍棍，怎么能行呢？他简洁的答道：只要学起来！

他说的并不是空话，真也在从新学起来了，其时他曾经带了一个朋友来访我，那就是冯铿女士。谈了一些天，我对于她终于很隔膜，我疑心她有点罗曼谛克，急于事功；我又疑心柔石的近来要做大部的小说，是发源于她的主张的。但我又疑心我自己，也许是柔石的先前的斩钉截铁的回答，正中了我那其实是偷懒的主张的伤疤，所以不自觉地迁怒到她身上去了。——我其实也并不比我所怕见的神经过敏而自尊的文学青年高明。

她的体质是弱的，也并不美丽。

三

直到左翼作家联盟成立之后，我才知道我所认识的白莽，就是在《拓荒者》上做诗的殷夫。有一次大会时，我便带了一本德译的，一个美国的新闻记者所做的中国游记去送他，这不过以为他可以由此练习德文，另外并无深意。然而他没有来。我只得又托了柔石。

但不久，他们竟一同被捕，我的那一本书，又被没收，落在“三道头”之类的手里了。

四

明日书店要出一种期刊，请柔石去做编辑，他答应了；书店还想印我的译著，托他来问版税的办法，我便将我和北新书局所订的合同，抄了一份交给他，他向衣袋里一塞，匆匆的走了。其时是一九三一年一月十六日的夜间，而不料这一去，竟就是我和他相见的末一回，竟就是我们的永诀。

第二天，他就在一个会场上被捕了，衣袋里还藏着我那印书的合同，听说官厅因此正在找寻我。印书的合同，是明明白白的，倡我不愿意到那些不明不白的地方去辩解。记得《说岳全传》里讲过一个高僧，当追捕的差役刚到寺门之前，他就“坐化”了，还留下什么“何立从东来，我向西方走”的偈子。这是奴隶所幻想的脱离苦海的惟一的好方法，“剑侠”盼不到，最自在的惟此而已。我不是高僧，没有涅槃的自由，却还有生之留恋，我于是就逃走。

这一夜，我烧掉了朋友们的旧信札，就和女人抱着孩子走在一个客栈里。不几天，即听得外面纷纷传我被捕，或是被杀了，柔石的消息却很少。有的说，他曾经被巡捕带到明日书店里，问是否是编辑；有的说，他曾经被巡捕带往北新书局去，问是否是柔石，手上上了铐，可见案情是重的。但怎样的案情，却谁也不明白。

他在因系中，我见过两次他写给同乡的信，第一回是这样的——

我与三十五位同犯（七个女的）于昨日到龙华。并于昨夜上了镣，开政治犯从未上镣之纪录。此案累及太大，我一时恐难出狱，书店事望兄为我代办之。现亦好，且跟殷夫兄举德文，此事可告周先生；望周先生勿念，我等未受刑。捕房和公安局，几次问周先生地址，但我那里知道。诸望勿念。祝好！

赵少雄一月二十四日。

以上正面。

洋铁饭碗，要二三只

如不能见面，可将东西

望转交赵少雄

以上背面。

他的心情并未改变，想学德文：更加努力；也仍在记念我，像在马路上行走时候一般。但他信里有些话是错误的，政治犯而上镣，并非从他们开始，但他向来看得官场还太高，以为文明至今，到他们才开始了严酷。其实是不然的。果然，第二封信就很不同，措词非常惨苦，且说冯女士的面目都浮肿了，可惜我没有抄下这封信。其时传说也更加纷繁，说他可以赎出的也有，说他已经解往南京的也有，毫无确信；而用函电来探问我的消息的也多起来，连母亲在北京也急得生病了，我只得一一发信去更正，这样的大约有二十天。

天气愈冷了，我不知道柔石在那里有被褥不？我们是有的。洋铁碗可曾收到了没有？……但忽然得到一个可靠的消息，说柔石和其他二十三人，已于二月七日夜或八日晨，在龙华警备司令部被枪毙了，他的身上中了十弹。

原来如此！……

在一个深夜里，我站在客栈的院子中，周围是堆着的破烂的什物；人们都睡觉了，连我的女人和孩子。

我沉重的感到我失掉了很好很好的朋友，中国失掉了很好的青年，我在悲愤中沉静下去了，然而积习却从沉静中抬起头来，凑成了这样的几句：

> 惯于长夜过春时，挈妇将雏鬓有丝。
> 梦里依稀慈母泪，城头变幻大王旗。
> 忍看朋辈成新鬼，怒向刀丛觅小诗。
> 吟罢低眉无写处，月光如水照缁衣。

但末二句，后来不确了，我终于将这写给了一个日本的歌人[⑤]。

可是在中国，那时是确无写处的，禁锢得比罐头还严密。我记得柔石在年底曾回故乡，住了好些时，到上海后很受朋友的责备。

他悲愤的对我说，他的母亲双眼已经失明了，要他多住几天，他怎么能够就走呢？我知道这失明的母亲的眷眷的心，柔石的拳拳的心。当《北斗》创刊时，我就想写一点关于柔石的文章，然而不能够，只得选了一幅珂勒惠支（Kathe Kollwitz）夫人的木刻，名曰《牺牲》，是一个母亲悲哀地献出她的儿子去的，算是只有我一个人心里知道的柔石的纪念。

同时被难的四个青年文学家之中，李伟森我没有会见过，胡也频在上海也只见过一次面，谈了几句天。较熟的要算白莽，即殷夫了，他曾经和我通过信，投过稿，但现在寻起来，一无所得，想必是十七那夜统统烧掉了，那时我还没有知道被捕的也有白莽。然而那本《彼得斐诗集》却在的，翻了一遍，也没有什么，只在一首*Wahlspruch*（格言）的旁边，有钢笔写的四行译文道：

> 生命诚宝贵，
> 爱情价更高；
> 若为自由故，
> 二者皆可抛！

又在第二叶上，写着“徐培根”三个字，我疑心这是他的真姓名。

五

前年的今日，我避在客栈里，他们却是走向刑场了；去年的今日，我在炮声中逃在英租界，他们则早已埋在不知那里的地下了；今年的今日，我才坐在旧寓里，人们都睡觉了，连我的女人和孩子。我又沉重的感到我失掉了很好的朋友，中国失掉了很好的青年，我在悲愤中沉静下去了，不料积习又从沉静中抬起头来，写下了以上那些字。

要写下去，在中国的现在，还是没有写处的。年青时读向子期《思旧赋》，很怪他为什么只有寥寥的几行，刚开头却又煞了尾。然而，现在我懂得了。

不是年青的为年老的写记念，而在这三十年中，却使我目睹许多青年的血，层层淤积起来，将我埋得不能呼吸，我只能用这样的笔墨，写几句文章，算是从泥土中挖一个小孔，自己延口残喘，这是怎样的世界呢。夜正长，路也正长，我不如忘却，不说的好罢。但我知道，即使不是我，将来总会有记起他们，再说他们的时候的。……

三月七—八日。

评注：

①发表于1933年4月1日《现代》第2卷第6期。后编入《南腔北调集》。

②五个青年作家，指李伟森、柔石、胡也频、冯铿、殷夫等五人，都是“左联”成员。

③彼得斐，通译裴多菲。

④“三道头”，当时上海公共租界里的巡官，因制服袖上缀有三道倒“人”字形标志，被称作“三道头”。

⑤日本的歌人，指山本初枝（1898—1966），日本女诗人。当时居住上海内山书店后门，与鲁迅私谊甚好。

Sanwenshi 散文诗

《野草》题辞[1]

当我沉默着的时候，我觉得充实；我将开口，同时感到空虚。

过去的生命已经死亡。我对于这死亡有大欢喜[2]，因为我借此知道它曾经存活。死亡的生命已经朽腐。我对于这朽腐有大欢喜，因为我借此知道它还非空虚。

生命的泥委弃在地面上，不生乔木，只生野草，这是我的罪过。

野草，根本不深，花叶不美，然而吸取露，吸取水，吸取陈死人[3]的血和肉，各各夺取它的生存。当生存时，还是将遭践踏，将遭删刈，直至于死亡而朽腐。

但我坦然，欣然。我将大笑，我将歌唱。

我自爱我的野草，但我憎恶这以野草作装饰的地面。

地火在地下运行，奔突；熔岩一旦喷出，将烧尽一切野草，以及乔木，于是并且无可朽腐。

但我坦然，欣然。我将大笑，我将歌唱。

天地有如此静穆，我不能大笑而且歌唱。天地即不如此静穆，我或者也将不能。我以这一丛野草，在明与暗，生与死，过去与未来之际，献于友与仇，人与兽，爱者与不爱者之前作证。

为我自己，为友与仇，人与兽，爱者与不爱者，我希望这野草的死亡与朽腐，火速到来。要不然，我先就未曾生存，这实在比死亡与朽腐更其不幸。

去罢，野草，连着我的题辞！

一九二七年四月二十六日，鲁迅记于广州之白云楼上。

评注：

①本篇最初发表于1927年7月北京《语丝》周刊第138期；在编入散文诗集《野草》后，于1931年5月上海北新书局印第7版时被国民党书报检查机关抽去，至1941年上海鲁迅全集出版社出版《鲁迅三十年集》时才重新收入。

②大欢喜，佛家语，指达致极度满足时的一种心境。

③陈死人，指死去很久的人。

影的告别[①]

人睡到不知道时候的时候，就会有影来告别，说出那些话——

有我所不乐意的在天堂里，我不愿去；有我所不乐意的在地狱里，我不愿去；有我所不乐意的在你们将来的黄金世界里，我不愿去。

然而你就是我所不乐意的。

朋友，我不想跟随你了，我不愿住。

我不愿意!

呜乎呜乎，我不愿意，我不如彷徨于无地。

我不过一个影，要别你而沉没在黑暗里了。然而黑暗又会吞并我，然而光明又会使我消失。

然而我不愿彷徨于明暗之间，我不如在黑暗里沉没。

然而我终于彷徨于明暗之间，我不知道是黄昏还是黎明。我姑且举灰黑的手装作喝干一杯酒，我将在不知道时候的时候独自远行。

呜乎呜乎，倘若黄昏，黑夜自然会来沉没我，否则我要被白天消失，如果现是黎明。

朋友，时候近了。

我将向黑暗里彷徨于无地。

你还想我的赠品。我能献你甚么呢？无已，则仍是黑暗和虚空而已。但是，我愿意只是黑暗，或者会消失于你的白天；我愿意只是虚空，决不占你的心地。

我愿意这样，朋友——

我独自远行，不但没有你，并且再没有别的影在黑暗里。

只有我被黑暗沉没，那世界全属于我自己。

一九二四年九月二十四日。

评注：

①发表于1924年12月《语丝》周刊第4期。后编入《野草》。

复仇[①]

人的皮肤之厚，大概不到半分，鲜红的热血，就循着那后面，在比密密层层地爬在墙壁上的槐蚕更其密的血管里奔流，散出温热。于是各以这温热互相蛊惑，煽动，牵引，拼命地希求偎倚，接吻，拥抱，以得生命的沉酣的大欢喜。

但倘若用一柄尖锐的利刃，只一击，穿透这桃红色的，菲薄的皮肤，将见那鲜红的热血激箭似的以所有温热直接灌溉杀戮者；其次，则给以冰冷的呼吸，示以淡白的嘴唇，使之人性茫然，得到生命的飞扬的极致的大欢喜；而其自身，则永远沉浸于生命的飞扬的极致的大欢喜中。

这样，所以，有他们俩裸着全身，捏着利刃，对立于广漠的旷野之上。

他们俩将要拥抱，将要杀戮……

路人们从四面奔来，密密层层地，如槐蚕爬上墙壁，如马蚁要扛鲞头[2]。衣服都漂亮，手倒空的。然而从四面奔来，而且拼命地伸长颈子，要赏鉴这拥抱或杀戮。他们已经豫觉着事后的自己的舌上的汗或血的鲜味。

然而他们俩对立着，在广漠的旷野之上，裸着全身，捏着利刃，然而也不拥抱，也不杀戮，而且也不见有拥抱或杀戮之意。

他们俩这样地至于永久，圆活的身体，已将干枯，然而毫不见有拥抱或杀戮之意。

路人们于是乎无聊；觉得有无聊钻进他们的毛孔，觉得有无聊从他们自己的心中由毛孔钻出，爬满旷野，又钻进别人的毛孔中。他们于是觉得喉舌干燥，脖子也乏了；终至于面面相觑，慢慢走散；甚而至于居然觉得干枯到失了生趣。

于是只剩下广漠的旷野，而他们俩在其间裸着全身，捏着利刃，干枯地立着；以死人似的眼光，赏鉴这路人们的干枯，无血的大戮，而永远沉浸于生命的飞扬的极致的大欢喜中。

一九二四年十二月二十日。

评注：

①发表于1924年12月《语丝》周刊第7期。后编入《野草》。

②鲞头，鱼头，江浙一带称干鱼、腊鱼为鲞。

复仇（其二）[1]

因为他自以为神之子，以色列的王[2]，所以去钉十字架。

兵丁们给他穿上紫袍，戴上荆冠，庆贺他；又拿一根苇子打他的头，吐他，屈膝拜他；戏弄完了，就给他脱了紫袍，仍穿他自己的衣服。

看哪，他们打他的头，吐他，拜他……

他不肯喝那用没药调和的酒，要分明地玩味以色列人怎样对付他们的神之子，而且较永久地悲悯他们的前途，然而仇恨他们的现在。

四面都是敌意，可悲悯的，可咒诅的。

丁丁地响，钉尖从掌心穿透，他们要钉杀他们的神之子了，可悯的人们呵，使他痛得柔和，丁丁地响，钉尖从脚背穿透，钉碎了一块骨，痛楚也透到心髓中，然而他们自己钉杀着他们的神之子了，可咒诅的人们呵，这使他痛得舒服。

十字架竖起来了；他悬在虚空中。

他没有喝那用没药调和的酒，要分明地玩味以色列人怎样对付他们的神之子，而且较永久地悲悯他们的前途，然而仇恨他们的现在。

路人都辱骂他，祭司长和文士[③]也戏弄他，和他同钉的两个强盗也讥诮他。

看哪，和他同钉的……

四面都是敌意，可悲悯的，可咒诅的。

他在手足的痛楚中，玩味着可悯的人们的钉杀神之子的悲哀和可咒诅的人们要钉杀神之子，而神之子就要被钉杀了的欢喜。突然间，碎骨的大痛楚透到心髓了，他即沉酣于大欢喜和大悲悯中。

他腹部波动了，悲悯和咒诅的痛楚的波。

遍地都黑暗了。

“以罗伊，以罗伊，拉马撒巴各大尼？！”（翻出来，就是：我的上帝，你为甚么离弃我？！）

上帝离弃了他，他终于还是一个“人之子”；然而以色列人连“人之子”都钉杀了。

钉杀了“人之子”的人们的身上，比钉杀了“神之子”的尤其血污，血腥。

一九二四年十二月二十日。

评注：

①发表于1924年12月《语丝》周刊第9期。后编入《野草》。

②以色列的王，即犹太人的王。

③祭司长，专职掌管祭祀的人。文士，这里专指那些宣讲法律，兼记录和保管官方文件的人。

希望[①]

我的心分外地寂寞。

然而我的心很平安：没有爱憎，没有哀乐，也没有颜色和声音。

我大概老了。我的头发已经苍白，不是很明白的事么？我的手颤抖着，不是很明白的事么？那么，我的魂灵的手一定也颤抖着，头发也一定苍白了。

然而这是许多年前的事了。

这以前，我的心也曾充满过血腥的歌声：血和铁，火焰和毒，恢复和报仇。而忽而这些都空虚了，但有时故意地填以没奈何的自欺的希望。希望，希望，用这希望的盾，抗拒那空虚中的暗夜的袭来，虽然盾后面也依然是空虚中的暗夜。然而就是如此，陆续地耗尽了我的青春。

我早先岂不知我的青春已经逝去了？但以为身外的青春固在：星，月光，僵坠的胡蝶，暗中的花，猫头鹰的不祥之言，杜鹃的啼血，笑的渺茫，爱的翔舞……。虽然是悲凉漂渺的青春罢，然而究竟是青春。

然而现在何以如此寂寞？难道连身外的青春也都逝去，世上的青年也多衰老了么？

我只得由我来肉薄这空虚中的暗夜了。我放下了希望之盾，我听到Petőfi Sándor[②]（1823—1849）的“希望”之歌，

希望是什么？是娼妓：
她对谁都蛊惑，将一切都献给；
待你牺牲了极多的宝贝——
你的青春——她就弃掉你。

这伟大的抒情诗人，匈牙利的爱国者，为了祖国而死在可萨克[③]兵的矛尖上，已经七十五年了。悲哉死也，然而更可悲的是他的诗至今没有死。

但是，可惨的人生！桀骜英勇如Petőfi，也终于对了暗夜止步，回顾着茫茫的东方了。他说：

绝望之为虚妄，正与希望相同。

倘使我还得偷生在不明不暗的这“虚妄”中，我就还要寻求那逝去的悲凉漂渺的青春，但不妨在我的身外。因为身外的青春倘一消灭，我身中的迟暮也即凋零了。

然而现在没有星和月光，没有僵坠的胡蝶以至笑的渺茫，爱的翔舞。然而青年们很平安。

我只得由我来肉薄这空虚中的暗夜了，纵使寻不到身外的青春，也总得自己来一掷我身中的迟暮。但暗夜又在那里呢？现在没有星，没有月光以至笑的渺茫和爱的翔舞；青年们很平安，而我的

面前又竟至于并且没有真的暗夜。

绝望之为虚妄，正与希望相同！

一九二五年一月一日。

评注：

①发表于1925年1月《语丝》周刊第10期。后编入《野草》。

②Petöfi Sándor，裴多菲·山陀尔。

③可萨克，通译哥萨克。

过客[①]

时：

或一日的黄昏。

地：

或一处。

人：

老翁——约七十岁，白须发，黑长袍。

女孩——约十岁，紫发，乌眼珠，白地黑方格长衫。

过客——约三四十岁，状态困顿倔强，眼光阴沉，黑须，乱发，黑色短衣裤皆破碎，赤足著破鞋，胁下挂一个口袋，支着等身的竹杖。

东，是几株杂树和瓦砾；西，是荒凉破败的丛葬；其间有一条似路非路的痕迹。一间小土屋向这痕迹开着一扇门；门侧有一段枯树根。

（女孩正要将坐在树根上的老翁搀起。）

翁——孩子。喂，孩子！怎么不动了呢？

孩——（向东望着，）有谁走来了，看一看罢。

翁——不用看他。扶我进去罢。太阳要下去了。

孩——我，——看一看。

翁——唉，你这孩子！天天看见天，看见土，看见风，还不够好看么？什么也不比这些好看。你偏是要看谁。太阳下去时候出现的东西，不会给你什么好处的。……还是进去罢。

孩——可是，已经近来了。阿阿，是一个乞丐。

翁——乞丐？不见得罢。

（过客从东面的杂树间跄踉走出，暂时踌躕之后，慢慢地走近老翁去。）

客——老丈，你晚上好？

翁——阿，好！托福。你好？

客——老丈，我实在冒昧，我想在你那里讨一杯水喝。我走得渴极了。这地方又没有一个池塘，一个水洼。

翁——唔，可以可以。你请坐罢。（向女孩）孩子，你拿水来，杯子要洗干净。

（女孩默默地走进土屋去。）

翁——客官，你请坐。你是怎么称呼的。

客——称呼？——我不知道。从我还能记得的时候起，我就只一个人。我不知道我本来叫什么。我一路走，有时人们也随便称呼我，各式各样地，我也记不清楚了，况且相同的称呼也没有听到过第二回。

翁——阿阿。那么，你是从那里来的呢？

客——（略略迟疑，）我不知道。从我还能记得的时候起，我就在这么走。

翁——对了。那么，我可以问你到那里去么？

客——自然可以。——但是，我不知道。从我还能记得的时候起，我就在这么走，要走到一个地方去，这地方就在前面。我单记得走了许多路，现在来到这里了。我接着就要走向那边去，（西指，）前面！

（女孩小心地捧出一个木杯来，递去。）

客——（接杯，）多谢，姑娘。（将水两口喝尽，还杯，）多谢，姑娘。这真是少有的好意。我真不知道应该怎样感激！

翁——不要这么感激。这于你是没有好处的。

客——是的，这于我没有好处。可是我现在很恢复了些力气了。我就要前去。老丈，你大约是久住在这里的，你可知道前面是怎么一个所在么？

翁——前面？前面，是坟。

客——（诧异地，）坟？

孩——不，不，不的。那里有许多许多野百合，野蔷薇，我常常去玩，去看他们的。

客——（西顾，仿佛微笑，）不错。那些地方有许多许多野百合，野蔷薇，我也常常去玩过，去看过的。但是，那是坟。（向老翁，）老丈，走完了那坟地之后呢？

翁——走完之后？那我可不知道。我没有走过。

客——不知道？！

孩——我也不知道。

翁——我单知道南边；北边；东边，你的来路。那是我最熟悉的地方，也许倒是于你们最好的地方。你莫怪我多嘴，据我看来，你已经这么劳顿了，还不如回转去，因为你前去也料不定可能走完。

客——料不定可能走完？……（沉思，忽然惊起，）那不行！我只得走。回到那里去，就没一处没有名目，没一处没有地主，没一处没有驱逐和牢笼，没一处没有皮面的笑容，没一处没有眶外的眼泪。我憎恶他们，我不回转去！

翁——那也不然。你也会遇见心底的眼泪，为你的悲哀。

客——不。我不愿看见他们心底的眼泪，不要他们为我的悲哀！

翁——那么，你，（摇头）你只得走了。

客——是的，我只得走了。况且还有声音常在前面催促我，叫唤我，使我息不下。可恨的是我的脚早经走破了，有许多伤，流了许多血。（举起一足给老人看，）因此，我的血不够了；我要喝些血。但血在那里呢？可是我也不愿意喝无论谁的血。我只得喝些水，来补充我的血。一路上总有水，我倒也并不感到什么不足。只是我的力气太稀薄了，血里面太多了水的缘故罢。今天连一个小水洼也遇不到，也就是少走了路的缘故罢。

翁——那也未必。太阳下去了，我想，还不如休息一会的好罢，像我似的。

客——但是，那前面的声音叫我走。

翁——我知道。

客——你知道？你知道那声音么？

翁——是的。他似乎曾经也叫过我。

客——那也就是现在叫我的声音么？

翁——那我可不知道。他也就是叫过几声，我不理他，他也就不叫了，我也就记不清楚了。

客——唉唉，不理他……。（沉思，忽然吃惊，倾听着，）不行！我还是走的好。我息不下。可恨我的脚早经走破了。（准备走路。）

孩——给你！（递给一片布，）裹上你的伤去。

客——多谢，（接取，）姑娘。这真是……。这真是极少有的好意。这能使我可以走更多的路。（就断砖坐下，要将布缠在踝上，）但是，不行！（竭力站起，）姑娘，还了你罢，还是裹不下。况且这太多的好意，我没法感激。

翁——你不要这么感激，这于你没有好处。

客——是的，这于我没有什么好处。但在我，这布施是最上的东西了。你看，我全身上可有这样的。

翁——你不要当真就是。

客——是的。但是我不能。我怕我会这样：倘使我得到了谁的布施，我就要像兀鹰看见死尸一样，在四近徘徊，祝愿她的灭亡，给我亲自看见；或者咒诅她以外的一切全都灭亡，连我自己，因为我就应该得到咒诅。但是我还没有这样的力量；即使有这力量，我也不愿意她有这样的境遇，因为她们大概总不愿意有这样的境遇。我想，这最稳当。（向女孩，）姑娘，你这布片太好，可是太小一点了，还了你罢。

孩——（惊惧，退后，）我不要了！你带走！

客——（似笑，）哦哦，……因为我拿过了？

孩——（点头，指口袋，）你装在那里，去玩玩。

客——（颓唐地退后，）但这背在身上，怎么走呢？……

翁——你息不下，也就背不动。——休息一会，就没有什么了。

客——对咧，休息……。（默想，但忽然惊醒，倾听。）不，我不能！我还是走好。

翁——你总不愿意休息么？

客——我愿意休息。

翁——那么，你就休息一会罢。

客——但是，我不能……。

翁——你总还是觉得走好么？

客——是的。还是走好。

翁——那么，你也还是走好罢。

客——（将腰一伸，）好，我告别了。我很感谢你们。（向着女孩，）姑娘，这还你，请你收回去。

（女孩惊惧，敛手，要躲进土屋里去。）

翁——你带去罢。要是太重了，可以随时抛在坟地里面的。

孩——（走向前，）阿阿，那不行！

客——阿阿，那不行的。

翁——那么，你挂在野百合野蔷薇上就是了。

孩——（拍手，）哈哈！好！

客——哦哦……。

（极暂时中，沉默。）

翁——那么，再见了。祝你平安。（站起，向女孩，）孩子，扶我进去罢。你看，太阳早已下去了。（转身向门。）

客——多谢你们。祝你们平安。（徘徊，沉思，忽然吃惊，）然而我不能！我只得走。我还是走好罢……。（即刻昂了头，奋然向西走去。）

（女孩扶老人走进土屋，随即阖了门。过客向野地里踉跄地闯进去，夜色跟在他后面。）

一九二五年三月二日。

评注：

①最初发表于1925年3月《语丝》周刊第17期。后编入《野草》。

失掉的好地狱[1]

我梦见自己躺在床上，在荒寒的野外，地狱的旁边。一切鬼魂们的叫唤无不低微，然有秩序，与火焰的怒吼，油的沸腾，钢叉的震颤相和鸣，造成醉心的大乐，布告三界[2]：地下太平。

有一伟大的男子站在我面前，美丽，慈悲，遍身有大光辉，然而我知道他是魔鬼。

“一切都已完结，一切都已完结！可怜的鬼魂们将那好的地狱失掉了！”他悲愤地说，于是坐下，讲给我一个他所知道的故事——

“天地作蜂蜜色的时候，就是魔鬼战胜天神，掌握了主宰一切的大威权的时候。他收得天国，收得人间，也收得地狱。他于是亲临地狱，坐在中央，遍身发大光辉，照见一切鬼众。

“地狱原已废弛得很久了：剑树[3]消却光芒，沸油的边际早不腾涌；大火聚有时不过冒些青烟，远处还萌生曼陀罗花[4]，花极细小，惨白可怜。——那是不足为奇的，因为地上曾经大被焚烧，自然失了他的肥沃。

“鬼魂们在冷油温火里醒来，从魔鬼的光辉中看见地狱小花，惨白可怜，被大蛊惑，倏忽间记起人世，默想至不知几多年，遂同时向着人间，发一声反狱的绝叫。

“人类便应声而起，仗义执言，与魔鬼战斗。战声遍满三界，远过雷霆。终于运大谋略，布大网罗，使魔鬼并且不得不从地狱出走。最后的胜利，是地狱门上也竖了人类的旌旗！

“当鬼魂们一齐欢呼时，人类的整饬地狱使者已临地狱，坐在中央，用了人类的威严，叱咤一切鬼众。

“当鬼魂们又发一声反狱的绝叫时，即已成为人类的叛徒，得到永劫沉沦的罚，迁入剑树林的中央。

“人类于是完全掌握了主宰地狱的大威权，那威棱且在魔鬼以上。人类于是整顿废弛，先给牛首阿旁⑤以最高的俸草；而且，添薪加火，磨砺刀山，使地狱全体改观，一洗先前颓废的气象。

“曼陀罗花立即焦枯了。油一样沸；刀一样铦；火一样热；鬼众一样呻吟，一样宛转，至于都不暇记起失掉的好地狱。

“这是人类的成功，是鬼魂的不幸……。

“朋友，你在猜疑我了。是的，你是人！我且去寻野兽和恶鬼……。”

一九二五年六月十六日。

评注：

①发表于1925年6月《语丝》周刊第32期。后编入《野草》。

②三界，这里指天国、人间、地狱。

③剑树，佛教传说中的一种地狱酷刑。

④曼陀罗花，一种有毒草本植物。中药学称风茄花或洋金花。这里指佛经传说中的色白有妙香、人见而能适意的奇花。

⑤牛首阿旁，佛教传说中地狱里牛头人身的鬼卒。

颓败线的颤动[①]

我梦见自己在做梦。自身不知所在，眼前却有一间在深夜中紧闭的小屋的内部，但也看见屋上瓦松的茂密的森林。

板桌上的灯罩是新拭的，照得屋子里分外明亮。在光明中，在破榻上，在初不相识的披毛的强悍的肉块底下，有瘦弱渺小的身躯，为饥饿，苦痛，惊异，羞辱，欢欣而颤动。弛缓，然而尚且丰腴的皮肤光润了；青白的两颊泛出轻红，如铅上涂了胭脂水。

灯火也因惊惧而缩小了，东方已经发白。

然而空中还弥漫地摇动着饥饿，苦痛，惊异，羞辱，欢欣的波涛……。

“妈！”约略两岁的女孩被门的开阖声惊醒，在草席围着的屋角的地上叫起来了。

“还早哩，再睡一会罢！”她惊惶地说。

“妈！我饿，肚子痛。我们今天能有什么吃的？”

“我们今天有吃的了。等一会有卖烧饼的来，妈就买给你。”她欣慰地更加紧捏着掌中的小银片，低微的声音悲凉地发抖，走近屋角去一看她的女儿，移开草席，抱起来放在破榻上。

“还早哩，再睡一会罢。”她说着，同时抬起眼睛，无可告诉地一看破旧的屋顶以上的天空。

空中突然另起了一个很大的波涛，和先前的相撞击，回旋而成旋涡，将一切并我尽行淹没，口鼻都不能呼吸。

我呻吟着醒来，窗外满是如银的月色，离天明还很辽远似的。

我自身不知所在，眼前却有一间在深夜中紧闭的小屋的内部，我自己知道是在续着残梦。可是梦的年代隔了许多年了。屋的内外已经这样整齐；里面是青年的夫妻，一群小孩子，都怨恨鄙夷地对着一个垂老的女人。

“我们没有脸见人，就只因为你，”男人气忿地说。“你还以为养大了她，其实正是害苦了她，倒不如小时候饿死的好！”

“使我委屈一世的就是你！”女的说。

“还要带累了我！”男的说。

“还要带累他们哩！”女的说，指着孩子们。

最小的一个正玩着一片干芦叶，这时便向空中一挥，仿佛一柄钢刀，大声说道：

“杀！”

那垂老的女人口角正在痉挛，登时一怔，接着便都平静，不多时候，她冷静地，骨立的石像似的站起来了。她开开板门，迈步在深夜中走出，遗弃了背后一切的冷骂和毒笑。

她在深夜中尽走，一直走到无边的荒野；四面都是荒野，头上只有高天，并无一个虫鸟飞过。她赤身露体地，石像似的站在荒野的中央，于一刹那间照见过往的一切：饥饿，苦痛，惊异，羞辱，欢欣，于是发抖；害苦，委屈，带累，于是痉挛；杀，于是平静。……又于一刹那间将一切并合：眷念与决绝，爱抚与复仇，养育与歼除，祝福与咒诅……。她于是举两手尽量向天，口唇间漏出人与兽的，非人间所有，所以无词的言语。

当她说出无词的言语时，她那伟大如石像，然而已经荒废的，颓败的身躯的全面都颤动了。这颤动点点如鱼鳞，每一鳞都起伏如沸水在烈火上，空中也即刻一同振颤，仿佛暴风雨中的荒海的波涛。

她于是抬起眼睛向着天空，并无词的言语也沉默尽绝，惟有颤动，辐射若太阳光，使空中的波涛立刻回旋，如遭飓风，汹涌奔腾于无边的荒野。

我梦魇了，自己却知道是因为将手搁在胸脯上了的缘故；我梦中还用尽平生之力，要将这十分沉重的手移开。

一九二五年六月二十九日。

评注：

①发表于1925年7月《语丝》周刊第35期。后编入《野草》。

这样的战士[①]

要有这样的一种战士——

已不是蒙昧如非洲土人而背着雪亮的毛瑟枪的；也并不疲惫如中国绿营兵而却佩着盒子炮。他毫无乞灵于牛皮和废铁的甲胄；他只有自己，但拿着蛮人所用的，脱手一掷的投枪。

他走进无物之阵，所遇见的都对他一式点头。他知道这点头就是敌人的武器，是杀人不见血的武器，许多战士都在此灭亡，正如炮弹一般，使猛士无所用其力。

那些头上有各种旗帜，绣出各样好名称：慈善家，学者，文士，长者，青年，雅人，君子……。头下有各样外套，绣出各式好花样：学问，道德，国粹，民意，逻辑，公义，东方文明……。

但他举起了投枪。

他们都同声立了誓来讲说，他们的心都在胸膛的中央，和别的偏心的人类两样。他们都在胸前放着护心镜，就为自己也深信心在胸膛中央的事作证。

但他举起了投枪。

他微笑，偏侧一掷，却正中了他们的心窝。

一切都颓然倒地；——然而只有一件外套，其中无物。无物之物已经脱走，得了胜利，因为他这时成了戕害慈善家等类的罪人。

但他举起了投枪。

他在无物之阵中大踏步走，再见一式的点头，各种的旗帜，各样的外套……。

但他举起了投枪。

他终于在无物之阵中老衰，寿终。他终于不是战士，但无物之物则是胜者。

在这样的境地里，谁也不闻战叫：太平。

太平……。

但他举起了投枪！

一九二五年十二月十四日。

评注：

①发表于1925年12月《语丝》周刊第58期。后编入《野草》。

淡淡的血痕中[①]

——记念几个死者和生者和未生者

目前的造物主，还是一个怯弱者。

他暗暗地使天变地异，却不敢毁灭一个这地球；暗暗地使生物衰亡，却不敢长存一切尸体；暗暗地使人类流血，却不敢使血色永远鲜秾；暗暗地使人类受苦，却不敢使人类永远记得。

他专为他的同类——人类中的怯弱者——设想，用废墟荒坟来衬托华屋，用时光来冲淡苦痛和血痕；日日斟出一杯微甘的苦酒，不太少，不太多，以能微醉为度，递给人间，使饮者可以哭，可以歌，也如醒，也如醉，若有知，若无知，也欲死，也欲生。他必须使一切也欲生；他还没有灭尽人类的勇气。

几片废墟和几个荒坟散在地上，映以淡淡的血痕，人们都在其间咀嚼着人我的渺茫的悲苦。但是不肯吐弃，以为究竟胜于空虚，各各自称为“天之僇民”[②]，以作咀嚼着人我的渺茫的悲苦的辩解，而且悚息着静待新的悲苦的到来。新的，这就使他们恐惧，而又渴欲相遇。

这都是造物主的良民。他就需要这样。

叛逆的猛士出于人间；他屹立着，洞见一切已改和现有的废墟和荒坟，记得一切深广和久远的苦痛，正视一切重叠淤积的凝血，深知一切已死，方生，将生和未生。他看透了造化的把戏；他将要起来使人类苏生，或者使人类灭尽，这些造物主的良民们。

造物主，怯弱者，羞惭了，于是伏藏。天地在猛士的眼中于是变色。

一九二六年四月八日。

评注：

①发表于1926年4月《语丝》周刊第75期。后编入《野草》。

②“天之僇民”，僇，亦作戮。受刑戮的人，指罪人。

长城[①]

伟大的长城！

这工程，虽在地图上也还有它的小像，凡是世界上稍有知识的人们，大概都知道的罢。

其实，从来不过徒然役死许多工人而已，胡人何尝挡得住。现在不过一种古迹了，但一时也不会灭尽，或者还要保存它。

我总觉得周围有长城围绕。这长城的构成材料，是旧有的古砖和补添的新砖。两种东西联为一气造成了城壁，将人们包围。

何时才不给长城添新砖呢？

这伟大而可诅咒的长城！

五月十一日。

评注：

①发表于1925年5月15日《莽原》周刊第4期。后编入《华盖集》。原为《编完写起》第四段，标题为编集时所加。

战士和苍蝇[①]

Schopenhauer[②]说过这样的话：要估定人的伟大，则精神上的大和体格上的大，那法则完全相反。后者距离愈远即愈小，前者却见得愈大。

正因为近则愈小，而且愈看见缺点和创伤，所以他就和我们一样，不是神道，不是妖怪，不是异兽。他仍然是人，不过如此。但也惟其如此，所以他是伟大的人。

战士战死了的时候，苍蝇们所首先发见的是他的缺点和伤痕，嘬着，营营地叫着，以为得意，以为比死了的战士更英雄。但是战士已经战死了，不再来挥去他们。于是乎苍蝇们即更其营营地叫，自以为倒是不朽的声音，因为它们的完全，远在战士之上。

的确的，谁也没有发见过苍蝇们的缺点和创伤。

然而，有缺点的战士终竟是战士，完美的苍蝇也终竟不过是苍蝇。

去罢，苍蝇们！虽然生着翅子，还能营营，总不会超过战士的。你们这些虫豸们！

三月二十一日。

评注：

①发表于1925年3月24日北京《京报》附刊《民众文艺周刊》第14号。后载入《华盖集》。

作者同年4月3日于《京报副刊》发表《这是这么一个意思》一文，对本文有所说明：“所谓战士者，是指中山先生和民国元年前后殉国而反受奴才们讥笑糟蹋的先烈；苍蝇则当然是指奴才们。”

②Schopenhauer，叔本华，参考本书第106页评注③。主要著作有《作为意志和表象的世界》等。

夜颂[①]

爱夜的人，也不但是孤独者，有闲者，不能战斗者，怕光明者。

人的言行，在白天和在深夜，在日下和在灯前，常常显得两样。夜是造化所织的幽玄的天衣，普覆一切人，使他们温暖，安心，不知不觉的自己渐渐脱去人造的面具和衣裳，赤条条地裹在这无边际的黑絮似的大块里。

虽然是夜，但也有明暗。有微明，有昏暗，有伸手不见掌，有漆黑一团糟。爱夜的人要有听夜的耳朵和看夜的眼睛，自在暗中，看一切暗。君子们从电灯下走入暗室中，伸开了他的懒腰；爱侣们从月光下走进树阴里，突变了他的眼色。夜的降临，抹杀了一切文人学士们当光天化日之下，写在耀眼的白纸上的超然，混然，恍然，勃然，粲然的文章，只剩下乞怜，讨好，撒谎，骗人，吹牛，捣鬼的夜气，形成一个灿烂的金色的光圈，像见于佛画上面似的，笼罩在学识不凡的头脑上。

爱夜的人于是领受了夜所给与的光明。

高跟鞋的摩登女郎在马路边的电光灯下，阁阁的走得很起劲，但鼻尖也闪烁着一点油汗，在证明她是初学的时髦，假如长在明晃晃的照耀中，将使她碰着“没落”的命运。一大排关着的店铺的昏暗助她一臂之力，使她放缓开足的马力，吐一口气，这时才觉得沁人心脾的夜里的拂拂的凉风。

爱夜的人和摩登女郎，于是同时领受了夜所给与的恩惠。

一夜已尽，人们又小心翼翼的起来，出来了；便是夫妇们，面目和五六点钟之前也何其两样。从此就是热闹，喧嚣。而高墙后面，大厦中间，深闺里，黑狱里，客室里，秘密机关里，却依然弥漫着惊人的真的大黑暗。

现在的光天化日，熙来攘往，就是这黑暗的装饰，是人肉酱缸上的金盖，是鬼脸上的雪花膏。只有夜还算是诚实的。我爱夜，在夜间作《夜颂》。

六月八日。

评注：

①发表于1933年6月10日《申报·自由谈》，署名游光。后编入《准风月谈》。

旧体诗

Jiutishi

无题[1]

惯于长夜过春时，挈妇将雏[2]鬓有丝。
梦里依稀慈母泪，城头变幻大王[3]旗。
忍看朋辈成新鬼，怒向刀丛觅小诗。
吟罢低眉无写处，月光如水照缁衣[4]。

评注：

①本诗作于1931年2月，1933年2月写《为了忘却的记念》时附入此诗。原诗“忍看”作“眼看”，“刀丛”作“刀边”。

②挈妇将雏，挈，携；将，搀扶；雏，幼儿。

③大王，北方通称强盗为大王。

④缁衣，黑色衣服。据许寿裳《亡友鲁迅印象记》所证，诗人当时正好穿着一件黑色袍子。

送O.E.君携兰归国[①]

椒焚桂折佳人老[②]，独托幽岩展素心[③]。
岂惜芳馨遗远者[④]，故乡如醉有荆榛[⑤]。

二月十二日。

评注：

①O．E．，即小原荣次郎的罗马字拼音（Obara Eijiro）的缩写。当时他在东京开设京华堂，经营中国文玩和兰草。本诗与《无题》（大野多钩棘）、《湘灵歌》一同发表于1931年8月《文艺新闻》第22号。后编入《集外集》。

②椒焚桂折佳人老，椒，香料；桂，一种芳香的树木；佳人，美人。全句比喻优秀的人物或美好的事物惨遭摧残。

③素心，指本心。见江淹诗："素心本如此。"亦有心地纯洁意，见陶潜诗："闻多素心人，乐与数晨夕。"另，为兰花的一种，称素心兰，是其中较为名贵者。

④遗远者，赠予远来的人。

⑤荆榛，荆棘杂草，比喻恶势力。

无题[1]

大野多钩棘[2]，
长天列战云。
几家春袅袅，
万籁静愔愔[3]。
下土惟秦醉[4]，
中流辍越吟[5]。
风波一浩荡，
花树已萧森。

三月。

评注：

①据《鲁迅日记》，本诗是1931年3月5日书赠日本友人片山松藻

（内山嘉吉夫人）的。后编入《集外集》。

②钩棘，双关语。一本荆棘，如“故乡如醉有荆榛”句意；二为钩戟，古兵器名。

③万籁静愔愔，寂静无声。籁，乐器发声的孔窍；万籁，泛指一切声响；愔愔，静默的样子。

④下土惟秦醉，到处沉醉在一种太平景象里。下土，天下。秦醉，汉代张衡《西京赋》：“昔者大帝说（悦）秦穆公而觐之，飨以钧天广乐，帝有醉焉……”

⑤越吟，故国之歌。《史记·张仪列传》：（陈轸）曰：“越人庄舄仕楚执珪，有顷而病。楚王曰：‘舄故越之鄙细人也，今仕楚执珪，贵富矣，亦思越不?’中谢对曰：‘凡人之思故，在其病也。彼思越则越声，不思越则楚声。’使人往听之，犹尚越声也。”

湘灵歌[1]

昔闻湘水碧如染，今闻湘水胭脂痕[2]。
湘灵妆成照湘水，皎如皓月窥彤云。
高丘寂寞竦中夜，芳荃零落无余春。
鼓完瑶瑟人不闻，太平成象[3]盈秋门[4]。

三月。

评注：

①据《鲁迅日记》，本诗是1931年3月5日书赠日本友人松元三郎的。诗中“如染”作“于染”，“皎如皓月”作“皓如素月”，“零落”作“苓落”。后编入《集外集》。湘灵湘水之神，又名湘君、湘夫人、帝子。

②胭脂痕，此指血痕。李贺《雁门太守行》：“塞上胭脂凝夜紫。”

③太平成象，《资治通鉴》唐文宗太和六年：“上御延英，谓宰相曰：

‘天下何时当太平，卿等亦有意于此乎!’僧孺对曰：‘太平无象。今四夷不至交侵，百姓不至流散，虽非至理，亦谓小康。陛下若别求太平，非臣等所及。’”“太平成象”即从“太平无象”化出，有反讽之意。

④秋门，明代睿益引《洛阳敌宫纪》注云：“洛阳有宜秋门千秋门。”洛阳是唐朝的京都，故借指南京。

无题[1]

血沃中原肥劲草，寒凝大地发春华。
英雄多故[2]谋夫病，泪洒崇陵[3]噪暮鸦。

评注：

①本诗是1932年1月23日书赠日本友人高良夫人的。后编入《集外集拾遗》。

高良夫人，即高良富子，日本某大学教授，从事日本基督教妇女和平运动。居留上海期间，在内山完造家中认识鲁迅，回国后曾以日本出版的《唐宋元明名画大观》一函二本寄赠，鲁迅为此专函致谢。

②多故，多事。

③崇陵，高大的陵墓，指南京中山陵。

偶成[1]

文章如土[2]欲何之[3]，翘首东云[4]惹梦思。
所恨芳林寥落甚，春兰秋菊不同时。

三月。

评注：

①本诗是1932年3月31日书赠沈松泉的。后编入《集外集拾遗》。

沈松泉，浙江吴兴人，上海光华书局的创办者。作者所译的《艺术论》等书即由光华书局出版。当时，沈松泉将去日本留学，本诗当是送行之作。

②文章如土，鲁迅信中虽有“文章不值钱”的说法，在此当取广延之意，即文坛遭到践踏，作家被杀，书刊遭禁。

③欲何之，欲何往，想到哪里去。之，往、到的意思。

④东云，东方的云，这里借指日本。

自嘲[①]

运交华盖[②]欲何求，未敢翻身已碰头。
破帽遮颜过闹市，漏船载酒泛中流[③]。
横眉冷对千夫指[④]，俯首甘为孺子牛[⑤]。
躲进小楼成一统，管他冬夏与春秋。

十月十二日。

评注：

①《鲁迅日记》1932年10月12日："午后为柳亚子书一条幅，云：'运交华盖欲何求，……达夫赏饭，闲人打油，偷得半联，凑成一律以请'云云。"诗中"破帽"作"旧帽"，"漏船"作"破船"。后编入《集外集》。

柳亚子（1887—1958），诗人，名慰高，后改弃疾，号亚子。江苏吴江人，早年参加反清革命，为南社创始人之一。

②运交华盖，倒装句，即交华盖运。《华盖集·题记》说：“这运，在和尚是好运，顶有华盖，自然是成佛作祖之兆，但俗人可不行，华盖在上，就要给罩住了，只好碰钉子。”

③中流，江河中心的急流。

④千夫指，指众论敌的围剿。《汉书·王嘉传》：“里谚曰：‘千人所指，无病而死。’”

⑤孺子牛，指服务于幼小者。孺子，幼儿。《左传·哀公六年》：“鲍子曰：‘女忘君之为孺子牛而折其齿乎？而背之也！’”晋代杜预注：“孺子，荼也。景公尝衔绳为牛，使荼牵之。荼顿地，故折其齿。”

无题[1]

洞庭木落[2]楚天高，
眉黛[3]猩红[4]涴[5]战袍。
泽畔[6]有人吟不得，
秋波渺渺失离骚[7]。

十二月。

评注：

①据《鲁迅日记》，本诗是1932年12月31日书赠郁达夫的；诗中“木落”作“浩荡”，“猩红”作“心红”，“吟不得”作“吟亦险”。后编入《集外集》时，改定文字，并加题为《无题》。

②洞庭木落，《楚辞·九歌·湘夫人》：“袅袅兮秋风，洞庭波兮木叶下。”

③眉黛，指妇女。黛，古代为女子画眉用的青色的黛石。

④猩红，这里指鲜血。

⑤涴，染污，弄脏。

⑥泽畔，湖边。《楚辞·渔父》："屈原既放，游于江潭，行吟泽畔。"

⑦离骚，屈原被放逐后所作的长诗。

悼杨铨[1]

岂有豪情似旧时，花开花落[2]两由之[3]。
何期[4]泪洒江南雨，又为斯民[5]哭健儿。

六月二十一日

评注：

①本诗作于1933年6月21日，曾先后书赠许广平及坪井之友樋口良平。后编入《集外集拾遗》。杨铨（1893—1933），字杏佛，江西清江人。曾留学美国哈佛大学，回国后曾任南京高等师范学校教授、东南大学工学院院长、中央研究院总干事等职。1925年参与发起中国济难会。1932年参与发起成立中国民权保障同盟，任副会长兼总干事，次年被暗杀于上海。著有《杏佛文存》等。

②花开花落，喻世事变化。陆游《书况》：“花开花落又经春。”

③两由之，由，任由，任随；之，指花开花落，世事迁流。

④何期，哪里想到，意想不到。

⑤斯民，此民，人民。

赠人[1]

其一

明眸越女[2]罢晨装，荇水荷风是旧乡。
唱尽新词欢[3]不见，旱云如火扑晴江。

其二

秦女[4]端容理[5]玉筝，梁尘踊跃[6]夜风轻。
须臾响急冰弦绝，但见奔星[7]劲有声。

七月。

评注：

①据《鲁迅日记》1933年7月21日，本诗是书赠日本森本清八的。诗中“理”作“弄”，“但”作“独”。后编入《集外集》。

②越女，这里泛指江浙一带的女子。

③欢，六朝时吴声歌曲中对情人的称谓。

④秦女，本指古代传说中秦穆公之女弄玉，亦称秦娥，能吹箫作凤鸣。这里泛指善弹奏的女子。

⑤理，练习，温习。古代称乐家习乐为理曲。

⑥梁尘踊跃，形容乐声的动人，使梁上的灰尘也为之颤动跳跃。《艺文类聚》引刘向《别录》：“汉兴以来，善雅歌者鲁人虞公，发声清哀，盖动梁尘。”

⑦奔星，流星。

悼丁君①

如磐夜气压重楼②，剪柳春风③导九秋④。
瑶瑟⑤凝尘清怨绝，可怜无女耀高丘。

六月。

评注：

①发表于1933年9月30日《涛声》周刊第2卷第38期。后收入《集外集》。据《鲁迅日记》同年6月28日，作者将此诗书赠陶轩；诗中“夜气”作“遥夜”，“压”作“拥”，“瑶”作“湘”。丁君指丁玲（1904—1986），作家。原名蒋伟，字冰之，湖南临澧人。曾加入“左联”，并任党团书记，主编左联机关刊物《北斗》。1936年赴陕北，在延安时期主编《解放日报》文艺副刊。1949年以后，历任《文艺报》主编，中央文学研究所所长、中宣部文艺处处长、中国作协副主席、《人民文学》主编等。1955年及1957年先后被打成“反党集团”头目及“右

派”分子，下放北大荒劳动。1979年获平反，担任中国作家协会副主席，次年创办并主编文学杂志《中国》。著有《丁玲文集》5卷。1933年5月14日，丁玲在上海被绑架失踪，接着盛传在南京遇害，本诗因此而作。

②重楼，层楼，高楼。

③剪柳春风，唐代贺知章《咏柳》：“不知细叶谁裁出，二月春风似剪刀。”

④导九秋，导，引来；九秋，秋季，深秋。

⑤瑶瑟，以美玉装饰的一种丝弦乐器。

无题[①]

万家墨面[②]没蒿莱[③]，敢有歌吟动地哀。

心事浩茫连广宇[④]，于无声处听惊雷。

五月。

评注：

①《鲁迅日记》1934年5月30日："午后为新居格君书一幅云：'万家墨面没蒿莱……'"后编入《集外集拾遗》。

②墨面，指面容晦暗、阴郁。

③蒿莱，指野草，荒野。

④广宇，同旷宇，指大野，大地。

亥年残秋偶作[①]

曾惊秋肃临天下，
敢遣春温上笔端。
尘海苍茫沉百感，
金风[②]萧瑟走千官[③]。
老归大泽菰蒲尽，
梦坠空云齿发寒。
竦听荒鸡[④]偏阒寂，
起看星斗正阑干[⑤]。

十二月。

评注：

①《鲁迅日记》1935年12月5日：“为季市书一小幅云：‘曾惊秋肃

临天下……'”后编入《集外集拾遗》。季市即许寿裳。

②金风，秋风。

③走千官，即千官走，指国民党政府的文武官员在日军侵略面前仓皇南逃的景象。

④荒鸡，半夜里不按时啼叫的鸡，古时迷信，以为“恶声不祥”。《晋书·祖逖传》载，祖逖与司空刘琨“共被同寝。中夜闻荒鸡鸣，蹴琨觉曰：‘此非恶声也。’因起舞”。

⑤阑干，横斜的样子。《古乐府·善哉行》：“月落参横，北斗阑干。”

S h u x i n 书

信

致钱玄同[1]

玄同兄：

来信收到了。你前回说过七月里要做讲义、所以《新青年》让别人编、明年自己连编两期、何以现在又要编了？起孟[2]说过想译一篇小说、篇幅是狠短的、可是现在还未寄来。大约一到家里、内政外交、种种庶务、总须几天才完、渺无消息、也不足奇、想来廿日以内、总可以译好的。至于敝人的一篇、却恐怕有点靠不住、因为敝人嘴里要做的东西、向来狠多、然而从来未尝动手、照例类推、未免不做的点、在六十分以上了。

中国国粹、虽然等于放屁、而一群坏种、要刊丛编[3]、却也毫不足怪。该坏种等、不过还想吃人、而竟奉卖过人肉的侦心探龙做祭酒[4]、大有自觉之意。即此一层、已足令敝人刮目相看、而猗欤羞哉、尚在其次也。敝人当袁朝[5]时、曾戴了冕帽出无名氏语录、献爵于至圣先师的老太爷之前[6]、阅历已多、无论如何复古、如何国粹、都已不怕。但该坏种等之创刊屁志、系专对《新青年》而发、则略以为异、初不料《新青年》之于他们、竟如此其难过也。然既将刊之、则听其刊之、且看其刊之、看其如何国法、如何粹法、如何发昏、如何放屁、如何做梦、如何探龙、亦一大快事也。国粹丛编万岁！老小昏虫万岁！！蚊虫咬我，就此不写了。

鲁迅　七月五日。

评注：

①此信写于1918年，原件逗号均作顿号。

②起孟，周作人（1885—1967），鲁迅二弟。文学家，翻译家。字启明，又作岂明、起孟或启孟。亦署周遐寿。抗日战争时，堕落为汉奸。1949年后，主要从事外国文学作品的翻译工作，同时还写了不少有关鲁迅的回忆录。个人著作较多，主要有《自己的园地》《雨天的书》《谈龙集》《谈虎集》《泽泻集》《苦斋随笔》等。

③一群坏种、要刊丛编，可能指刘师培等计划复刊《国粹学报》和《国粹汇编》，但未能实现。后另创办《国故》月刊，提倡国粹主义，对抗新文化运动。

④奉卖过人肉的侦心探龙做祭酒，意思是指推出刘师培做学界头目。“卖过人肉”，指刘师培1909年曾为清朝两江总督端方收买，出卖革命党人的事实。又因他早年曾研究六朝文学，故借南朝梁文艺理论家刘勰《文心雕龙》书名，化作“侦心探龙”，暗取其中“侦探”二字代指他。祭酒，原为古代祭祀仪式的主持者，汉代以后为学官名。

⑤袁朝，指袁世凯统治时期（1912—1916）。

⑥至圣先师的老太爷，指孔子。当时鲁迅在北洋政府教育部任职，在袁世凯强制举办的祭孔活动中，曾随众当过祀孔“执事”。

致宋崇义[①]

知方同学兄足下：

日前蒙惠书，祇悉种种。

仆于去年冬季，以挈眷北来，曾一返越中，往来匆匆，在杭在越之诸友人，皆不及走晤；迄今犹以为憾！

比年以来，国内不靖，影响及于学界，纷扰已经一年。世之守旧者，以为此事实为乱源；而维新者则又赞扬甚至。全国学生，或被称为祸萌，或被誉为志士；然由仆观之，则于中国实无何种影响，仅是一时之现象而已：谓之志士固过誉，谓之祸萌，亦甚冤也。

南方学校现象，较此间似尤奇诡，分教员为四等，可谓在教育史上开一新纪元，北京尚无此举，惟高等工业抬出校长，略堪媲美而已。然此亦只因无校长提倡，故学生亦不发起：若有如姜校长[②]之办法，则现象当亦相同。世之论客，好言南北之别，其实同是中国人，脾气无甚大异也。

近来所谓新思潮者，在外国已是普遍之理，一入中国，便大吓人；提倡者思想不彻底，言行不一致，故每每发生流弊，而新思潮之本身，固不任其咎也。

要之，中国一切旧物，无论如何，定必崩溃；倘能采用新说，助其变迁：则改革较有秩序，其祸必不如天然崩溃之烈。而社会守旧，新党又行不顾言，一盘散沙，无法粘连，将来除无可收拾外，殆无他道也。

今之论者，又惧俄国思潮传染中国，足以肇乱，此亦似是而非之谈，乱则有之，传染思潮则未必。中国人无感染性，他国思潮，甚难移植；将来之乱，亦仍是中国式之乱，非俄国式之乱也。而中国式之乱，能否较善于他式，则非浅见之所能测矣。

要而言之，旧状无以维持，殆无可疑；而其转变也，既非官吏所希望之现状，亦非新学家所鼓吹之新式：但有一塌胡涂而已。

中国学共和不像，谈者多以为共和于中国不宜；其实以前之专制，何尝相宜？专制之时，亦无忠臣，亦非强国也。

仆以为一无根柢学问，爱国之类，俱是空谈；现在要图，实只在熬苦求学，惜此又非今之学者所乐闻也。此布，敬颂

曼福！

仆树　顿首　五月四日。

评注：

①此信写于1920年。宋崇义（？—1942）浙江上虞人。鲁迅在浙江初级师范学堂任教时的学生。后曾在浙江台州中学、杭州崇文中学、杭州艺术专科学校等处任教。

②姜校长，姜琦，浙江永嘉人。时任浙江第一师范学校校长。

致李秉中[1]（二封）

一[2]

秉中兄：

顷见致舍弟书，借知沪上之谣，已达日本。致劳殷念，便欲首途，感怆交并，非言可喻！

我自旅沪以来，谨慎备至，几于谢绝人世，结舌无言。然以昔曾弄笔，志在革新。故根源未竭，仍为左翼作家联盟之一员。而上海文坛小丑，遂欲乘机陷之以自快慰。造作蜚语，力施中伤，由来久矣。哀其无聊，付之一笑。上月中旬，此间捕青年数十人，其中之一，是我之学生[3]。（或云有一人自言姓鲁）飞短流长之徒，因盛传我已被捕。通讯社员发电全国，小报记者盛造谰言，或载我之罪状，或叙我之住址，意在讽喻当局，加以搜捕。其实我之伏处牖下，一无所图，彼辈亦非不知。而沪上人心，往往幸灾乐祸。冀人之危，以为谈助。大谈陆王［黄］恋爱于前，继以马振华投水，又继以萧女士被强奸案，今则轮到我之被捕矣。文人一摇笔，用力甚微，而于我之害则甚大。老母饮泣，挚友惊心。十日以来，几于日以发缄更正为事，亦可悲矣。今幸无事，可释远念。然而三告投杼，贤母生疑。千夫所指，无疾而死。生丁今世，正不知来日如何耳。东望扶桑④，感怆交集。此布，即颂

曼福不尽。

迅　启上　二月四日。

令夫人均此致候。

二⑤

秉中兄：

九日惠函已收到。生丁此时此地，真如处荆棘中，国人竟有贩人命以自肥者，尤可愤叹。时亦有意，去此危邦，而眷念旧乡，仍不能绝裾径去，野人怀土，小草恋山，亦可哀也。日本为旧游之地，水木明瑟，诚足怡心，然知之已稔，遂不甚向往，去年颇欲赴德国，亦仅藏于心。今则金价大增，且将三倍，我又有眷属在沪，并一婴儿，相依为命，离则两伤，故且深自韬晦，冀延余年，倘举朝文武，仍不相容，会当相偕以泛海，或相率而授命耳。盛意甚感，但今尚无恙，请释远念，并善自珍摄为幸。此布，即颂

曼福不尽。

迅　启上　二月十八日。

令夫人均此致候。

评注：

①李秉中（？—1940），字庸倩，四川彭山人。1924年入北京大学，同年底入黄埔军校。1925年参加广东政府革命军，次年被派往苏联，1927年回国后赴日本，1932年返国后在南京国民党军事机关任职。

②此信写于1931年。

③我之学生，指柔石。

④扶桑，日本。

⑤此信写于1931年。

致台静农[1]

静农兄：

顷得六月二十二日函，五月初之信及照相，早已收到，倥偬之际，遂未奉闻也。

上海气候殊不佳，蒙念甚感。时症亦大流行，但仆生长危邦，年逾大衍[2]，天灾人祸，所见多矣，无怨于生，亦无怖于死，即将投我琼瑶，依然弄此笔墨，夙心旧习，不能改也，惟较之春初，固亦颇自摄养耳。

开明第一次款，久已照收，并无纠葛，霁兄[3]曾来函询，因失其通信地址，遂无由复，乞转知；至第二次，则尚无消息。

立人[4]先生大作，曾以一册见惠，读之既哀其梦梦，又觉其凄凄。昔之诗人，本为梦者，今谈世事，遂如狂醒；诗人原宜热中，然神驰宦海，则溺矣，立人已无可救，意者素园若在，或不至于此，然亦难言也。

此复，并颂

时绥。

豫　启上　六月廿八晚。

评注：

①此信写于1933年。

台静农（1903—1990），安徽霍邱（今六安市叶集区）人，作家。早年为“未名社”成员，先后执教于多所大学，1946年赴台湾任教。著有小说《地之子》等。

②大衍，指五十岁。

③霁兄，指李霁野。

④立人，即韦丛芜（1905—1978），作家，翻译家。

致曹聚仁[1]（二封）

一[2]

聚仁先生：

惠书敬悉。近来的事，其实也未尝比明末更坏，不过交通既广，智识大增，所以手段也比较的绵密而且恶辣。然而明末有些士大夫，曾捧魏忠贤入孔庙，被以衮冕，现在却还不至此，我但于胡公适之之侃侃而谈，有些不觉为之颜厚有忸怩耳。但是，如此公者，何代蔑有哉。

渔仲亭林[3]诸公，我以为今人已无从企及，此时代不同，环境所致，亦无可奈何。中国学问，待从新整理者甚多，即如历史，就该另编一部。古人告诉我们唐如何盛，明如何佳，其实唐室大有胡气，明则无赖儿郎，此种物件，都须褫其华衮，示人本相，庶青年不再乌烟瘴气，莫名其妙。其他如社会史，艺术史，赌博史，娼妓史，文祸史……都未有人著手。然而又怎能著手？居今之世，纵使在决堤灌水，飞机掷弹范围之外，也难得数年粮食，一屋图书。我数年前，曾拟编中国字体变迁史及文学史稿各一部，先从作长编入手，但即此长编，已成难事，剪取欤，无此许多书，赴图书馆抄录欤，上海就没有图书馆，即有之，一人无此精力与时光，请书记[4]又有欠薪之惧，所以直到现在，还是空谈。现在做人，似乎只能随时随手做点有益于人之事，倘其不能，就做些利己而不损人之事，又不能，则做些损人利己之事。只有损人而不利己的事，我是反对的，如强盗之放火是也。

知识分子以外，现在是不能有作家的，戈理基虽称非知识阶级出身，其实他看的书很不少，中国文字如此之难，工农何从看起，所以新的文学，只能希望于好的青年。十余年来，我所遇见的文学青年真也不少了，而希奇古怪的居多。最大的通病，是以为因为自己是青年，所以最可贵，最不错的，待到被人驳得无话可说的时候，他就说是因为青年，当然不免有错误，该当原谅的了。而变化也真来得快，三四年中，三翻四覆的，你看有多少。

古之师道，实在也太尊，我对此颇有反感。我以为师如荒谬，不妨叛之，但师如非罪而遭冤，却不可乘机下石，以图快敌人之意而自救。太炎先生曾教我小学，后来因为我主张白话，不敢再去见他了，后来他主张投壶，心窃非之，但当国民党要没收他的几间破屋，我实不能向当局作媚笑。以后如相见，仍当执礼甚恭（而太炎先生对于弟子，向来也绝无傲态，和蔼若朋友然），自以为师弟之道，如此已可矣。

今之青年，似乎比我们青年时代的青年精明，而有些也更重目前之益，为了一点小利，而反噬构陷，真有大出于意料之外者，历来所身受之事，真是一言难尽，但我是总如野兽一样，受了伤，就回头钻入草莽，舐掉血迹，至多也不过呻吟几声的。只是现在却因为年纪渐大，精力就衰，世故也愈深，所以渐在回避了。

自首之辈，当分别论之，别国的硬汉比中国多，也因为别国的淫刑不及中国的缘故。我曾查欧洲先前虐杀耶稣教徒的记录，其残虐实不及中国，有至死不屈者，史上在姓名之前就冠一“圣”字了。中国青年之至死不屈者，亦常有之，但皆秘不发表。不能受刑至死，就非卖友不可，于是坚卓者无不灭亡，游移者愈益堕落，长此以往，将使中国无一好人，倘中国而终亡，操此策者为之也。

此复，并颂

著祺

鲁迅　启上　六月十八夜。

二⑤

聚仁先生：

继杨杏佛而该死之榜，的确有之，但弄笔之徒，列名其上者实不过六七人，而竟至于天下骚然，鸡飞狗走者内智识阶级之怕死者半，盖怕死亦一种智识耳，孔子所谓知命者不立于岩墙之下也。而若干文虻（古本作氓），趁势造谣，各处恫吓者亦半。一声失火，大家乱窜，塞住大门，踏死数十，古已有之，今一人也不踏死，则知识阶级之故也。是大可夸，丑云乎哉？

《涛声》至今尚存，实在令人觉得古怪，我以为当是文简而旨隐，未能为大家所解，因而侦探们亦不甚解之故，八月大寿，当本此旨作一点祝辞。

近来只写点杂感，亦不过所谓陈言，但均早被书店约去，此外之欠债尚多，以致无可想法，只能俟之异日耳。

此复，并颂

时绥。

鲁迅　启上　七月十一日。

评注：

①曹聚仁（1900—1972），记者，作家。浙江浦江人。曾主编《涛声》《芒种》等杂志。1950年赴香港，主办《循环日报》。著有《中国学术思想史随笔》《万里行记》等。

②此信写于1933年。

③渔仲，即郑樵；亭林，即顾炎武。

④书记，旧称办理文书或从事缮写工作的人员。

⑤此信写于1933年。

致刘炜明[1]（二封）

一[2]

炜明先生：

十五日惠函收到。一个人处在沈闷的时代，是容易喜欢看古书的，作为研究，看看也不要紧，不过深入之后，就容易受其浸润，和现代离开。

我请先生不要寄钱来。一则，因为我琐事多，容易忘记，疏忽；二则，近来虽也化名作文，但并不多，而且印出来时，常被检查官删削，弄得不成样子，不足观了。倘有单行本印出时，当寄上，不值几个钱，无须还我的。

《二心集》我是将版权卖给书店的，被禁之后，书店便又去请检查，结果是被删去三分之二以上，听说他们还要印，改名《拾零集》，不过其中已无可看的东西，是一定的。

现在当局的做事，只有压迫，破坏，他们那里还想到将来。在文学方面，被压迫的那里只我一人，青年作家，吃苦的多得很，但是没有人知道。上海所出刊物，凡有进步性的，也均被删削摧残，大抵办不下去。这种残酷的办法，一面固然出于当局的意志。一面也因检查官的报私仇，因为有些想做“文学家”而不成的人们，现在有许多是做了秘密的检查官了，他们恨不得将他们的敌手一网打尽。

星洲[3]也非言论自由之地，大约报纸上的消息，是不会确于上海的，邮寄费事，还是不必给我罢。

专此布复，即颂

时绥。

鲁迅　十一月二十八夜。

二[4]

炜明先生：

十二日的信，早收到了；《星洲日报》[5]也收到了一期，内容也并不比上海的报章减色，谢谢。《二心集》总算找到了一本，是杭州的书店卖剩在那里的，下午已托书店和我新印的一本短评[6]，一同挂号寄上，但不知能收到否。此种书籍，请先生万不要寄书款来，因为我从书店拿来，以作者的缘故，是并不化钱的。

中国的事情，说起来真是一言难尽。从明年起，我想不再在期刊上投稿了。上半年曾在《自由谈》（《申报》）上作文，后来编辑换掉了，便不再投稿；改寄《动向》（《中华日报》），而这副刊明年一月一日起就停刊。大约凡是主张改革的文章，现在几乎不能发表，甚至于还带累刊物。所以在日报上，我已经没有发表的地方。至于期刊，我给写稿的是《文学》，《太白》，《读书生活》⑦，《漫画生活》⑧等，有时用真名，有时用公汗，但这些刊物，就是常受压迫的刊物，能出到几期，很说不定的。出版的那几本，也大抵被删削得不成样子。

今年设立的书报检查处，很有些"文学家"在那里面做官，他们虽然不会做文章，却会禁文章，真禁得什么话也不能说。现在我如果用真名，那是不要紧的，他们只将文章大删一通，删得连骨子也没有；我新近给明年的《文学》写了一篇随笔，约七八千字，但给他们只删剩了一千余字，不能用了。而且办事也不一律，就如那一本《拾零集》，是中央删剩，准许发卖的，但运到杭州去，却仍被没收，他们的理由是：这里特别禁止。

黑暗之极，无理可说，我自有生以来，第一次遇见。但我是还要反抗的。从明年起，我想用点功，索性来做整本的书，压迫禁止，当然仍不能免，但总可以不给他们删削了。

专此布复，并颂

时绥。

迅　上　十二月三十一夜。

评注：

①刘炜明，广东大埔人。当时在新加坡经商，是鲁迅作品的读者。

②此信写于1934年。

③星洲，即新加坡。

④此信写于1934年。

⑤《星洲日报》，新加坡出版的一种中文报纸，1929年创办。

⑥一本短评，指《准风月谈》。

⑦《读书生活》，综合性半月刊，李公朴等编，1934年11月创刊。

⑧《漫画生活》，载有漫画和杂文的月刊，吴朗西、黄士英等编，1934年9月创刊。

致萧军、萧红（三封）

一[①]

刘
吟 先生：

两信均收到。我知道我们见面之后，是会使你们悲哀的，我想，你们单看我的文章，不会料到我已这么衰老。但这是自然的法则，无可如何。其实，我的体子并不算坏，十六七岁就单身在外面混，混了三十年，这费力可就不小；但没有生过大病或卧床数十天，不过精力总觉得不及先前了，一个人过了五十岁，总不免如此。

中国是古国，历史长了，花样也多，情形复杂，做人也特别难，我觉得别的国度里，处世法总还要简单，所以每个人可以有工夫做些事，在中国，则单是为生活，就要化去生命的几乎全部。尤其是那些诬陷的方法，真是出人意外，譬如对于我的许多谣言，其实大部分是所谓“文学家”造的，有什么仇呢，至多不过是文章上的冲突，有些是一向毫无关系，他不过造着好玩，去年他们还称我为“汉奸”，说我替日本政府做侦探。我骂他时，他们又说我器量小。

单是一些无聊事，就会化去许多力气。但，敌人是不足惧的，最可怕的是自己营垒里的蛀虫，许多事都败在他们手里。因此，就有时会使我感到寂寞。但我是还要照先前那样做事的，虽然现在精力不及先前了，也因学问所限，不能慰青年们的渴望，然而我毫无退缩之意。

《两地书》其实并不像所谓“情书”，一者因为我们通信之初，实在并未有什么关于后来的豫料的；二则年龄，境遇，都已倾向了沉静方面，所以决不会显出什么热烈。冷静，在两人之间，是有缺点的，但打闹，也有弊病，不过，倘能立刻互相谅解，那也不妨。至于孩子，偶然看看是有趣的，但养起来，整天在一起，却真是麻烦得很。

你们目下不能工作，就是静不下，一个人离开故土，到一处生地方，还不发生关系，就是还没有在这土里下根，很容易有这一种情境。一个作者，离开本国后，即永不会写文章了，是常有的事。我到上海后，即做不出小说来，而上海这地方，真也不能叫人和他亲热。我看你们的现在的这种焦躁的心情，不可使它发展起来，最好是常到外面去走走，看看社会上的情形，以及各种人们的脸。

以下答问——

1，我的孩子叫海婴，但他大起来，自己要改的，他的爸爸，就连姓都改掉了。阿菩是我的第三个兄弟的女儿。

2，会[2]是开成的，费了许多力；各种消息，报上都不肯登，所以在中国很少人知道。结果并不算坏，各代表回国后都有报告，使世界上更明瞭了中国的实情。我加入的。

3，《君山》我这里没有。

4，《母亲》[③]也没有。这书是被禁止的，但我可以托人去找一找。《没落》[④]我未见过。

5，《两地书》我想东北是有的，北新书局在寄去。

6，我其实是不喝酒的；只在疲劳或愤慨的时候，有时喝一点，现在是绝对不喝了，不过会客的时候，是例外。说我怎样爱喝酒，也是“文学家”造的谣。

7，关于脑膜炎的事，日子已经经过许久了，我看不必去更正了罢。

我们有了孩子以后，景宋几乎和笔绝交了，要她改稿子，她是不敢当的。但倘能出版，则错字和不妥处，我当负责改正。

你说文化团体，都在停滞——无政府状态中……一点不错。议论是有的，但大抵是唱高调，其实唱高调就是官僚主义。我的确常常感到焦烦，但力所能做的，就做，而又常常有“独战”的悲哀。不料有些朋友们，却斥责我懒，不做事；他们昂头天外，评论之后，不知那里去了。

来信上说到用我这里拿去的钱时，觉得刺痛，这是不必要的。我固然不收一个俄国的卢布，日本的金圆，但因出版界上的资格关系，稿费总比青年作家来得容易，里面并没有青年作家的稿费那样的汗水的——用用毫不要紧。而且这些小事，万不可放在心上，否则，人就容易神经衰弱，陷入忧郁了。

来信又愤怒于他们之迫害我。这是不足为奇的，他们还能做什么别的？我究竟还要说话。你看老百姓一声不响，将汗血贡献出来，自己弄到无衣无食，他们不是还要老百姓的性命吗？

此复，即请

俪安。

迅 上 十二月六日。

再：有《桃色的云》及《小约翰》，是我十年前所译，在再版印出来了，你们两位要看吗？望告诉我。又及

二⑤

刘军
悄吟 兄：

十日信十三才收到，不知道怎的这么慢。你所发见的两点，我看是对的；至于说我的话可对呢，我决不定。使我自己说起来，我大约是“姑息”的一方面，但我知道若在战斗的时候，非常有害，所以应该改正。不过这和“判断力”大有关系，力强，所做便不错，力一弱，即容易陷于怀疑，什么也不能做了。“父爱”也一样的，倘不加判断，一味从严，也可以冤死了好子弟。

所谓“野气”，大约即是指和上海一般人的言动不同之点，黄大约看惯了上海的“作家”，所以觉得你有些特别。其实，中国的人们，不但南北，每省也有些不同的；你大约还看不出江苏和浙江人的不同来，但江浙人自己能看出，我还能看出浙西人和浙东人的不同。普通大抵以和自己不同的人为古怪，这成见，必须跑过许多路，见过许多人，才能够消除。由我看来，大约北人爽直，而失之粗，南人文雅，而失之伪。粗自然比伪好。但习惯成自然，南边人总以像自己家乡那样的曲曲折折为合乎道理。你还没有见过所谓大家子弟，那真是要讨厌死人的。

这“野气”要不要故意改它呢？我看不要故意改。但如上海住得久了，受环境的影响，是略略会有些变化的，除非不和社会接触。但是，装假固然不好，处处坦白，也不成，这要看是什么时候。和朋友谈心，不必留心，但和敌人对面，却必须刻刻防备。我们和朋友在一起，可以脱掉衣服，但上阵要穿甲。您记得《三国志演义》上的许褚赤膊上阵么？中了好几箭。金圣叹批道：谁叫你赤膊？

所谓文坛，其实也如此（因为文人也是中国人，不见得就和商人之类两样），鬼魅多得很，不过这些人，你还没有遇见。如果遇见，是要提防，不能赤膊的。好在现在已经认识几个人了，以后关于不知道其底细的人，可以问问叶他们，比较的便当。

《八月》[6]我还没有看，要到二十边，一定有工夫来看了。近来还是为了许多琐事，加以小说选好，又弄翻译。《死魂灵》很难译，我轻率的答应了下来，每天译不多，又非如期交卷不可，真好像做苦工，日子不好过，幸而明天可完了，只有二万字，却足足化了十二天。

虽是江南，雪水也应该融流的，但不知怎的，去年竟没有下雪，这也并不是常有的事。许是去年阴历年底就想来的，因寓中走不开而止。现在孩子更捣乱了，本月内母亲又要到上海，一个担子，挑的是一老一小，怎么办呢？

金人的译文看过了，文笔很不差，一篇寄给了良友，一篇想交给《译文》。

专此布复，并请

俪安。

豫　上　三月十三夜。

三[7]

刘军
悄吟 兄：

十六日信早收到。今年北四川路是流行感冒特别的多，从上星期以来，寓中不病的只有许一个人了，但她今天说没有气力；我最先病，但也最先好，今天是同平常一样了。

帮朋友的忙，帮到后来，只忙了自己，这是常常要遇到的。您的朋友既入大学，必是智识分子，那他一定有道理，如“情面说”之类。我的经验，是人来要我帮忙的，他用“互助论”，一到不用，或要攻击我了，就用“进化论的生存竞争说”；取去我的衣服，倘向他索还，他就说我是“个人主义”，自私自利，吝啬得很。前后一对照，真令人要笑起来，但他却一本正经，说得一点也不自愧。

我看中国有许多智识分子，嘴里用各种学说和道理，来粉饰自己的行为，其实却只顾自己一个的便利和舒服，凡有被他遇见的，都用作生活的材料，一路吃过去，像白蚁一样，而遗留下来的，却只是一条排泄的粪。社会上这样的东西一多，社会是要糟的。

我的文章，也许是《二心集》中比较锋利，因为后来又有了新经验，不高兴做了。敌人不足惧，最令人寒心而且灰心的，是友军中的从背后来的暗箭；受伤之后，同一营垒中的快意的笑脸。因此，倘受了伤，就得躲入深林，自己舐干，扎好，给谁也不知道。我以为这境遇，是可怕的。我倒没有什么灰心，大抵休息一会，就仍然站起来，然而好像终竟也有影响，不但显于文章上，连自己也觉得近来还是“冷”的时候多了。

《樱花》闻已蒙检查老爷通过，署名不能改了。前天看见《太白》广告，有两篇一同发表，不知道去拿了稿费没有？

《集外集》好像还没有出。

匆复并颂

俪祉。

豫上。四月二十三日

近来北四川路邮局有了一个认识我的笔迹的人，凡有寄出书籍，倘是我写封面的，他就特别拆开来看，弄得一塌胡涂，但对于信札，好像还不这还［样］。呜呼，人面的狗，何其多乎！？

又及。

评注：

①此信写于1934年。

②会，指世界反对帝国主义战争委员会组织的远东反战会议。1933年9月30日在上海秘密召开，主题是反对日本帝国主义侵略中国。鲁迅未曾到会，但被选为大会主席团名誉主席之一。

③《母亲》，长篇小说，高尔基著，沈端先（夏衍）译。1929年10月上海大江书铺出版。

④《没落》，即《阿尔达莫诺夫家的事业》，高尔基著，陈小航译。1932年8月福州国光社出版。

⑤此信写于1935年。

⑥《八月》，指《八月的乡村》，萧军所著关于抗日的小说。

⑦此信写于1935年。

致萧军[1]

刘兄：

一日的信收到两天了。对于《译文》停刊事，你好像很被激动，我倒不大如此，平生这样的事情遇见的多，麻木了，何况这还是小事情。但是，要战斗下去吗？当然，要战斗下去！无论它对面是什么。

黄先生当然以不出国为是，不过我不好劝阻他。一者，我不明白他一生的详细情形，二者，他也许自有更远大的志向，三者，我看他有点神经质，接连的紧张，是会生病的——他近来较瘦了——休息几天，和太太会会也好。

丛书和月刊，也当然，要出下去。丛书的出版处，已经接洽好了，月刊我主张找别处出版，所以还没有头绪。倘二者一处出版，则资本少的书店，会因此不能活动，两败俱伤。德国腓立大帝的“密集突击”，那时是会打胜仗的，不过用于现在，却不相宜，所以我所采取的战术，是：散兵战，堑壕战，持久战——不过我是步兵，和你炮兵的法子也许不见得一致。

《死魂灵》已于上月底交去第十一章译稿，第一部完了，此书我不想在《世界文库》上中止，这是对于读者的道德，但自然，一面也受人愚弄。不过世事要看总账，到得总结的时候，究竟还是他愚弄我呢，还是愚弄了自己呢，却不一定得很。至于第二部（原稿就是不完的）是否仍给他们登下去，我此时还没有决定。

现在正在赶译这书的附录和序文，连脖子也硬的不大能动了，大约二十前后可完，一面已在排印本文，到下月初，即可以出版。这恐怕就是丛书的第一本。

至于我的先前受人愚弄呢，那自然；但也不是第一次了，不过在他们还未露出原形，他们做事好像还于中国有益的时候，我是出力的。这是我历来做事的主意，根柢即在总账问题。即使第一次受骗了，第二次也有被骗的可能，我还是做，因为被人偷过一次，也不能疑心世界上全是偷儿，只好仍旧打杂。但自然，得了真赃实据之后，又是一回事了。

那天晚上，他们开了一个会[②]，也来找我，是对付黄先生的，这时我才看出了资本家及其帮闲们的原形，那专横，卑劣和小气，竟大出于我的意料之外，我自己想，虽然许多人都说我多疑，冷酷，然而我的推测人，实在太倾于好的方面了，他们自己表现出来时，还要坏得远。

以下答家常话：

孩子到幼稚园去，还愿意，但我怕他说江苏话，江苏话少用N音结末，譬如“三”，他们说See，“南”，他们说Nee，我实在不爱听。他一去开，就接连的要去；礼拜天休息一天，第二天就想逃学——我看他也不像肯用功的人。

我们都好的，我比较的太少闲工夫，因此就有时发牢骚，至于生活书店事件，那倒没有什么，他们是不足道的，我们只要干自己的就好。

昨天到巴黎大戏院去看了《黄金湖》[③]，很好，你们看了没有？下回是罗曼谛克的《暴帝情鸳》[④]，恐怕也不坏，我与其看美国式的发财结婚影片，宁可看《天方夜谈》一流的怪片子。

专此布复，并颂

俪安。

豫　上　十月四日。

评注：

①此信写于1935年。

②他们开了一个会，他们，指生活书店的邹韬奋、胡愈之，以及在鲁迅看来对生活书店方面基本上采取纵容或姑息态度的茅盾、郑振铎、傅东华等人。1935年9月17日晚，生活书店在新亚酒店设宴，请鲁迅出席，席间突然提出撤掉《译文》编辑黄源，被鲁迅拒绝。

③《黄金湖》，苏联影片。

④《暴帝情鸳》，法国影片。

致曹靖华[1]

汝珍兄：

十四日信早到，近因忙于译书，所以今日才复。

它兄[2]文稿，很有几个人要把它集起来，但我们尚未商量。现代有他的两部[3]，须赎回，因为是豫支过板税的，此事我在单独进行。

中国事其实早在意中，热心人或杀或囚，早替他们收拾了，和宋明之末极像。但我以为哭是无益的，只好仍是有一分力，尽一分力，不必一时特别愤激，事后却又悠悠然。我看中国青年，大都有愤激一时的缺点，其实现在秉政的，就都是昔日所谓革命的青年也。

此地出板仍极困难，连译文也费事，中国是对内特别凶恶的。

E.君信非由VOKS[4]转。他的信头有地址，今抄在此纸后面。记得他有一个地址，还多几字，但现不在手头。兄看现在之地址如果不像会寄不到，就请代发，否则不如将信寄来，由我自发。

寄辰兄[5]一笺并稿费单，乞便中转交。我们都好，勿念。

此祝

平安。

豫　上　六月廿四日。

评注：

①此信写于1935年。

②它兄，即瞿秋白。

③他的两部，指瞿秋白的两部译稿《高尔基论文选集》和《现实》。

④VOKS，即苏联对外文化协会。

⑤辰兄指台静农。

致胡风[1]

十一日信收到。三郎的事情[2]，我几乎可以无须思索，说出我的意见来，是：现在不必进去。最初的事，说起来话长了，不论它；就是近几年，我觉得还是在外围的人们里，出几个新作家，有一些新鲜的成绩，一到里面去，即将在无聊的纠纷中，无声无息。以我自己而论，总觉得缚了一条铁索，有一个工头在背后用鞭子打我，无论我怎样起劲的做，也是打，而我回头去问自己的错处时，他却拱手客气的说，我做得好极了，他和我感情好极了，今天天气哈哈哈……真常常令我手足无措，我不敢对别人说关于我们的话，对于外国人，我避而不谈，不得已时，就撒谎。你看这是怎样的苦境？

我的这意见，从元帅看来，一定是罪状（但他和我的感情一定仍旧很好的），但我确信我是对的。将来通盘筹算起来，一定还是我的计画成绩好。现在元帅和“忏悔者”们的联络加紧（所以他们的话，在我们里面有大作用），进攻的阵线正在展开，真不知何时才见晴朗。倘使削弱外围的力量，那是真可以什么也没有的。

亀井[3]的文章，立意的大部分是在给他们国内的人看的，当然不免有“借酒浇愁”的气味。其实，我的有些主张，是由许多青年的血换来的，他一看就看出来了，在我们里面却似乎无人注意，这真不能不“感慨系之”。李“天才”[4]正在和我通信，说他并非“那一伙”[5]，投稿是被拉，我也回答过他几句，但归根结蒂，我们恐怕总是弄不好的，目前也不过“今天天气哈哈哈——”而已。

我到过前清的皇宫，却未见过现任的皇宫[6]，现在又没有了拜见之荣，残念残念[7]。但其カワリノ[8]河清要请客了，那时谈罢。我们大约一定要做第二，第三……试试也好。《木屑》[9]已算账，得钱十六元余，当于那时面交，残本只有三本了，望带二三十本来，我可以再交去发售。

今天要给《文学》做“论坛”[10]，明知不配做第二，第三，却仍得替状元捧场，一面又要顾及第三种人，不能示弱，此所谓“哑子吃黄连”——有苦说不出也。专此布达，即请“皇”安。

豫　上　九月十二日。

评注：

①此信写于1935年。

②三郎的事情，指萧军参加“左联”事。三郎，萧军。

③亀井，即亀井胜一郎（1907—1966），日本文艺批评家。他的文章，指《鲁迅断想》，载日本《作品》杂志1935年9月号。

④李“天才”，指李长之。著有《鲁迅批判》。

⑤“那一伙”，指当时《星火》杂志的杜衡、杨邨人、韩侍桁等人。

⑥现任的皇宫，因有人传说胡风的住宅布置得有如皇宫，这里故作调侃。

⑦残念，日语，遗憾。

⑧カワリノ，日语，代替的。

⑨《木屑》，即《木屑文丛》，文艺刊物，胡风编辑。1935年4月创刊。

⑩给《文学》做“论坛”，指写论“文人相轻”系列短评，均发表在《文学》的《文学论坛》栏内。

致杨霁云[1]

霁云先生：

惠示诵悉。腹疾已愈否？为念。

集中国文字狱史料，此举极紧要，大约起源古矣。清朝之狱，往往亦始于汉人之告密，此事又将于不远之日见之。

近来因译《死魂灵》，并写短文打杂，什么事也无片段。翻译已止，但文集尚未编，出版恐不能望之书局，因为他们要不危险而又能赚钱者，我的东西，是不合格的。

国事至此，始云“保障正当舆论”[2]，“正当”二字，加得真真聪明，但即使真给保障，这代价可谓大极了。

关于我的记载，虽未见，但记得有人提起过，常州报上，一定是从沪报转载的，请不必觅寄。此种技俩，为中国所独有，殊可耻。但因可耻之事，世间不以为奇，故诬蔑遂亦失效，充其极致，不过欲人以我为小人，然而今之巍巍者，正非君子也。倘遇真小人，他们将磕头之不暇矣。

上海已见冰。贱躯如常，可告慰也。

专此布达，并颂

文安。

迅　顿首　十二月十九日。

评注：

①此信写于1935年。

杨霁云，1930年生于江苏常州。大学毕业后在上海正风文学院任教，由曹聚仁介绍认识鲁迅。1949年后，从事鲁迅著作整理编辑工作。已故。

②“保障正当舆论”，1935年12月，国民党五届一中全会通过“请政府通令全国切实保障正当舆论”的决议。

致王冶秋[1]

冶秋兄：

八月廿六日的信早收到，而且给我美丽的画片，非常感谢。记得两个月以前罢，曾经很简单的写了几句寄上，现看来信，好像并未收到。

我至今没有离开上海，非为别的，只因为病状时好时坏，不能离开医生。现在还是常常发热，不知道何时可以见好，或者不救。北方我很爱住，但冬天气候干燥寒冷，于肺不宜，所以不能去。此外，也想不出相宜的地方，出国有种种困难，国内呢，处处荆天棘地。

上海不但天气不佳，文气也不像样。我的那篇文章[2]中，所举的还不过很少的一点。这里的有一种文学家，其实就是天津之所谓青皮，他们就专用造谣，恫吓，播弄手段张网，以罗致不知底细的文学青年，给自己造地位；作品呢，却并没有。真是惟以嗡嗡营营为能事。如徐懋庸，他横暴到忘其所以，竟用“实际解决”来恐吓我了，则对于别的青年，可想而知。他们自有一伙，狼狈为奸，把持着文学界，弄得乌烟瘴气。我病倘稍愈，还要给以暴露的，那么，中国文艺的前途庶几有救。现在他们在利用“小报”给我损害，可见其没出息。

珂勒惠支的画集只印了一百本，病中装成，不久，便取尽，卖完了，所以目前无法寄奉。近日文化生活出版社方谋用铜版复制，年内当可出书，那时当寄上。

静农在夏间过沪回家，从此便无消息，兄知其近况否？

专此布复，即颂

时绥。

树　上　九月十五日。

令夫人令郎均吉。

评注：

①此信写于1936年。

王冶秋，文化工作者，安徽霍邱人。著有《辛亥革命前的鲁迅先生》等。

②那篇文章，指《答徐懋庸并关于抗日统一战线问题》。

致时玳[1]（二封）

一[2]

时玳先生：

十五的信，二十五收到了，足足转了十天。作家协会已改名文艺家协会，发起人有种种。我看他们倒并不见得有很大的私人的企图，不过或则想由此出点名，或者想由此洗一个澡，或则竟不过敷衍面子，因为倘有人用大招牌来请做发起人，而竟拒绝，是会得到很大的罪名的，即如我即其一例。住在上海的人大抵聪明，就签上一个姓名，横竖他签了也什么不做，像不签一样。

我看你也还是加入的好，一个未经世故的青年，真可以被逼得发疯的。加入以后，倒未必有什么大麻烦，无非帮帮所谓指导者攻击某人，抬高某人，或者做点较费力的工作，以及听些谣言。国防文学的作品是不会有的，只不过攻打何人何派反对国防文学，罪大恶极。这样纠缠下去，一直弄到自己无聊，读者无聊，于是在无声无息中完结。假使中途来了压迫，那么，指导的英雄一定首先销声匿迹，或者声明脱离，和小会员更不相干了。

冷箭是上海“作家”的特产，我有一大把拔在这里，现在在生病，俟愈后，要把它发表出来，给大家看看。即如最近，“作家协会”发起人之一在他所编的刊物上说我是“理想的奴才”，而别一发起人却在劝我入会：他们以为我不知道那一枝冷箭是谁射的。你可以和大家接触接触，就会明白的更多。

这爱放冷箭的病根，是在他们误以为做成一个作家，专靠计策，不靠作品的。所以一有一件大事，就想借此连络谁，打倒谁，把自己抬上去。殊不知这并无大效，因此在上海，竟很少能够支持三四年的作家。例如《作家》月刊，原是一个商办的东西，并非文学团体的机关志，它的盛衰，是和“国防文学”并无关系的，而他们竟看得如此之重，即可见其毫无眼光，也没有自信力。

《作家》既非机关志，即无所谓“分裂”，但我却有一点不满，因为他们只从营业上着想，竟不听我的抗议，一定要把我的作品放在第一篇。

我对于初接近我的青年，是不想到他“好”“不好”的。如果已经“当做不好的人看待”，不是无须接近了吗？曹先生到我写信的这时候为止，好好的（但我真不知道有些人为什么喜欢造这种谣言）。活着，您放心罢。

专此布复，即请

日安。

鲁迅　五月二十五日。

二[3]

时玳先生：

五日信收到。近三月来，我的确病的不轻，几乎死掉，后有转机，始渐愈，到三星期前，才能写一点字，但写得多，至今还要发热的。前一信我不已得见了没有，也许正在病中，别人没有给我看，也许那时衰弱得很，见过就忘记了。

《文艺工作者宣言》[4]不过是发表意见，并无组织或团体，宣言登出，事情就完，此后是各人自己的实践。有人赞成，自然很以为幸，不过并不用联络手段，有什么招揽扩大的野心，有人反对，那当然也是他们的自由，不问它怎么一回事。

《作家》收稿，是否必须名人绍介，我不知道；我在《作家》，也只是一个投稿者，更无所谓闹翻不闹翻。

我不久停止服药时，须同时减少看书写字，所以对于写作问题，是没法答复的。

临末，恕我直言：我觉得你所从朋友和报上得来的，多是些无关大体的无聊事，这是堕落文人的搬弄是非，只能令人变小，如果旅沪四五年，满脑不过装了这样的新闻，便只能成为像他们一样的人物，甚不值得。所以我希望你少管那些鬼鬼祟祟的文坛消息，多看译出的理论和作品。

匆复，并颂

时绥

迅　八月六日。

评注：

①时玳，当时的青年作者，生平不详。

②此信写于1936年。

③此信写于1936年。

④《文艺工作者宣言》，即《中国文艺工作者宣言》，载1936年6月《作家》第1卷第3号。